19号室

マルク・ラーベ

2019年2月。ベルリン国際映画祭の開会式場に悲鳴が響き渡った。オープニングで、女性が殺害される瞬間を撮った予定外の映像が上映されたのだ。金髪の女性が何者かに襲われ、大きな釘で心臓をひと突きされていた。しかも、彼女は市長の娘で女優の卵だと判明。映像はあまりにもリアルで、目出し帽の人物が上映を強要したという。トム・バビロン刑事は捜査を始めるが、相棒の臨床心理士のジータは、映像内の壁に残されていた「19」に自分との共通点を見つけて戦慄する。そして新たな惨劇が！『17の鍵』につづく、疾走感抜群のシリーズ第2弾。

登場人物

トム・バビロン……ベルリン州刑事局刑事。上級警部
ジータ・ヨハンス……臨床心理士
ヴィオーラ（ヴィー）・バビロン……トムの妹
アンネ……トムの妻。テレビ局の編集スタッフ
ヴァルター・ブルックマン……州刑事局第一部局部局長
ヨーゼフ（ヨー）・モルテン……州刑事局刑事。首席警部
ベルト（ベルティ）・プファイファー／ニコレ・ヴァイアータール……州刑事局刑事
ペール・グラウヴァイン／バイアー／ベルネ……科学捜査研究所スタッフ
ルツ・フローロフ……州刑事局鑑識課員
クリューガー……ベルリン国際映画祭の観客
フィーニャ……クリューガーの連れの少女
オットー・ケラー……ベルリン市長

ジーニエ・ケラー……………………オットーの娘。映画学校の生徒
エリーザベト・ケラー……………オットーの妻。ジーニエの母
フライシャウアー…………………ハウスボートの住人
ベネ・チェヒ………………………クラブ〈オデッサ〉のオーナー
トムの友人
ヴォルフ・バウアー………………ノヴァ製薬の創業者
ユーリア（ユーリ）・バウアー……ヴォルフの娘。ギムナジウムの生徒
ギゼラ（ジゼル）…………………DJ志望の女性
ザビーネ（ビーネ）………………ギゼラの妹
ヘリベルト・モルテン……………ヨーゼフの父
マーヤ………………………………
ヴェレーナ…………………………ヨーゼフの娘
フランク・コーガン………………配管工
ユーリ・サルコフ…………………元警備会社社長
モヒカン……………………………
クリンゲ……………………………
フロウ………………………………赤毛の少年を追う不良

19　号　室

マルク・ラーベ
酒寄進一訳

創元推理文庫

ZIMMER 19

by

Marc Raabe

Published in 2019 by Ullstein Taschenbuch Verlag

This edition is published by TOKYO SOGENSHA Co., Ltd.

Published by arrangement through Meike Marx Literary Agency, Japan

19号室

ラスムスとヤーノシュに捧ぐ——夢を叶えるといい

地獄、それはわたしだ。

プロローグ

ベルリン市ポツダム広場劇場、ベルリン国際映画祭開会式場
二〇一九年二月十三日（水曜日）午後七時十七分

〝どうしてこんな血迷ったことを？〟

〝こんなリスクを冒して人混みに入るなんて〟

冷たい二月の空気に、数千人におよぶ群衆の白い息が上る。スポットライトの光がその白い息を切り裂く。ガラス張りの巨大な正面壁の下で、パチ、パチとさっきからストロボが焚《た》かれつづけている。スマートフォンを高く掲げる人、スターの名を呼ぶ人。大きな半透明の幕にベルリン《ベルリナーレ》国際映画祭のトレードマークである赤い熊が浮かんでいる。

〝この子にいいところを見せたいがばかりに？　喜ばせたくて？　おじいちゃんはなんでもできる偉い人だと思わせたくて？〟

ひどく寒いのに、男は体が火照《ほて》った。映画祭のマークが入った黒い帽子を目深《まぶか》にかぶると、テレビクルーの脇をすり抜けて、連れを横道に引っ張っていった。これはもう映画祭ではない。古き良きベルリン国際映画祭の名残りなど微塵《みじん》もない。アメリカには行ったことがないが、これではアカデミー賞と同じだと思った。大きな熊は白い衣装の女性を誘拐しようとしているキングコングに見える。

メイン会場のベルリナーレ・パラスト（ポツダム広場劇場の別称）では七階までどの階もハチの巣の中のように騒がしい。どこを向いても金と赤、赤、赤。

女たちがありとあらゆる香水の匂いを振りまいている。

男は連れの少女が監視カメラの視界に入らないようにした。念のためだ。あとでだれかが映像を確かめないともかぎらない。チケットも偽名で予約した。ベルンハルト・クリューガーと同伴者一名。少女の名はフィーニャ。といっても、そちらも本名ではない。今日はなにもかも偽りに満ちている、と男は思った。そして、これだけの人混みなら、目立たずにすむだろう、と自分にいい聞かせた。

ふたりはようやくホールの席についた。寄せ木張りの床、十一列の真ん中。ふわふわした柔らかい深紅のシート。目が飛びでるほど高価なドレス、びしっと決まった蝶《ちょう》ネクタイ、輝く歯に、切れこみが深いデコルテ。デコルテを見ると、頭に血が上る——そして股間にも血が集まる。去年はMeTooという言葉が流行《はや》ったから、ほとんどの女性が肌の露出を抑えたハイネックのドレスを着ている。妻をいっしょに連れてこなくてよかった。今日は別人になって正解だ。もしかしたら、もっと頻繁にこうしたほうがいいのかもしれない。クリューガーになりすますのだ。

クリューガーは気を取り直して、左にいるフィーニャを見た。大きくて明るい目をしている。世界一美しい目だ。好奇心いっぱいにきょろきょろしている。こんなに大きなホールは生まれてはじめてだろう。座席数は約一千八百。しかも満席。

五列前にベルリン州政府の内務省参事官シラーがいる。その傍《かたわ》らには、肩をだしたイヴニングドレス姿の文化・メディア担当連邦大臣。もう一列前には、髪が薄くなった市長の頭が見える――ふいにあいつもここにいるのかと気になった。あいつには会いたくない。彼の人生を左右した奴、そして今も影響を及ぼしている。開会式のたくさんの参加者の中にいるかもしれない……。

〝なんて軽率なことをしてしまったんだ〟

男は深呼吸し、無名のクリューガーのふりをつづけた。

〝安心しろ。奴は文化活動には縁遠い！　くだらない、とあいつはいっていた！〟

クリューガーは無理して微笑《ほほえ》み、フィーニャを見た。心がなごんだ。早く上映がはじまればいいのに。闇が守ってくれるし、みんな、映画を食い入るように見るだろう。ところがベルリン国際映画祭の実行委員長クルト・ヴァーゲンバッハは開会の辞をなかなか終えようとしない。クリューガーはそわそわしながらフィーニャの帽子を直し、はみだした髪を帽子の中に入れた。指が汗ばんでいる。フィーニャは気づいているようだ。彼の汗ばんだ指をいやがっている。

「お連れさんはずいぶん幼いんですね」背が高い栗毛の女性がいった。フィーニャの左隣にすわって、フィーニャの頭越しに目配せした。女優のようだ。芸名はなんだったろう。胸が大きい。髪には金粉を吹きかけていて、キラキラ光っている。胸のほんの一部を覆う布はきっと乳房に貼りつけているのだろう。スターはよくそういうことをやる。

「今日は特別でして」クリューガーはつぶやいた。

「特別ねえ」女性が見せた歯は真っ白だった。

「なんだというんです？」クリューガーはむっとした。「ベルリン国際映画祭のオープニングがアニメーション映画なのだから、なにも悪くないでしょう」

女性の笑みが少し凍りついた。「あら、シュガーダディー（男性のパトロン）のお気に障ったかしら？」

女性はフィーニャに目配せした。

〝シュガーダディー？〟クリューガーは唇《くちびる》を嚙んだ。〝なにか勘違いされているようだ〟

いきなり万雷《ばんらい》の拍手が沸きあがった。ようやくだ。ヴァーゲンバッハの話が終わった。ホールの照明が、ちょうど山の向こうに日が沈むときのように徐々に暗くなり、一千八百人が闇に包まれた。

手が汗ばんでいるというのに、フィーニャは男の手をしっかりつかんだ。涙が出そうなほどうれしかった。

ここにいられてよかった。クリューガーになりすましていることも。フィーニャといっしょだ。映画はおもしろいはずだ。ワクワクする、他愛もない内容。アニメーション映画。いっしょにすてきで刺激的な体験ができるはず。クリューガーは闇の中でふっと体の力を抜いた。話し声が消えていく。後ろでだれかが咳払いをした。重たい緞帳《どんちょう》が払われ、スクリーンがあらわれた。画面が妙に小さく、うすぼんやりしている。映写技師がなにかへまをしたのだろうか。

なにかのミス。

それともわざと？

失敗など絶対に許されないことだ。奇異に思っている観客はひとりもいないようだ。

スクリーンに女性があらわれた。というか女性の後頭部だ。ホワイトブロンドのボブカット。カメラの前を歩いている。地下の通路だ。壁にはなんの飾りもなく、薄汚れている。天井は電線や水道管がむきだしだ。白い肌がキラッと光った。女性は肩をはだけている。音が不自然なほど大きい。女性の足音が聞こえる。カメラマンの靴のきしむ音もする。どういうことだろう。オープニング作品とは思えない。

予告編《トレーラー》だろうか？

監督の冗談？

エレベーターの扉の前で女性は立ち止まる。扉は金属製で、鈍《にぶ》い緑色に塗られていて、傷だらけだ。業務用エレベーターに違いない。カメラは待機している。息遣いに合わせて画面が揺れる。二階席か三階席でだれかが叫んだ。「作品が違うぞ！」

チンと音がして、緑色の扉が左右にひらいた。

女性は背中を押されて、エレベーターに転がりこむ。床にはラップフィルムが張ってある。

女性は下着しか身につけていない。一瞬、がっしりした手が見えた。ラテックス。クリューガーは違和感を覚えた。画面の外にいる男はラテックスの手袋をはめている。画面が激しく揺れた。

クリューガーは口の中が乾いた。体がかっと熱くなった。

〝ここにいるのはまずい〟

ホールじゅうの人が息をのんだ。

カメラマンは片手で女性の下着をはぎ取り、顔を殴った。

「これはなんだ？　上映をやめろ！」だれかが叫んだ。「作品を間違えてるぞ！」という声も上がった。ホールじゅうがざわついた。クリューガーの右でだれかが笑った。

〝これのどこがおかしいというんだ？〟

エレベーターの中の女性が首を横に振った。「いや、やめて！　お願い！」

フィーニャはクリューガーの手を強く握った。クリューガーはあわててもう一方の手でフィーニャの目をふさいだ。

画面の位置が下がった。男が膝《ひざ》をついたようだ。硬直した手足がちらっと見えた。その一瞬はあまりに短くて、映ったかどうかわからないほどだった。クリューガーは、見なかったと思いたかった。

フィーニャが首を振って、クリューガーの手を払おうとした。何人かが立ちあがった。

カメラマンは女性の首に手を当てる。

押しつけて、絞めあげる。繰り返し何度も。

フィーニャは映像が見たくて、クリューガーの手を払いのけようとした。

クリューガーはフィーニャがかぶっている帽子を下げて、目をおおった。

〝だめだ、フィーニャ。こんなもの、見てはいけない!〟

クリューガーは立ちあがって、フィーニャを抱き寄せた。すわっていた人たちが床を踏みならした。口笛を吹く者もいる。「やめろ」の合唱がホールに鳴り響いた。クリューガーはフィーニャを自分のほうに引き寄せて、前の椅子の背と自分の膝のあいだに押しこみ、なにも見えないようにフィーニャの帽子を両手で押さえた。

スクリーンでは女性の目が虚《うつ》ろになった。カメラマンは女性の喉から手を離した。女は一度、深く息を吸った。会場の空気を一気に吸いこもうとしているかのように。クリューガーはスクリーンから目が離せなくなった。カメラマンは女性から離れた。画像が小刻みに揺れ、カメラマンの左手が画面に映ったかと思うと、女性の胸をついた。女性は目をむいて口を開けた。一瞬、硬直したように見えた。カメラマンが女性の胸から手を引いた。女性の白い体の心臓のあたりに、大きな釘《くぎ》が刺さっていた。

「みんな、これは演技だ」だれかが叫んだ。

〝違う〟とクリューガーは思った。〝演技じゃない。めちゃくちゃリアルだ〟

釘が刺さったところから黒々とした液体が流れだした。女性は痙攣《けいれん》して、口を閉じた。

だがクリューガーにとって一番衝撃的だったのは、カメラマンの前腕に彫られた小さなタトゥーだ。ちらっと見えただけだが、羽根に間違いない。それから他にもなにか見えた。クリューガーには、それがなにかわからなかった。

「よく見ろ」カメラマンがいった。「これで神がいることを思い知っただろう」彼の声がホールじゅうに響いた。「俺を作ったのはおまえらだ。次はおまえらの番だ」

フィーニャが帽子を頭から取った。クリューガーはフィーニャの腕をつかんでホールから逃げだした。

水曜の夜

第一章

ベルリン市クロイツベルク地区
二〇一九年二月十三日（水曜日）午後八時三分

トムのまぶたは糊《のり》づけされたようだった。タイムカプセルの中にでもいる感じで、本当の世界と遮断されている気がする。電話の呼び出し音が耳に真綿を詰めたみたいに聞こえる。

〝俺のスマートフォンか？〟

トムは目をひらいた。だが動くわけにいかない。胸にフィリップが乗っている。生後十一ヶ月。奇跡としか思えない。乳歯が生えだし、痛いのか、この二十四時間泣きどおしだった。アンネもトムも一睡もできなかった。

トムが帰宅したのは二、三時間前。いつもより少し早かった。フィルをアンネから受けとった。彼女はすっかりまいっていた。

痛み止めのジェルを塗ってやっても、フィルは泣きつづけた。夜七時頃、トムはおチビをベッドに運ぶと、腹に乗せて、そのまましっかり抱いて、できるだけ静かに呼吸した。フィルの泣き声は凄まじかったが、それでもトムはそのまま眠った。するとおチビもトムの胸の上ですやすや眠った。

しかしトムのスマートフォンがその平安を破った。手を伸ばして、ナイトテーブルからそっとスマートフォンを取る。フィルはおとなしく息をしている。髪の毛がぼさぼさで、汗で濡れている。トムが動くと、フィルも身じろぎする。まるで体の一部みたいだ。

トムは微笑《ほほえ》んだ。不思議なものだ。

画面に映っていたのは刑事局の電話番号だった。フベルトゥス・ライナー課長だ。

「バビロン」トムは小声でいった。

「トム？　おまえか？　よく聞こえないが」

「こっちはよく聞こえてます」トムはため息をついた。「もしもし、フベルトゥス」

「ブルックマンがおまえを呼んでいる。マレーネ＝ディートリヒ広場だ」またか、とトムは思った。ブルックマン部局長は臨機応変に指示をだし、捜査官の配置を換えることで有名だ。

「今日は非番なんですが」トムがぶすっとしていった。

「わたしもそういったが、ブルックマンは歯牙《しが》にもかけなかった」

フィルがむにゃむにゃいって、おしゃぶりを吸っているように口を動かした。「じゃあ、俺も無視します」トムはいった。

「そうはいかない。ブルックマンはちょうどシラーとシュルテ＝ヴァイクマイヤーにがみがみいわれているところだ。市長はいうまでもない」

市長、内務省参事官、文化・メディア担当大臣？　トムの朦朧《もうろう》とした頭脳が動きだした。

「なにがあったんです？　三人が揃い踏みだなんて」

「国際映画祭で問題が起きた。現場は大混乱だ」

ようやく合点がいった。ベルリン国際映画祭。たくさんの著名人、たくさんの大衆。衆目が集まっている。「なにがあったんです？」

「刑法典第百三十一条に抵触する暴力的表現と脅迫。わかっているのはそこまでだ」

「脅迫と暴力的表現？　じゃあ、なんで殺人課が呼ばれるんですか？」

「今いったように、混乱をきたしている。とにかく来てくれ。できるだけ早く」

「あなたも現場に？」

「ブルックマンが現場にいるはずだ。マレーネ＝ディートリヒ広場、ベルリナーレ・パラスト。早ければ早いほうがいい」課長は電話を切った。

トムはため息をついた。胸の上で眠っているフィルは重くて、温かかった。スマートフォンを置くと、そっと横を向いて、ゆっくりフィルを下ろした。〝起きないでくれよ、おチビさん〟フィルは下ろされるのが気に入らないとでもいうように、また口をむにゃむにゃさせて、小さな眉間《みけん》にしわを寄せた。トムは静かにベッドから出ると、寝室をあとにした。リビングではアンネが大きな赤い安楽椅子にすわったまま寝ている。「ビッグ・ママ」と呼んでいる大きな赤い安楽椅子のビロードの腕に添い寝している。フィルが生まれて最初の一ヶ月、授乳用の椅子として使っていたものだ。トムは彼女の手からそっとグラスを取り、カウチ用のローテーブルに置いた。アンネの肌には血の気がなく、顔がやつれている。休ませておいたほうがよさそうだ。

それでも、起こすことにした。アンネは狐につままれたような顔をした。

「出かける」トムは小声でいった。「国際映画祭でなにか起きた」

沈黙。

彼女の表情は、またなのといっていた。

わたしは疲れてる。

お好きにどうぞ。

だが実際には「フィルはどこ？」といった。

「ベッドで寝てる。添い寝してくれないか」

アンネはあくびをして、グラスをつかんでいたはずの手を見た。それから、ローテーブルに視線を向け、事情を察した。彼女の顔にふっと笑みが浮かんだ。こういうささやかなことが、たまに人間関係を円滑にしてくれる。

浴室に入ると、冷水で顔を洗い、鏡を見た。水滴がブロンドの短い髭《ひげ》を伝った。首にうっすらと傷痕が残っている。それを見るたび一年半前のことを思いだす。大聖堂での捜査。丸天井に吊るされたブリギッテ・リスの死体。傷は首にかけていた鍵をむりやり取るために引っ張って、その紐でついたものだ。その鍵のおかげで、九死に一生を得た。ほんの一瞬記憶が蘇《よみがえ》って、胸がちくっと痛くなった。

もっと水がいる。

記憶を洗い流すんだ。

トムは改めて鏡を見て、昔のようにヴィオーラの顔がその鏡に映ればいいのにと思った。ヴィオーラがいなくてさみしい。キラキラした瞳、ぼさぼさの金髪の巻毛、つんとした鼻、耳にいつもはさんでいる羽根。彼女は十歳のまま成長しない。トムのほうはもう三十五歳だというのに。

もちろん、ヴィオーラが姿を見せないのはいいことだ。「いつまでも死者と会話するのは健全じゃない」ジータ・ヨハンスにいわれた。賢い臨床心理士の賢いアドバイス。しかし行方不明の解決には役立たなかった。

〝やあ、ヴィー。ひさしぶりじゃないか〟

ヴィーは返事をしない。トムに失望しているようだ。長いあいだ気にかけなかったせいだろうか。たしかにこのところフィリップにばかりかまけていた。しかしそれのどこが悪いだろう。本当の子のほうが大事だということを十歳の妹の幻影はわかってくれるだろうか。それは自分の妻に約束したことでもある。

トムは鏡に映るヴィオーラを想像してみた。顎《あご》を上げて、ふてぶてしい笑みを浮かべている。ヴィーらしい奇抜なアイデアを思いついたように。いつものように縦縞《たてじま》の寝間着を着ている。ヴィーが二十年前に跡形もなく姿を消す前に、トムが見た彼女の最後の姿だ。

俺が気をつけていなかったばかりに、とトムは思った。

まただ。罪悪感は黒いシミとなってトムの魂にこびりついている。だからこそ、ヴィオーラを四六時中呼びだしたりしないほうがいいのだ。鏡に映るヴィオーラはそのシミをどんどん大きくする。

トムは洗面台にかがんで、冷たい水を頭にかけると、短い金髪をタオルでごしごしふいて、自分の目と同じ色のセーターを着た。青灰色。傷痕はセーターの襟《えり》で隠れた。

トムはキャタピラーのブーツをはいた。サイズは三十一センチ。背が高いと、選べるものが限られる。とくに靴とズボンは苦労する。施錠したコーナーの棚からシグザウエルＰ6をだした。定期的に射撃訓練を義務づけられているのに、しばらく怠《なま》けていることを思いだした。事件が多すぎて、訓練の時間が取れない。

キッチンでエスプレッソマシーンに手を伸ばした。一杯だけと思った。カプセル式のおかげで抽出が早い。だが、エスプレッソマシーンにちょっとした欠点があることを失念していた。ものすごい音を立てるのだ。

寝室でフィルが目を覚まして、泣きだした。

まずい……。

トムは熱いエスプレッソを一気に飲み干した。口の中と食道がひりひりした。

「いい子ね」寝室からアンネの声がした。鼻歌まじりだが、声が疲れている。「パパのエスプレッソマシーンだから大丈夫」

いつだってこういう些細なことで人間関係にひびが入る。

トムはカップをシンクに置いて、住居を出た。製造されて三十年を超える彼のベンツSクラスの紺色のボディに、冬になってからうっすら埃《ほこり》がついている。ディーゼルエンジンがいつもの鈍《にぶ》い音を立てた。この音を聞くと、働いていること、警官であることを実感する。フィルの泣き声を思いだして、トムはフィルとアンネを残していくことに気がとがめた。それでも、車に乗っていることがうれしい。身長百九十六センチ、その上には明るい色の車のルーフ。その上に広がるベルリンの空。灰色の夜空に、街の光を受けてオレンジ色が混じっている。まるで地上の巨大な警告灯が、低く垂れこめた雲を照らしているみたいだ。

ブルックマンが現場にいる。州刑事局第一部局長じきじきのお出ましとは。じつに珍しいことだ。一年半前の大聖堂殺人事件のときでさえ、彼は現場に出なかった。だがトムにはしっかりお目付役をつけた。ジータ・ヨハンス。元事件分析官で公認の臨床心理士。

〝秘密があるのはお互いさま〟トムは苦笑いした。はじめのうちは厄介だったが、この言葉がいい意味でふたりの合言葉になった。今では、ブルックマンがまたジータを当てがってくれないかと期待している。ジータに会えるだろうか。普通ならそうなるだろう。だがトムとジータの仲は普通ではない。

二〇〇一年八月

第二章

ベルリン市コットブス門
二〇〇一年八月八日午後九時三十七分

モッツイフォッツイ！

彼女は唇《くちびる》を引き結んで、黒々としたずっしり重そうな高架の下を黙々と歩く。頭上で列車が近づくものすごい音がして、車の走る音がかき消された。彼女の左側をまばゆいヘッドライトが通り過ぎ、右側では赤い光がよぎった。高架下にある狭いアスファルトの道が一瞬、静寂に包まれた。

〝右にも左にも世界が広がっているけど、どっちもわたしの居場所じゃない〟

モッツイフォッツイ！

その言葉が針となって彼女の心に刺さっていた。何度も何度も突き刺された感じだ。

列車が頭上に差しかかった。なにもかもが振動している。線路を支える頑丈な鋼鉄の柱まで今にも壊れそうだ。それからブレーキがかかる音がして、走行音が小さくなった。列車がコットブス門駅に入ったのだ。

階段まであと百メートル。駅から漏れる光が冷たく降り注いでいる。薄暗い階段で白いハトの糞《ふん》が光を反射した。十羽以上のハトが鉄柱のくぼみにとまっている。

〝その下を歩いて、糞をかけられるのはごめんだ。だけど、むしろお誂《あつら》え向きかも。文字どおり、糞《くそ》ったれな状況なんだから〟

彼女は飲みかけのアルミ缶に口をつけた。ビールがこんなに苦いとは。もう十六になるのに、いまだに母から酒を飲むなといわれている。「真似しちゃだめよ」と母親はいつもいう——二間《ふたま》の部屋が広すぎると感じるほど孤独に苛《さいな》まれ、服の仕立て直しで稼ぎに見合わないほど指を痛めると、自分は酒を飲みにいくのに。

五十メートル。階段が近くなった。

彼女はもうひと口ビールを飲んだ。ビールの苦さが今の気分にぴったりだ。

モッツイフォッツイ。七つになったときから、ずっとそう呼ばれている。もっとひどいときにはモッツィの陰部《フォッツェ》と呼ばれることも。ろくでもなかった東ドイツは十一年前に過去の存在になったが、当時の悪口はいまだに生きている。モッツィというのはモザンビークから来た外国人労働者のことだ。ベトナムの外国人労働者はフィジと呼ばれる。世界地図の知識がないのだろうか。

スベタ《フォッツィ》にも腹が立つが、モッツィと呼ぶのは間違いだ。少なくとも彼女に対しては。モザンビーク出身ではないからだ。生まれたのはここだ。ちくしょう。国籍はドイツ。母親と同じだ。父親だってモザンビーク出身ではない。アフリカ人ですらない。

アフリカのスベタ！

　そういう言い方もする。みんな、地理の授業は落第だ。階段まであと二十メートル。母親はなんでこんなところに住むことにしたのだろう。コットブス門。ベルリンで一番殺《さつ》伐《ばつ》としていて、不潔な地区。いや、もっとひどい地区があるかもしれない。それに不潔でも、彼女にはそれほど大きな問題ではない。だが殺伐としているのはいただけない。彼女はこの界隈《かいわい》が嫌いだ。腐った感じ。猥雑《わいざつ》な感じ。絶望した感じ。そういう臭いがする。見た目もそうだ。腕やうなじの青痣。熱を帯びて、なにかに飢えているような目つき。ひらききった虹彩。脱げかけたブラジャー。筋肉増強ステロイドによるマッチョな筋肉。たまたま万引きしたのがそれだったからというだけの理由で色覚障害者用口紅を塗っている奴。ろくでもないものだらけ。だからこの界隈が嫌いなのだ――学校も嫌いだ。そしてそのお返しに学校から嫌われている。いや、お返しをしてるのは彼女のほうだろうか。

　どうだっていい。もう一度、勇気をふるう。それで終わりだ。燃えている通学カバンのそばを通る。犬の糞が入っている弁当箱のそばを通る。

　階段は目の前だ。天国への階段、昔、そんなタイトルの曲があった。白いスニーカーで白いハトの糞を踏んでしまう。あと一歩で階段を上がりきるところでためらい、立ち止まって駅を見まわす。冷たい風が吹き抜けた。かき乱されたぼさぼさの髪が顔にかかる。天井にずらっと二列に並ぶ蛍光灯が灰色のホームの上を走る光る線路のようだ。壁や天井は古ぼけた鉄鋼と汚れたガラスでできている。ここでは彼女が知っているどこよりも外の世界が汚く見える。掲示板に次の列車の案内が出ていた。

地下鉄のU1号線、ワルシャワ通り駅方面、二分で到着。

もう一度だけ勇気をふるわなくては。

さあ、階段の最後の一段を上るのよ。

だれかに止められるだろうか。

ホームにはひと握りの人しかいない。ふたりはホームのもう一方の端だ。遠すぎる。女の足はひょろ長く、疲れた顔つきだ。動きが鈍《にぶ》くて、力も弱《ひざ》そうだ。それからベンチでいちゃついているカップル。男は野球帽をかぶり、女は男の膝に乗っている。こいつらも役には立たないだろう。

だけど、役に立つかどうかなんて、なぜ考えるの？　もう決めたことじゃない――

すると突然、背中を押されて前によろめいた。少年――というか若者――がそばを通り過ぎた。背中に白いコブラを刺繍《ししゅう》した黒いジャンパーに赤毛。彼女のあとから階段を駆けあがってきたに違いない。

「ごめん」くらいいったらどうなの、馬鹿っ！

だが彼女に一瞥《いちべつ》もくれない。歳は十六、いや十八歳かも。そして階段の下を気にしている。そこに見たもの、というか、なにも見えなかったからか、そいつはほっと息をついた。赤毛は急いでジャンパーを脱ぎ、裏返してまた袖を通した。首に大きなタトゥーが彫ってある。彼女は思わず見つめてしまった。次の瞬間、赤毛はファスナーを首元まで上げた。タトゥーが見えなくなった。それからグレーのキャップをかぶった。

「なんだ?」彼女の視線に気づいて、赤毛がいった。彼女はなにもいわずそっぽを向いた。

あと一分。

残っていたビールを一気に飲んで、空き缶を手でつぶす。胸の鼓動が早まる。

列車が駅に入ってくるほうへゆっくり歩く。今さらながら恐くなった。

赤毛もなにかを恐れているようだが、なぜだろう。最後にもう一度振りかえる。

赤毛はタバコに火をつけて、無造作にくわえているが、目がそわそわしている。右手をジャンパーのポケットに入れて、なにかをつかんだ。そのなにかで安心感を得たようだ。赤毛は肩に力を入れた。なにを持っているのだろう。拳銃かな。いいや、大きすぎる。たぶんナイフ。飛び出しナイフだ。

またやってる。

あらゆることに気がついてしまう。

しかも間《ま》の悪《わる》いときに。

彼女は顔を背《そむ》けて前方を見た。自分が目指しているところを。風がトンネルから吹きでた。線路の先に見えるふたつのライトが近づいてくる。その光で線路も明るくなった。ようやく来た。U1号線。線路が唸《うな》りだした。彼女は一瞬、目をつむる。心臓がはじけそうだ。空気が冷たくよどんでいる。鼻につくコットブス門の空気。無数の巻毛に空気が絡《から》みつく。まるで彼女のすべてを手に入れ、包みこもうとするかのように。彼女にこびりつき、毒を盛るつもりだ。膝がガクガクして、力が抜けそうになった。

恐怖に負けそうだ。思ったようにやれそうにない。

列車のライトが近づいた。もう充分に近い。列車の音が響く。彼女は駆けだした。早まってはいけない。運転手がブレーキをかけるかもしれない！　そうなったら、衝撃が弱まる。

今だ。

人生最後のジャンプ――

だれかに右腕をつかまれ、足が止まった。突然のことで、肩が脱臼《だっきゅう》したかと思った。列車が目の前数センチのところを通り過ぎた。左肩が車両の側面にぶつかって、体が半分くるっとまわり、ビリヤードの玉がクッションに当たって跳ね返ったみたいにその男の腕の中にどすんと飛びこんだ。彼女の額《ひたい》が男の顎《あご》に当たった。ふたりはホームに倒れこんだ。ブレーキ音がして、列車が止まった。

ドアがシュッとひらいた。

彼女の心臓が一瞬、止まった。そして痛いくらい鼓動が激しくなった。

「おい、正気か？」赤毛が立ちあがって顎を撫《な》でた。

「ちくしょう。なにをするのよ！」そう叫ぶと、彼女もあわてて起きあがった。

赤毛があとずさった。「おいおい、俺はおまえの命を……」

「なんでよ？　なんでそんなことをしたのよ？」彼女は赤毛に飛びかかって、拳骨で彼の胸を叩いた。「なんでよ？」

「やめろ。糞っ、なんだっていうんだ？」

「なんで邪魔するのよ。サイテー」彼女は赤毛に怒りをぶつけた。

「いや……だって。いてっ！　やめろよ」赤毛が彼女の手首をつかんで押さえた。

「糞ったれ！」

「わかったよ。次は止めない。線路に突き飛ばしてやる。俺にはどうだっていい」

彼女はめまいがした。肩が焼けるようだ。すすり泣いて、手を下ろした。急に全身の力が抜け、うつむいた。「次」彼女はうめいた。「やだ、次なんて……」

赤毛は身をこわばらせて立っていた。

「もう一回やれると思う？」彼女はすすり泣いた。赤毛は少したためらってから、まるで腫《は》れものを扱うようにそっと彼女を抱いた。「おい、もう大丈夫だ」赤毛がつぶやいた。「大丈夫だって」

ホームにいる数人が見ていたが、話しかける者はいなかった。

赤毛は彼女をしっかりつかんだ。列車は走りだし、駅を出た。

「なあ」赤毛はたずねた。「名前は？」

「ジータ」彼女はいった。「あんたは？」

赤毛は一瞬、口をつぐんでから手を横に振った。「俺の名はどうだっていい」

なんですって？　俺の名はいい？　名前を明かしたくないんだ。ちくっと胸がうずいた。

彼女は赤毛を見た。だが、彼は別のところを見て、急に顔をこわばらせ、「ちくしょう」とつぶやいた。

ジータは振りかえってみた。三人の若者が階段を上ってきた。お揃いの黒いレザージャケットに、ジーンズ。まるでチームを組んでいるみたいだ。そいつらの目つきは狼のようだった。真ん中の奴はモヒカン刈りだ。赤毛を見つけると、ニヤッとして、それからちらっとジータをうかがった。

赤毛は青い顔をして、ジャンパーのポケットに手を入れた。きっとそこにナイフがある。

第三章

ベルリン市ポツダム広場劇場
二〇一九年二月十三日（水曜日）午後九時一分

トムは車を横道に止めた。エスプレッソを飲んだばかりなのに、やる気が出ない。明らかに寝不足だ。いつものことだ。疲労には古い靴のように慣れている。ただし、寝不足の原因はフィリップだ。以前は妹のヴィオーラを捜索していたせいだったが。トムはあわてて考えるのをやめた。

ズボンのポケットにはまだ薬が二錠残っている。一錠をのみこんだ。メチルフェニデート

（覚醒効果のある精神刺激剤）が効いて、目が覚め、集中できるようになった。麻薬法に抵触していることは自覚しているが、同僚の中にはコカインやアンフェタミンを摂取したり、酒に溺《おぼ》れたりする奴もいる。メチルフェニデートを服用すると、運転していても眠くならないし、行動力が改善されるといわれている。もっともジータは、すぐいいほうに考えるんだから、というだろう。依存症から抜けだした酒飲みが薬漬けの奴に厳しいお説教をするという図だ。だがなんでまたジータのことなんて考えたのだろう。

　トムはシグザウエルを差した肩掛けホルスターを助手席から取ると、車から降りた。霧が濃い。空気がじめじめしている。薬が効いてくる前に、天気のせいで眠気が覚めた。

　マレーネ＝ディートリヒ広場で青色回転灯が点滅している。無数の野次馬がベルリン国際映画祭会場を取り囲んでいる。ガラス張りの正面壁にかかっている熊がその騒ぎを上から見おろしている。警官たちが入り口を守っていた。レッドカーペットを取材に来た報道陣はそこに詰め寄ったものの、通り抜けることも、警官からコメントを得ることもできずにいる。裏口に通じている横道から二台の黒い高級車が出てきた。脱走する著名人だ。初動捜査をだれがしているのか知らないが、仕事がなってない。事件現場の証人を立ち去らせてはだめだ。とはいっても、状況しだいで例外はありえるが。

　トムは群衆をかきわけて進んだ。カメラマンやジャーナリストが入り口に立っている警官に質問をぶつけている。返事は素っ気なく、騒ぎの中ではろくに聞こえない。トムは身分証を振ってみせた。「州刑事局のバビロンだ。入れてくれ」

「だれですって？」警官のひとりが叫んだ。まわりがうるさくて、よく聞こえなかったようだ。

「州刑事局のトム・バビロンだ」

「州刑事局？」トムの横にいた報道関係者が聞きつけた。ほんの一瞬、静かになったかと思うと、全員がトムのほうを向いて口々に叫んだ。

「どうぞ！」入り口にいた警官が手招きして、トムを通した。トムはロビーに足を踏み入れた。ふたつの大きな階段がはるか上までつづいている。トムはこのビルをよく知っている。オーナーとは腐れ縁《えん》だ。だが劇場そのものにはまだ一度も入ったことがない。

といっても、地下だけだが。ポツダム広場劇場の地下にはナイトクラブが入っている。

ガラス扉が背後で閉まり、外の騒ぎはほとんど聞こえなくなった。

ベルリン国際映画祭の開会式がひらかれているにしては、ロビーが閑散としている。クロークのあたりに数人立っているだけだ。深刻な顔をしながらひそひそ話しこんでいる。

トムはホールに通じる一番近くのドアを開けた。頭上には二階席と三階席があり、目の前には三十列ある人気《ひとけ》のない赤い座席がスクリーンに向かってゆるやかに傾斜している。目撃者の影も形もない。天井の照明が灯《とも》り、演壇のライトは消されていた。四方形のスクリーンは巨大で白い。その前に十人ほどの人が立っている。州刑事局のブルックマン、グラウヴァイン、それからオットー・ケラー市長。痩《や》せぎすのヨーゼフ・モルテンの姿もある。

科学捜査研究所のチーフ、ペール・グラウヴァインがそこから離れて、トムのところへやってきた。ぶくぶくにふくらんだ白いつなぎのせいで、実際ほど痩せぎすには見えない。最近生やしているアンリ四世風の髭《ひげ》が、口のまわりを囲んでいる。上唇《うわくちびる》は口唇裂《こうしんれつ》のせいで、髭の生え方が歪《いびつ》だ。「やあ、トム。ちょっとデジャヴじゃないか?」

「デジャヴ? なんの?」

「大聖堂事件だよ」

トムは眉間《みけん》にしわを寄せた。「デジャヴといっても、死体はないんだろう。そう聞いてる」

「違う、違う。事件のことじゃない。特別捜査班のことだよ。あのときと同じ面子《メンツ》だ」

トムは眉《まゆ》を上げた。「特別捜査班? これのために? ただでさえいろいろ仕事が山積みなのに」

「まあな」グラウヴァインはいった。禿頭《はげあたま》の男のほうを顎《あご》でしゃくった。「だけどこれは優先事項だ。市長さん直々のな」

「オットー・ケラーの? 市長はいつから捜査に口をだすようになったんだ? それよりなんで特別捜査班を立ちあげるんだ? 暴力表現と脅迫があったとしか聞いてないぞ」

「まずはケラー市長の話を聞くんだな」グラウヴァインは声をひそめた。「それからもうひとつ。内部監査の奴らがうるさい。モルテンがあいつらを俺にけしかけた。例の不正請求の件でな。見捨てないでくれよ。俺ひとりじゃ後始末できない」

「なんだって? 昔の話じゃないか」トムは唸《うな》った。「次々に事件が転がりこんでいるんだ。気づけるはずがないだろう」

「そこが事務屋のすごいところさ」

〝糞《くそ》ったれ〟とトムは思った。モルテンがこんなにこだわるとは。一年半前、トムはアンネの服のポケットから封筒を見つけた。矢が刺さったハートマークが描かれ、白い粉が入っていた。トムはその粉をこっそり調べてくれとグラウヴァインに頼んだ。グラウヴァインは申請書を別の事件のものとして提出した。だがラボの熱心なだれかがその事件の経費の申請が終わっていることに気づいた。そのせいで、白い粉の正体がまだわかっていないのに、不正請求の件だけが問題視されている。些細なことだが、妹の捜索という個人的捜査ですでに二度も内部監査の対象になっているので、これ以上はまずい。

「俺は映写室に行く」そういうと、グラウヴァインは軽く敬礼して、小走りにドアのほうへ向かった。トムは舞台のほうへ歩いていった。ヴァルター・ブルックマン部局長が小声で内務省参事官と議論しながら、目の端でトムを捉えた。挨拶はさりげなかったが、握手はいつものように力強かった。ブルックマンの禿頭がスポットライトを反射した。「トム、よく来てくれました。ヨー・モルテンが捜査の指揮を執ります。今回も……」

「……大聖堂殺人事件特別捜査班と同じ陣容。わかってます」トムはいった。「シュライナウアー事件はどうします？　被害者家族がうるさいんですが」

「他の者に任せます」ブルックマンはいった。サングラスの奥の目が冷たく光った。話の腰を折られるのが気に入らないのだ。

ヨーゼフ・モルテンは控えめにニヤッとした。トムが不興を買うのがうれしいのだ。もちろんそういう同僚がもっと増えたほうが彼には好都合だ。モルテンは五十代半ばで、黒髪をきっちり左右に分け、ツイード風の褐色のスーツを着ている。この一年半、彼は出世しようと懸命だ。病気がちなフベルトゥス・ライナーに代わって、課長になりたいのだ。

「トム」モルテンはうなずいた。

「ヨーゼフ」トムはわざとヨーという愛称を使わない。ヨー・モルテンはタバコが大好きなのと同じくらい自分の名前が嫌いなのだ。今もトムの腕に根性焼きをしたいとでもいうような目で見ている。大聖堂事件以来、ふたりはますます犬猿の仲になっていた。

「ジータももうすぐ来るはずだ」モルテンがいった。「最善を尽くせといわれてる」赤いシートにすわって肩を落とし、青い顔をしている市長を目で指した。見ると、ブルックマン部局長はまた身振りを交えて内務省参事官と話しあっている。

「なにがあったんだ？」トムはたずねた。

「オープニング作品が上映される予定だった。ところが、映写機が乗っ取られて、観衆はオープニング作品の代わりにスナッフフィルム（人が実際に殺されたり拷問されたりする場面を収録した映像）を見させられた。カメラの前で若い女が暴力を受けて殺された」

トムは愕然《がくぜん》として口をつぐんだ。ヨーロッパ有数の映画祭でスナッフフィルム上映。だからこんな騒ぎになっていたのか。「どうやって殺されたんだ？」

「凶器は釘《くぎ》だ」モルテンが小声でいった。「心臓をひと突き」

「うわっ」トムはつぶやいた。脳裏に浮かんだ身の毛もよだつイメージを振り払うのに少し時間がかかった。「映写技師は？」

「スナッフフィルムのデータを入力するように犯人に強要されたらしい。それから犯人は映写技師を縛りあげて、映画をスタートし、姿を消した。犯人は映写室のドアを映写技師の鍵で施錠した。作業員ふたりがかりでドアを破って、映写技師を解放した」

「犯人の人相は？」

「黒い目出し帽をかぶっていた」

「それで、その映像は？　本物なのか？　暴力行為は本物だったのか、殺しは？」

「はっきりしていない」モルテンは声をひそめた。「本物に見えるが、特殊効果とデジタル加工のおかげで、今じゃどんなテレビドラマでも殺人が本物そっくりに見えるからな。ただの挑発かもしれない……」

「モルテン！」ブルックマンが鋭い声でいった。内務省参事官との話しあいを終え、ちらっと市長のほうを見た。市長はさっきからシートにすわったままスマートフォンに目が釘付けになっている。

モルテンが咳払いをした。「それでだな。問題は、映像の中の被害者が自分の娘だとケラー市長がいってることだ」

トムはショックを受けて、ケラー市長を見た。「てことは……衆人環視の中、その映像を……？」

モルテンがうなずいた。

トムはケラー市長をテレビで見て知っているだけだ。小太りだが、エネルギッシュな人物だ。だが今は、体が縮んで、タキシードがだぶついて見える。禿《は》げあがった頭の生え際あたりが異様に黒ずんでいる。市長はスマートフォンの画面をワイプした。

「さっきからお嬢さんに電話をかけている」モルテンが小声でいった。「今のところ電話に出ない……」

「だけど市長が娘だというのなら、映像はフェイクじゃない可能性が高いよな?」

「娘のジーニエ・ケラーは」モルテンはトムのほうに顔を寄せてささやいた。「映画学校の生徒なんだ。演技の評価は……まあまあだった。これまでにも映画の出演経験がある。そして……父親とは諍《いさか》いが絶えないらしい。おまけに映像の最後の挑戦的なメッセージ。俺の好みからすると、少々大袈裟だ……」

「なんていったんだ?」

「なんだ、まだ聞いていなかったのか?」

寄せ木張りの床の上のほうでドアハンドルをまわす音がした。そのあたりにあるはずのドアの周囲は二階席の影で暗い。そのときその暗がりに、四角形の光が射しこんだ。そこに長身で頭を五厘《ごりん》刈りにした女性のシルエットが浮かんだ。

第四章

ベルリン市コットブス門
二〇〇一年八月八日午後十時一分

ちょうどホームに上がってきたレザージャケットの三人組を、ジータはじろじろ見た。見ただけで気に入らなかった。三人がジータと赤毛のほうへまっすぐやってきたのだから余計にだ。ジータはいまだにホームの端にいて、階段からは少し離れている。モヒカン刈りの奴が顎《あご》を突きだして叫んだ。「もっと遠くへ逃げておくべきだったな」声がガラス張りの屋根に反響した。

「動くな」そういうと、赤毛は右手を動かし、ジャンパーのポケットになにか隠している仕草をした。

モヒカン野郎はニヤッと笑ったが、警戒して十メートルほど離れたところで足を止めた。他のふたりもそれに倣《なら》った。まるでモヒカン野郎の操り人形みたいだ。

「なんの用だ?」赤毛が叫んだ。

返事は近づいてくる次の列車の音にかき消された。ジータは背中に風圧を感じた。窓とドアのある黄色い壁がすぐそばを走り抜けた。U1号線の車両がブレーキのきしむ音を立てながら二、三メートルほど離れたところで止まった。ドアが開いて、ひと握りの人が下車した。

「聞きとれなかったぞ」赤毛が叫んだ。

「おまえには答える義務がある。いろいろとな」

「なにをだ?」

モヒカン野郎が折りたたみナイフをだして、親指と人差し指で弄《もてあそ》ぶようにして高く掲げた。ナイフが手招きしているように見える。

〝やばい! これ、どういうこと?〟ジータは思った。〝コットブス門のギャングの抗争に巻きこまれたということ? 最悪。とにかく逃げないと——列車のドアがまだ開いてる〟

「さっきはありがとう」とつぶやいたものの、本当に感謝しているのか自分でもわからなかった。どっちかというと腹が立っている。モッツィフォッツィがいまだにこの世にいるから。

離れようとすると、赤毛がジータの腕をつかんだ。

「それはだめだ」赤毛がつぶやいた。

「放してよ」

「おい、なんだよ。びびってるのか?」モヒカン野郎が叫んだ。「こっちへ来い。おまえにはなにもしない」

「信じるな」赤毛はささやいた。

「あら、そう?」ジータは赤毛の手を払おうとした。「あんたのことは信じられるっていうの？　名前もいわないくせに」

「俺たちが仲間だって思われてる」

「だからなに？」

「おまえを人質にすれば、俺を捕まえられると思ってる」

ジータは身をこわばらせた。赤毛が手を離した。「わかったか？」

「こっちに来いよ」モヒカン野郎はそういって、腕を広げた。「見た目ほどひどくないぜ。そこの糞《くそ》野郎ほどはな」モヒカン野郎は赤毛を指差し、列車のほうへゆっくり近づいてきた。

ジータの頭が回転した。さっきまで自殺するつもりだったのに、ギャングたちの抗争に巻きこまれている。どうやったら助かるだろう。今走れば、ぎりぎりで列車のドアに辿《たど》り着けそうだ。だがモヒカン野郎とふたりの仲間も別のドアから乗りこむことができる。そうなれば、走っている車両の中で袋の鼠だ。いいアイデアとはいえない。たしかに赤毛のいうとおりだ。

「なんだそのナイフは？」赤毛が叫んだ。

「先に抜いたのはてめえだろ」モヒカン野郎がわざとレザージャケットのポケットを叩いた。ホームにいた人たちがこっちを見て、また顔を背《そむ》けた。コットブス門駅に、ナイフを見て止めに入る人などいない。

ジータは必死に考えた。ドアは今にも閉まろうとしている。閉まってしまえば、駅の端でこの三人の手中に落ちる。どうしたらいいだろう。列車に飛びこむか、それともホームに残るか。

　どっちにしてもまずい状況だ。逃げ道はない。ジータは一瞬思った。お節介な奴が列車に飛びこむのを止めなければ、こんなことにならなかったのに……。

「俺を信じるか？」赤毛がささやいた。

「いやよ！」ジータは叫んだ。

　赤毛がジータの腕を痛いほど強くつかんだ。

「まあいいさ」彼は三人組にいった。「そっちへ行くよ」

「ほほう」モヒカン野郎はニヤッとすると、列車のドアのほうにさらに一歩近づいた。奴は賢い。ぎりぎりで列車に飛びこむかもしれないと思っているのだ。

「なんなのよ。どうするつもり？」ジータが文句を言った。

「黙ってろ！」赤毛はホームぎりぎりに沿って列車のほうへジータを押した。モヒカン野郎は別のドアに片足を置いて、様子をうかがい、他のふたりは列車の外にいる。ドアが閉まりかけたが、人感センサーが反応して閉まらなかった。

「あれが見えるか？」そうささやいて、赤毛は近くにある列車の最後尾を顎でしゃくった。

　あそこ？　ジータには、赤毛がいっていることがわからなかった。ワルシャワ通りという行き先表示。ワイパー。がたがた音を立てる自動ドア。トランス状態のように足は勝手に動くが、頭がついていけなかった。〝手を振りほどくのよ。こいつ、頭がどうかしてる！〟そう思ってもいいところだったが、頭は空っぽだった。

あそこ？

列車の最後尾が手の届くところにある。

「今だ」赤毛が小声でいった。「ジャンプしろ！」

赤毛はジータを引っ張りながらホームの端から線路に飛び降りた。ジータはついていくほかなかった。最後に目の端で捉えたのは、呆気にとられたモヒカン野郎の顔と彼のすばやい動きだった。どうやらドアに片足を置いて様子をうかがうのをやめたようだ。

「おい、逃げたぞ！」モヒカン野郎が叫んだ。

赤毛は車両の連結器に足をかけて、体を乗せた。「こっちだ。急げ」

地下鉄のドアが静かに閉まった。

ジータが連結器に足をかけると、赤毛が手で引っ張りあげてくれた。その瞬間、列車がガクンと動いて発車した。ジータはバランスを崩した。またしても腕を引きちぎられるような感覚を味わった。二本目の足で細い鋼鉄の連結器を探る。だがそこにはすでに足が三本乗っていた。赤毛はスニーカーの上から足を踏まれて顔をしかめた。

モヒカン野郎とふたりの仲間が線路に飛び降りて、走りだした列車を懸命に追いかけた。一瞬、モヒカン野郎の手がすぐそばに迫った。体が引き裂かれるとでもいうような必死の形相だ。それから列車は速度を上げた。

赤毛は片手で後部の乗り口についていた銀色のドアハンドルをつかんだ。もう一方の腕をジータの腰にまわし、黄色いドアに引き寄せた。「足元に気をつけろ！　滑《すべ》るなよ！」

ええ、滑るもんですか。

動かないほうがいい。うなずくだけでもだめだ。

目がまわりそうな速度で、列車は高架上の駅から夜の闇へと走っていった。風で髪がくしゃくしゃになった。駅の照明の中、レザージャケットの三人組は取り残され、やがて線路上の薄汚い点になった。

第五章

ベルリン市ポツダム広場劇場
二〇一九年二月十三日（水曜日）午後九時十九分

ジータ・ヨハンスは二階席の影からホールの光の中に姿をあらわした。大きな足取りで赤いシートのあいだを縫《ぬ》い、捜査陣が集まっている舞台へ向かって歩いた。

ジータは、なにに注目されるかわかっていた。目が焦茶色で、ブロンズ色をした肌の長身の女性。バリカンをあてた黒髪と右の頬骨あたりにあるタバコの長さくらいの火傷痕《やけどあと》。

自分に向けられている視線の半数が物欲しそうなのはわかっている。

だがにらみ返してやれば、そんな欲望はすぐ鎮《しず》まるとわかっていた。そそるけど、手をだすものじゃない。男の考えそうなことだ。ろくでもない。男が嫌いというわけではないが、たいていの奴は強い女を恐れる。強いというのは弱くないということではないのに、わからないのだろうか。

思いがけずトムと視線が合った。ジータの歩幅が狭くなった。トムがそれに気づいたのがわかった。他の奴には気づかれたくない。いつものことだが、トムは頭ひとつ抜けている。それは身長だけではない。

一年半ぶり。

ジータは当時、捜査班の中に居場所を作ろうと必死にもがいたが、結局、自分からそれを放棄した。与えられた仕事をしなかった、とブルックマンに非難されたからだ。成果はちゃんとあった。ただジータのやり方が、ブルックマンのお気に召さなかったのだ。それだけではない。ブルックマンの意に反して、トムと共闘した。おかげで去年は、プライベートなクライアントを相手にして過ごした。だが、自縄自縛《じじようじばく》している悩める金持ちにいい加減に嫌気が差していた。普通にやろうとしても、ジータは結局その枠に収まらない。だから二週間前、公募されたばかりのモアビート拘置所つき非常勤臨床心理士に応募した。だが返事はまだなかった。

そんなときにブルックマンからまた捜査班に呼ばれた。本意でないのは、すでに電話口で聞き取れた。大聖堂殺人事件特別捜査班のときと同じ体制で捜査しろ、というオットー・ケラー市長の要求に従っただけなのだ。同じ面子《メンツ》で同じ成果。政治家らしい安易な方程式。だがそこには個人的事情も手伝っていた。ブルックマンはその要求をのんだ。州刑事局第一部局長で終わるつもりがないからだ。

「やあ、臨床心理士さん」トムはいった。青い目。繊細なヴァイキング男。

「ひさしぶりね、トム」ジータは答えた。

トムの顔に浮かんでいるのは皮肉だろうか、それとも拒絶か。笑みを浮かべている。だが、ジータをよく思っていないことはわかっていた。

ベルリンの報道機関から「大聖堂殺人事件」と呼ばれた事件の最後の被害者カーリン・リスが埋葬されたとき、ふたりは葬儀に参列した。そこには妊娠中のアンネもいた。ジータはアンネの腹部に目をとめた。まだ妊娠しているようには見えなかった。アンネのブロンドの髪を見て、ジータはトムの消えた妹ヴィオーラのことを思った。トムが見せてくれた写真に写っていた小さな金髪のお転婆娘。生まれてくるのは女の子か、とジータはトムにたずねた。

「いいや」トムは答えた。

素っ気ない返事に、ジータは胸が痛んだ。だからトムとアンネには別れの挨拶をしなかった。だがそのとき、アンネはほんの一瞬、トムのほうを見た。なにか含みがある感じがした。他の人間ならそのときアンネの目に浮かんだ表情に気づかなかっただろう。しかしジータは見落とすことができなかった。アンネは妊娠に不安を抱えているのだろうか。子どもを産むことに不安があるのは、ヴィオーラとトムを取りあいになるからだろうか。

だがトムは子どもが産まれてくるのをものすごく喜んでいる。

どちらかというと、アンネはトムが喜んでいることを素直に受け入れられないようだった。まるで罪の意識があるように見えた。相手になにか隠しているか、相手が失望するのを恐れているような感じ。つまり、自分には秘密があるというまなざしだった。

アンネの心の内がジータには手に取るようにわかった。アンネはトムが父親かどうか自信がないのだ！

トムはどうだろう。なにも気づいていない。アンネがいいたくないのなら、それは彼女の問題だ。しかし知らんぷりをするには、トムのことを知りすぎていた。

だからジータはそれについてトムに話した。そのせいでいまだにトムはへそを曲げている。そうなることはわかっていたはずだ。そうあってほしくないものは、あってはいけないのだ。その点ではトムも例外ではなかった。とくに証拠もなく、たった一度見せたまなざしだけ。なのにそこまでいい切れるのかというのだ。

「こんにちは、ジータ」ブルックマンにそういわれて、ジータは我に返った。ブルックマンの手は万力のようだ。多くの人は好きな相手と強く握手する。だが、ブルックマンの強い握手には別の理由があった。「よく来てくれました」

モルテンはなにもいわず、ただうなずいた。

〝傲慢《ごうまん》な奴だ〟

「ケラー市長」ブルックマンが声を上げた。「紹介させてください。臨床心理士のジータ・ヨハンスです」

市長はシートから腰を上げた。蒼い顔をしている。一メートル七十一センチのジータよりも明らかに背が低い。顔には不安の色が浮かんでいるが、それでもエネルギッシュな感じがする。メディアから根っからの政治家と呼ばれるタイプだ。前任者とは正反対で、ベルリン市議会の各党の勢力地図をしっかり把握している。だが今は握手に力がなかった。額《ひたい》には小さな汗がにじんでいた。

「ヨハンスさんは元事件分析課の職員で、今は独立して、必要に応じて州刑事局の捜査に加わっています」

〝必要に応じて。なるほど。これまでその必要がなかったということね〟

「臨床心理士かね」ケラー市長はいった。「それはいい。ここにはびこっているとんでもない判断ミスを正すには適任だな」

「どういうことでしょうか?」ジータは面食《めんく》らった。

「ケラー市長、お願いです」ブルックマンがなだめた。「だれもこの状況を……」

「言い訳はいい。見ればわかることだ」ケラー市長は怒鳴った。「あそこに」市長は真っ白なスクリーンを指差した。「わたしの娘が映っていた。それを質《たち》の悪い冗談だと納得させるために時間を無駄使いしている。映像の中の男がなんといったか聞かなかったのか? 〝次はおまえらの番だ〟」

ブルックマンはうなずいた。顎の筋肉に力が入っている。

「深刻に受け止めていますとも。わかってもらえませんか」

ケラー市長はジータのほうを向いた。「状況はわかっているか?」

「理論的には」ジータはうなずいた。

「理論的にか」市長はつぶやいた。「まずあれを見たほうがいい……」一度口ごもってから、こういいかけた。「あの……」

「映像」モルテンが言葉を補った。

「呼び方はどうでもいい。あれはフェイクじゃない。わかるかね? あれは――フェイクじゃ――ない」

「オットー、頼む……」内務省参事官が市長の肩に手を置いた。ふたりの見た目がこうも違うと、滑稽《こっけい》ですらあった。ケラー市長は小柄で、小太りの上に禿《は》げ頭だ。頭部に白髪の輪っかができている。一方、コルネリウス・シラー内務省参事官はスポーツマンのように体格がよく、こめかみのあたりの髪は白いが、黒い髪がふさふさだ。一見、ふたりを結びつけているのは友情のように思えるが、実際には政治的関係でしかない。「ここにはいないほうがいい……」

「どこにいろというんだ? 自宅か? ただ手をこまねいていろというのか?」

「オットー、この件は信頼できる者がちゃんと」

「この件? おまえはそう呼ぶのか?」

「すまない。言い方が悪かった……」

ケラー市長はモルテンのほうを見た。「いいかね、きみがさっき同僚にささやいていたことがわたしに聞こえなかったと思うのか。わたしをだれだと思っているんだ？」

モルテンは顔を紅潮させた。「わかっています」機械的にズボンの右ポケットに手を入れ、すぐにまただした。ズボンの褐色の布地にタバコの箱の輪郭が浮かんでいる。彼がチェインスモーカーなのは、捜査課のだれもが知っている。すでに喉頭癌《がん》の手術を受けた身だ。

「なにがあったの？」ジータがたずねた。

「じつは」トムが説明した。「ジーニエ・ケラーさんは女優なんだ」

「まるで病名のようにいうな」市長が食ってかかった。「れっきとした女優だ。さもなければ、あんなもの、すすんで演じるわけがない。絶対にありえない！　見ればわかるだろう。演じる理由があるか？　やるだけ無駄だ」

「すみません」ジータは小声でいった。「映像を見ていませんが、ジーニエ・ケラーさんが女優だという事実だけ見れば演技だったといえるのでしょうが、ベルリン国際映画祭の開会式をだいなしにしたくらい、その映像は相当ひどかったのでしょう。つまり本物に見えたということですね」

「ほら、見ろ！」市長が興奮していった。「やっとまともに考えられる者が来てくれた」

モルテンは歯が痛いかのように顔をしかめた。「まあ、その、なんです。毛皮製品反対動画がなければ、その判断に同意するのですが」

ケラー市長は唇《くちびる》を引き結んだ。顔色が濃いピンク色に変わった。

「毛皮製品反対動画？」ジータがたずねた。

「あれはまったく別の話だ」ケラー市長がかっとなっていった。

「二年ほど前の話だ」モルテンが話しだした。「ネット配信された毛皮製品反対キャンペーンのビデオクリップに、ジーニエ・ケラーさんは出演してるんだ。毛皮のコートを着て歩行者区域を歩いていると、そこに男が来て、彼女を殴り倒す。彼女は地面に倒れた状態で毛皮のコートを脱がされる。まるで動物が毛皮をはがれたように見える。彼女は裸のまま、死んだように石畳に横たわりつづける。そして最後のシーンで、群衆の中にあるカメラに向かって、裸で歩いてくる。そこに字幕が入る。〝毛皮製品を着るくらいなら裸のほうがまし〟」

「なるほど」ジータはつぶやいた。「その動画は初耳ですが、相当にスキャンダラスだったでしょうね……市長のお嬢さんが……」

ケラー市長は手で払う仕草をした。「ほとんどだれの目にも触れなかった」

「事実、出演したのがだれか知られずに終わった」モルテンがいった。

「では今日上映された映像も、宣伝効果の高いなんらかのメッセージだったということでしょうか?」ジータがたずねた。「つまりキャンペーンの一環とか」

「キャンペーンだと?」ケラー市長が興奮した。「頭のいかれた奴が作ったものだ。最初に神がどうとかいって、それから脅迫の言葉を口にした。〝次はおまえらの番だ〟」

「〝次はおまえらの番だ〟」ジータはその言葉を口にだして考えた。「市長以外のだれを指しているのか思い当たる節《ふし》はありますか?」

「知るものか」市長はつぶやいた。気力をなくして、椅子の肘《ひじ》掛《か》けに手をつき、肩で息をした。

「ヨー?」トムはモルテンのほうを向いた。「映像はまだ映写機にあるのか?」

「ハードディスクに保存されている。すべてデジタルだからな。グラウヴァインに訊いてくれ。だがまだ現場検証中だと思う」モルテンはつっけんどんにいうと、映写室の窓を指した。

「おい、ペール?」トムが叫んだ。

窓にグラウヴァインの顔があらわれた。小さな覗き穴が開いた。「作業中だ」

「映像を見せられるか? それともまだ証拠品を保存中か?」

「映写機とコンピュータは終わっている。ここはかなりぐしゃぐしゃだ」

「映像をもう一度再生することができるか?」

「少し待ってくれ」グラウヴァインが叫んだ。「映写技師を連れてくる。ここはなかなか複雑で」

「ようやく捜査に入るわけか……」ケラー市長はふるえる指で額をぬぐった。

「なあ、オットー」内務省参事官がいった。「医者にいって薬でも……」

「冗談じゃない」市長が答えた。「わたしは外に出る。もう一度見るなんて耐えられない」

ぎこちなく、小刻みな足取りで市長は逃げるように出口へ向かった。金髪の少しおどおどしている三十代半ばの女性が後ろのほうの席から立って、市長のあとについていった。ジータはその女性を見た。

「秘書だ」トムがつぶやいた。

「でしょうね」ジータはそう返事した。

「いつものようになんでも知っているわけか。すばらしい」

「知らないわよ。でも見ればわかる。あなただって、そうでしょ」

「そうとも」トムは冷笑した。「だが頼むから、カッサンドラ（ギリシア神話に登場するトロイアの王女。トロイアの滅亡を予言する）になるのは控えてくれ」

「どうして？」

「わかっているくせに」

「多くの人は真実を恐れて、直視しようとしないっていいたいの？」そういってしまってから、ジータは後悔した。

「違う」トムは冷淡にいった。「だが多くの人は、軽率にいわれたことを忘れられない」

モルテンがふたりを交互に見た。「勘違いかな。今のは私語だよな。今回の件とは関係ない。そうだな？」

ジータはモルテンを無視して、トムを見つづけた。「悪気はなかったの。あなたが説明して。あなたに任せる」

「俺たちが解明しなければならないことはすべてそこにある」そう答えると、トムは真っ白なスクリーンを指差した。

「なるほど、わかったわ」ジータは人気《ひとけ》のないホールを見まわした。「ところで、ここにいた人たちはどこへ行ったの？」

「ここにいた観客は通常の客とは違う」内務省参事官がいった。彼の目は法学博士号の重みと上流階級のイギリス人を思わせる尊大さを合体させていた。「問題をこれ以上こじらせないためにも、慎重にことを運ばねばな」

トムは眉《まゆ》を吊りあげた。「ということは、観客が一般人なら、全員ホールに留め置いて、証人として事情聴取しろと主張したわけですね？」

「そうはいっていない。おそらくそこまでの法的根拠はないだろう。重大犯罪ではないからな。どう見ても、あの映像は作りものだ。だが捜査官が来る前に、ほとんどの観客はすでに建物から出てしまった」

「運営側は観客の名簿を持っているはずですね」トムは答えた。

「コピーを届けさせる」内務省参事官がすかさずいった。即答だったので、名簿はおそらくその前に参事官のデスクに届けられ、何人かの名前が削られるのだろう、とジータは思った。

「それとだね」内務省参事官はブルックマンを見つめた。「これはPR事業の破綻《はたん》だ。ヨーロッパ有数の映画祭の開会式が最悪の性的暴力の見せ場になってしまった。それがなにを意味するか、いうまでもないだろう。ヨーロッパじゅうのメディアが飛びつくはずだ。くれぐれも迂闊《うかつ》なことをしないでくれたまえ」内務省参事官はみんなをねめまわした。「秘密厳守だ。だれもメディアと話をしないように。わたしが承認した場合を除いて。早く結果が欲しい。急いでくれ。報道機関がすぐに第一報を流すだろう。一社でも報道したら、みんな騒ぎだすぞ。臨機応変に対処して、被害を最小限にとどめなくては。みんな、わかったか？」

「もちろんです」ブルックマンはいった。

「わかりました」モルテンはぎこちなくうなずいた。

他の捜査官たちも黙ってうなずいた。

「ええと、ヨー？」グラウヴァインがいきなりモルテンの横に来て、もみ手をした。「ちょっと問題が」

「なんだ？」モルテンの声は喧嘩腰だった。ケラー市長にいろいろいわれた腹いせをだれかにぶつけたかったのだ。「いつものことか。それともまだなにかあるのか？」

「映像のことです。データが破損してます」

「破損って、どういうことだ？」

「破損は破損です。壊れているんです」

「破損という言葉の意味くらいわかる。映像はどうなったんだ？」

「再生できないんです。データが断片化してしまって。正確には、もう存在しないも同じです」

ほんの一瞬、ホールが静寂に包まれた。モルテンは酸《す》っぱいレモンをかじったような顔をした。「おまえの責任か？」

「わたしはデータに触れていません。映像のデータには、一定の時間が経過すると活性化して、データを粉々にするウィルスが仕掛けられていたようです。やられましたよ」グラウヴァインは肩をすくめて、ため息をついた。メンソールとリコリスのきつい臭いが彼の口から漏れでた。グラウヴァインのトローチ、事件現場の臭いに対する個人的愛用薬だ。〝今回、死体はないけど〟とジータは思った。死体らしきものが写っているという映像までなくなったとは。

「わかった。科学捜査研究所に任せよう」モルテンはいった。「それより観客の名簿が大至急欲しい。目撃証言が頼りだ」

ブルックマンは内務省参事官を見た。「手配してくれますか？」

内務省参事官はうなずいた。といっても、首を振るのではなく、目つきで。動きはかろうじて見えるくらい小さかった。それからモルテンのほうを向いていった。「名簿は渡す。明日まで待ってほしい」

「明日まで？　今欲しいのですが」モルテンが口答えした。

「ヨー」ブルックマンがいった。

「明日だ」内務省参事官がもう一度いった。口答えはさせないといわんばかりに。市長がいたら、こんな横柄《おうへい》な返事をするだろうか、とジータは自問した。だが市長はホールから出てしまった。映像のデータが使いものにならないことを、だれかが市長に伝えなければならない。だれにその役がまわってくるかはもうわかっていた。――そしてだれがそれを頼むかも。

特別捜査班が始動しようとしているのに、映像も、死体も、証拠もないとは。代わりに証人は一千八百人。明日には記憶も薄れ、みんな、違うことをいいだすだろう。――少なくとも細部については。しかも、市長の娘は明らかに消えている。そうだ、消えたといえば。ジータはあたりを見まわした。トムはどこだろう。

「ジータ?」ブルックマンが彼女の腕をつかんだ。「市長にだれかがこのことを伝えませんと……」

「わかりました」ジータはいった。「わたしがします」

ブルックマンはジータを見た。彼女の返事が気に入らないようだ。自分の言動を読まれるのが嫌いなのだ。

「いいや、わたしがやりましょう」ブルックマンはいった。「知りあいですから。それに、市長は難物ですしね」ブルックマンはモルテンのほうを向いた。「ヨー、科学捜査研究所の人間とパトロールカーを市長のお嬢さん宅に向かわせましたか?」

「そうしたいのは山々……」モルテンはいった。「ですが……」

「だが、なんです?」

「住所がわからないことには。それがなかなか簡単ではないようで」

ブルックマンが唸《うな》った。

「ケラー市長がずっと目の前にいたではないですか。なぜ訊かなかったのです?」

「質問しました。市長はお嬢さんが住んでいるところを知らないんです」

ブルックマンが唖然《あぜん》としてモルテンを見つめた。

「なるほど。それなら住民課に問いあわせればいいでしょう。きみは初心者じゃないはずですが」

「そちらもだめでした」モルテンが苦々しげに答えた。「鑑識課に捜させています。フローロフはこれまでにもうまく人を捜しだしていますので」

「ではよろしく」ブルックマンはサングラスをはずして、目をこすった。「そうだ、もうひとつありました。ジーニエ・ケラーとオットー・ケラーの名がメディアに出てほしくないですね。絶対に口外しないでください」

「ボス、そんなことがうまくいくかどうか。ホールには一千八百人がいたんですよ。だれか気づくでしょう」

「市長は家族がメディアに嗅ぎまわられないようにしています」ブルックマンはいった。「そういうことにかけては病的なほどです。夫人はほとんど顔をだしませんし、お嬢さんもです。写真を掲載しようものなら、すぐ弁護士の書状がとどきます。ジーニエのことは記事になっていますが、テレビドラマのスターではありません。無名です。勉強中の女優の卵。それ以上ではありません。とにかく市長の家族が巻きこまれないようにしてください！　できるかぎり」

第六章

ベルリン市ポツダム広場劇場
二〇一九年二月十三日（水曜日）午後九時四十七分

　トムはノックして、勢いよくドアを開けた。汚れた空気が溢れでてきた。髪を束ねた男が四台あるモニターの前にすわって、両足をデスクの上に乗せていた。男はびくっとして、手にしていた缶コーラをシャツにこぼしてしまった。「おい、なんだよ」男がむっとしていった。「あんた、いつもそんなに激しくノックするのか？」

「急いでいるときはな。まさかそんなに呑気にしてると思わなかったんでね」

　男は目をすがめた。「州刑事局、バビロン」トムの身分証にはそう書かれていた。男は両足をデスクから下ろした。肩幅が狭く、ゲールス＆シュタルケというロゴ入りの紺色の制服を着ていて、上唇《うわくちびる》に少々長すぎる、薄い髭《ひげ》を生やしている。

「廊下で監視カメラを見た」トムはいった。「あんたの同僚に訊いたら、録画した映像についてはあんたに相談するようにいわれた」

「ああ、そうだけど」男はシャツに染みたコーラをふきながら、筋張った手をトムに差しだした。「スアレスだ」男の手は汗ばんでいて、目の色は男が籠《こも》っているこの窓のない小部屋と同じで暗かった。「例の映像の件で？」

トムはうなずいた。

「入ってくれ」スアレスはトムがすわれるように、モニターが並ぶ安っぽいデスクの前にガタのきたオフィスチェアを寄せた。長いアームつきのデスクライトの光に、花柄のマグカップ、牛乳のテトラパック、コーラ・ライトの缶数本が浮かび、その横にキーボードとよれよれのマウスパッドがあった。どのモニターも、画面が四分割されていて、要所要所を映している。ホワイエ、ロビー、裏口、バックステージ、ホールに通じる通路。全部でカメラは十六台。この規模の劇場ならよく見渡せる。

「すべて記録しているのか？」

「もちろん。ただし二十四時間だけだ。そのあとは順次消去される。個人情報保護の絡《から》みでね。州刑事局の人ならわかるだろう」

「ホールにカメラは？」

「ないよ。あればいいんだけどね」スアレスはため息をついた。「そうすれば映画が見られる。だけど、それはできない。違法コピーになるんでね」

「そうか」トムはつぶやいた。ホールにカメラがあれば、映像のコピーが確保できると期待していたのだ。

「さっき観客がいっせいに出てきたけど、すごかったな。おい、なんだ。もう終わったのかって思った。たいてい寝て過ごす……」スアレスははっとして口をつぐんだ。「だれにもいわないでくれよな。ずっとここに籠ってるんでね」

「大丈夫だ」トムは男を安心させた。「最初の観客がホールから出てきたところを見られるか？」

「いいとも」スアレスはメニューをクリックした。モニターの映像が高速で巻きもどされた。廊下に人影はなく、ドアはすべて閉まっている。映画館は死んだようだった。

それからドアが次々ひらいた。着飾った人々がわらわらと出てきた。俳優をはじめとしたVIPたち。サッカー選手もひとり、女性を連れていた。三人に一人は、名前はともかく、顔に見覚えがある。多くの人が大きな身振りで連れと話している。怒った顔、吐き気を催《もよお》している顔。取り乱している者もいる。内務省参事官が観客の名簿をだししぶるなら、この記録が開会式にいた者を特定する証拠になるだろう。そして映写技師を襲って、映像を上映した奴が映っているのはほぼ確実だ。

「映写室にカメラはあるか？」トムはモニターから視線をそらさずにたずねた。

「あそこはないね。保安上重要な場所じゃないから」スアレスはいった。

〝それは今日までだ〟とトムは思った。「今日一日の映像のコピーをくれるか？」

「いいとも」スアレスはハードディスクを引き出しからだして、記録映像を流しながらコピーをはじめた。トムは映像を視野にとどめるように努力した。カメラが多すぎる上に人数も半端ない。突然はっとした。トムは前屈《まえかが》みになった。キャップをかぶった男がいる。ベルリン国際映画祭のロゴ入りキャップ。他の客と違って、そいつの顔が見えない。カメラのそばに来てもやはり顔が見えない。動きも少しぎこちない。年配のようだ。顔はずっとキャップのつばで隠れている。カメラの位置がわかっていて、絶対に顔が映らないようにしているようだ。そのとき、トムは男の連れに気づいた。少女と手をつないでいる。おどおどした表情にぼさぼさの金髪。

　トムは胸がちくっと痛くなった。モニターを見つめた。床にドアが開いて、そこに落ちるような感じがした。

「ストップ」トムはかすれた声でいった。

「なんですか？　コピーを？」

「映像のほうだ」

　映像が静止した。帽子の男とそいつが手をつないでいる少女は監視カメラの手前にいる。男はもう一方の手を少女の顔の上にかざした。

「ちょっと戻してくれ。ゆっくり」トムはいった。

　ひとコマずつ映像が戻る。男の手がゆっくりと少女の顔から離れる。

　床に落ちる感覚は消えない。

　少女は十歳か、十一歳くらいだ。

　髪の毛、耳、目元――すべてが――まるで。

「大丈夫かい？」スアレスが前屈みになって、トムを見た。

「いいか」トムはいった。「州刑事局の人間がこのあと来るかもしれない。俺がどの個所で映像を止めたか黙っていてくれるか？」

「嘘をつけっていうのかい？」

「いや、そうじゃない。俺がこの個所に注目したってことをいわないでほしいだけだ」

「幽霊でも見たような顔をしてたってことを？」

「頼めるか？」

「問題は起きないよな？」スアレスがたずねた。うさんくさそうな目をしている。少なくとも金は求めなかった。トムとしては、賄賂《わいろ》を渡すことだけはしたくなかった。

「心配ない。プライベートだ」

「プライベート」スアレスがつぶやいてからうなずいた。「いいとも。わかったよ」

「ありがとう」トムはかすれた声でいうと、スマートフォンをだし、モニターに映っている少女の写真を撮った。

スアレスは今なんといった？　〝幽霊でも見たような顔〟

かなり当たっている。

いったいこの少女はなんだ？

幻影？

幻覚？

トムの想像の産物？

それしかありえない。

それでも少女は目の前のモニターに映っている。静止画として。時間が凍結したかのようにトムの目の前にいる。年配の男の手をいやいやつかんでいる映像の少女はトムの妹ヴィオーラだ。姿を消した二十年前のあの日とほとんど同じ年齢の。

第七章

ベルリン市地下鉄U一号線
二〇〇一年八月八日午後十時七分

暗闇。よぎる照明。足元を次々過ぎていく枕木。ジータは下唇《したくちびる》を噛んだ。少し血の味を感じた。髪が風で乱れる。赤毛の腕が腰を押さえてくれている。ゴトゴト揺れる列車の外板に体を押しつける。すぐそばを照明がかすめるたび、外板が黄色く光った。ふたりしてつかんでいるドアハンドルは銀色に光っている。それだけが頼りだが、あまりにちっぽけだ。「くたばれ」赤毛が吠《ほ》えるようにいった。追っ手の姿はとっくの昔に見えなくなったというのに。

いかれてる！　赤毛がふるえるジータをがっしりつかんで、ドアのほうに引き寄せた。

「すごくないか?」赤毛が叫んだ。

やめて、どこがすごいのよ。無茶苦茶だけど、たしかにすごい!

ジータは自分の気持ちをうまく整理できなかった。頭の中がぐちゃぐちゃだ。列車に飛びこんで死ぬつもりだったのに。今は列車にしがみついて、線路を疾走している。落ちて死ぬのが恐い。全身に荒々しい、抑えようのないエネルギーが流れる。ドラッグをやったらこんな感じに違いない。ホラーで、いかれてて、最高。矛盾の極みだ。

「こんなことをよくするの?」ジータがたずねた。

「地下鉄サーフィンか? もちろんさ」

オーケー。それなら死なずにすみそうだ。

とにかくいかれてる。まさにこういうことがしたかったのよ、とジータは突然思った。もちろん生きたいという欲求がずっとつづくかわからない。だけど今、大事なのはこれからの五分だ。そのあとどうするかはまた改めて決めればいい。

「おい。馬鹿な真似はするなよ!」赤毛は心配そうにジータの足を見た。自殺志願者を腕に抱えていることを思いだしたようだ。

「しないわよ」ジータは叫び返した。

「おまえが落ちるときは、俺も落ちるんだ。わかったか?」

「わかった」

急に列車のブレーキがかかった。ふたりは反動でドアに押しつけられた。金属がこすれる音がした。火花が散っていそうだ。いきなりあたりが明るくなった。冷たい蛍光灯の光。金属を組んだ屋根。足元を滑《すべ》っていく地面がゆっくりになって、動きが止まった。ゲルリッツ駅！　よかった。ジータは片方の足を伸ばして、連結器から降りようとしたが、赤毛はそのまま抱いていた。

「もうひと駅行く。距離を稼がないと」

ホームにいる年配のカップルが、連結器に乗って、ドアハンドルをつかんでいるジータたちを見て、目を丸くした。

「ここまでそんなに速く来られないでしょ」ジータは口答えした。

「俺たちが次の駅で降りると思うはずだ。ここに奴らの知りあいがいたら、万事休すさ」

「あいつら、だれなの？」ジータはたずねた。「あなたになんの用なの？」

「さあな」

ジータは彼が嘘をついているか自問した。なにをしたらああいう奴らに付け狙われるのだろう。まるで理由がわからない。

「本当に奴らの知りあいがここにいると思う？」

「おい、ここはゲルリッツ駅だぞ。駅の階段を下りたら、密売人がうようよしてる」

たしかにそうだ。ジータも連中をよく見かけるから知っている。派手な野球帽にジャンパーにスニーカー。最近、新聞記事で読んだ。多くはシエラレオネから来ているらしい。不法入国で捕まるのが見えているから、ドイツでは働けない。

「だけど、たいてい黒人でしょ。白人があいつらとつるむ？」

赤毛はジータを見つめた。「甘いな。コークスニグロ（黒人の売人の別称）がだれのためにあんなやばい橋を渡ってると思うんだ？」

「どういう意味？」

「あいつらは働きアリさ。白人の不良の使い走り。そして白人の不良は組織の奴からブツをもらってる。そういうものさ……」

ジータは唾をのみこんだ。「詳しいのね。つまりドラッグってこと？」

「もち、ドラッグさ」

「違う。あんたもやってるの？」

列車がガクンと揺れて走りだした。ジータの足が連結器から滑り落ちそうになった。

「つかまれ！」赤毛が大声をだし、左手でジータの脇をがっしりつかんだ。「ちくしょう。いっただろう。あいつらが俺になんの用なのかまったくわからない」

年金生活をしてそうな老夫婦があきれ顔でジータたちを見ていた。男のほうが手を上げて振っている。だれかを呼んでいるらしく、男は興奮して列車の最後尾を指差した。

あっという間《ま》に頭上に夜空が広がった。列車は高架線路を疾走した。高架上の駅が遠のく。まるで獲物を狙う爬虫類《はちゅうるい》のようだ。ジータは向かい風に髪を巻かれた。枕木がひとつに溶けて、鉄路のあいだの長くて黒い滑走路のように見えた。

赤毛は密売人のことを「コークスニグロ」と呼んだ。それなら自分は彼にとって何者だろう。

またさっきと同じになった。ジータを追ってくる言葉たち。ジータは空を仰いだ。列車の背後で渦《うず》を巻く風。頭の中にある余計なものをすべて吹き飛ばしてほしいと思った。赤毛にしっかりつかまれているのを感じる。赤毛はこっちを見ているはずだ。だがなにもいわず、静かにジータのことを気づかっている。だれかに気づかわれるのなんていつぶりだろう。母親なら、仕事をしていないときや、酒に溺《おぼ》れていないときに気づかってくれる。だけど男の子は？

ジータは頭をさらに上に向けた。

次の駅に着いた。シュレジア門駅。

ホームには制服を着た男が三人待ちかまえていた。

列車が止まるなり、そいつらが叫んだ。「おい、おまえたち。すぐに降りろ」

さっきの年金生活者がきっと駅員に通報したのだ。

「捕まる前に逃げるぞ」赤毛はジータといっしょに連結器から飛び下りた。ふたりはホームに上がると、出口に向かって走った。

「止まれ！」

制服警官に捕まりそうになりながら階段に辿《たど》り着き、一気に二段飛ばしで飛ぶように駆けおりた。階段を下りたときには追っ手との距離をいくらか広げていた。赤毛は迷わず左に曲がって、道路を横切り、オーバーバウム橋へ向かった。タクシーがけたたましくクラクションを鳴らした。タイヤがスリップする音がして、制服警官のひとりがぎりぎりのところでベージュのベンツを避《よ》けるのが見えた。ジータたちは無我夢中で走った。こっちは十六歳の足と肺、あっちは五十代。まもなく追っ手の三人はあきらめ、遠く離れた。ジータと赤毛は橋の途中まで走りつづけ、そこであえぎながら立ち止まった。赤毛は靴紐で街灯にぶら下げてある一足のスニーカーを指差し、息も絶え絶えに「足が速いな」といった。

ジータはうなずいた。逃げるのには慣れている。足も長い。「あんただって」

ふたりは黒々としたシュプレー川を見ながら息をついた。

「これからどうするの？」ジータはたずねた。

「これから？」赤毛がいった。「さっきは列車に飛びこもうとしてたくせに、もうこれからのことが気になるのか？」

「ごめん」

「なんだよ、それ？　生きていたくなったのを謝るのか？」

ジータは肩をすくめた。

「おまえ、なに人だ？」

「キューバ人。半分ね」

「残りの半分は？」

「ドイツ人」

「ふうん」赤毛は眉《まゆ》を吊りあげた。「きれいな髪だ」赤毛はジータの髪を指差した。

「あんたこそ、きれいな狐色」そういうと、ジータも彼の髪を指差した。

ジータは一瞬、口をつぐんだ。「あなたは何者?」

「俺?」

「他に人はいないけど」

「ふむ、ギャングさ」

「ギャング。なんていうギャング?」

「名前は探しているところ」

「仲間は何人いるの?」ジータがたずねた。

「ひとりさ」赤毛がいった。ジータは吹きだしそうになった。だが赤毛は表情を変えなかった。本気でギャングのつもりらしい。ナイフのことがジータの脳裏をかすめ、使ったことがあるのか気になった。

「やあ、大将」十二歳くらいの黒人の少年が二、三メートル離れたところに立って、ふたりを見つめた。だらしなかった。擦《す》り切れたフルーツオブザルームのスウェットシャツを通して肩が骨ばっているのがわかる。そしてマルチカラーのニット帽をかぶっていて、スニーカーの靴底がはがれている。「お金ある?」

「失せろ」赤毛が怒鳴った。

黒人の少年は手をだして、その場にいつづけた。「お金をおくれよ。いいことを知ってる。いいことだよ!」

「いいから、他の奴にたかれよ」赤毛はハエを追い払うように手を振った。

ジータは赤毛の袖を引っ張った。「少しあげたら？」

「正気か？　そんなことしたら、つきまとわれるぞ。いいことなんて嘘に決まってる」

「そうかもしれないけど、そうじゃないかもしれないでしょ」ジータはシュプレー川の先に見える駅に視線を向けた。

「いいこと」黒人の少年は繰り返した。「大事なこと」

赤毛はため息をついた。「しょうがないな。そんなに甘い顔をするなよ」赤毛はしぶしぶズボンのポケットを探った。黒人の少年が赤毛の指の動きをじっと目で追っていた。「なにもないや」赤毛がしばらくしていった。少年が無愛想になった。赤毛は肩をすくめて、そっぽを向いた。

「ちょっと待って」ジータは足を二歩前にだして、少年の肩をつかんで引いた。だが少年はびくっとすると、さっとその手をかいくぐって、ジータのほうを向いた。黒い目が不安と怒りの色に染まっていた。ジータは両手を上げてなだめた。「わかったわ。じゃあ、こうしましょう。明日の午後二時。この場所で」ジータは頭上にぶらさがっているスニーカーを指差した。「五マルク（二〇〇二年に、ユーロが公式通貨になるまでのドイツ連邦共和国の通貨）持ってくる。でもいいことっていうのは今教えて。オーケー？」

黒人の少年は、なに馬鹿なことといってるんだというようにジータを見つめた。

「そんな目で見るな」赤毛がいった。「信じろ。そういう奴なんだ」

黒人の少年は疑り深くジータを見つめた。「十マルク」そういうと、顎《あご》を突きだした。

「オーケー。十マルク」

少年がニヤッとした。白い歯が見えた。上顎の左側の犬歯が欠けていた。それからまた真顔になった。

「あんたら、逃げないとだめだ。モヒカンが捜してる。モッツィと赤い狐」

モッツィ。やっぱりその言葉からは逃げられないのか。こいつはせいぜい十二歳だ。ドイツに来たときにはもう東ドイツという国はなかったはずなのに。けれども外国人労働者を馬鹿にする風潮はそのままつづいているのだ。

「そのモヒカンてだれ？」ジータはたずねた。その瞬間、モヒカンがモッツィと同じ、馬鹿にするときの言葉だと気づいた。

黒人の少年は肩をすくめたが、まだなにか知っているように見える。

「金を吊りあげようったって無駄だぞ、ガキンチョ」赤毛がいった。

「そのモヒカンは彼になんの用があるのか知ってる？」そうたずねると、ジータは赤毛を指差した。

黒人の少年は改めて肩をすくめた。「刺し殺すっていってた」

ジータは唖然《あぜん》として黒人の少年を見つめた。「なんですって？」

「そういってるのを聞いた」

「だけど、なんで？　どうして、彼を……刺し殺すわけ？」

黒人の少年は首を横に振った。「そいつだけじゃない。あんたもさ」

ジータは耳を疑った。なにかの誤解だ。「ど……どういうこと？」

「あんたも」黒人の少年は赤毛を、ついでジータを指差した。「そしてあんたも」

ジータは啞然として黒人の少年を見つめた。

「だけど……なんで？　わたし、なにもしてない……」

「おい、こいつのいうことを全部信じるのか？」赤毛が文句をいった。「嘘をついてるに決まってる！　俺たちは会ったばかりだ。忘れたのか？　あいつらが俺たちになにをするといったかなんて、どうしてこいつにわかるんだ？」

黒人の少年は、自分には関係ないというように何度も肩をすくめた。「女の子がどうとかいってた」

「女の子？　どの女の子？」ジータは赤毛を見た。

「俺に訊くなよ」赤毛がぶすっとしていった。

「でも、わたしは関係ない」

「ちくしょう。俺は関係があるってのか？」

「だれかは関係があるはずよ。さもなければ、モヒカンがそんなむちゃくちゃなことを考えるわけないもの」

赤毛は黙って、血の気の引いた唇を嚙んだ。「糞《くそ》っ」

だがジータにはなぜ糞なのかわからなかった。

「警察に行かなくちゃ」ジータはいった。

「警察？　頭、大丈夫か？　なんていうんだ？」

「命を狙われてるっていえばいいでしょう。わたしは警察に行く。当然でしょ」

「無駄さ。面倒を抱えるだけだ」

「あんたはね。すねに傷を持つ身だものね」

「だとしても」赤毛は手を横に振った。「訴えたとして、あいつらがなにをすると思う？なにもしやしないさ。おまえを家に帰すだけ。なにか起きないうちは、なにもできないというに決まってる」

「じゃあ、どうするの？　それってつまり……」

「おい、奴らはおまえが強姦されるか、殺されるかするまで動かない。その前に動きはしない。わかったか？」

ジータは愕然《がくぜん》として押し黙った。

「警察には行かないほうがいい」少年が唐突にいった。

「本気？　あなたまでそういうの？」ジータはため息をついた。

「大将のいうとおりだ。警察は手だしできない」

「どういうことだ？」赤毛がたずねた。

黒人の少年は向きを変えた。「モヒカンがいってた。警察はモヒカンになにもできない。まだ十九だから」

ジータと赤毛は視線を交わした。

「くだらない」赤毛がいった。「おまえだって捕まるさ。小さすぎるからな。だけどモヒカンが十九なら、少年裁判所の世話になるさ。もちろんそれだけのことをしないと無理だがな」

黒人の少年は眉間《みけん》にしわを寄せた。「そんなはずないよ。警察は十九に手だしできないんだ。そういってた」

「人の話を鵜呑《うの》みにしないことだ、ガキンチョ」赤毛がいった。

黒人の少年は肩をすくめた。彼の好きな仕草らしい。

「じゃあ、明日お金持ってくる？」黒人の少年はジータにたずねた。彼のまなざしには、要求と懇願がないまぜになっていた。

「奴らの名前を全部教えてくれるならな」赤毛はいった。

黒人の少年はあたりを見まわして、橋とその周辺をうかがった。それから声をひそめていった。「モヒカン、刀身《クリンゲ》、蚤《フロウ》」

「馬鹿にしてんのか？　本名をいえ。あだ名じゃなく」

「モヒカン、クリンゲ、フロウ」黒人の少年はそれしかいわなかった。

「まあ、いい。おまえの名前は？」

「アーマド」黒人の少年はいった。

「アーマド。そうか、じゃあ、失せろ、アーマド」赤毛がささやいた。

「明日、お金？」アーマドは改めてジータにたずねた。

「ええ。明日ね」ジータは橋のレンガ造りの天井とぶらさがっているスニーカーを指差した。

赤毛はあきれたという顔をした。「行くぞ」といって、足早に歩きだした。

ジータは立ち止まった。

赤毛が振りかえった。「どうした?」

「これはあなたの問題で、わたしは関係ない」

「今、聞かなかったのか? モヒカンは、そんな違いを気にしてないようだぞ」

「あいつに説明する」ジータは顎を突きだした。

「説明? 刺される前か、刺された後か?」

ジータは唇を引き結んだ。赤毛がいいたいことはわかる。モヒカンのような手合いは説明しても通用しない。自分がモザンビークの出身ではなく、キューバ人とのハーフだと何度もわかってもらおうとした。それでも、みんなジータをモッツィと呼んだ。だれもが聞く耳を持っているわけではないのだ。

「おい、ここでぐずぐずしてたら、沼地にはまった雌牛《めうし》も同じだぞ」赤毛がいった。

「沼地にはまった雌牛?」

「沼に足をとられてにっちもさっちもいかない雌牛、つまり間抜けな雌牛ってことさ」

「マジでそういうわけ? あいつらに絡《から》まれてるのはあんたのせいなんだけど、馬鹿」

赤毛は眉を吊りあげた。「ほかにもいろいろ抱えているようだがな。さもなきゃ、列車に飛びこもうとなんてしないはずだ。違うか? つべこべいわずについてこいよ。ここはヤバすぎる」

第八章

ベルリン市ポツダム広場劇場
二〇一九年二月十三日（水曜日）午後十時六分

白く輝くタイル。そして洗面カウンターと鏡。トイレの造りはたいして変わらない。それを見るとなんとなく落ち着く。どこか安心できる。ついさっき体験したことと正反対だ。ヴィーは好きなときに来ては消える。よくわかっている。だが監視カメラの映像にあらわれるとは。

トムは蛇口《じゃぐち》をひねった。水がはねた。顔を洗う。さっきヴィーを見たのは夢だろうか。いい加減に目を覚まさなくては。ところが、忌々《いまいま》しい夢が頭の中深くこびりついて離れない。冷水も効きそうにない。

トムは鏡を見て、びくっとした。ヴィーがいきなり横に立っていた。背を高く見せようとしてつま先立ちしている。髪を後ろで束ねて、カラスの黒い羽根を挿している。昔、ギューターフェルダー・ハウス湖のそばの森でインディアンごっこをしたときに、トムが挿してやった羽根だ。あれはヴィーが何歳のときだったろう。九歳？　もう十歳だっただろうか？

〝あたしがまだ生きてるって信じてほしいから、このところあまり顔を見せなかったんだ〟

ヴィーは感情を害していた。

トムは静かにうなずいた。馬鹿げていると思った。鏡の中で自分がうなずき、ヴィーが大きな目でそれを見つめている。

〝あたしがまだ生きているって信じてるんでしょ？〟

もちろんだ、と思う。

トムはポケットからスマートフォンをだして、監視カメラのモニターから撮った少女の写真をタップした。その画像を妹の鏡像と並べてみようとしたが、ヴィーは比べられるのがいやなのか消えていた。

「おまえにドッペルゲンガーがいるのか」トムは小声でそういうと、ふたたびスマートフォンをしまった。「魔法にかかってるわけじゃないよな」

ヴィーが鏡に戻ってきて、小首をかしげた。

〝魔法ではないわ。お兄ちゃんがあたしのことを忘れないうちはね〟

〝ビデオに映っていたのはおまえか〟とトムはたずね、考えるだけ馬鹿げていると思った。

ヴィオーラはトムを疑わしげに見た。まるで立場が逆になったことを非難するみたいなまなざしだ。トムが少年で、ヴィーが大人であるかのように。

〝あたしなら、二十は歳をとってるはずでしょ？〟

〝あの少女はおまえにそっくりだった〟

〝あれがあたしだって思いたいだけかもね〟

〝この目で見たんだ〟

〝テルトー運河の死体と同じね。あれも急に消えちゃった〟

〝待ってくれ。俺が死体のそばで見つけた鍵を、おまえは今も首から下げているじゃないか。おまえは必死に欲しがった〟

ヴィーは首からかけている紐を指でつまんだ。〝もっと気をつけなくちゃ。あれをあたしに渡したのはまずかったわね〟

〝鍵はともかく、映像に映っていたのはおまえだ〟

トムはジャケットを探った。監視カメラの映像をコピーしたハードディスクがポケットに入れてある。トムが見た少女は夢ではない。現実だ。0と1の数列からなるデジタルデータが記録媒体に書きこまれているだけとは違う。

洗面所のドアが音を立ててひらいた。トムは我に返った。トイレに入ってきた男は、青く輝くスーツと胸元を開いた黒いシャツを着ている。首には長くてごついネックレスをかけていて、そこに拳大のゴシック風の優美な十字架が下がっている。喉仏を中心に首の左右に翅《はね》を広げた大きな蝶《ちょう》のタトゥーが動きだした。「ここにいたのか。好都合だ」男はニヤッとした。「呼びださなくてすむ」

「ベネ」トムは唸《うな》った。「なんでここにいるんだ?」

「おいおい、ここの地下は俺の縄張りだ。忘れたのか？」

「忘れるものか」

二十年前、ベネと三人の仲間といっしょに死体と鍵を見つけ、その鍵を手元に置くという取りかえしのつかない決断をした。一年半前、そのせいで仲間がふたり死んだ。だがベネとの付きあいはそれだけでは終わらなかった。今のベネは、犯罪に手を染めたクラブオーナーにしてベルリン裏社会の大物。この劇場の地下にあり、ベルリン一儲かる人気のクラブ〈オデッサ〉は彼の所有だ。劇場とクラブのバックステージは複雑に絡《から》みあっていて、ひとつの体のふたつの臓器といったところだ。

ベネはトムのそばを通ってトイレの個室へ向かった。扉を次々に開け、中を覗いた。それから小便器に向かって用を足した。

「旧友の頼みを聞いてくれるかな。上の騒ぎを早々に終わらせてくれないか？　あいつら、俺のクラブまで営業停止にして、客を追い返してる。これじゃ上がったりだ」

「できるとしても、ごめんだ」

「また氷河期なのか？」

「ちょっとあってな」

「鍵の件で俺が助けたことをもう忘れたのか？」

「あれには打算があったことを忘れたか？」

「おいおい。援助はただじゃない」

「おまえの世界ではな」

「どんな世界だってそうさ」ベネは小便器に最後の滴《しずく》を振り落とすと、爪先立ちになってファスナーを上げた。それから小便器に唾を吐き、トムの横に立って手を洗った。「顔が青いけど」ベネはトムを見ずにいった。「幽霊でも見たのか?」

そういうことか。スアレス。あの警備員がベネに知らせたのだ。

「あいつはなんていってた?」

「モニターに映っていた少女を撮影したっていってた。コーヒーカップの受け皿並みの大きな目をして」

「それで?」

「おい、おい。その子は問題のスナッフフィルムとは関係ないだろう。十一、二歳。金髪、巻毛……ピンとくるじゃないか」ベネは蛇口《じゃぐち》を閉めると、ズボンで手をふいた。

ベネと接触するのは避《さ》けたいが、なにもかも彼に話したくなる自分がいる。トムのことを理解できるのはベネしかいない。

「おまえのいうとおり」トムはいった。「幽霊さ。ヴィオーラなら、二十歳は上のはずだ」

「見せてくれ」ベネが手を差しだした。

「おまえには関係ないことだ」

ベネは目を丸くした。「なんだよ! こんな俺だけど、そのことはちょっと忘れてくれ。他でもない。俺だってヴィオーラが気に入っていたんだ。おまえは俺のダチだ。俺が平気だと思うか？　俺にもそれなりに責任があるしな」

トムとベネの視線が鏡を通して重なった。

「早くしろ」

トムはため息をつくと、スマートフォンをだして、ベネに写真を見せた。

ベネは歯と歯のあいだからかすかに息を吐いた。「隣にいるのはだれだ？」

「わからない」

ベネは本当に同情している。

「スアレスはおまえの手下なのか？」トムはたずねた。

ベネはうなずいた。なにを頼まれるかわかっているように、トムを見た。勝ち誇っているはずなのに、ベネはニコリともしなかった。ベネは、トムになにか頼まれるといつも勝ち誇る。「このチビと男が他のカメラにも映っていないか調べるようにスアレスにいっておこう。まあ、様子見だ」

トムは感謝の気持ちをこめてうなずいた。頼みもしないのに、ベネがなにかしてくれるなんてまずないことだ。

第九章

ベルリン市ポツダム広場
二〇一九年二月十三日（水曜日）午後十時二十五分

なんて人が多いんだ。館内での騒ぎは本当にすさまじかった。

なんであの子をあんなところに連れていったりしたのだろう。すてきなものが見られるんだぞ、すごいんだ！　子どもっぽい言い方をしたら、あの子はへそを曲げた。子ども扱いされるのが嫌いなんだ。あの子は十一歳！　そういう年齢だ。

それでもあの映像はショッキングだった。あの子はたいして見ていないが、目にしたものだけでもぞっとしたはずだ。観客がいっせいに外に出た。彼は少女の手をしっかりつかんで引っ張った。こっちだ、早くといって。あの子は手が痛かったに違いない。おまけにキャップを目深《まぶか》にかぶらされて、みっともないとうんざりしているに決まっている！

男は出口で一瞬、注意散漫になって、なにを見るともなく周囲を見まわした。すると少女は男の手を払って、先に走っていった。足の弱っている男にはついていけなかった。少女は群衆をかきわけていく。だが大きな広場に出ると、少女はとたんに凍えた。上着をクロークに預けたままにしてしまった。サイアク、マジで。館内に戻ろうとしたが、映画館の入り口には警備員が何人も立っている。

少女は警備員に頼んでみようかと思った。みんな、制服を着ている。でも警官ではないのはたしかだ。警備員は禁止リストにあっただろうか。上着を置いてきたというくらい構わないはず。

「あのう」少女はおとなしく声をかけた。「中に戻ってもいい？　上着をクロークに預けっぱなしなの」

「今取りにいくのは難しいな」警備員がいった。少女のことを見もせず、壁のように立っている。右手を耳につけた小さなイヤホンに当てて、じっと聞いている。だれかが聞き取りづらい声でなにか秘密の命令をしているようだ。

「両親はどこだい？」別の警備員がたずねた。

「まだ中にいるの」これでなんとかなると思って、嘘をついた。

「じゃあ、両親が出てくるのを待つんだな。でも、ここにいたらだめだ。人でごった返しているからね」

少女はうなずいて、無理をいうのをあきらめた。制服を着て、暗い顔をしている連中は見るからに恐い。やっぱり警官なのだろうか。

少女はめったに不安を感じない。だが四六時中、用心するようにと口を酸《す》っぱくしていわれている。〝そんなことしちゃだめ。だめよ。気をつけて。もう少しまわりに目を配りなさい。恐いおじさんがいるの。本当の名前を知られてはだめ。あなたがだれか知られないようにしなさい。知らない人に声をかけられたら、逃げるのよ！〃これでもいわれる言葉のほんの一部だ。耳にタコができそうだ。

他の子が小言をいわれるときは、ちょっと違う。道に気をつけなさい……信号が赤のときは渡ってはだめ……スマートフォンをしまいなさい……。

それが普通だ。少女が再三聞かされる注意は普通ではない。

少女はもううんざりだった。

それに本当に寒い。

少女はクリューギおじいちゃんを捜した。クリューギおじいちゃんと呼んでいいかあらかじめたずねた。今は手をつなぎたかった。上着を引きとってくれているかもしれない。ところがおじいちゃんはどこにもいない。広場が広いのはわかってる。でも人混みと霧のせいで見渡しがきかない。体が小さいと、人混みをかきわけるのは簡単だが、人垣に邪魔されて見通すことができない。

電話をかけたほうがいい。本当にかけるべき状況だ！

少女はズボンのポケットからスマートフォンをだそうとした。嘘っ！　スマートフォンはクリューギおじいちゃんが持っている。さっき映画館の中でいわれた。〃スマートフォンを預かろう。持ってちゃだめだ。映画館の中では使えない。電源を切らなければならないからね〃

少女は映画館に入ったことがなかった。だからそのことを知らなかった。でもスマートフォンを渡すんじゃなかった。おかげで電話がかけられない。電話番号も覚えていない。

〝電話番号を覚えなさい〟

いつもそういわれていたのに。

だけど、なんで覚えなくちゃいけないんだろう。スマートフォンがある。電話番号はそこに登録されている。覚える必要なんてないじゃないか。大人はときどきわけのわからないことをいう。数字を覚えるなんて。少女は記憶力がいい。でも数字は苦手だ。数字は算数。算数は大嫌いだ。

けれども、電話番号がわからないのも間抜けな話だ。

これからどうしよう？

動かず、待ったほうがいい。どんなに寒くても。クリューギおじいちゃんがそのうち見つけてくれるはず。今頃、捜しているだろう。

そのとき青色回転灯が見えた。警官がパトロールカーから降りた。少女は不安になった。

〝警官からは離れなさい〟

再三いわれていることだ。それも一番多く。〝声をかけられても、なにもいってはだめ。すぐに逃げなさい。逃げられないときは、絶対に黙っていること！　わかった？〟

絶対に黙っていること。少女はいつもうなずいた。そんなに難しくはない。ところが今、警官がこっちへまっすぐやってくる。少女は身をこわばらせて、警官を見上げた。制服、拳銃、薄茶色の目、警帽。警官がかがみこんできた。笑みを浮かべている。

〝どんなにやさしくされても、なにもいってはだめ！〟

「お嬢ちゃん、お名前は？」

少女は唇《くちびる》を引き結んだ。

「ふむ。ずいぶん寒そうにしてるじゃないか。お父さんとお母さんは？」

〝なにもいうな。ひと言もいってはだめ〟

「無口なんだね」警官がまた微笑《ほほえ》んだ。これはきっと罠だ。

警官は体を起こしてジャケットを脱いだ。分厚いジャケットだ、革製で裏地がついている。

それを肩にかけてくれた。

「これでましになっただろう？」警官は少女の手をつかんだ。「おいで。いっしょに……」

少女は手を払ってさがった。

「おい！　どうしたんだい？」警官は改めて手を伸ばした。大きな手。毛むくじゃら。少女はその手から逃れた。だめ、だめ。わかっていたことだ。やさしくしてくれるのは罠だ。どこかに連れていこうとしている。それが狙いだ。金縛りが解け、少女はくるっと向きを変えるなり、必死に逃げだした。

「おい。止まれ！　俺のジャケット！」

ちらっと振りかえる。警官はあんぐり口を開けたまま立ちつくしていた。

〝そのまま立ち止まってて……〟

だが警官は立ったままではいなかった。駆けだして追ってくる。長い足で、険しい顔をしている。少女の心臓がバクバクいった。石畳を飛ぶように走る。肩にかけたジャケットがずり落ちそうだったので、両手でしっかりつかんだ。

「おい、待てったら！」

フェンスの向こうに人がたくさんいて、劇場のほうを興味津々に見ている。少女はフェンスに乗って、向こう側に下りた。ジャケットが肩から滑《すべ》った。少女は手を伸ばしてしっかりつかみ、それから人混みに紛《まぎ》れた。このまま走れ。ずっと走れ。道路は狭く、濡れて、てかっている。駐車した車がずらっと並んでいる。まるで霧の中で静かにしているヘビのようだ。左右にはガラスとレンガの壁があるばかりで、どこにも人影がない。ここにはだれもいないのだろうか。劇場の中は人でいっぱいだったのに。角を曲がり、もう一度曲がって、少女は隠れるところを探した。止まっている車の下はどうかな。少し先に車高が高い大きな車が止まっている。ＳＵＶだ。少女はそこへ走っていくと、地面に伏せて、車の下にもぐりこんだ。そのときはじめて警官のジャケットを持ってきたと気づいた。ひどいことをしてしまった。警官はきっと怒っているはずだ。でも、手放すにはもう遅い。

車の下は意外に暖かかった。エンジンが熱を放出しているのだ。きっと止めたばかりなのだろう。少女は心臓をドキドキさせながら横たわっていた。

音を立ててはだめ！

車の下にもぐりこんでから一時間が経った。いや、もっと時間が経過したかもしれない。少女は時計を持っていない。いつもスマートフォンで確認していた。エンジンは冷えてしまった。そこはいつもの隠れ家と同じように窮屈《きゅうくつ》で、無理な姿勢だったが、なんとかジャケットにしっかりくるまった。背中にアスファルトを感じる。目の前には泥がこびりついた車の底部があった。頭を少しでも動かせば、鼻に泥がつきそうだ。でも、ここなら安全だ。外の霧の中では警官が待ちかまえている。警官は捜すのをやめないだろう。警官があきらめることはない。危険な存在だ。さっきはなんでおじいちゃんの手を払ったりしたんだろう。あの手が懐かしい。あるいは、おばあちゃんの手。でもママは来てくれないだろう。

第十章

ベルリン市ポツダム広場
二〇一九年二月十三日（水曜日）午後十時十五分

トムはホールのドアを開けた。赤い壁とシートがキラキラしている。その配色を急に皮肉っぽく感じた。モルテンがシラー内務省参事官とグラウヴァインのふたりといっしょにスクリーンの前にいた。

「ヨー？　ちょっといいかな？」

「トム。どこに行ってたんだ？」

「警備員室のコントロールルームだ」

モルテンが眉《まゆ》を上げた。

「監視カメラの映像を見てきた。映像に犯人が映っているはずだ。犯人は監視カメラの存在を知っていたと思う。つまりホールから出るときはできるだけ群衆に交じって動いただろう。――目立たないように。できるだけ早く映像と観客リストを比較する必要がある。名簿にない奴がいたら、それが犯人かもしれない。名簿と全員が一致したなら、犯人は正規の観客の中にいることになる」

モルテンとシラー内務省参事官が視線を交わした。

「そのことはすでに話しあってる、トム」モルテンはいった。

「慎重にことに当たらねば」内務省参事官が口をはさんだ。「少数の信用できる分析官に内務省内で比較してもらおう」

「州刑事局ではなぜいけないのです？」トムはたずねた。「特別捜査班にはフローロフがいます。彼の専門分野ですよ」

「こちらに任せてくれ」内務省参事官はいった。「結果は最初に知らせる」

モルテンは機械的にうなずいた。彼のまなざしが雄弁に物語っている。状況は気に入らないが、出世のチャンスだとわかっているのだ。キャリアと、正しいタイミングで口をつぐむことはどうやら同義らしい。

「すみません」ジータが背後にあらわれた。金髪をボブカットにした三十代半ばの女性を連れている。黒い地味なパンプスをはき、少し古臭い白いブラウスに青いジャケットを重ね、青い絞り模様のパンツは体型が強調されるデザインだ。

「ナタリー・ミュールバウアーさん、ケラー市長の秘書です」ジータが女性を紹介した。

「ミュールバウアーさんが見つけたものがあるんです」

ミュールバウアーは空色の目をしていた。鼻は長くとがっていて、唇《くちびる》が官能的だ。トムにスマートフォンを渡すとき、手がふるえていた。

「だれがこんなことをしたのかわかりませんが、なんというか……ひどく病的ですよね？」

トムはスマートフォンを受けとった。画面にフェイスブックのアカウントが表示されていた。ビデオがひらいてあるが、静止されている。映っているのはここのホールだ。上演の様子が右上方から撮られていた。前景には数人の後頭部が黒いシルエットになっている。スクリーンの映像はいくぶん露出オーバー気味で明るく、画面全体と比べると比較的サイズが小さい。それでも金髪の若い女性が突き飛ばされて、エレベーターに入るところだとわかった。

「なんなんだ？」モルテンがたずねた。

「だれかが二階席からスマートフォンで映像を撮って、ネットにアップしたようだ」

「とても最後まで見られません」ミュールバウアーが吐きだすようにいった。「ちょうど見つけたところなんです。市長が途方に暮れておいでだったので、わたし……ネットをチェックしてみようと思いまして……」

トムはアップされた映像のコメントに目を止めた。

〝うわっ！　ベルリン国際映画祭にこんな映像が紛《まぎ》れこんでた。なんのため？　自分の目で見て。サイテーの映画。マジで見ちゃった……〟

アカウント名はGloryFury。プロフィールの写真にはパリス・ヒルトンの自撮り画像そっくりのポーズをした厚化粧で褐色の髪の若い娘が写っていた。

「こちらで確保していいですか？」トムは内務省参事官を見ながらたずねた。「それともこの映像もまず内務省の分析官に見せないとだめですか？」

コルネリウス・シラーは表情を変えなかった。返事を待たずに、トムは映像の頭に戻って再生ボタンをタップした。ブルックマン、シラー、モルテン、グラウヴァイン、ジータ、トムが顔を寄せた。まわりのホールが意識から消え、あるのは小さな画面とカシャカシャという耳障りな音だけになった。モルテンはかすかにニコチン臭がした。グラウヴァインの息はリコリスとペパーミントの臭いがした。ジータの香水は控えめだが渋い匂いだ。男性用の香水だろう。

その場にいた全員が映像を見て、身をこわばらせた。音声が耳に痛いほどだ。ホールに反響しているせいだろう。騒がしい声に混じって、ふたたび女の悲鳴。映像は鮮明ではなく、少し白飛びしているが、努力すれば、なにが起きているかはわかった。カメラマンが語りだすと、観客の声が消えた。〝よく見ろ。これで神がいることを思い知っただろう。俺を作ったのはおまえらだ。次はおまえらの番だ〟

そしてスクリーンが突然暗くなる。一瞬、息が止まったように静かになった。衣擦《きぬず》れの音がして、影が動いた。ホールじゅうが騒然となって、人々が立ちあがった。

「サイテー。いったいなんだったの？」女性がたずねた。声が若く、マイクに近い。おそらくGloryFuryだろう。

「ねえ、行きましょ」近くで別の女性の声がした。「早くここを出ないと。テロかなんかじゃないの？」

画面が揺れて、映像は終了した。

「なんてこと」ジータがつぶやいた。

「〝次はおまえらの番だ〟ってどういう意味だ？」内務省参事官がいった。「おまえらってだれのことだ？　ホールにいた観客か？　それとも……」そこで口をつぐんだ。ふたつ目の推理は大袈裟だし、とんでもないものだったので、口にだせなかったのだ。だが、〝それともベルリンじゅうの人間？〟という問いが宙に漂っていた。

「見たことがある」トムはつぶやいた。

「なにを？」ジータがたずねた。

「この劇場の地下だ。だけど……」

「なにをいっているんだ？」グラウヴァインがたずねた。「この映像か？」

「違う、違う。待ってくれ」トムは映像を巻きもどして、静止させた。「たぶん」トムはかすれた声でいった。「この場所を知ってる」

「事件現場を知ってるというのか？」

トムは静止画を指差した。「このエレベーターがどこにあるかわかる」

静寂。

「エレベーターなんていたるところにあるだろう」モルテンはいった。

「いいや。かなり自信がある。この通路も知ってる。そしてエレベーターも。だけど、ここが変だ」

親指と人差し指をピンチアウトして、画像を拡大し、その画面を指差した。エレベーターの扉の右横の壁に活字体の黒い数字があった。

「番号？　貨物用エレベーターだ」グラウヴァインがいった。「スタッフ用の通し番号だろう。普通じゃないか」

「そうともいえない」トムは答えた。「このエレベーターはこのビルの中にある。間違いない。だけど十九台もエレベーターがないことくらいわかってる。じゃあ、なんで19なんだ？」

「ということは」モルテンが考えながらたずねた。「その数字は犯人が残したものなのか？」

「ちょっと考えすぎじゃないか」グラウヴァインがいった。「ありえないだろう。数字をトリックにしたふたり目の殺人犯か。二年経っていないのに」

ふたりは視線を交わした。

「これが殺人だったらな」モルテンが議論にブレーキをかけた。

「もしかしたら模倣犯かも」ジータが別の角度からの意見を述べた。

「そうかもしれない」グラウヴァインはトムを見て、トローチを片方の頬から別の頬に動かした。「それとも、ありもしないつながりを見ようってのか」

「つながりがあるとはいってない」トムは答えた。「エレベーターの番号にしては妙だといってるんだ」

ブルックマンは咳払いした。「憶測を重ねるより、事実を確かめるのが先決ですね。トム、このエレベーターはどこにあるんです？」

「バックステージです。舞台裏のどこか」

「クラブからもエレベーターに行けるのか？」モルテンがたずねた。

グラウヴァインが眉間《みけん》にしわを寄せた。「クラブ？　クラブって？」

「〈オデッサ〉だ。この劇場の下にある。昔は劇場の一部だったけど、今は分離されている」

「本当か？　あの〈オデッサ〉？」ダグラウヴァインがいった。「クラブからこのエレベーターにアクセスできるのか？」

「理論的には」トムはいった。「だが今はたぶん使えないはずだ。あるいは止まる階に制限がある」

「詳しいじゃないか」グラウヴァインがニヤニヤしながらいった。〈オデッサ〉がこっそり売春を斡旋《あっせん》しているのは公然の秘密だ。

「捜査したことがあるからな」トムは答えた。

モルテンが警告するような目つきをした。だがその必要はなかった。モルテンには同僚や妻に知られたくない秘密があるのを、トムは知っていた。それについては口が裂けてもいうつもりはない。それにクラブを話題にしたくない事情は自分にもあった。たぶんそっちのほうが、ばれればまずい事態になる。セックスに興じることと、クラブのオーナーと幼なじみであることでは次元が違う。しかもオーナーとの結びつきには死体が絡《から》んでいる。

第十一章

ベルリン市ポツダム広場
二〇一九年二月十三日（水曜日）午後十時三十一分

業務用エレベーターへ向かうあいだ、ジータはトムとモルテンとブルックマンの背中を見つづけた。痩《や》せたグラウヴァインはジータと並んで歩くよう心がけた。彼の白いつなぎがカサカサと小さな音を立てた。シラー内務省参事官は別れをつげた。ブルックマンに「よろしく頼む」としっかりいい残して。

ジータはみんなより少し後ろを歩いた。顔色をうかがわれたくなかったのだ。映像を見てから、古傷がうずいていた。偶然だろう。だがこんな馬鹿な偶然なんてあるはずがない。だから気持ちを読まれないようにしたほうがいい。普通に振る舞う。慎み深くしなさい、と母親からしつこくいわれたものだ。

ジータ一号はこの慎み深さが嫌いだ。ジータ二号なら、その一線を越えないようにしていられる。

客席から舞台に上がり、幕とスクリーンをくぐった。従業員がバックステージにある狭い階段を教えてくれた。これを伝えば一階下に行ける。舞台の下には幅四メートルほどの通路があった。壁はコンクリート製で、何度もペンキを塗り直されているのに、薄汚れている。くるぶしの高さと腰の高さに黒くこすれた跡がある。舞台道具を運ぶ台車がぶつかったのだろう。その先は一定の間隔で倉庫のドアが並んでいた。ドアとドアのあいだには消火器や非常灯や配電盤があり、水道管と電線が天井を這っていた。――映画で目にするバックステージの通路と変わらない。

「ここだ」トムは業務用エレベーターの前で足を止めた。エレベーターの扉の幅はおよそ三メートル半。薄緑色にペンキが塗られ、壁が傷だらけ。あのスナッフフィルムと同じだ。

ジータはエレベーターの扉の右側にある数字に目をとめた。最初の数字の左側が灰色のペンキで塗りつぶされている。

偶然よ、とジータは思う。偶然に決まってる。数字については他に説明がつかない。いや、違う、説明をしたくないのだ。

トムは少し離れたところから数字の19を仔細に観察した。グラウヴァインは半歩右に移動して、コンクリート壁に頬をつけ、その掌大《てのひらだい》の数字を横から見た。「なにが見えると思う？」

「1と9の書体が違う」トムはいった。「似てるが、同じではない」

「1は型紙の上からスプレーでペンキを吹きつけている」グラウヴァインがつぶやいた。

「だが9は貼られている」

「もとは-1だったようね」ジータはいった。喉になにか引っかかっているような声だった。ジータは咳払いした。

トムはジータを見た。ジータは突然、自分がガラス細工のような気がした。

「マイナスをペンキで塗りつぶしたな」トムはいった。

「ペンキに触るな」グラウヴァインがいわずもがなのことをいった。遺留品が、というか遺留品をだいなしにすることがなにを意味するか、全員が承知していた。

「それじゃ、作業に取りかかる」グラウヴァインは細い手にラテックスの手袋をはめ、みんなの注目を集めようとするみたいに手首のあたりでぱちっと音を立てた。ジータは他の捜査官たちといっしょに反対側の壁際に立って心構えをした。全員の目が扉を注視している。グラウヴァインはエレベーターの呼び出しボタンを押した。薄汚れたプラスチックカバーに覆われた小さな電球が灯《とも》った。エレベーターシャフト内でゴトンと音がした。ジータは鳥肌が立ち、気分が悪くなった。だれかに頭から袋をかぶせられたような感覚がする。布は目が詰まっていて、透かして見ることができない。突然の狭さと暗さが彼女を不安にした。同時に、その暗さがこれから起こることから自分を守ってくれますようにと祈った。

急に肉が焼ける臭いがした。みんなにも臭うか訊きたかったが、答えはわかっている。ジータ以外のだれも、その臭いを感じない。

〝ただのエレベーターよ〟

いや、そんなわけがない。

チビのアーマドがオーバーバウム橋ではじめて数字の19に言及したときのことを、ジータは今でもよく覚えている。あの時点ではまだ、ジータにとってなんの意味も持たなかった。

ガタンと音がして、エレベーターは−1で止まった。

ジータは目をつむって、ピンという音とともに扉が開くのを聞いた。みんなが緊張したのをひしひしと感じる。

また肉が焼ける臭いがした。

〝よく見るのよ。これはただの偶然〟ジータは自分にいい聞かせた。

ジータは目をひらいた。

エレベーターのかごは空っぽだった。内壁の腰の高さに厚板が張られた四角い空間。波状の起伏がある鋼鉄の床。それ以外なにもなかった。

「ちくしょう」トムがつぶやいた。

「糞《くそ》っ」グラウヴァインがいった。

一瞬、静寂に包まれた。エレベーターの扉の機構からは、差したばかりの潤滑油《じゅんかつゆ》の臭いがした。

「どっちがよかったんだ」モルテンがたずねた。「死体があるほうか？　ないほうか？」

「死体があるなら、見たかった」トムがいった。

ジータは忘我の状態でみんなの会話を聞いていた。遠くにいながら、すぐそばで聞いているみたいな感じだった。裸にむかれ、陵辱《りょうじょく》された女性の死体だけは見たくない。皮膚《ひふ》がないかのように、すべてがフィルターなしで猛烈な痛さで体に食いこんでくる。グラウヴァインのルーチンワーク、彼の孤独な作業と事細かな検査。モルテンの押し殺した怒り、自分が小者で無価値だと感じているがゆえに見せる絶望的な野心。そしてトムの表向きの自信とは裏腹の内面の矛盾。

ジータにはシェルターが必要だ。頑丈な床と分厚い壁に囲まれたシェルターが。

「ところでだれか教えてくれないか？」グラウヴァインがぶつぶついった。「このいかれた数字はなにを意味するんだ？」

〝いかれた数字〟ジータは数字の19を見つめた。

モルテンは空っぽのキャビンを覗きこんだ。「釘《くぎ》はどうした？　あれだけ長かったんだから、体を突き抜けて、床に傷をつけたはずだぞ」

「それはないでしょう」グラウヴァインが答えた「でも確認します」

モルテンのスマートフォンが鳴り、彼が電話に出た。名乗らずにただ咳をし、少ししてからいった。「ああ——よくやった。いいや、大丈夫だ。オーケー。それで、どこなんだ？」

モルテンは一分近く聞いていた。「よし。科学捜査研究所の人間を向かわせる。なんだって？　だめだ。本部に待機している鑑識班に連絡してくれ。ここもまだすることがある。殺人捜査課からだれか行かせる。ああ、ありがとう」モルテンは電話を切って、トムを見た。「フローロフだった。ジーニエ・ケラーは今ティーアガルテンにあるハウスボートコロニーに住んでいるらしい。科学捜査研究所のスタッフも急行させる。おまえ、行ってくれ。ジータを連れていくといい」モルテンはジータを見もせずにいった。

トムはぎこちなくうなずいた。ひとりで行きたいようだ。「車で来てるか？」とジータにたずねた。

「ええ」ジータはいった。「ハウスボートで落ちあいましょう」

これで多少は逃げ場ができた。短いドライブのあいだだけだが。

第十二章

ベルリン市ポツダム広場
二〇一九年二月十三日（水曜日）午後十一時一分

トムは足早にロビーを横切った。表玄関で、劇場にだれも入らないように見張っているふたりの巡査に会釈した。

マレーネ＝ディートリヒ広場にかかる霧が深くなっていた。五十メートルほど行くと、背後にある巨大なロゴが描かれたベルリン国際映画祭のポスターが見えなくなった。じめっとした湿気がジャケットの下やズボンから忍びこんでくる。街灯が月のようにぽつんぽつんと宙に浮かび、その上空は深い闇に包まれている。

グラウヴァインとは代わりたくない。エレベーターと映写室の捜索、さらに劇場内の通路を調べるのに真夜中までかかるだろう。そして明日の午前九時には最初の結果を捜査会議で報告しなければならない。ジーニエ・ケラーの住居のほうがたぶんもう少し早くすむだろう。科学捜査研究所の人間が来たら捜査を引き継げばいい。二、三時間は眠れそうだ。最後に薬を飲んだのは二時間前。もう効果が薄れてきている。それでもジーニエ・ケラーの住居を訪ねたあと、少しのあいだガレージに立ち寄れそうだ。

ガレージは秘密のオフィスだ。思い出の品、写真、さまざまな捜査結果など二十年間妹を捜してたまったもので溢れかえっている。ハードディスクに保存された動画とヴィーの古い写真を見比べてみたくて仕方がない。だがガレージを手放す、とアンネに約束した。アンネはガレージを自分の目で見ていないが、その存在を知っている。ガレージは妹がまだ生きているとトムが信じるよすがだ。妹は二十年前にすでに死んでいるというのに。ノルウェー風建築の教会で葬儀をし、シュターンスドルフ林間墓地に埋葬した。

「わたしたちには息子がいるのよ」アンネが最近そういった。「息子はここにいる。息子よりも死んだ人のほうを優先するなんて認められない」

「わかった。きみのいうとおりだ」トムはアンネをなだめた。

アンネの視線がきつくなった。「今後も妹を捜すというのなら、わたしは出ていく」

トムは首を横に振って、それは脅迫だといってもよかった。だがそのまま受け入れた。アンネのいうことは正しい。ガレージで思案に暮れ、眠れない夜を過ごすせいで精力を使い果たしている。アンネにはそれがたまらないのだ。

やはりガレージに行くのはよそう。

自分の車の紺色の塗装が濡れて鈍《にぶ》く光っている。革張りのハンドルは固くて冷たい。眠気が襲う。ドアを閉め、エンジンをかける。ヘッドライトが霧に向かって暖かい光を放った。三十年前の電球技術。ナイフのようにシャープなLEDライトよりもずっといい。ようやく三十五歳になったばかりなのに、今ここで生きることが辛く、忙《せわ》しなく感じて仕方がない。

アスファルトは濡れて、黒々としている。霧は今回の奇妙な事件と同じで、つかみどころがない。目の前にT字路があらわれた。左のウィンカーをだす。ヘッドライトが駐車している車の列を浮かびあがらせた――そしてなにかがあった。一台の車の下だ。

トムはブレーキを踏んで、路上で停車した。

靴？　足？

トムはハザードランプをつけて、車から降りた。めざす車は黒塗りのランドローバーだ。およそ十メートル先に止まっている。トムはかがみこんで、車の下をのぞいた。ベンツのへッドライトで一足の赤いスニーカーと体のシルエットが視認できた。車の下に人がいる。しかも小さい。子どもだ。

「やあ」トムは声をかけた。

子どもは車の下で足を引っこめた。

こんな寒い夜に、子どもがこんなところでなにをしているのだろう。

「おい、大丈夫か？」

自分の車のディーゼルエンジンが立てるゴロゴロという音しか聞こえない。トムはさっとそのSUVに駆け寄って、しゃがんだ。「出ておいで。そこは危ないぞ」

人影が離れていく。トムは車をまわりこんで、改めてかがみこんだ。だが子どもはすでに反対側に這っていっていた。「恐がらなくていい。大丈夫だから。助けたいだけなんだ」

トムはまた位置を変えて足を一本つかんだ。すると、子どもが蹴《け》りだした。

「おい、落ち着くんだ。なにもしない。本当だ」

子どもは蹴るのをやめた。トムは子どものくるぶしをつかんで、引き寄せた。アスファルトと車のあいだの狭い隙間から唸《うな》り声がした。まるで動物の声だ。トムはもう一方のかかともつかんで、子どもを車の下から引っ張りだそうとした。子どもは手足をばたつかせた。トムのほうが体が大きく力があるのにすっかり翻弄《ほんろう》され、頭を車にしたたかにぶつけた。

「ちくしょう。出てきて話をしよう。助けたいだけなんだ！　本当だ」

返ってきたのは、怒ったような「グルルル」という声だけだった。

「オーケー、それじゃ足から手を離す。そしたら出てくるんだ。もうつかんだりしないから。いいね？」

トムはかかとから手を離した。子どもは蹴るのをやめた。一瞬、静寂に包まれた。聞こえるのはベンツのエンジン音だけだった。

「出ておいで。ずっとそこにいるわけにはいかないだろう」返事はなかった。まったく反応がない。

「寒いんじゃないか？」

沈黙。

「俺だったら、ホットココアが欲しくなるところだ……」

やはり沈黙しかなかった。

「どうだい、ココアだぞ……あっちのポツダム広場にスターバックスがある。まだ開いてる。賭けてもいいが、あそこのココアはめちゃくちゃおいしいぞ」

車の下から、疑り深そうな顔がのぞいた。顔が汚れていて、金髪がぼさぼさだ。少女の青い目を見るなり、トムの意識は二十年前に遡《さかのぼ》った。

あまりのショックに、息が止まりそうだった。ヴィオーラの目。ヴィオーラの髪。ヴィオーラの鼻。顔全体が……。

ありえない。

トムは息をのんで、咳払いした。

少女の目からは猜疑心《さいぎしん》と恐怖心が見てとれた。

「やあ」トムはかすれた声でいうと、一歩さがって両手を上げた。恐がることはないとわからせるためだった。

女の子はゆっくり車の下から這いだし、足をガクガクさせながら立ちあがった。ベルリン市警察のレザージャケットを着ている。といってもだぶだぶだ。ふるえる体に両腕をまわしている。

間違いない。監視カメラの映像で見たあの少女だ。まるで時間の亀裂を乗り越えてきたかのように立っている。ヴィオーラにそっくりだ。それとも、そう思いたいから、そう見えるだけだろうか。

「ココアはどうかな?」トムはたずねた。

少女はうなずいた。目を大きく見ひらいて警戒している。

「俺の車はあそこだ」トムは路上でドアを開けたまま、ハザードランプを点滅させているベンツを指差した。「まずあの車を駐車する。それからなにか温かいものを飲もう。いっしょに来るかい?」トムは微笑《ほほえ》んだ。ぎこちない笑みだが、なにもしないよりましだろう。

少女は迷っていた。

「名前は?」

少女はなにもいわず、トムを見つめた。

「俺はトムだ」トムはその名前になにか反応するか様子を見た。だが効果はなかった。無理もない。少女とヴィオーラのあいだには二十年もの隔《へだ》たりがある。

「恐がらなくていい」トムはまた微笑んだ。「俺は警官だ」

少女が目を丸くした。さっと向きを変えて逃げだそうとした。トムは少女の腕をつかんで引きもどした。「おいおい、そう焦ることはない。どこへ行くつもりだい？」

少女はトムの手を振りほどこうとしたが、トムはがっしりつかんでいた。何度か試してか
ら、少女は抵抗するのをあきらめた。だが大きく息を吸いながら、目に涙を浮かべていた。

「まいったな」トムは小声でいった。「いったいどうしたっていうんだ？　警官が恐いの
か？　だれかになにかされたのか？」

少女は唾をのみこんで、かすかにうなずいた。

「わかった」トムは用心しながらいった。「だれになにをされたか知らないが、俺は違う。

なにもしない。わかったかい？」

少女は改めてうなずいた。

「じゃあ、名前を教えてくれるかな？」

少女は唇《くちびる》を引き結んだ。

〝ショック状態かな。それとも他にも理由があるのか？〟とトムは考えた。

「話したくないのかい。それとも話せないのかな？」

少し時間がかかったが、少女はうなずいた。

「口が利けないのか？」

少女はほんの少し顔を明るくした。暗い空にかかる薄い夜のとばりのようだ。少女はおずおずとうなずいた。

「そうか。おいで。とにかく温かいものを飲もう。いいね？」

うれしそうな表情は見せず、少女はうなだれた。恐れていた運命に身を委《ゆだ》ねるほかないと観念したように見える。黙って車のほうに引かれていった。ポリスジャケットが少女の腰のあたりでぶらぶら揺れた。ジャケットの肩が余ってぶらさがっているせいで、少女は実際よりも小さく儚《はかな》げに見えた。トムは少女を助手席にすわらせ、シートベルトを閉めた。「すわってるんだ。いいね？　逃げちゃだめだ」

トムは車を発進させて、ポツダム広場のほうに曲がった。本当なら、もうとっくにジーニエ・ケラーのハウスボートへ向かっていなければならなかった。「すぐそこだ」トムはいった。「ちょっと電話をかけて、少し到着が遅れるといわなくちゃいけない」

助手席の少女はまったく反応しなかった。

トムはジータの番号に電話をかけながら、ヴィオーラがよく隣の席にすわることを思いだしていた。実際にそこにいたわけではないが、何度そうやっておしゃべりをしたかしれない。だが今は生身の少女がすわっている。長年心の友としていた少女よりも、こっちのほうが非現実的に思えてならなかった。

第十三章

ベルリン市ティーアガルテン区
二〇一九年二月十三日（水曜日）午後十一時三十二分

ジータは戦勝記念塔のところで六月十七日通りを左折した。高さ五十四メートルの塔の上に立つ像「黄金のエルゼ」は背後の霧の中に消えた。

エレベーターの横の数字19がまだ頭にこびりついている。といっても少し距離が置けて、恐怖心も減っていた。勢いをつけて、自分自身から分離するような感覚。ジータ二号モード。以前なら鬘《かつら》をかぶるという象徴的な手続きが必要だったが、今はもうそのバリアはいらない。

ラントヴェーア運河にかかる橋の手前でUターンし、右の横道に入ってティーアガルテン河岸《がし》をめざす。運河の下方出口の閘門《こうもん》までつづく小道は車の進入が禁止だが、ジータは車止めをうまくすり抜けた。木の間《こま》の向こうの暗がりに係留した古いハウスボートの小さなコロニーがある。

ジータの車、かなり古いサーブ９００のヘッドライトがなんとか霧を切り裂いて河岸を照らした。道は狭い。ジータは車を徐行させた。日中なら、小さなハウスボートコロニーは絵葉書の題材になるだろう。だが今は水に浮く灰色のくすんだシルエットでしかない。船の墓場に浮かぶ骸《むくろ》だ。何艘《そう》かに明かりがついている。ジータは科学捜査研究所の車両かパトロールカーが来ていないか探したが、まだだれも着いていないようだ。

トムが遅れるのは、二、三分前に電話があったからわかっている。少し到着が遅れるといっていた。理由は告げなかった。焦っているようだったので、なにかあったらしいが、わけを聞かないほうがいいと判断した。

ジータは車を止めて、下車した。霧が湿ったベールのように彼女を包んだ。レザージャケットのファスナーを首元まで上げてから、ルッ・フローロフに電話をかけた。

「ルッ？　ジーニエ・ケラーはどのハウスボートに住んでいるかわかる？」

「これは、これは。きみをそっちに行かせるとはね」フローロフがジータにいった。彼がニヤッとして、ふくらんだ頬がレイバンのサングラスを少し押しあげるところが見えるようだ。額《ひたい》の上の残り少ない毛髪と花輪のように頭部を巻いている髪が本人には悪いが滑稽《こっけい》で仕方がない。彼が絶えずにやついているのは、心の底までシニカルなせいだが、鑑識の仕事で身につけたものだろう、とジータはにらんでいた。

「一番はずれのボート。橋のすぐそばだ」フローロフはいった。「そう伝えたはずだけど」

「わたしにまで伝わらなかったわ」

「モルテンらしい」フローロフはため息をついた。「なんであいつが指揮させてもらえているのか、ときどき不思議になる。他の連中も知らないのか？」

「ここにはわたし以外いないんだけど」ジータはいった。

「ふうむ。今日は大動員がかかっているからな。きっとそのせいだろう」フローロフは咳払いした。「鉄道橋のすぐそばにあるやつだよ」

「それは確かなの？」

「俺がどうやって見つけだしたか知りたいか？」

ジータはため息をついた。訊くのではなかった。「確かだっていってくれれば充分なのに」

「ジーニエ・ケラーは二〇一八年三月まで父親が家賃を払っているシャルロッテンブルクのアパートで住民登録していた。隣人に連絡がついて、そいつがしばらく若い男が住みついていたことを覚えていたんだ。俳優のヨハネス。まあ小者さ。その男が洗剤のＣＭに出ていたのを隣人が知っていた。ヨハネス・バイアー、かなり馬鹿な奴だった。のらりくらりして埒《らち》があかないから、いってやったよ。報道機関にはなにもいえないから、殺人事件の絡《から》みで名前が出て評判が落ちても知らないぞ。これからもＣＭに出られるかどうか。洗剤メーカーは、きれいなのがモットーだから、そういうことに神経質だろうってな」

「それでなにか証言したわけ？」ジータは話を端折《はしょ》らせようとした。

「元彼女のことをさんざん愚痴《ぐち》ってた。ジーニエとは別れたそうだ。ついていけないといって」

「理由はいった？」

「いいや。いわなかった」

「ネットで例の映像を見た？」

「そのことは訊かなかった。だけど、見ていたら、もっと違う反応をしたはずだ。すくなくとも出演していたのが彼女だと気づいたのならな」

「わかった。それで、ジーニエが今どこに住んでいるか、そいつが知っていたのね？」

「そういうこと。ティーアガルテンに係留したハウスボートに居候《いそうろう》しているといってた。橋のすぐそばのな」

「縁《えん》を切ったというわりによく知っていたわね」

「俺もそう思う。明日、事情聴取すべきだな」

「わかった。ありがとう、ルツ」

「もう少しそこにいるんだろう？」

「まあね」

「〈レイジーズ〉で一杯やらないか？」

「ねえ、何時だと思ってるの？」

「寝ようとまではいってない」

「あら、そう？」ジータは笑った。

「今度誘ってみてくれ。やらないよりはましだ」

「オフィスには今もデッキチェアがあるの？」

「当たり前さ」フローロフはご褒美を期待している少年のようだった。「こっちへ来るかい？」

「助言してもいい？」

　フローロフはため息をついた。「助言はいつも自宅でもらってる」

「助言その一、寝たい人がいたら、デッキチェアには誘わないこと。ぜんぜん色気がない。その二、すぐに寝なさい。それもひとりでね。そうすれば、明日、奥さんの顔をちゃんと見られる」

「それがいい助言といえるかどうか」フローロフがぼそっといった。彼の妻は心理カウンセラーで、同僚の話では、かなりきつい性格らしい。デッキチェアは必要があってオフィスに置いていた。それもすでに二年前から。年じゅう帰りが遅いのにうんざりしたから、そのままオフィスで夜明かししたらいい、と妻にいわれたのだ。

「ルツ、あなたがどうして臨床心理士に惹かれるのか正直わからないんだけど、うまくいくとは思えないわ。取っ替え引っ替えしてもなんにもならないわよ」

「別のだれかを試せっていうのかい？」

「奥さんとうまくやっていくべきね。あるいは別の決断をする」

「明日の朝、捜査会議で会おう」フローロフが不機嫌そうにいった。「気をつけて」

　ジータは通話を終えた。ゆっくりと運河沿いに鉄道橋のほうへ歩いた。何度かあたりを見まわしたが、科学捜査研究所の人間もトムも見当たらない。

　ジーニエ・ケラーが暮らしているというハウスボートは一九三〇年代に建造されたと思し

き古い河川用貨物船だった。似たようなボートハウスを学生時代にアムステルダムで見ている。運河のそばに存在感のあるヤナギが生えていて、街灯の明かりの中、船首を守ろうとかがんでいるようだった。列車がガタガタと音を立てて近くの橋を走っていった。都市鉄道の異なる五つの路線が定期的にここを通る。静寂とは縁のない場所だ。

ハウスボートの塗装が霧を透かしてうっすら見える。灰色の船腹で、手すりはターコイズブルーに塗られているが、薄汚れている。キャビンはかつて白かったようだ。窓や丸窓には中を覗けないようにカーテンがかけてある。明かりはどこにもついていない。

ジーニエ・ケラーがボートにいるなら、眠っているだろう。

ジータが踏むと、渡り板がみしっと鳴って、少したわんだ。渡り板の手すりにぼこぼこにへこんだ郵便受けがかけてあり、「フライシャウアー」と書かれたガムテープが貼ってあった。甲板《かんぱん》は波状の金属でできていた。ジータはふと、さっき見たエレベーターと似ていると思った。ジータの靴音がコツコツ明るい音を立てて、鈍《にぶ》く反響した。キャビンの入り口で足を止めた。

ドアの鍵の部分がねじれていて、ペンキがはげていた。まるでバールでも使ってこじあけたみたいだ。

ジータはためらった。どうする？

〝もう、トムはなにをしてるんだろう？〟

ジータはキャビンの金属製の外壁をノックした。壁全体に振動が伝わった。

「すみません。どなたかいますか？」

返事はない。

ジータは改めてノックした。「すみません。州刑事局のヨハンスといいます。どなたかいますか？」

反応なし。

ジータは取っ手を引いた。ドアが少し開いた。中は暗かった。ジータはスマートフォンをだして懐中電灯アプリをタップした。壁にジャケットが何着かかかっている。その下には靴がある。

「もしもし？」ジータは改めていった。「警察です。だれかいますか？」

内部に人がいる気配はない。また一両、列車が橋を通過した。

ジータはトムに電話をかけてみたが、彼は出なかった。しかたなくモルテンに電話した。

「もしもし」モルテンが出た。電話の向こうで子どもの声がする。

「ハウスボートの捜索令状は出ているんでしょうか？」ジータがたずねた。

「パパ？」女の子の声だ。「だれ？」

「マーヤ、仕事の電話だ。今そっちに行くからね」モルテンは咳払いをした。

「お邪魔でしたか？」ジータがたずねた。

「誕生日なんだ。双子の」モルテンは少し声をひそめた。「ちょっと立ち寄らないと、一度にふたつ誕生日をすっぽかすことになる」

「捜索令状が出ているか確認したかっただけです」

「トムに代わってくれるか？」モルテンは答えた。

「トムはいないんです」

「なんだって？」マーヤと双子の妹が競うように笑っている。モルテンはその笑い声に負けじと声を張りあげた。「ふたりでジーニエ・ケラーの住居へ行くように指示したはずだが。いったいどうしてあいつはそこにいないんだ？」

「邪魔が入ったようです」ジータはなだめた。「きっとすぐに来るでしょう」

「そうか」

ジータはきょろきょろとあたりを見まわした。

「ハウスボートにだれかいるのか？」モルテンがたずねた。

「いいえ、だれもいません。でもドアが壊されています。とにかくそう見えます」

「だれもいないのは確かなんだな？」

「何度も声をかけましたし、警察だと名乗りました」

「ヨー、そろそろ子どもたちを寝かしつけないと」女性の声がした。

「ジータ？　そのまま切らずに少し待っていてくれ」モルテンはスマートフォンを脇に置いた。「さあ、お姫さまたち、おいで！」しばらく騒がしい音がして、マーヤとその妹がくすくす笑った。眠そうだが、ふざけている。ジータは、知っているモルテンと娘たちを抱くモルテンが一致しなくて困った。「待たせたな」モルテンはため息をついた。「ジーニエ・ケラーになにかあったのなら、すでに時間が経っているはずだ。ドアを壊した奴はもう逃げているだろう。それにきみは名乗ったのだろう？　捜索令状についてはあとで検察に話をつけておく。問題ない。なにが起きているのかいい加減に知りたい。踏みこめ」

「人を寄こすよう科学捜査研究所に念押ししてくれませんか？」

「劇場のほうに人手を割《さ》かれている。もう少し時間がかかるだろう」

「なら、巡査でもいいんですけど」

「応援が必要なら、バビロンが俺にいうべきだ。あいつの到着を待て。それからふたりで踏みこんで、結果を報告してくれ」

　ジータは口を開けたが、言葉が見つからなかった。

「他にもなにかあるか？　俺はこれから局に戻らなければならない」

「いいえ、ありません」そう答えると、ジータは電話を切った。ドアを見つめながら、モルテンに電話するのではなかったと思った。トムがいないことへの彼の反応がすべてを物語っている。トムはうまく説明する必要があるだろう。さもないと、モルテンはただじゃ置かない。トムは彼にとっていつも目の上のたんこぶだ。問題行動を繰り返していなければ、トムはモルテンの代わりに課長のポストに収まっているはずなのに。

　ジータはもう一度、トムに電話をかけてみた。だが留守番電話になったので、通話を終了させた。

　ジータはドアを見つめた。

モルテンのいうとおりだ。身分を名乗っても、反応がなかった。ジーニエ・ケラーになにかあったとして、もうだいぶ時間が経っているはずだ。なぜためらうことがある？

〝闇が恐いからよ！〟

恐いのに、どうにも対処できないこと。臨床心理士として、これ以上まずいことはない。ジータは唇《くちびる》を嚙んだ。気を取り直して、そっとドアを開けた。

〝このくらいできなかったら笑われてしまう〟

蝶番《ちょうつがい》が固かったが、きしむことはなかった。船腹からむっとする臭いが漂ってきた。よく知る旧敵のように内部の闇を見つめた。屋外であれば、闇と付きあうこともできる。だが閉鎖空間には魔がひそんでいる。ジータはスマートフォンの懐中電灯アプリをタップして、入り口の壁に照明のスイッチがないか探した。だがそのとき、グラウヴァインのスタッフが調べる前に触るのはまずいと思い直した。

ここは我慢して、懐中電灯アプリでなんとかするほかない。

右側に狭い階段がある。ジータは船内に入っていった。冷たい光がオーク材の床と階段の横の簡単なキッチンを照らしだした。それから青いカーテンと狭いベンチコーナーに、ソファのカバー。かすかにビールの臭いがする。奥には本でいっぱいの棚、小さな書き物机とチェア、安物のスタンドライト、ハイテーブルに数個のスツール。その部屋の一番奥には布を下げたドアがあった。船の深部につづく廊下だ。たぶんその先は寝室だろう。ボートには女性が住んでいる気配がない。だが、階段の横に華奢《きゃしゃ》なスニーカーと少しヒールが高い靴が並んでいる。ハイテーブルには数本の瓶と花を活けた花瓶が載っている。

ジータはその部屋を横切り、ドアの前の布を片手で払った。ビールの臭いがきつくなった。スマートフォンの光が狭い廊下を照らした。左側にドアが三つ並んでいる。たぶん寝室だ。最初のドアは少し開いている。ジータは足でドアを押して、室内を照らした。灰褐色《トープ》とアンティークピンクのクッション、くしゃくしゃになった白い毛布がベッドに載っている。その上には丸窓。ジータは次のドアに向かった。そこも少し開いている。恐る恐るドアを押し開けた。その瞬間、なにかが飛んできた。柔らかくて大きい。毛布のようだ。ジータは視界を奪われた。ぎょっとして腕を振りまわした。その拍子にスマートフォンを落としてしまった。強烈なパンチがジータの鳩尾《みぞおち》に入った。ジータはよろめき、頭の側面を壁にぶつけた。闇の中に点滅する小さな星が浮かんだ。ジータは朦朧《もうろう》として意識を失った。

第十四章

ベルリン市ポツダム広場
二〇一九年二月十三日（水曜日）午後十一時四十九分

トムはココアとエスプレッソ・ドッピオを注文した。エスプレッソカップは白くて厚手だった。カフェはポツダム広場の角にあった。正面は薄墨色の石の壁だった。実用本意のベルリンの新築。箱型で、すべてが直角。客はあまりいなかった。

トムは、ココアにホイップクリームが欲しいかと少女にたずねた。少女はうなずいた。カップは今、少女の前で湯気を上げている。少女はそのカップを両手で包んでいた。青白かった指の血色がよくなった。ポリスジャケットの袖が広くて長すぎるので、手が出るように革製のごつい袖をめくっていた。まるで黒いミシュランマンだ。ただし金髪の巻毛で、ヴィオーラの目をしている。

トムは監視カメラの映像のことを考えた。ベルリナーレ・パラストでこの子といっしょにいたのはだれだろう。これまではこの女の子がヴィオーラに似ていることばかりが気になっていた。だが連れの男も挙動不審だった。とくに顔の向き。カメラを避《さ》けるようにキャップで顔を隠していた。ふたりは他の観客といっしょにホールを出たはずだ。つまりあの映像を見たことになる。その意味では、この子は歴《れっき》とした証人だ。しかし十歳か十一歳の少女にスナッフフィルムのことをどういうふうに訊いたらいいだろう。

トムはエスプレッソを一気に飲み干してからそっと声をかけた。

「なあ、なんて呼んだらいいかな？　名前はあるんだろう？」トムはポケットを探って、いつもメモを取るときに使う黄色と黒の小さな鉛筆をだして、紙ナプキンといっしょに少女に差しだした。「ここに書いてくれないかな？」

少女の目が鉛筆とナプキンに向けられた。だが両手はカップを放さなかった。

いっそのこと、名前はヴィオーラかと訊きたかった。だが、それは一線を越えることになる。

「映画館でいっしょだったおじさんはだれだい？　キャップをかぶってたおじさん。パパかな？」

少女は首を横に振った。

「名前を教えてくれれば、電話をかけられるんだけどな」

少女は一瞬ためらってから、鉛筆をとって、紙ナプキンに文字を書いた。

クリューガー

「クリューガー。それから？　住んでいるところは？」

少女はそっぽを向いた。右上のほう。逃げ道を探すときの目つきだ。創造的中枢神経の稼働。警察心理学の研修ではそう呼ばれていた。言い換えれば、嘘をつくということだ。

少女はまたトムを見たが、両手は動かなかった。

「そのおじさんはきみのことをなんて呼んでいるのかな？」

少女は鉛筆を脇に置き、カップを両手で包んだ。

「ふむ」トムはため息をついた。「いろいろ秘密があるんだね」

少女は目を閉じた。

「そしてしっかり秘密を守っているのか」

少女はうなずいた。強情な感じだが、同時に誇らしげだ。

「あのなあ、昔、きみにとってても似ている女の子がいたんだ。その子も秘密を持っていた」

少女の目がはじめて興味を示した。

「俺が友だちと出かけようとすると、必ずついてこようとした。まだ、その……」トムは少女を見て、少し前屈《まえかが》みになった。「……ちょっと小さすぎたんだ」

少女が変な目つきをした。なにかあるようだ。それとも勘違いか。少女は目をそらして、カップを見つめた。

小さすぎたというのが気に入らないのかもしれない。そういうところもヴィオーラに似ている。だが、そもそもそういわれて喜ぶ人間がいるだろうか。

トムはエスプレッソをもうひと口飲もうとしたが、カップは空だった。

少女は鉛筆を取ると、ナプキンになにか書いて、トムに差しだした。


その子にも秘密があったの？

トムは少女を見て、うなずいた。「たとえば羽根。白くて、このくらいの長さだった」トムは両手で長さを示した。「だれかにもらったんだけど、それがだれだったのか絶対にいわなかった。そして最大の秘密は鍵だ」

少女はトムをじっと見つめて、ココアに口をつけた。少女の上唇《うわくちびる》にホイップクリームがついた。

テルトー運河で重しをつけて沈められた死体を見つけ、そのそばに鍵があったことを話すわけにいかないことくらい、トムにもわかっていた。

「鍵はおじさんが川で見つけたものでね、こんな感じのだった」トムは自分の家の鍵を見せて、握りを指で叩いた。「ここに数字が刻んであった。17という数字。その子はめちゃくちゃ興味を持って、その鍵のことを知りたがった。たぶん前に見たことがあったんだと思う」

少女は改めて鉛筆をつかんだ。


どこで？


「オーケー、いいかい」トムは声をひそめた。「鍵の秘密を少しだけ教えてあげよう。その代わり、きみの秘密も少し教えてほしい」

少女は口を開けたが、急に動きを止め、トムが信用できるか改めて調べなければと思ったみたいにじっと見つめた。少女は交換条件をのまないだろう、とトムは思った。とにかく話をして——あとは信用してくれることを祈るほかない。

「鍵を渡したのは俺なんだ」トムは小声でいった。「その子に鍵を隠すようにいった。特別な場所にね。鍵のありかを知っているのは、その子と俺だけだった」トムは間《ま》を置いた。少女の向こうの窓を見た。少女と自分が窓ガラスに映っている。窓の向こうにはポツダム広場の照明が霧の中のカラフルな島を照らしていた。派手な広告、白く光る街灯、赤くぎらつくテールランプ。輪郭がぼやけた万華鏡だ。
レザージャケットのこすれる音がした。少女がまたなにか書いた。

その鍵は今どこにあるの？

「次の日」トムはいった。「その子はいなくなった。鍵もさ。それっきり二度と見ていない」
ふたりの目が合った。少女は紙ナプキンに書いた。

その子、死んじゃったの？

「いいや」トムはいった。シュターンスドルフ林間墓地にヴィオーラの名が刻まれた墓石があることは話す気がなかった。そこには別の女の子が眠っていると確信しているとも。
少女はしばらくトムを見つめた。少女についてよく知らなければ、心のうちを見抜かれたと思ったかもしれない。それから少女は紙ナプキンを取って、さらになにか書いた。トムはナプキンを自分のほうに引き寄せた。だがその瞬間、電話が鳴った。画面にはジータの電話番号が表示されていた。これで二度目だ。

「ちょっと出ないと」トムはいった。少女は視線をそらした。

「ジータ？」トムはいった。「すまない……」

「ジータってだれだ？」

トムは面食《めんく》らった。電話の向こうから聞こえたのは男の声だった。しかも不機嫌そうで、がさつな声だ。「ジータ・ヨハンス、俺の同僚だ」トムはいった。「彼女の電話でなにをしてる？」

「俺のボートハウスを襲ったこいつがだれか知りたくてな」

「ちょっと待て」トムはいった。「あんたが襲われた？」

「女にな。兵隊みたいなショートカットの女だ」

「いいか、それは誤解だ。その女性がヨハンス、わたしの同僚だ。州刑事局で……」

「州刑事局？　こいつはサツの人間なのか？」

「俺が信じられないなら、いっしょにいるだれかに訊いてくれ」

「いっしょにいるだれか？　ここにはだれもいないぞ」

「だれもいない？」トムはたずねた。科学捜査研究所の人間がとっくに着いているはずだ。

「あんたがボートにいるなら、窓から外を確かめてくれ」

男が二、三歩動く気配がした。階段を上ったらしい。

「だれもいないぞ。霧が深くてよく見えないがな」

「わけがわからない。同僚に代わってくれないか」

電話口の男が一瞬ためらった。「身分証がなかった。警官なら、持っているはずだよな?」

「なかったってどういう意味だ?」トムは不安になってたずねた。

「持ち物を調べたんだよ。決まってるだろ」

「同僚と話させてくれ」

「あんたもサツなのか?」

「そうだよ。そういってるだろう。同僚になにかあったら、あんた、ただじゃすまないぞ」

沈黙。

「あんたが警察の人間なら、身分証を持ってるよな?」

「もちろんだ。いいか……」

「じゃあ、こうしよう。同僚だという女に会いたければ、ここに来て、身分証を見せろ」

「わかった。そうする。だがとにかく同僚をだしてくれないか。無事かどうか知りたい」

「無事かどうかなんて知るか!」男の声が急に甲高《かんだか》くなった。「こいつはしゃべれない」

「どういう意味だ? どうなってるんだ?」

「仕方ないだろう。いきなりあらわれたんだ」

トムの頭の中で警報が鳴った。「オーケー、オーケー。落ち着いてくれ! 後悔するようなことはしないでくれ。どこへ行けばいい?」

「川下の閘門《こうもん》のそばの橋の前に係留しているハウスボート。フライシャウアー。だけど、いいか、おまえが警察じゃなくて、ケラーの糞《くそ》野郎の手下なら、ただじゃ置かない。俺には銃がある。三十メートル先のハトにだって当てられる」

　カチッと鳴って、電話が切れた。

　トムは画面を見つめた。少女が目を丸くしてトムを見ていた。青白い顔のそばかすが、だれかがカラメルの粒を顔にまぶしたように見える。トムはいちいち知っているような気がした。しかし今重要なのはそこではない。良心の呵責《かしやく》を感じていた。ジータといっしょに行くべきだった！　ジータになにかあったらどうする。いっしょにいれば何事もなかったはずだ。急いでテーブルから紙ナプキンと鉛筆を取ると、ジャケットのポケットに突っこんだ。

「すぐ行かなくては」トムはいった。

　少女はうなずいた。電話の会話を聞いて事情を察していたのだ。

　路上で少女の手を取り、トムは車に向かった。車はソニーセンターのそばのヘンリエッテ・ヘルツ公園に駐車してある。途中でグラウヴァインに電話をかけた。「おい、運河でなにが起きてるんだ？　おまえの部下はどこだ？」

「さあ、知らないぞ」グラウヴァインは戸惑っていた。「もしかしたら待機組がひとりもいなかったのかも。日中じゃないからな。どうしたんだ？」

「ジータがひとりで現場にいるんだ。まずいことになってる」

「おまえがいっしょじゃなかったのか」

「まだ合流していない。それが問題なんだ」トムは状況をかいつまんで説明した。

「そりゃまずいな」

「これから現場に向かう。二、三分で着く。パトロールカーと救急車の手配を頼めるか？　野郎はなにをするかわからない」

「わかった。現場に着いたら電話をくれ」

トムは電話を切って、急いだ。少女は駆け足になって、金髪が上下に揺れた。

「なあ、どこか身を寄せられるところはないか？　知りあいかなにか？」

だめだ。反応なし。少女は緊張している。さっきまでふたりをつないでいた糸が切れてしまった。

「携帯電話を持ってるかい？　スマートフォン？」

少女は首を横に振った。

「オーケー、じゃあ、よく聞くんだ。ひとまずいっしょに行く。同僚が大変なんだ。時間がかかるようなら、きみをだれかに預ける。心配いらない。みんな、めちゃくちゃやさしい、オーケー？　みんな、警官だ。寝るところもある。明日、また会おう。いいね？」

少女が急に立ち止まって、トムの手を放した。

「さあ、おいで。ここにいるわけにはいかない」トムは手をつなごうとしたが、少女は身をよじって避けた。「じゃあ、どうする？　車の下で寝るなんてだめだ」

少女は立ち止まったまま、トムをじっと見つめた。

トムは一瞬、腕をつかむか、いっそのこと肩に担ごうかと思った。だが少女を怯えさせたくない。ただでさえびくびくしているのだから。「さあ、おいで。本当に急いでいるんだ」

少女は渋々うなずいて動きだした。だが手をつなごうとしなかった。

ヘンリエッテ・ヘルツ公園は細長い三角形をしていて、若木と新しいビルに縁取《ふちど》られている。芝生には霧が漂い、灰色の海のようだ。トムの車は公園の反対側にある。

トムたちは近道をするため、芝生を歩いた。芝生は湿っていた。都会の真ん中なのに、すべてが静寂に包まれていた。トムはなにかいわなくてはと思った。もう一度、信頼してもらえるかもしれない。――そっちに気が向いて、少女の気持ちが落ち着くといいのだが。

「さっき話した女の子だけど」トムはいった。「ヴィオーラっていうんだ……」

少女はなにもいわなかった。当然だ。

トムはソニーセンターのほうに視線を向けた。ベンツのシルエットを探した。

「おじさんの妹なんだ」トムは車を探しながらいった。方向感覚には自信があったが、車が駐車したところにないような気がした。「きみは妹に似ている。一瞬、妹だと思ったくらいさ」

〝そう思ったの？〟横でヴィオーラの声が聞こえた。

〝おいおい〟トムは思った。〝おまえがその子の代わりにしゃべるのか。こんなことはやめないと〟

そのときベンツが見つかった。思っていた場所よりもだいぶ左だった。「あっちだ」トムは車を指差し、少女のほうを向いて呆気に取られた。目の前にいたのはヴィオーラだった。裸足《はだし》で男物の寝間着を着て、首には鍵をかけている。

ポリスジャケットを着た少女は姿を消していた。虚をつかれて、トムはあたりを見まわした。「おい、どこだ？」

返事はない。話せないのだから当然だ。

「戻ってくるんだ！」

トムは霧に目を凝《こ》らしたが、人影はない。見えるのは、樹木と建物と車のシルエットだけだ。胸がきゅっと痛くなった。エスプレッソとアドレナリンのせいで脈が上がり、狭い血管をどくどく血が流れた。

「ヴィー！」トムは叫んだ。

一瞬、静寂に包まれた。

まさかすべてが想像の産物だったのか？　実際、ヴィーとしゃべっていたような気がした。カフェの紙ナプキンのことが脳裏をよぎった。トムはジャケットのポケットを探って、ほっと安堵した。紙ナプキンがある。安っぽい、少ししわの寄った白い紙ナプキンだ。

トムはその紙ナプキンをだして、平らに伸ばし、少女が最後に書いた文字を見た。少しつたないが、ていねいに書こうとしたのがわかる。

わたしはフィーニャ

第十五章

ベルリン市ティーアガルテン地区
二〇一九年二月十三日（水曜日）午後十一時五十一分

ジータは目を開けた。頭がうまく働かず、考えがまとまらない。後頭部がズキズキする。ジータは倒れたことを思いだした。今は椅子にすわって縛られている。ロープはごわごわしていて細い。園芸用ワイヤーのようだ。緑色のビニールで覆われている。ジータの体をあわててそれで巻いたのだ。ワイヤーの両端をねじってほどけないようにしている。目の前には銃を持った男が立っていた。

銃身が妙に細い。旧式の銃のようだ。男は二十代終わりくらいで、動きが鈍《にぶ》く、寝間着のズボンをはき、毒々しい緑色のフランケンシュタインがプリントされた黒いTシャツを着ている。ダークブロンドの髪はぼさぼさで、目には太いフレームの黒いレイバンサングラスをかけている。ちょうどフローロフがかけているようなやつだ。

「これはどういうこと？」ジータはつぶやいた。

「それはこっちが訊きたい」男は酒臭かった。

ジータは、さっきビール臭かったことを頭の片隅で思いだした。だが男は酔っていないようだ。むしろ怯えて、腹を立てている。それが証拠に、銃口が小刻みにふるえている。

「ねえ、わたしはなにもするつもりはないわ。警察の者よ。名前はジータ・ヨハンス」

「ああ、そうだろうな」男は息をはずませていった。「ただ本当に警官なら、夜中に他人の家に入りこんだりしないだろう。ちゃんとした捜索令状を持ってきて、玄関で身分証を呈示するはずだ」

「ごめんなさい。驚かすつもりはなかったの。何度も声をかけたんだけど、返事がなかった。だからてっきり……」

「だとしても。勝手に入っていい理由にはならない。ここは俺のハウスボートだ。わかるか？　俺の、ハウスボートだ」

ジータはうなずいた。郵便受けにあった名前を思いだした。

「じゃあ、あなたがフライシャウアーさん？」

「当たり前だ」

「いたのなら、わたしが声をかけたときに、なぜ応答してくれなかったの？」

「耳栓をしてた。鉄道がうるさいからな」フライシャウアーは左の親指で背後の鉄道橋を指した。銃を右手で持ち、銃床を腰と肘《ひじ》ではさんでいる。「ここは空港の進入路みたいにうるさい」

そういったそばから、列車がガタゴト橋を渡った。大きな音だが、船内では思ったより小さく聞こえた。飛行機の騒音ほどではない。フライシャウアーは神経質で、否定的固定観念に凝《こ》り固まっているようだ。もしかしたらなにか精神的問題を抱えているのかもしれない。ハウスボートに引きこもっているのもうなずける。

「ねえ」ジータはいった。「本当に悪かったわ。驚かすつもりはなかったの。それに航空騒音とか鉄道騒音については……そのとおりね。落ち着いて話さない？　銃を下ろして、縛《いまし》めを解いてもらえるとありがたいんだけど。わたしはジーニエ・ケラーのことで来たのよ。彼女を捜して……」

「ケラーだな！　やっぱり、ケラーにいわれてきたんだな」フライシャウアーが怒鳴った。「警察だなんてよくいう。私設保安官ってところか？　電話に出た奴、あいつも仲間だな？」

「えっ？　電話に出た奴？」ジータはゆっくり自問した。フライシャウアーの潜在的な妄想症は本気で危険なレベルのようだ。

そのとき、甲板《かんぱん》で足音が響いた。フライシャウアーの視線が苛立《いらだ》たしげに階段のほうを向いた。銃を腕に抱いて丸窓のところへ行き、カーテンを開けた。ジータは葉を落とした樹木が反射する青色回転灯に気づいた。

「おい」甲板で男の声がした。「だれかいるか？」

トムの声だ。助かった。

フライシャウアーは銃口を階段に向けた。「失せろ。俺のハウスボートから降りろ」

足音が消えた。「フライシャウアーか？」トムが声をかけた。「これから中に入る。ひとりじゃない。巡査がふたりと救急医がいる。身分証を見せたいだけだ。話をしよう」

「トム！」ジータは叫んだ。「大丈夫。わたしはここよ」

フライシャウアーは半歩さがった。「あんただけだ。他の奴はだめだ！」

「いいだろう」

ジータは階段のほうを見た。キャタピラーのブーツがやけに大きく見えた。トムがゆっくり階段を下りてきた。フライシャウアーに見えるように両手を軽く上げ、右手の親指と人差し指で身分証を持っている。階段を下りたところで足を止め、フライシャウアーをうかがった。フライシャウアーは銃をトムに向け、どうしたらいいかわからず固まっているように見えた。

「そのおもちゃの銃を置けば、俺の身分証をじっくり見られるぞ」トムはいった。

銃をつかんでいるフライシャウアーの両手に力が入った。「身分証を床に置いて、こっちへ寄こせ」

トムはため息をついた。「おい、スパイ映画の見すぎだ。そうはいかない。まずその古い空気銃を置け」トムは男のほうへゆっくり近づき、身分証がよく見えるようにした。フライシャウアーは神経質に唇《くちびる》をなめ、トムの胸に銃を向けてあとずさった。

「それ、ヘーネル製だろう？」トムはいった。「よく知ってる。子どものとき、それで空き缶を撃った。缶はへこむが、それ以上は無理だ」

「ハトを撃つには充分さ」フライシャウアーはいった。壁を背にしていた。

「銃器所持証を持っていなければ、それで逮捕できる。想像以上に面倒なことになるぞ。これ以上、立場を悪くするな」

フライシャウアーの視線が不安そうに階段のほうを向いた。

「ケラーは俺になんの用だ？」

「テレビは見るか？」トムはたずねた。

フライシャウアーは眉間《みけん》にしわを寄せ、困惑して目をしばたたいた。「なんでだ？　テレビなんか糞《くそ》だ」

「ニュースも」トムは彼の真ん前に立った。

「いいや」

「ベルリン国際映画祭で事件があった。そのことで来ているんだ」

「ベルリン国際映画祭？」

トムは銃身を手で脇にどけ、フライシャウアーの手から銃を取ると、代わりに身分証を呈示した。

フライシャウアーは唾をごくりとのみこんだ。その表情から見るに、まずいと思っているようだ。まだなにも起きていないと理解するまで一瞬かかった。身分証を受けとった手がふるえている。身分証の顔写真と州刑事局の小さなロゴを見つめている。

「バビロン？」上の甲板から声がした。「大丈夫か？」

「ああ、大丈夫だ」トムは銃の下部に差してある小さな弾倉を抜いて、銃を壁に立てかけた。

そのときジータは、トムの手もふるえていることに気づいた。トムはその手をさっとジャケットのポケットに隠した。

「ちくしょう」そうつぶやくと、フライシャウアーはソファの前にあった小さなテーブルに腰を下ろした。彼の重さでそのテーブルがみしっと音を立てた。「本当にケラーの手下じゃないのか？」

「違う。市長のお嬢さんのジーニエを捜している」

「あいつも捜してる」

「だが市長にいわれて捜しているわけじゃない。直接ではない」

「それで……ベルリン国際映画祭ってなんだ。なにかあったのか？」

「ペンチはあるか？」

「ペンチ？」

トムはジータを指差した。「そのほうが早い。彼女を解放する前に同僚が下りてきたら、かなりまずいことになる」

「バビロン？　救急医をどうする？」甲板から声がした。

「五分時間をくれ」トムは答えて、ジータを見た。ジータに感情を害して距離を置いていたのが、今は嘘のように消えていた。疲れた顔をしている。同時にひどく緊張している。「本当に大丈夫か？」

ジータは唾をのみこんだ。トムが良心の呵責《かしやく》を感じているのがひしひしとわかる。いい気味だ、ちくしょう。それでもジータはうなずいた。「ありがとう！」

フライシャウアーがトムにペンチを渡した。ワイヤーがカチッカチッと小さな銃声のような音を立てて切れた。ジータはほっとして腕をさすった。

「よし」トムはフライシャウアーにいった。「俺たちだけのうちに、話してもらおう。なんでオットー・ケラーをそんなに恐がっているんだ？」

「あいつは市長だからな。そして、あいつの娘はここに隠れていた」フライシャウアーがつぶやいた。「あんただって、恐いだろう？」

「いいや」トムは答えた。

フライシャウアーはうつむいた。

「どっちか選んでもらおう。武器の不法所持」トムは銃を指差した。「監禁、その他の違法行為。全部まとめると、検察はなかなかすてきな求刑をするだろう。あるいはすべて証言する。オットー・ケラーとその娘のことで知っていることをすべて」

フライシャウアーはトムからジータに視線を移し、またトムに戻した。それからメガネを取って、目をこすった。「正直なところ、なにも知らないんだ。ケラーは本当に……」彼はそこで一瞬黙って、言葉を探した。「黙秘する」

第十六章

ベルリン市オーバーバウム橋
二〇〇一年八月九日午後二時九分

ジータは橋のアーチの陰に入った。レンガが冷たくて気持ちいい。日中は暑く、空がまぶしいくらいに明るかった。数メートル先の橋の真ん中あたりで、高架の下の支柱に薄汚れた白い靴紐でスニーカーがぶら下げられている。夜中にだれかがそこで小便をしていたので、ジータは数歩離れたところで待った。

アーマドはどうしたんだろう。

ジータはジーンズの右ポケットに手を入れた。そこに十マルク紙幣がある。赤毛なら、きっといかれてるというだろう。だが約束は守らなくては。

赤毛は赤毛。だからジータは昨夜、彼を置き去りにした。名前もいわない奴だ。……母親が聞いたら、がみがみいうはずだ。だから、登校前の朝食の席で顔を合わせたとき、なにも話さなかった。そもそもなにを話せばいいだろう。昨日、飛びこみ自殺しようとして、止めてくれた人と知りあったのよ……とでもいうのか。

救われたといっても、赤毛は問題児だ。そしてジータも問題を抱えている。ジータが立ち去ったとき、赤毛は腹を立て、がっかりしているようでさえあった。自分が立ち去るのを残念がる人がいるなんて、はじめてのことだ。それでも止まる理由にはならなかった。一陣の風が吹いて、小便の臭いが漂ってきた。観光客のカップルが腕を組んでスニーカーの下をこちらへ歩きながら、ベルリンを、シュプレー河岸《がし》に残る壁の残骸《ざんがい》を見ている。観光客にとっては恰好の絵葉書の題材だ。カラフルで美しいベルリンの壁の残骸であり、東ドイツの恐怖政治の名残り。ジータは腹立たしかった。父親を奪った国だ。

「やあ、モッツィ」背後で声がした。

ジータは振りかえった。

アーマドが褐色の目でジータを見つめた。昨日と同じ服装だ。フルーツオブザルームのスウェットシャツ、スニーカー、マルチカラーのニット帽。

「わたしはキューバ人の子よ。半分キューバ人。わかった?」

アーマドは眉間《みけん》にしわを寄せた。なんでそんなことをいわれるのかわからないようだ。

「わたしはあなたのことを……」ジータはうまい言葉が見つからなかった。「ああ、いいわ。忘れて」

アーマドは手を伸ばした。

ジータはジーンズのポケットから十マルク紙幣をだした。「二度とわたしのことをモッツィといわないならあげる。わかった?」

アーマドはうなずいた。「もうモッツィっていわない」顔に表情がなかった。十マルク紙幣はすっと彼のズボンのポケットに消えた。「あんたの友だちは？」

「友だちじゃないわ」ジータはいった。

アーマドはニヤリとした。歯の欠けたところが見えた。「じゃあ、友だちじゃない奴はどこだい？」

「行っちゃった」ジータはいった。「もう一度訊いたら、十マルクを返してもらうわよ」

「モーッツィ！」そういうと、アーマドはまたあからさまににやついた。

「馬鹿チビ」ジータはいった。それ以上うまい言葉が思いつかなかった。悪口をあまり知らない。だが馬鹿チビといわれて、アーマドはカチンときたようだ。顔からにやけた表情が消えた。彼はさっときびすを返すと、タランチュラに刺されたみたいに走りだした。「ねえ」

ジータは啞然《あぜん》として叫んだ。「悪気はなかったのよ。ちょっと待って」

「悪気はなかっただって？」背後で荒々しい声がした。

ジータは身をこわばらせた。一度しか聞いたことのない声だが、それがだれか、すぐにわかった。なんで赤毛のいうことを聞かなかったんだろう。ゆっくり振りかえる。目の前にモヒカンが立っていた。いっしょにいるのは、なんて名前だったっけ。クリンゲとフロウ。

「モッツィフォッツィ」モヒカンは嘲笑《あざわら》った。「そういう名前なんだろ？」

「名前はモッツィじゃない」ジータは反射的にいった。心臓が喉からとびだしそうだ。

「そうかい。じゃあ、ただのフォッツィ――モッツィはなしだ」モヒカンが言った。他のふたりがゲラゲラ笑った。

ジータは唇《くちびる》を噛んだ。

「赤い狐はどこだ?」

「知らない」

「知らないのか」モヒカンの左側にいる奴が嘲《あざけ》るようにいった。体は小柄だが、顎《あご》が張っていて、唇が厚く、鼻が細くて鋭い。髪の毛は黒く、側面を刈りあげている。モヒカンがそいつをじろっとにらんだ。「うるせえぞ、クリンゲ」

その瞬間、ジータは身をひるがえして逃げだした。モヒカンはジータをつかもうとしたが、空振りした。ジータは石畳を飛ぶように走った。橋のアーチと支柱が横をかすめた。すぐ後ろでモヒカンたちの足音がする。三足のブーツが速いリズムで地面を蹴《け》っている。橋のはずれまで行くと、ジータは右に曲がってシュトラウアー・アレー通りを走った。追っ手が迫っている。もっと速く走ろうと必至になって足を伸ばし、筋肉に力を入れた。目の端にモヒカンが見えた。右後ろにいる。腕を伸ばしてきた。襟《えり》をつかまれた。モヒカンはジータを引っ張った。痛い思いをさせたくないかのようにやさしく。ジータはあきらめて、走る速度を落とした。四人はあえぎながら立ち止まった。

モヒカンは緊張しながら笑みを浮かべ、襟から手を離すと、親しげに左腕をジータの肩にまわし、それから鳩尾《みぞおち》に右手の拳骨を叩きこんだ。「逃げたことへのお仕置きだ」

ジータは苦しくてかがみこんだ。

「それからこれは……」モヒカンが平手でジータの頬を張った。ジータはつまずいて、尻餅をついた。「……嘘をついたお仕置きだ」

モヒカンはジータに馬乗りになって、片手で彼女の顎をつかみ、自分のほうを向かせた。さっきの拳骨で殴られたあとが無数の針で刺されたみたいにひりひりして、燃えるように熱い。頭が首についていないような気がする。モヒカンの嘲る顔が青空とギラギラした太陽を背景にして、目の前に浮かんでいた。

「ようし」モヒカンはいった。「それじゃ、手伝ってもらおう。赤い狐を捕まえたいんだ」

ジータは首を横に振ろうとしたが、顎をつかむモヒカンの手は鉄のように固く、まともに口が利けなかった。「無理よ」とジータはかろうじていった。

モヒカンはしばらくジータを見つめた。

「女のくせにがんばるな。だけどあいつは糞《くそ》ったれのナイフ使いだ。ただじゃ置かない。俺が相手だからな。目には目をだ。そういうものさ、モッツィフォッツィ」

木曜日

第十七章

ベルリン市ブライトシャイト広場
二〇一九年二月十四日（木曜日）午前八時五分

ヴォルフ・バウアーは今、地下駐車場に止めてあるベントレーの運転席にすわりたいと思っていた。塗装色はグリーン、ベージュのなめらかなレザーシート。白いベークライトのハンドルを握る。たいていはこれで気持ちが落ち着く。この車と自分の年齢が同じ五十六歳という事実も手伝っている。静かな夜、裏庭で磨きのかかった後部座席でセックスをしたらどんな気持ちだろうと想像している。だが車が傷みそうだから、裏庭に乗りつける気がしない。そもそも自分で運転しない。頭に思い描くだけで、実際には行動に移さないことがいろいろあるものだ。そして考えるだけで、楽しい。

だがそれゆえに、バウアーはすぐ不安に苛《さいな》まれもする。なにかを忌避《きひ》し、避《さ》けなければどうなるかを事細かく想像すると、たいてい眠れなくなる。最悪の場合、そういう妄想が次々と襲いかかってくる。

その夜も、一睡もできなかった。バウアーは昨日の開会式で見た映像を忘れることができなかった。八列目、左側。そこから一部始終を見た。

そのあとウィスキーをダブルで三杯飲んで、すべてを洗い流そうとした。普段は睡眠薬代わりなのだが、今回は効かなかった。二時間近く寝返りを打って、寝るのをあきらめ、ブライトシャイト広場の近くにある〈アッパー・ウェスト〉に構えているオフィスにゆっくり車を走らせた。この速度なら、警察に捕まることはない。三十三階建てのオフィスビルに人気《ひとけ》はなかった。冷え冷えした廊下。現代建築。日中は存在感があるが、夜中はどこか殺伐《さつばつ》としている。エレベーターで二十五階に向かう途中、映画『コラテラル』で描かれている高層ビルのシーンが脳裏をよぎった。闇の組織から依頼殺人を請け負うトム・クルーズ扮する殺し屋。

自分のオフィスに着くとドアを施錠した。念のためだ。仕事をしようとしたが、眠れなかったのと同じでなにも手につかなかった。

湾曲した窓ガラスを通して夜明けが近づくのを眺めた。霧は夜のあいだに消えた。あと二、三分で、秘書のヴェーラが出勤して、コーヒーをいれてくれるだろう。ヴェーラも彼の裏庭の妄想の一部をなしている。

デスクの電話が鳴った。バウアーはびくっとした。二回だけ鳴って、着信音が消えた。それからまた鳴りだした。急いで受話器を取る。「もしもし?」

「わたしだ。ひとりか?」

「でなければ、わたしが電話に出るわけがない。どうかしたのか?」バウアーはデスクチェアの背もたれに体を預け、床まであるガラス窓からカイザー・ヴィルヘルム記念教会のまわりを走る車の列を眺める。

「まあな」電話の向こうの男がいった。

「わかるようにいってくれ。なにかわかったか？」

「ぜんぜんだめだ」

「ちくしょう。本当にまずいな」

「ああ。しかもこれで終わらない」

「どういう意味だ？　なにがこれで終わらないんだ？」

「〝次はおまえらの番だ〟そういわれればわかるだろう」

「ああ、それのことか。そのことは考えた。おかげで一晩じゅう眠れなかった」

「一晩じゅう？　睡眠薬をのめばよかっただろう。製薬会社を経営しているのだから、すぐに手に入るのではないか？」

「無理だ。糖尿病だからな。熟睡すると、夜中に低血糖になったときに気づけない。そうしたら一巻の終わりだ」デスクに目を向け、娘の写真のところでとまった。

「ふむ」電話の向こうの男がいった。バウアーはほんの一瞬、なぜそんなことを話したのだろうと自問した。弱みを見せるのは絶対によくない。長いあいだに学んだことがあるとすれば、それだ。

写真の中から娘が彼を見ている。娘は洒落《しゃれ》た銀の写真立てと笑顔で勝負していた。バウアーはこの写真が気に入っている。娘はありのままの表情を見せている。赤みがかった金髪、左右の糸切り歯のあいだの細い隙間。娘が完全無欠でないのが彼はうれしかった。もちろん生活に不自由をもたらすような要素があるのは困る。だが突然なにかが今と違ってしまえば、娘はもう娘でなくなってしまう。そうなったら、さみしく感じるだろう。といっても、当時彼が望んだのは完璧な子どもだった。そういう子を注文できたなら、そうしていただろう。

「オットーがどんな気持ちか考えると、たまらないな」バウアーは小声でいった。

「とにかくとんでもない奴が野放し状態だ」電話口の男がいった。「そいつはなにかをやらかすつもりだ。数字の19をだしているくらいだからな」

「なにをする気だろう?」

「さあな」相手が唸《うな》るようにいった。「とにかくうちのふたりには一週間病欠するようにいった。だから学校には行っていない」

「まさか」バウアーは胸騒ぎがした。「われわれの子どもを狙っているというのか?」

「念のためさ。あとで後悔したくない」

バウアーは時計を見た。「ちくしょう」メガネをはずして、親指と人差し指で目をこすった。「八時を過ぎてる。ユーリは登校してしまった」娘の写真を見つめた。メガネをはずしていると、鮮明に見えない。なんだか娘がすり抜けていくような感じを覚えた。

「迎えにいくんだな」相手がいった。

「いやがるだろうな……もう小さな子じゃないからね……」

「本気か？　そんなことを考えている場合か？」

「まさか本気で……」

「わたしにだってわからない。いやな予感がするだけだ」

バウアーは唾をごくんとのみこむと、改めて時計を見て、八時半から立てつづけにある仕事の予定を考えた。複数の販売代理人。ビルガー研究プロジェクトに関わる財団の会合、新しい生産ラインの件でライプツィヒの主任との面談。

「よく考えろ」相手がいった。「パニックになるな。すべて、これまでどおりだ。ところで人を雇った」

「雇った？　どういう意味だ？」

「問題を解決してくれる奴さ」

バウアーは背筋が凍った。『コラテラル』。ついさっき脳裏に浮かんだばかりだ。だがそれは映画だ。「うまくいくと思うか？　前に雇った奴は……そもそもだれなんだ？」

「ロシア生まれのスイス時計さ。すべきことは心得ている。うまくいったときは、きみの助力がいる。安くないんでな」

「それはかまわない」バウアーはいった。金の相談をされて、少し気分がよくなった。これでなんとかなりそうだ。「われわれは一蓮托生だからな」

「よし。なにかあったら連絡する」

「ああ、ぜひそうしてくれ」バウアーがいった。通話が切れる音を聞いて、受話器を置いた。

ロシア生まれのスイス時計?

バウアーは硬直したようにデスクの前にすわって、受話器に手を置いていた。その言葉からなにか想像してみようとしたが、うまくいかなかった。

それから娘が通う学校の事務に電話をかけた。

「ベスト゠ザーベル゠ギムナジウム・ベルリン、ザーラ・ヴィテキントです」

「もしもし、バウアーです。娘のユーリアと話したいんですが。急用なんです」

「ユーリアさん?　あら、病欠と聞いていましたが」ヴィテキントが答えた。

「病欠?」バウアーはびっくりした。「どういうことです?」

「今朝は会っていません。今のところ」

第十八章

ベルリン市カイト通り、州刑事局
二〇一九年二月十四日(木曜日)午前八時五十六分

三時間の睡眠。

夜中、ハウスボートコロニーへ向かう途中で、トムは近くのパトロールカーにフィーニャを捜すように要請した。だが少女の行方はわからずじまいだった。フライシャウアーは最後まで抵抗したが、無事に逮捕したあと、トムは州刑事局の行方不明者捜索課へ行って、フィーニャ・クリューガーを「同伴者のいない行方不明の未成年者」として報告した。

トムは監視カメラの映像からコピーした写真を担当に渡し、映画館での事件の目撃者である可能性があると説明し、口が利けず、姿を消したときポリスジャケットを着ていたこと、またクリューガーというキャップをかぶった年配の男が同伴者だということも伝えた。

フィーニャの情報は警察の超域的な情報網INPOLに登録され、夜のうちに自動的に行方不明者と身元不明の死者に関するデータベースに加えられた。

トムは、フィーニャに逃げられたことで自分を責めたが、見つかるかもしれないと自分にいい聞かせた。ドイツでは毎年、子どもの行方不明事件が八千件あるが、九十五パーセント以上が解決している。

行方不明者担当と話していて、トムは自分の父親のことを思った。ヴィオーラの行方不明届をだしたとき、父親はどんな気持ちだっただろう。父親とはもう長いあいだうまくいっていないが、できるだけ早く訪ねてみようと思った。

帰宅すると、トムはソファに横たわった。寝室で寝ているアンネを起こしたくなかったからだ。くたくたに疲れていたので眠ろうとしたが、心がざわついていた。道に迷ってしまったという感覚に圧倒されていた。

朝になると、冷たいシャワーを浴び、エスプレッソを飲んだ。アンネは顔にはださないようにしているが、明らかに失望していた。それから少しのあいだフィルを抱いてあやした。フィルは新鮮なクリームとベビーミルクの匂いがした。そして二度かわいいげっぷをして、温かい頭をトムの肩と首のあいだにくっつけた。これで地に足がついた。

トムは今、集まった同僚とともに「工事現場」という異名を持つ超モダンな新しい会議室にいる。カイト通りの州刑事局第一部局の会議室だ。古い庁舎に「新会議室」を作るプロジェクトは何年もかかり、途中で政治問題になった。費用対効果が悪い、税金の無駄遣いなどとさんざんにいわれたのだ。

テーブルを囲んでいるのは科学捜査研究所のペール・グラウヴァインとその部下のバイアーとベルネ、鑑識課のルツ・フローロフ、捜査課最年少の女性刑事である第四班のニコレ・ヴァイアータール、それから細かいことにこだわる第四班のベルト・プファイファー。その正面にはジータ。「工事現場」はひそひそ声に包まれていた。黙っているのはジータとトムだけだった。

モルテンが会議室にあらわれた。昨晩と同じスーツ姿だ。黒いシャツだけは洗い立てだ。髪の毛はきれいにわけている。顔には血が上っていた。左腕にベルリン新聞を抱えている。モルテンは上座に陣取ると、丸めた新聞をテーブルに叩きつけた。

ひそひそ声がぴたっとやんだ。

モルテンは黙ってベルリン新聞を広げて、みんなに一面が見えるようにした。

ベルリン国際映画祭開会式でスキャンダル
市長の娘ジーニエ・ケラーが世界から集まった著名人に暴力ポルノで衝撃を与える

「だれだ？」モルテンがたずねた。

その場が鉛《なまり》のように重い沈黙に支配された。

早朝からメディアではこのニュースが飛び交い、憶測が憶測を呼んでいる。昨晩、報道官が読みあげた事実の少なさがそこに輪をかけていた。とくに映像の中の若い女性の身元を警察が明らかにしなかったことがいけなかった。だが、だれかが情報を流した。

「ヨー」トムはいった。「ケラーの名前がうちから漏れたとは思えない……」

「ケラー市長とその家族にとって、ここにいるだれかが口をつぐまなかったことがなにを意味するかわかってるだろうな？」

「わかってるさ」トムはいった。「だが、ホールで映像を見ただれかがジーニエ・ケラーだと気づいた可能性も排除できない。それに昨晩、あの映像がネットにアップされ……」

「そうではあるけど」グラウヴァインがつぶやいた。「スマートフォンで撮影された映像では顔まではわからないだろう」

「あの映像が本物かどうかは確認できたのか？」フローロフがたずねた。

「きみにとって本物とはなんだ？」グラウヴァインがいった。

「演技かどうかってことだ」

「電子メディア・映像加工課の専門家にデータを渡してある」グラウヴァインはいった。

「だけど、まずジータの意見を聞きたいな。たしか昨夜、ジーニエ・ケラーの住居を訪ねたはずだ」

「ハウスボートだよ」トムが口をはさんだ。「いっしょに訪ねた」

「それで？　本人に会えたのか？」ベルティがたずねた。

グラウヴァインが目を丸くした。「だとしたら、とっくにみんなに伝わっているんじゃないかな？」

「報告は順番にしてもらおう」モルテンが口をはさんだ。

そのときドアが開いた。ブルックマン部局長が「工事現場」に足を踏み入れた。目の隈《くま》がいつもよりひどい。部局長もよく眠れなかったようだ。ほんの一瞬、その場が静かになった。みんな、なにをいうか待ったが、部局長はなにもいわず空《あ》いている席に腰を下ろした。

「ルツ」モルテンはいった。「はじめてくれ」

ルツ・フローロフはケーブルをノートパソコンに差して、若い女性の写真をモニターに映した。会議室に射しこむ日の光のせいで、写真は色褪《いろあ》せて見えた。ホワイトブロンドの髪をポニーテールにしている。まなざしには自意識の強さが見え、少しきかん気な感じもするが、彼女の魅力を損なってはいなかった。

「ジーニエ・ケラー」フローロフはいった。「二十歳、ケラー市長夫妻の娘。ちょうど一年前、大学入学資格試験を受けました。およそ二年前から演劇教育を受けている。これまでで一番知られている出演作は動物愛護団体による挑発的な毛皮製品反対キャンペーンのビデオクリップだ。知らなければ、映像のコピーはサーバーにあるので確認してほしい。ジーニエ・ケラーはおよそ三ヶ月前からティーアガルテン河岸《がし》に係留したイェンス・フライシャウアー所有のハウスボートで暮らしている」ダークブロンドの男性の写真をモニターにだした。エアロダイナミックのメガネをかけ、目が飛びだしているように見える。「年齢は三十一。ベルリンの左翼シーンに関わっている。ハウスボートは遺産相続したものだ。今はときどきウェイターをして、糊《こ》口《こう》を凌《しの》いでいる。あ、そうそう……」フローロフがニヤッとした。「……昨晩からうちで勾留されている。ジータ、事情を話してくれるかな？」

ジータは昨夜ハウスボートで起きたことをかいつまんで話した。

「ともかく」フローロフはつづけた。「ジーニエ・ケラーは今のところブラックボックス状態だ。これ以上のことは、フライシャウアーを取り調べてからだね。小耳に挟んだが、昨晩は取り調べができなかった。そうだよね？」

ジータはうなずいた。

「よし」モルテンが口をひらいた。「ベルリン国際映画祭で起きたことについて全員で共有しておきたい。昨晩、正確には午後七時半、映写技師オリヴァー・カイザーによると、キャップと黒い目出し帽をかぶった男が映写室に押し入った。男は映写技師を拳銃で脅《おど》し、鍵を奪って内側から施錠した。そのあと映写技師に映像のデータが保存されていたＵＳＢスティックを渡し、データをシステムにコピーして、予定していたオープニング作品の代わりに上映するように要求した。照明と音響を担当するスタッフたちはだれもそのことに気づかなかった」

「目出し帽とキャップ以外に犯人の特徴は？」トムはたずねた。

「褐色のスーツ、ワイシャツ、黒い靴。開会式の標準的なドレスコードだ。ただしノーネクタイだった。スーツは安物で、体に合っていなかった。頭にかぶっていたのはベルリン国際映画祭のキャップで、色は黒。額《ひたい》の部分に金色の熊」

トムはフィーニャといっしょにホールを出た年配の男が脳裏に浮かんだ。

「カイザーはその男の年齢と体格に該当するか？」

「いや、中背でスポーツマンタイプ、おそらく三十代。そうそう。ラテックスの手袋をつけていて、指紋は採取できなかった」

「監視カメラの分析は？」トムはたずねた。

モルテンがぶすっとしていった。「内務省参事官が部下に分析させるといっている。だが八時前にはだれも出勤しない」

「その点は解決していますよ」ブルックマンが声を発した。「分析は早朝からテンペルホーフの本部スタッフが引き継いでいます」

モルテンは驚いてブルックマンを見た。

「シラー内務省参事官は了解しました」ブルックマンはつづけた。「捜査の対象にＶＩＰがいた場合、すぐに伝えるという条件で。ですから、くれぐれも慎重に。内務省参事官にそう約束しましたので」

「わかりました」モルテンは不機嫌そうに咳払いをした。ブルックマンはこのことを事前にモルテンに知らせなかった。つまりモルテンは蚊帳《かや》の外に置かれたのだ。「さて、映像データをシステムにコピーしたあと、犯人はどうやって上映を開始するか映写技師から聞きだして、結束バンドでその映写技師を椅子に縛り、猿轡《さるぐつわ》を嚙ませた」

「照明担当者は本当になにも気づかなかったのですか？　映写技師とはどうやって連絡を取りあっていたのでしょうか？　上映に際しては照明を落とし、カーテンをひらかないといけませんよね」ジータがいった。

「それは自動になっているんだ」グラウヴァインが説明した。「カーテンとホールの照明は映写機のコンピュータと連動している。マウスをクリックするだけで、上映ははじまる」

「コンピュータの記録によれば、犯人は午後七時五十九分に上映を開始した」モルテンがまた話をつづけた。「そのあとすぐ映写室を出て、外から施錠した」

「その時間の監視カメラにはなにか写っていたか？」フローロフがたずねた。

「役に立つ情報はありませんね」ブルックマンがいった。「映写室にはカメラは設置されていませんでしたし。問題の時間に監視カメラに写っていたのは六人だけです。ふたりはゲールス&シュタルケの警備員、四人はフロアスタッフで、そのうち三人は若い女性。全員、午後七時五十九分にそれぞれの持ち場にいるのが確認されています。つまり映写室に押し入った者はこの六人のうちにはいません」

「そして建物から出た者はひとりもいない」モルテンが補足した。「つまり、犯人が向かった可能性があるのは一個所だけ。観客席だ。ペール、頼む……」

ペール・グラウヴァインはなにもいわず立ちあがって、照明を落とすスイッチを押した。窓のブラインドが音を立てて下がった。スクリーンにノートパソコンの画面がミラーリングされた。マウスが数回クリックされて、劇場の平面図の一部が映しだされた。グラウヴァインはプロジェクターの光の中に立った。「ここが映写室」彼は小さな四方形を指で差した。一番近いホールに通じるドアはこの小さいやつだ」彼は指で短い通路を辿《たど》った。プロジェクターの光が彼の顔に歪《いびつ》に曲がった線を映した。「通路の長さは六メートル。そのドアは一種の調整用のドアだ。映写技師がホールの音響と映像をチェックするのに使う。ドアは二階席に通じていて、監視カメラはない。つまり犯人は安全に席番号二十四と二十五のあたりからホールに足を踏み入れたはずだ。ホールは暗く、観客の注意ははじまった映像に向いていた。該当する座席にすわっていた観客を割りだし、なにか見ていないか聴取するために、フローロフが今、調べている」

「とにかく」フローロフが付け加えた。「犯人は他の観客がホールから出るのを待って、その中に紛《まぎ》れたのだと思う。かなり抜け目がないといえる」

「それは映像に映っているのがなにかによるでしょう」ジータがいった。「本当に殺人なら、神経が図太いといえますが、フェイクなら、それほど恐れはしないはずです」

モルテンはうなずいた。「一番の問題は、われわれが相手にしているのがなにかだな」

「そのことだが」フローロフはみんなを見た。「問題にならないだろう。殺人が前提。違うかな？」

ブルックマンは前屈《まえかが》みになって、シャツの袖をまくりあげた。毛の生えたがっしりした前腕があらわれた。

「検察の判断によれば、刑法典第百三十一条に規定された脅迫と暴力的表現にあたります。しかし他の嫌疑もかけられます。重大犯罪扱いになる可能性が大であるということです。わたしたちの仮説はレイプと殺人になります。今のところ、映像がフェイクであることは排除します」

「映画祭はどうなるんですか？」女性刑事のニコレ・ヴァイアータールがたずねた。「中止ですか？」

ブルックマンは咳払いをした。「そのことについて今日の昼、シラー内務省参事官と映画祭実行委員会による短い記者会見があります。ベルリン国際映画祭はつづけられます」

「どういう根拠で？」トムはたずねた。

「刑法典第百三十一条に違反している程度だからですよ」ブルックマンはあっさりといった。

「内務省参事官も検察も、映画祭を中止するほどの理由にはならないと見ています」

「しかし俺たちは殺人とにらんでいる」トムがいった。

会議室が静かになった。

「どう辻褄《つじつま》を合わせるんですか？」ジータは腹立たしくなっていった。

「市長には辻褄を合わせることなんてできないだろうな」ベルティ・プファイファーがいった。

「わたしたちが決めることではありません」ブルックマンがみんなを黙らせるような語調でいった。「公式見解と裏での捜査、わたしたちはダブルスタンダードでいきましょう。今にはじまったことではないです。違いますか？」

「たしかに今にはじまったことではない」フローロフが苦笑いした。「でも、捜査が楽になるわけじゃない」

「こうしよう」モルテンが発言した。「政治家にはやりたいようにやらせて、われわれはわれわれの捜査をする」

モルテンはペール・グラウヴァインのほうを向いた。「ペール、スナッフフィルムについてわかっていることを報告してくれ」

グラウヴァインは渋々うなずいた。平面図がスクリーンから消えた。「昨日わかったことだが、映像のデータには一回再生したあと自動的に破壊するプログラムが仕込まれていた。データは存在しているが、読みとることができない。はたして本部の専門家が解除できるかどうかやってみないとわからない」

グラウヴァインはフォルダーをクリックして、データをひらいた。不鮮明な映像がスクリーンに浮かんだ。前景に頭がいくつか映っていて、その奥の右側に小さくスクリーンが見える。「今、分析できるのはこの映像だけだ。二階席からスマートフォンで撮影したものだ」

「本部の専門家はなんといってるんだ?」トムはたずねた。

「最低だといってる!」グラウヴァインは小さな紙袋からトローチをだして、口に入れた。

「つまり手元にあるのは解像度の低い映像で、暗く、問題のスクリーンを遠くから撮っている。この環境ではピクセル単位および輪郭の分析は残念ながら不可能だ。だから厄介なんだ。デジタルエフェクトの場合、出来上がったものから特定することは可能だ。キーフレーム、トラッキングプロセス、マスキングの痕跡は映像の中に残されるものだ。アナログエフェクトの場合でも、たとえば塗られたり、隠してあるところから噴射される人工血液はひとコマずつ分析すればわかる。しかしこれほど条件が悪いと。主観的な評価しかできない」

テーブルのまわりが沈黙した。最初の分析で捜査の方向性が決まると、みんな期待していたのだ。

「フェイクだとしたら」ニコレがいった。「専門家にしか作れませんよね? つまり素人《しろうと》にはできない」

「妻は映像編集者だ」トムはいった。「俺が耳にしているかぎりでは、おまえのいうとおりだ。そういうエフェクトは特殊なソフトウェアと高性能なコンピュータがなければ作れない。もちろんプロの手を借りる必要もある。そしてそういうプロは数が少なく、金がかかる。一日約千ユーロ。完璧にするには通常数日かかる」

「じゃあ、かなり絞りこめそうですね」ニコレがいった。「ジーニエ・ケラーと面識があるという条件もあります。彼女が共謀しているとすれば」

「毛皮製品反対キャンペーンの拡散に関わった人物の可能性もありますね」ジータがいった。「そっちはすでに捜査している」モルテンがいった。「もう一度、全員で昨晩の映像を見たほうがいいだろう。ペール、頼む……」

ペール・グラウヴァインが映像を再生させた。スマートフォンの安いマイクで収録し、しかも音がホールに反響しているせいか、くぐもった音声が会議室に響き渡った。

トムはもう一度、映像を見た。ジーニエ・ケラーのむきだしの肩、ホワイトブロンドの髪、パタパタというかすかな足音……これが演技でなければ、このとき彼女はなにを感じていたのだろう。このあとなにが起きるか予期していただろうか。だとしたら、なぜ逃げようとしなかったのか。

ジーニエがエレベーターの扉に辿り着く。映像が揺れ、扉の横の数字19が映る。カメラマンはわざと数字が写りこむようにしたようだ。それからエレベーター内部に張られたラップフィルム。犯人は絶対に痕跡を残したくなかったのだ。にもかかわらず、数字の19をわざと現場に残した。どういうことだろう。

カメラマンはジーニエを床に突き倒す。カメラをジーニエの横に置くと、彼は彼女の下着をはぎ取り、顔を殴る。それからまたカメラを手に取る。ジーニエの顔が小さくなり、ピントがずれ、ただの明るい円になる。まるで満月のようだ。ジーニエは目を丸くして、口を開けている。一瞬、カメラマンの手のあたりを見つめて、ささやく。「嘘、やめて」といったように聞こえた。

トムはこの驚愕《きょうがく》した顔が作りものだと思える理由を見つけることができなかった。ジーニエは殴られるたびに苦悶している。カメラマンは彼女を押さえつけ、慣れた手つきで首を絞めた。……それから手を離し、左手の拳骨で彼女の胸を殴る。カメラマンが手をひらくと、大きな釘《くぎ》があらわれる。その釘はおよそ掌《てのひら》の幅くらいジーニエの体から突きでている。刺されたところから血が流れだす。

トムは一瞬、カメラマンの前腕を見た。皮膚《ひふ》に長細くて真ん中が太いシミみたいなものがある。たぶんタトゥーだ。

「よく見ろ」カメラマンがいった。「これで神がいることを思い知っただろう」彼の声は鈍《にぶ》く、大きく響く。同時に遠くから聞こえるかのように反響している。「俺を作ったのはおまえらだ。次はおまえらの番だ」

そして暗転。スクリーンにグラウヴァインのコンピュータ画面があらわれた。青灰色の背景に小さなアイコンが整然と並んでいた。

だれひとり、なにもいわなかった。

窓のブラインドがいやなほど大きな音を立てた。愕然としているみんなの顔を、日の光が照らした。死者、虐待、ありとあらゆる残虐《ざんぎゃく》行為。目も当てられなかった。だがこれは事件が起きたあと、通報を受けて検証する事件現場とはわけが違う。その違いの大きさに、全員が言葉を失っていた。だれも声にださなかったが、顔を見れば考えていることがわかる。これは本物に思える、と。

ブルックマン部局長が最初に口をひらいた。「オーケー。では意見を聞きましょう」

会議室にいる面々が少し背筋を伸ばし、衝撃を振り払った。自分たちにできることに戻る。犯罪の確認。起こった内容の割りだし。

「血液と釘はフェイクかもしれない」ベルティがいった。「刺したときブレードが柄《え》に引っこむナイフがある。バネを使ったちょっとした仕掛けだ。見た目には強烈だが、だれも傷つかない。そういうのが釘にもあるか調べてみる」

「正直いって俺にはデジタル処理した映像のほうがもっとリアルに見えると思う」トムがいった。「しかし今のところ、フェイクかどうかをとやかくいってもはじまらないだろう。仮説をいくら立てても、映像の解像度が低いせいで確認できないのだから。それより動機について考えたほうがいいのではないかな。たとえば、なぜ死体がないのか?」

「よくわからないな」ベルティがいった。「フェイクなら、死体はないだろう」

「死体がないせいで、わたしたちはこの映像についてどう判断したらいいか迷っている。それが犯人の狙いじゃないかってことよ」ジータがいった。

「その点はデータの破壊とも符合する」グラウヴァインが考えながらいった。「だけど、なんでそんなことをする必要があるんだ?」

「人間が消えた場合、真実がわからないのは最悪だ」トムがいった。「家族にとって、死んだとはっきりするほうが気持ちの整理がつく。永遠に白黒つかないよりもましだ。見つかると期待するべきか、喪に服すべきか？　あきらめたら、行方不明者を見捨てたことにならないか？　そんな思いに捉われる」

一瞬、静寂に包まれた。

トムはそのときになって、自分の発言を意識した。大聖堂事件以来、トムが妹の消息を追っていることは、ここにいるみんなが知っている。

「するとオットー・ケラー市長は被害者ってことになるのか？」ベルティがたずねた。「白黒つかない事件で苦しめられると？」

「ある意味そうといえるわね」ジータがトムを見ながらいった。

「別の意味では？」フローロフがたずねた。

「気になるのは、犯人がまず『俺を作ったのはおまえらだ』といってから、『次はおまえらの番だ』とつづけた点よ。おまえらってだれなの？」

モルテンは肩をすくめた。「われわれ全員か？　われわれ全員にかかわることが問題になっているので、全員が怯えるべきだというのか」

ジータは眉間《みけん》にしわを寄せた。「共同責任という意味ですか？」

「犯人の前腕に黒いシミがあったが、あれはなんだったんだろう？」トムはたずねた。「画像を拡大できるか？　タトゥーかもしれない」

「わたしも気になっていた」グラウヴァインがいった。「しかしこの解像度では無理だ。しかも腕は動いているから鮮明ではない。犯人の動きは激しく、あの個所は一瞬しか写りこんでいない」

モルテンはうなずいて、なにかメモした。「よし。観客リストが届いたらすぐ事情聴取をする」

「もう一度、数字の19に話を戻したいんだが」グラウヴァインはいった。「もとは〈-1〉だったが、マイナスは薄緑色の壁の色と同じペンキで塗られて消されていた。今、ペンキの成分を分析しているが、あまり期待できない。そういうペンキはどこのホームセンターでも手に入る。貼られていた9のほうが珍しいだろう。縦が十センチあった。文房具店やホームセンターで販売されているレットラ社製の数字シールで、もっぱら家屋番号に使われている。もしかしたらこれが手がかりになるかもしれない」

「はっきりしているのは、その数字が演出の一部だということだ」モルテンがいった。「問題はその理由だ。19はなにを指すのか？　エレベーターか？」

「そうだろうけど」ベルティはいった。「でも、やっぱりなにを意味するのかわからないな」

「問うべきなのは、この数字がだれに向けられたものかだ。われわれが読みとらなければならない暗号か、被害者へのなんらかのメッセージか。もうひとつ可能性がある。ホールで映像を見ただれかに伝わるシグナルかもしれないということだ」

「たとえば」ジータは考察をつづけた。「オットー・ケラー」

トムはうなずいた。「ただし犯人は、おまえらといった。複数形だ。ということは、その中に自分が入ってると気づくだれかが他にもいることになる」トムはブルックマンを見た。

「そのことをケラー市長に訊かなくては」

ブルックマンはうなずいた。「わたしに任せてもらいましょう」

「俺も同行させてください」トムはいった。

ブルックマンは顔をしかめた。「昨日あなたたちが逮捕したフライシャウアーがいるでしょう。彼を取り調べてもらいます。そっちのほうが役に立ちそうですから」

トムは肩をすくめて承諾した。おそらくブルックマンはケラーを追いこまないように忖度《そんたく》したのだ。

「ところで」ベルティがいった。「これって偶然かな？　またしても数字が鍵になるなんて。大聖堂事件は17だった」

「さあ、どうかな」グラウヴァインはいった。「だが数字の19をグーグルで調べてみた。情報はあまり多くない。まず素数だ。唯一興味深いのは、イスラーム教では地獄の門を守っているのが十九人の天使だということくらいだ」

「金髪の天使なのか？」フローロフが混ぜ返した。

だれも笑わなかった。

「すまない」フローロフが肩をすくめた。

「イスラームとは関係ないだろうな」モルテンはいった。

「神はどうなるんですか？」ニコレがたずねた。

「神？」ベルティが訊き返した。

「『よく見ろ。これで神がいることを思い知っただろう』」ニコレが犯人の言葉を繰り返した。「たしかに大聖堂事件を思いださせます。あのときも、宗教的な言葉が問題になりました。イエス、悪魔……あの事件と接点があるとしたらどうでしょうか？」

モルテンが手を横に振った。「それはないだろう。模倣犯かもしれない。だがそれ以上の関係性は感じられない」

「わたしはひどい傲慢《ごうまん》さを感じますね」ブルックマンがいった。「見ろ、俺は偉大だ。生と死を司る。数秘術と陰謀論よりもそっちのほうがありうると思います」

ニコレは頬を赤らめて黙った。

ブルックマンはジータを見た。「気になるのはフライシャウアーとジーニエ・ケラーの関係です」そのときブルックマンの服のポケットでスマートフォンがかすかに鳴ったが、彼は無視した。「ふたりは同棲しているのですか？　そのことで嫉妬する人間はいるのでしょうか？」

「そこまではわかっていません」トムはいった。

今度はモルテンのスマートフォンが鳴った。さっと画面を確かめた。「シラーだ」驚いてそうつぶやくと、モルテンはブルックマンをもの問いたげに見た。「そちらにもＳＭＳが届いていますか？」

ブルックマンはポケットからスマートフォンをだすと、画面を見つめて、黙って読んだ。

「内容は？」そうたずねると、グラウヴァインが自分のスマートフォンを見た。

ブルックマンは急いで電話をかけた。通話時間は一分とかからなかった。ほとんどなにもいわず、聞き役に徹した。そしてスマートフォンをポケットに戻すと、テーブルを見ながら考えこみ、それから気を取り直した。「シラー参事官でした。二、三分前、行方不明者届がだされたそうです。ヴォルフ・バウアーの娘ユーリア・バウアーが行方不明になったそうです。今朝、登校しませんでした」

「ヴォルフ・バウアーって、あの製薬会社の?」ベルティがたずねた。

「ええ、そうです」

「どういうことですか? それって行方不明者捜索課の仕事でしょう」グラウヴァインがいった。「どうしてシラー経由で話がくるんですか?」

「シラーとバウアーが知りあいだからです」ブルックマンは唸《うな》るようにいった。「そしてバウアーは昨日、ベルリン国際映画祭の開会式にもいました。彼も映像を見ています。そしてあれは本物だと考えていて、お嬢さんの身を案じています」

会議室が静かになった。

「どうしてそう思うんです?」トムはたずねた。

ブルックマンは肩をすくめた。

「なにか理由があるのだろう」モルテンがいった。「あるいは考えすぎ」

「仕方ないですね」ブルックマンはため息をついた。「だれかふたりに学校へ行ってもらいます。どうやら登校途中で行方不明になったようなのです。学校で事情聴取してもらいます。

わたしはシラーと話し、この状況をどう考えているか訊いてみます。あとはそれから考えましょう」

「そしてケラー市長」トムはいった。「彼にもだれかが事情聴取しないと」

ブルックマンは改めてため息をついた。「どうやら、その役目はわたしになりますね」

モルテンは目を丸くした。ケラーがボス預かりになるのが承服できなかったのだ。「いいでしょう」自分で片づけたかったとでもいうように不満そうな言い方だった。「ではトム、きみはあの……ええと、なんという名前だったかな、ボートハウスの奴？」

「フライシャウアー」トムはいった。

「そうだった。そいつは任せる。うまく吐かせるんだ。手がかりがいる。さもないと、お手上げだ。報道関係者がうるさくつきまとうだろう。それもドイツ国内だけでとどまらないはずだ。ヨーロッパ各国の新聞社、複数のテレビ局からも問いあわせが来ている。今日の昼の記者会見でひと息つけるが、すぐに新しい材料が必要になる」

第十九章

ベルリン市プレンツラウアーベルク地区
二〇〇一年八月九日午後五時三十八分

ジータはかっかしていた。今は細長い部屋にしゃがんでいる。天井が斜めに傾いている。壁際の棚は工具や古いエンジンや機械の部品でいっぱいだ。部屋の隅に大きなカエルの模型がある。ゴミ箱くらいの大きさで、尖《とが》った歯があり、目はガラス玉だ。その横にはおんぼろの骸骨《がいこつ》二体とパルプ製の人体の部位がフックにかけて下げてある。この部屋には窓がない。あるのは硬質プラスチックの天窓だけで、そこからぎらぎらと日の光が射しこんでいる。息苦しい。オイル臭い。そしてストーブの中にいるように暑い。

ジータは服を少し脱ぎたかったが、そういうわけにいかない。服が汗で濡れて体に貼りついていても、モヒカンたちの前で肌を見せるのはまずい。といっても、モヒカンはジータを縛らず、水のペットボトルを一本くれた。トイレには古いプラスチックの深皿を使えといわれた。だがいつドアを開けて、覗かれるかわからないので、できるだけ我慢していた。……ジータはそのような考えを振り払った。いつまで閉じこめられるのか。三人はなんで赤毛を捜しているんだろう。彼はなにをしたのか。モヒカンは彼のことを「ナイフ使い」と呼んでいた。おそらく縄張り争い。赤毛とモヒカンとのあいだでなにかがあってエスカレートしたんだ。その尻拭《しりぬぐ》いをジータがさせられている。アーマドに金を渡しにのこのこ行くなんて、とんでもない間抜けだ!

ドアの向こうで足音がした。だれかが足音を忍ばせて近づいてくる。すぐにドアの錠がはずされて、モヒカンがあらわれると思った。ジータは部屋の中を見まわした。壁際の骸骨の下に鉄の棒が数本転がっている。それを持って、ドアの横で待ち伏せたらどうだろう。

足音が消えた。ジータはまたドアのほうを見た。ドアは頑丈な厚板でできていたが、いくつもひび割れができていた。そこを通して、人影が見えた気がした。ドアの前に立って、こっちを覗いている。鉄の棒を使う計画はだめそうだ。すくなくとも今は無理だ。ジータはそのまましゃがんでいた。

錠がはずされて、ドアが開いた。入ってきたのはクリンゲだった。片手にポラロイドカメラを持っている。

「なんだこれ。めちゃくちゃ暑いな」

クリンゲはレザージャケットを脱いだ。彼の上腕は筋骨隆々。ベンチプレスをしているところが目に見えるようだ。額《ひたい》の汗が光っている。

「わたしをどうするつもり?」ジータはたずねた。「わたしは無関係なんだけど」

「そんな言い訳が通用するもんか! うざったい。ほら、脱げよ」

「えっ?」ジータは耳を疑った。

「服を脱げっていってんだよ。頭が悪いのか?」

ジータは顔から血の気が引いた。

「冗談じゃないわ」

クリンゲがニヤッとした。天窓から射しこむ光が鋭い鼻と切れ長の目を照らした。

「二度はいわない」

「なんでよ? わたしになにを……」その瞬間、いわずもがなだと気づいた。「忘れて。絶対に脱がない」声をふるわせないように必死になっていった。

クリンゲは背後のドアを閉め、骸骨の下に転がっていた鉄の棒を引っ張ると、それを試すように振りまわした。

ジータは慌てて立ちあがり、壁までさがった。

「質問に答えよう」クリンゲはいった。左手に持っていたポラロイドカメラを持ちあげた。

「いい写真を何枚か撮りたいんだ」

ジータは唾をのみこんだ。「それならそういう雑誌を買えば……」それ以上いえなかった。

鉄の棒がジータの腰めがけて振られた。ギリギリのところでジータは腰を曲げたので、腰骨に直撃することはなかったが、臀部《でんぶ》をかすめた。目に涙が浮かんだ。

「次は足を折るぞ」あっさりそういうと、クリンゲは鉄の棒の先端で床をすって、わざと音を立てた。

「お願い、やめて！」

「じゃあ、さっさと脱げ」

いつ終わるともしれない長い一瞬に、ジータは思った。〝こんなのおかしい。こんな目に遭うなんて。宇宙にはもっと大きな力、審判する存在がいて、これを見たら、助けをよこすはずだ〟と。だがなにも起きなかった。

ジータは頰の涙をぬぐってから、ゆっくりTシャツを脱いだ。

「つづけろ」

ジータはジーンズを脱ぐことにした。

「全部だ。そして壁際に立て」クリンゲは天窓からまぶしい光が落ちているところを指した。

ジータははじらいを捨て、歯を食いしばって下着を脱いだ。冷や汗が出た。四学年のとき、同級生に通学カバンに入れられた犬の糞《ふん》を思いだした。休み時間の校庭でモッツィフォッツィと呼ばれたことも。ゴミコンテナーに押しこまれたり、唾をかけられたりしたこともある。そのたびに、それが最悪の侮辱《ぶじょく》だと思った。今の今まで。

片腕で胸を、もう一方の手で恥部を隠しながら、ジータは光の中に立った。

クリンゲはジータを見つめ、それから鉄の棒を置いて、ポラロイドカメラのシャッターを切った。

「手をどけろ。それじゃつまらない」クリンゲはカメラを床に置いた。

「死んでもいやよ」ジータの声はふるえていた。

「サウナに入ったことないのか？　上品ぶりやがって」

ジータは唇《くちびる》を引き結んだ。

「いいか。さっさとやれ。俺は写真を撮りたいんだ。どっちにしても撮るからな」

ジータの視線が床に置いてある鉄の棒を捉えた。それからドアを。無理だ。そんなに速く動けるわけがない。無力だと感じたことで分別が奪われそうになった。だが列車に飛びこもうとして、赤毛に助けられたあの瞬間から、なにかが変わった。無力だという感覚に納得のいかない気持ち。抵抗するためになにかしなければ。なにかないだろうか！　些細なことでもいい。とにかく負けたらおしまいだ。意地を見せなくては！

クリンゲが眉《まゆ》を吊りあげた。「早くしろ」

ジータの意志をくじく。それが狙いだ！　ジータはクリンゲをにらみつけた。ジータにできるのはそれだけだった！

ジータは両手を下げて、顎《あご》を突きだした。頭に血が上った。顔が紅潮しているのがわかる。それでも足を一歩前にだして、背筋を伸ばした。こういう恰好で立つしかないのなら、堂々と顔を上げるんだ。

クリンゲは一瞬、口をあんぐり開けた。なにかいおうとして、やめた。カメラのシャッター音がした。つづけて二回。写真が二枚カメラから吐きだされた。

「いいねえ」クリンゲがいった。「だがその目つきはやめろ。写真がだいなしだ」

「なにをしてるんだ？」クリンゲの背後でフロウと呼ばれている奴があらわれた。ジータは急いで両手で体を隠し、しゃがんで服を拾った。

「動くな」クリンゲがジータを怒鳴りつけた。

「やめておけよ」フロウはいった。クリンゲよりは痩《や》せていて、筋肉もそれほどないが、顔立ちは整っている。彼は手に水のペットボトルを持っていた。「なにやってるんだ？」

「赤毛のために写真を撮ってるのさ」クリンゲがニヤッとした。「あいつをここにおびきよせるんだ。これを送りつけたら、すぐここに来るさ。どうだい」

「おまえの考えか？」

「おお」クリンゲがニヤッとした。「モヒカンもいい手だっていってる」

「そこまで必要かな？」フロウがジータのほうを見た。「服を着ろ」と小声でいった。

「おい、紳士ぶる気か？」

「こいつは俺たちになにもしてない。だからさ」

「おい、こいつはあの野郎の女なんだぞ」クリンゲは納得いかないようだ。「こいつを見ろよ。いっそのこと……」クリンゲはフロウに近づくと、ジータを見ながら耳元でささやいた。

「やめておけ」フロウはいった。「写真のことをモヒカンがいい手だといってるんなら、それを渡せばいい。だけど早くしろ。急いだほうがいい。赤毛に逃げられたらおしまいだ」

「もう一枚、こいつが怯えているところを撮りたいんだ」クリンゲがニヤッとした。「罠にはまったウサギみたいにな」クリンゲは鉄の棒をつかんだ。

「いい加減にしろ」フロウは、クリンゲが持ちあげられないように鉄の棒を踏んだ。ふたりがにらみあった。

「軟弱者」クリンゲはいい放つと、きびすを返してドアから出ていった。

一瞬だが、ジータに感謝の気持ちが芽生えた。フロウはたたずんだまま、ジータが服を着るのをじっと見ていた。

ジータがTシャツを着ると、フロウはペットボトルを投げ与えた。「ほらよ」

「感謝しろっていうの?」

「どうだっていいさ」

「なんで蚤《フロウ》と呼ばれてるの?」ジータがたずねた。

「おまえはなんでモッツィフォッツィって呼ばれてるんだ?」

ジータは唇を噛んだ。「写真なんて撮っても役に立たないことくらいわかってるんでしょ? 赤毛は彼氏じゃないわ。あなたたちに会ったときに知りあったばかりだもの」

フロウは肩をすくめた。「あいつがおまえを見ているときの目つきは違ってた」

「彼は来ない」ジータはいった。靴をはこうと思ったが、なんとなくフロウの前でかがみたくなかった。「わたしのためになんてね」

「そうは思わないな」フロウが返事をした。

そのとき彼の背後、ドアの外の廊下が一瞬暗くなってまた明るくなった。だれかが光の中を横切ったように思えた。

「わたしのいってることがわからないの?」ジータがたずねた。「彼とは知りあいじゃないわ。そんな人間のために彼が来るなんて、どうして思うわけ……」ジータはためらった。「……そんな危ない橋を渡るわけないでしょ」

フロウは一瞬、黙ってジータを見た。それから近くに寄って、クリンゲがさっき無造作に床に落とした写真を拾おうとした。まさにその瞬間、ドアのところに黒い影があらわれた。赤毛だ。フロウの背後。三歩と離れていない。ジータは身をこわばらせた。赤毛が人差し指を口に当てた。

フロウは体を起こして、写真を見つめた。褐色の目をしている。薄い褐色。「俺だったら助けにくる」フロウは小声でいった。ふたりの目が合った。

赤毛は音もなく近づいた。

フロウはジータを見つめた。

「どうして？」ジータはそうたずねて、フロウが自分を見るように仕向けた。フロウの後ろに目を向けてはいけない！　疑いを抱かれてはだめだ。

「おまえは……」フロウは写真をつまんで上下に振りながら言葉を探した。ジータは一度も、自分の裸が写っている写真を見たことがない。右手の指のあいだから恥毛がのぞいていた。左腕は胸を隠しきれていなかった。

「なに？」ジータはかすれた声でたずねた。

「きれいだ」フロウはいった。

ジータは雷に打たれたような気がした。きれい？　そんなことをいわれたのははじめてだ。

スローモーションのように赤毛が体を起こし、背後からフロウの喉に腕をまわして、締めあげた。フロウは攻撃された動物のようにすかさず反応し、振りかえろうとしたが、うまくいかなかった。次に身をよじって、赤毛の腹部に肘鉄《ひじてつ》を食らわせた。赤毛は意表を突かれて声を上げた。息を詰まらせたような声だったが、腕を放さなかった。次の肘鉄をかろうじてかわすと、赤毛が怒鳴った。「ちくしょう。手伝え」

フロウは全身の力でのけぞり、赤毛をドアの横の棚に押しつけた。ガタガタと音が立った。工具がひとつガタンと床に落ちた。ジータは金縛りにあったように動けなかった。生まれてこのかた暴力をふるったことなどない。何度か殴られた経験はあるが、殴り返そうとしたときは一度もなかった。

「手伝え！」赤毛があえぎながらいった。

ジータはサッカーボールを想像した。サッカーボールをうまく蹴《け》る自信はなかった。サッカーなどまだ一度もしたことがない。あれはくだらない男の子のスポーツだ。学校の休み時間に校庭でボールを蹴っているのが、モッツィフォッツィとだれよりも大きな声でいう連中だ。それにジータは靴をはいていない。裸足《はだし》だ。

「早く！」赤毛が怒鳴った。フロウは息も絶え絶えで、目が飛びだしそうになっている。必死に腕を後ろに伸ばし、赤毛の目に指を立てようとしている。

ジータはサッカーボールと思って距離を測った。二歩助走して、全力でフロウの股のあいだを蹴った。

第二十章

ベルリン州刑事局第一部局第十一課
二〇一九年二月十四日（木曜日）午前十一時三十八分

「俺は話さない」フライシャウアーは椅子の背にもたれて腕組みした。「そういったはずだ」

彼の目がまた殺風景な部屋の中を泳いだ。絵一枚かかっていないので、目のやりどころがない。窓は高い位置にあって、鉄格子がついている。簡素な化粧板の机の上方には天井から下がったライトがあり、机の上には銀色のデジタルボイスレコーダーと水を注いだプラスチックのコップが二つあるだけだ。フライシャウアーは留置場で夜を明かした。ろくに眠れなかったようだ。また、なにか事情があるのか、弁護士はいらないといった。

「わかっていると思うが、昨夜のあんたの行動はまずかった」トムは彼に昨日のことを思いださせた。

「これ以上の勾留はできないはずだ」フライシャウアーはいった。

「銃器の不法所持、傷害、脅迫、監禁……勾留はまだ引き延ばせる」

「銃器の件は勾留する理由にできない。そして他のことは誤解だった。あんたの同僚はうちに押し入った。俺はパニックになった。危険を感じたんだ」

「警察を呼べばよかった」

「あんたに電話したじゃないか。あんたは警察の人間だといった。あれで、警察を呼ぶ必要はなくなった……」

「俺に銃を向けた。それでも、俺を警官だと思っていたっていうのか」

「あのなあ」フライシャウアーはため息をついた。「あんたが階段を下りてきたとき、俺は不安になったんだ。まずあんたの身分証を確認したかった」

「俺の同僚を恐がった。俺のことも恐がった。そしてオットー・ケラーを恐がっている」トムは数えあげた。「恐いものがずいぶんたくさんあるんだな。理由があるか、あるいは医者にかかったほうがいいかもしれない」

フライシャウアーは黙って視線をそらした。

「それとも治療を受けているのかな？」トムはたずねた。

「もう医者にはかかっていない」

「過去にかかっていたのか。理由は？」

「いわなきゃいけないのか？」

トムはため息をついた。「そう思うがな」トムは水をひと口飲んだ。ハウスボートに引きこもっていること、過剰な反応、おどおどした目つき、弁護士の拒絶。これだけ条件が揃えば明らかだ。フライシャウアーは強迫観念に捉われている。ジータなら妄想性パーソナリティ障害と診断するだろう。トムはボイスレコーダーを見た。小さな画面に浮かぶ秒数がどんどんカウントされていく。フライシャウアーとトムは堂々巡りをした。

「オーケー」トムはいった。「オットー・ケラーのことは脇に置こう。ジーニエ・ケラーのことを話そうじゃないか」

「いっただろう。居場所は知らない」

「ジーニエ・ケラーが好きなのか?」

フライシャウアーはなにかいおうとして思い直し、黙ってボイスレコーダーを見た。

「とっても好きなんだろうな?」

フライシャウアーの視線から突然、強情さが消え、しつこいくらいの警戒心もなくなった。見るからに悲しげだ。

トムはポケットからスマートフォンをだした。「話をつづける前に、ひとつ映像を見てもらおう」


ジータ・ヨハンスはトムのオフィスでコンピュータに向かってすわりながら、ジーニエ・ケラーがエレベーターに押しこまれる個所に映像を戻した。見るのはこれで四度目だ。突き飛ばされて、驚いた反応を見せるジーニエ。バランスを崩して、倒れこむ。演技とは思えない。突き飛ばされるとわかっている人はこういう反応をしない。本能的に痛い思いをしないように倒れようとする。

ジータはサーバーから毛皮製品反対キャンペーンのビデオクリップをだした。この映像でもジーニエは毛皮を盗もうとする奴に突き倒されるが、両手を先に地面につけている。動きのパターンがまるで違う。

もう一度スナッフフィルムを再生したとき、エレベーターの扉の横の数字19が目にとまった。ジータは目をつむった。頭の中の光景とモニターの映像を分けようとしたが、うまくいかなかった。

立ちあがって、部屋から出る。それしか助かる方法がない。

歩きながら袖を通したジャケットの革がきしんだ。トムのオフィスの前の廊下は時の流れからはずれたように思える。古い時代の扉が並んでいる。何回もペンキが塗り直されている。ここは一九二〇年代にはギムナジウムで、その雰囲気が今も微妙に残っている。

「すみません」

ジータは立ち止まった。質素な黒い服にシックなグレーのコートを着た小柄な女性が歩いてきた。五十代半ばだろう。褐色の髪をショートカットにしていて、表情が柔らかい。だれかに似ているが、思いだせない。

「バビロン刑事はどこでしょうか?」

「あいにく今は取り調べ中で、少し時間がかかります」ジータはいった。「わたしでもお役に立てますか?」

女性はあたりを見まわした。だれかに追われてでもいるかのようにビクビクしている。

「どうかしら……」女性の目には泣いた跡がある。もちろんうまく化粧をしてその痕跡を消しているが。「出直そうと思います」

「お名前は？　それからご用件は？」

「わたし……ジーニエ・ケラーのことで。よかったらバビロン刑事に……」女性は黒いクロエのハンドバッグを開けて、ベルリンの高級レストランの名刺をだすと、裏側にアイライナーで携帯電話番号を書いた。「この電話番号を渡してくれませんか？」

ジータは名刺を受けとって、突然、どうして顔に見覚えがあるのか気づいた。「ケラー夫人ですか？」

女性はためらい、またあたりを見まわした。「どこかでお会いしてます？」

「いいえ。お嬢さんに似ているものですから。というか、お嬢さんはあなたに似ています」そういうと、ジータは手を差しだした。「ジータ・ヨハンスです。トム・バビロンの相棒です」

ケラー夫人は機械的に握手をしてつぶやいた。「エリーザベト・ケラーです」

「お嬢さんのことなら、わたしがうかがいましょう」

ケラー夫人はまた神経質に後ろをうかがった。「話は録音されますか？」

「ご心配なく」ジータは声をひそめた。「記録は取りません」

ケラー夫人はためらって、唇《くちびる》を引き結び、それからうなずいた。目がうるんでいた。「も、う、うんざりなんです。わたしがどれほどうんざりしているか、あなたにはわからないでしょう」

フライシャウアーはメガネをはずして、何度も涙をぬぐった。顎《あご》がふるえている。歯を食いしばって、気をしっかり持とうとしている。「ファック」彼がつぶやいた。「こんなことをするなんて、どこのどいつだ？」

「本物だと思うんだな？」トムはたずねた。

「本物？」

「演技かもしれない。ジーニエ・ケラーは女優だから」

フライシャウアーが急に希望の表情に変わった。

「あ、ああ、そうだな。そうかもしれない。……本物に見えるけど」

「この映像となにか関係があるのか？」

「俺が？　なんにも知らないよ。知っているのは、ジーニエが先週の土曜日からボートハウスに戻ってきてないってことだけだ」

五日間か、とトムは考えた。「最後に会ったのは正確にいつだ？」

「土曜日の午後二時頃だ。ボートハウスの中を荒らされて、片付けをした」

「ドアが壊されていたね？」

フライシャウアーはうなずいた。「ボートハウスじゅうが荒らされていた。隅から隅まで」

「なくなったものは？」

「それが変なんだ。なにもなくなっていなかった」

「探しものは見つけられなかったということか。心当たりは?」

「さっぱりわからない。だけど、ジーニエは親父《おやじ》の指図だっていってた」

トムは眉間《みけん》にしわを寄せた。「理由は?」

フライシャウアーは両手を上げた。「ジーニエの言葉だ。俺じゃない」彼は一瞬黙った。

「二週間前から父親がしつこく電話をかけてきて、変な質問をされたっていってた。それ以上はなにもいわなかった」

「ジーニエ・ケラーとの関係は?」トムはたずねた。

フライシャウアーは困ったようにもぞもぞした。フランケンシュタインTシャツを着ているせいで、メガネをかけていなければ十代の若者といってもとおりそうだ。「ジーニエは……その……」

「好きなんだな」

フライシャウアーはうなずいた。

「だが恋人同士じゃない」トムは付け加えた。

「ちょっとのあいだ俺のところに転がりこんでいたんだ。ミッテ区のバーで知りあった」

「どこのバーだ?」

「不法占拠したビルの一階にあるオンボロのバーさ。〈クラブ落伍者〉って名前だ。ジーニエは当時ひどく落ちぶれていた」

「なぜ落ちぶれていたんだ?」

訊くまでもないだろうというように、フライシャウアーはトムを見た。「全部が全部そうだった。当時付きあってたいかれた恋人、下着広告の奴だ。それからいかれた家族。彼女は全員から逃げたがっていた。彼女は女優にすべてをかけていた。だけど、うまくいってなかった」

「なぜだ? 演技がうまくないのか?」

フライシャウアーは吐き捨てるようにいった。「うまくない? ジーニエが? いいや。最高さ」

「どう最高なんだ?」

「そりゃ……シャーリーズ・セロンみたいにはいかない……だけど、うまいと思ってる」

「理由は?」

フライシャウアーはトムを見た。信用できるか探っているようだ。彼はメガネをかけた。ハウスボートに住む神経質で疑り深い男に戻った。それからまたメガネをはずして、目をこすった。「あいつは……許されていなかった」

「どういう意味だ?」

フライシャウアーはいまだに迷っていた。そしてテーブルに載っている小さなボイスレコーダーを指差した。

トムはうなずいて、ボイスレコーダーをオフにした。

ケラー夫人は背筋を伸ばしてオフィスチェアにすわり、涙をぬぐったハンカチをハンドバッグに戻した。ジータはトムのデスクをはさんで、夫人と向かいあった。「ふたりは水と油なんです」夫人はぼそっといった。「似た者同士なんですけど」

「お嬢さんとご主人のことですね？」ジータがたずねた。

夫人はうなずいた。

「いつそうなったんですか？」

「ふたりの喧嘩ですか？」夫人は天井を仰ぎながら思いだそうとして、ため息をついた。「昔からそうだった気がします。もちろんあの子が小さかったときは違います。かわいい子でした。父親になついていました。けれども、自由を求める気持ちがとても強かったんです。とにかく決まりを嫌っていました。あの子のためを思って決めたものまで。そして大きくなると、問題が増える一方でした。主人が……いろいろな制限をかけたのです……仕事上、仕方のないことでした。いろいろなことに許可を与えなかったのです。とくに女優をめざすのを禁止されたとき、あの子は激しく反応しました」

フライシャウアーは黙って、スイッチを切ったボイスレコーダーを見つめた。告白にあたって言葉を選んでいるようだった。彼はため息をついた。

「ケラーは本当にあらゆることに口をだしてきた。ジーニエの遊び相手まであいつが選んだ。

彼女が子どものときのことさ。お眼鏡に適わない子は家に連れてこられなかった。基本的に外出もできなかった。学校の劇に出演したいといったときは、おまえには向かないといわれたそうだ」

「なにか理由があったのか？」トムはたずねた。

「ジーニエが納得できる理由はひとつもなかった。ジーニエは……外向的な人なんだ。舞台を必要としている。なのに、父親は目立たなくておとなしい小さな娘でありつづけることを求めた。三歳のかわいい少女を膝《ひざ》に乗せていたかったのさ。写真に撮られてはだめ、見せびらかすのは禁止というわけさ。『わたしは公人だ。スキャンダルはご免だ』というのが、父親の口癖《くちぐせ》だっていってた。なのに彼女はよりによって女優になろうとした。大騒動さ」

「理解に苦しむな」トムはいった。「今どき問題にすることでもないだろう。むしろ歓迎される」

フライシャウアーは肩をすくめた。「ケラーのようなコントロールフリークにとってはいやなことなんだろう」

「ジーニエはまだ未成年なのか？」

「まさか。それでもあいつは年じゅう口をだしてきた」

「ジーニエはおとなしく従っていたのか？」

フライシャウアーは荒い鼻息を立てた。「ジーニエをわかってないね。歯牙《しが》にもかけなかった」

「よりによって女優になりたいといいだしたんです……」ケラー夫人はコートの前立てをいじった。「あんな難しくて危なっかしい仕事を選ぶなんて」

「ご主人が気に入らなかったのはそれなんですね？」ジータがたずねた。

「ええ、もちろんです。心配していました」

「だから女優になるのを禁じたんですか？」

「禁止というといいすぎです。そうではありませんでした。娘に選択肢を与えようと、いろいろ試したんです。建築学、医学、法学、美術史、なんでも選べました。でも娘は見向きもせず、いつも真っ向からぶつかっていったのです。夫も堪忍袋の緒が切れました。夕食のときに」夫人は前立てから手を離し、今度は結婚指輪をしきりにいじった。「ジーニエは、主人のどこを突けばいいか正確にわかっていて、挑発をやめませんでした。でもそういう挑発に、主人は断固とした態度で臨みました。娘に女優になるのを禁止して、そのことを二度と口にするなといったのです。それからは売り言葉に買い言葉で、娘はとうとうドアを勢いよく閉めて、食堂を出ていきました。その晩のうちに娘は荷物をまとめて出ていったんです。なんの挨拶もなく。以来……」夫人はふるえながら息を吸って、また泣きそうになった。

「それ以来、ふたりはまともに口を利かなくなりました」

「その喧嘩はどのくらいつづいているんですか？」

「かれこれ二年以上」

「その後、ふたりのあいだに他にもなにかありましたか?」

「ふたりのあいだに? いいえ」夫人はいった。「わたしは知りません。主人はそれでもジーニエを愛しているんです」


「あの野郎、映画学校にまで電話をかけたんだ」フライシャウアーが話した。「ジーニエを通学させつづけるなら、市の補助金を打ち切るといって」

「なんだって?」トムは唖然《あぜん》としてフライシャウアーを見た。「嘘だろう」

フライシャウアーは表情を変えなかった。「俺もジーニエにそういった。でも彼女は校長と話した。校長はそのことをいおうとしなかったけど、彼女は確信していた」

「証人はいるのか?」トムはたずねた。

「証人? いるもんか!」フライシャウアーが鼻で笑った。「ケラーは用意周到だからな。プロの嘘つきさ。脅迫されても、こっちは手も足も出ない」

トムは愕然《がくぜん》として押し黙った。フィルのことを脳裏に浮かべた。いつか息子にそういうことをしないといえるだろうか。「つまり、ジーニエ・ケラーはもう映画学校に通っていなかったということか? だけど女優になる道はそれだけじゃないだろう」

「ああ、そうさ。ジーニエも別の方法を探った。だけど金がない。父親からはびた一文もらえないし、たいていの学校は学費が高い。俳優の個人授業もそうだ。経験を積み、金を稼ぐために小さな劇場で役をもらおうとした。問題は多くの舞台が公共の助成を必要としていることだ。ケラーはそういうところにも手をまわしたんだ。たえずジーニエの邪魔をした」

「いくつか名前を教えてくれないか？　映画学校や劇場の」トムは小さな黄色いレクラム手帳をだした。

「俺から聞いたといわないでくれるか？」

「ああ、いわない」

「それに、連中はそれを否定するだろう。だからジーニエは毛皮製品反対キャンペーンのビデオクリップなんかに出演したんだ。毛皮なんて、彼女には興味なかった。できるだけ派手なことをしようとした。最後のシーンは彼女のアイデアさ。市長の娘が素っ裸で歩行者区域を歩く。おかしなことにそのビデオクリップは話題にならなかった。このときも父親が裏で画策した、と彼女は疑っていたよ」


「ケラー夫人」ジータはいった。「ちょっとうかがってもいいですか？」

ケラー夫人は結婚指輪をいじるのをやめて、ため息をついて、息を吸った。「どうぞ」

「あなたはさっき、ここだけの話にしたいとおっしゃいましたね。でもご主人が州刑事局と連絡を取っていて、うちのブルックマン部局長と話していることはご存じだと思います」

夫人はうなずいた。

「ですから、あなたはご主人が知らないことを話したいのかなと思ったのですが」ジータは夫人を見た。だがデスクの向こうの夫人は目をそらした。

「ご主人とジーニエさんについて話されたことはすべて、ご主人の行動を理解した上で話されましたね。もちろんそれで結構です。当然です。誤解しないでいただきたいのですが……でも、ここだけの話にする必要のない内容ばかりでした。ケラー夫人、あなたはなぜここに来られたのですか？」

夫人は唾をごくりとのんだ。またしても泣きそうなのを堪《こら》えている。

「ジーニエさんを見つけるための手がかりをご存じなのではないですか？」

「娘は生きていると思いますか？」夫人の声は消え入りそうだった。

「わかりません」ジータは答えた。

夫人は改めてハンドバッグからハンカチをだし、音を立てずに洟《はな》をかんだ。人をいやな気持ちにさせないことを習慣にしているようだ。「わ……わたしが来たのは」夫人は口ごもった。「じつは金庫のことで」

ジータは眉《まゆ》を吊りあげた。「金庫？」

「空き巣に入られたんです」

「いつですか？」

「三週間ほど前。一月末の金曜日」

「警察に通報したのですよね」

「いいえ」夫人は一瞬黙った。しゃべりだしたことをいわずにすむ方法を探しているようだった。「主人が望まなかったので」夫人は小声でいった。

「理由はいっていましたか?」

夫人は首を横に振った。

「空き巣に気づいたのはどなたですか?」ジータがたずねた。

「わたしです。夕方、帰宅しました。主人は週末から出張していたんです。わたしは車でガレージに入りました。シャッターは自動です。車からボタンひとつで開きます。でもけげんに思いました。家に通じるガレージのドアが閉まっていなかったからです」

「こじ開けてあったんですか?」

夫人は首を横に振った。「ただ開けっぱなしでした。でもあとで、だれかが警報装置を止めていたことに気づきました。ガレージに警報装置のコントロールパネルがあって、そこでスイッチのオンオフができます。だれかがそれを操作していたのです」

「空き巣だと気づいたのはいつですか?」

「家に入ったときです。妙でした。通常はライトをいくつかつけたままにしているんです。帰宅したとき、家に明かりが灯《とも》っているようにしているんです。……というのも……」

「家にだれかいると思って、空き巣が躊躇《ちゅうちょ》するようにですね」ジータは夫人がいいよどんだことを最後までいった。

夫人はうなずいた。「ところが照明が消えていたんです。ついていたのは地下に通じる階段だけでした。主人がなにか理由があって早く帰ってきたのかと思いました。主人の名を呼びながら、地下に下りてみました。地下の廊下の照明もついていました。そしてワイン貯蔵室に通じるドアが壊されていたんです」

「ご主人はワイン貯蔵室を施錠してるんですか?」

「ワインを大事にしていますので。大金を注ぎこんでいるんです。千ユーロ以上するワインが何本もあります。奇妙なことにワイン貯蔵室の照明もついていました。なんだかだれかが人をここへ誘導しようとしたみたいでした。それから棚がひとつ壁から動かしてあることに気づきました。壁には金庫が埋めこまれていました。このくらいの大きさです」夫人は両手でオーブンくらいの大きさを作ってみせた。「金庫は破られていました」

「金庫の存在を知らなかったようなおっしゃりようですね」

「ええ、知りませんでした。地下室には入ったこともありませんでしたし。ワインにはそれほど関心がありませんので」

「金庫が破られていたのですね? どんなふうにですか?」

夫人は肩をすくめた。「扉に穴が開いていました。ちょうどあれを使って……ええと、なんていいましたっけ……」

「バーナーですか?」

「いいえ、電気ドリルです。でもずっと大きな」夫人は左手でテニスボール大の穴を作ってみせた。「金庫の中は空でした。わたしはすぐ主人に電話をしました。電話口で、主人は一瞬、絶句しました。電波の圏外になったのかと思ったほどです。それから大きな声で矢継ぎ早に質問されました。金庫になにか残されているかどうか。家の中はどうなっているか。警報装置はどうしたか……そしてわたしがこのことでだれかに電話をかけたかどうか……」

「金庫になにがあったか訊きましたか？」

「ええ。たいしたものは入ってなかったといいました。くだらないものばかりだ、と。でもわたしは警察に通報しようと思ったんです……」

「しかしご主人に止められたんですね」

「何時間も質問攻めにあい、知らない人間が家に入って、くまなく調べ指紋採取などするのはごめんだといったのです」夫人は両手で神経質にハンカチをしぼった。「変だなと思いました。とくに今……ジーニエがこんなことになって。偶然とは思えないんです。政治家と結婚すると、偶然を信じなくなります。偶然なんてない、というのが主人の口癖です」

「なにを奇妙だと感じたのですか？」

「主人はワイヤーロープのように神経が図太いのです。さもなければ、政治家として生き残れません。でもあの晩、電話口の主人はひどくいらついていました。いいえ、いらついているというのは違います……不安を覚えていました。不安そうな声だったのです」

第二十一章

ベルリン市プレンツラウアーベルク地区
二〇〇一年八月九日午後六時十七分

フロウは濡れた袋のように床に沈み、顔を苦痛にゆがめながらちぢこまった。口を大きく開けていたが、うめき声すら漏らさなかった。

赤毛は肩で息をした。「ずらかるぞ。来い」といって、ジータの手をつかんだ。

ジータはフロウを見つめたまま動けなかった。

「ジータ！」赤毛はジータを引っ張って、ドアのところまで長い廊下を進んだ。それから静かにしているようにと唇《くちびる》に指を当て、ドアノブをそっと押しさげると、ドアの向こうをうかがった。赤毛はそれからジータにうなずいた。ふたりは二階の踊り場に通じるドアへ静かに向かった。下には木箱とパレットが置かれていて、隅のほうに赤いフォークリフトがあった。目の前の金属の階段が下へつづいていた。ジータがステップに一歩足を乗せるたびに階段が振動した。裸足《はだし》のために、格子状のステップが痛い。

「フロウ？」上からクリンゲの声がした。「こっちに来いよ。モヒカンが話したいってさ」

赤毛は、もっと早く走れとジータに合図した。

恐ろしく怒りに満ちたうめき声が聞こえた。吠《ほ》えたいができないといった感じに聞こえる。

「フロウ？　どこだ？」クリンゲが叫んだ。

「ここだ……」押し殺したような声。

二階で床を踏みしめる足早な音が響いた。すぐに追いかけてくるだろう。

ジータは最後の三段を飛んで、一階の床に着地した。亀裂の入った冷たいコンクリートの床だ。赤毛は十五メートルほど先のドアを指差した。ふたりは駆けだした。先にドアに辿《たど》り着いて赤毛がそっとドアノブを動かした。「ちくしょう。鍵がかかってる」

「あなた、どうやって入ってきたの？」ジータはささやいた。

「屋根からさ。だけどあっちは無理だ。クリンゲがいる」

ジータはホールを見まわした。「あっちに木箱がある」

「奴らは最初に探すぞ」

「ひとつくらい蓋《ふた》が開いているかもしれない」

「ふたりで入るのは無理だ」赤毛がささやいた。

上の階でクリンゲの声が響いた。「ちくしょう。逃げたぞ」

「赤い狐もいっしょだ」フロウが離れたところからわめいた。

「モヒカン！」クリンゲの大声が殺風景な倉庫の壁に反響した。

ジータは赤毛を木箱のところへ引っ張った。木箱は五、六十個ある。

「ドジめ！」モヒカンが叫んだ。奴も二階のどこかの部屋にいたようだ。

「ここを見ろ」クリンゲが叫んだ。「天窓が開いてるぞ」

「じゃあ、ぐずぐずしないで、そこから外を見てみろ」

ジータは木箱の上蓋を次々と触って、上がるか試してみた。あいにく釘《くぎ》が打たれている。少し離れたところに中身が空らしい木箱がいくつかあり、蓋が載せてあるだけだった。赤毛が焦ってそっちを指差した。ジータもすぐに理解した。いっしょに中身が空の木箱を持ちあげて、蓋が閉まっている木箱が並んでいるところに運んだ。

「屋根にはだれもいない」クリンゲが怒鳴った。

「じゃあ、ホールかも」フロウが叫んだ。まだ声がうまく出ないが、少しずつ回復しているようだ。ジータは木箱の蓋をはずした。小さ目の棺《ひつぎ》くらいの大きさだ。赤毛はもうひとつ空《あ》いている木箱を運んでこようとしたが、ジータは首を横に振って止めた。連中がすぐにも踊り場に出てきて、ホールを見おろしそうだ。ジータは急いで木箱に入り、隅に体を寄せると、赤毛を手招きした。少しためらってから、赤毛も蓋を手にして体を木箱に入れた。赤毛の膝《ひざ》がジータの鳩尾《みぞおち》に食いこんだ。ジータはうめき声が出そうなのを必死で堪《こら》えた。木箱の蓋を閉めるとき、赤毛はジータの鼻に肘《ひじ》をぶつけた。ジータは涙が出たが、歯《から》を食いしばって痛みに耐えながら、蓋をうまくはめようとした。だがふたりの足が複雑に絡まって、うまく蓋がはまらない。金属の階段で足音がした。

ジータと赤毛は膝を折って、お互いの太腿《ふともも》が並ぶようにしてようやく蓋が上部にはまった。

ふたりは腹部を合わせるように横たわり、まともに息もできなかった。

「クリンゲ！　正面のドアを見てみろ。俺は裏口を見てくる」モヒカンが叫んだ。彼の声が板張りの壁に鈍《にぶ》く響いた。その後すぐに倉庫の二個所でドアを揺する音がした。

「閉まってる」

「こっちもだ」

「まだここにいるはずだ」フロウがいった。

「木箱のあいだに隠れているかも」クリンゲがいった。

三人の足音が近づいてきた。

「フォークリフトの裏は見たか？」モヒカンがたずねた。

「だれもいない」

しばらくのあいだ聞こえるのは足音だけだった。それからトントンという音。だれかが木箱を叩いているようだ。

「無駄だ」クリンゲがいった。「蓋は釘でとめてあるから開きっこない。入っているとしたら、あっちだ。あっちのは中が空だ」

その後すぐに、ジータの骨の髄《ずい》まで響くようなものすごい音がした。三人は中身が空の木箱の蓋を次々投げ落としているようだ。

「いない」

「ちくしょう」フロウが唸《うな》った。彼の声はジータたちのすぐそばで響いた。

突然、頭上の蓋がきしんだ。フロウが上にすわったようだ。イライラしながら指で木箱を叩いた。ジータは赤毛の息遣いを肌に感じた。彼の体温が服を介して伝わってくる。生まれてはじめて、無精髭《ぶしょうひげ》のざらっとした感じを味わった。ジータは突然、自分がひどく汗をかいていることを意識した。木箱の隙間から汗臭さが漏れるだろうか。

「やっぱり屋根伝いに逃げたんじゃねえか？」クリンゲがいった。

「そうみたいだな」フロウがつぶやいた。

「ちくしょう。ふたりとも捕まえられるところだったのに！」モヒカンが文句をいった。だれかが怒りにまかせて木箱を蹴《け》った。板に直接頭を当てていたジータは後頭部に衝撃を受けた。

「馬鹿丸だしだ」クリンゲが罵《ののし》った。「あのモッツィに股を蹴られるなんて、だらしねえ」

「うるせえ」フロウがいった。「蹴られるべきだったのはおまえだろ。ヌード写真なんて馬鹿な考えを起こしやがって」

「ヌード写真？」モヒカンがたずねた。

「知らなかったのか？」フロウがたずねた。「こいつ、鉄の棒であの女を殴って、服を脱がさせたんだ」

「甘いんだよ、フロウ」クリンゲが罵った。「あいつを泣かすつもりだった。それだけさ」

「くそっ」フロウはいった。

「甘い顔するより悪党面《あくとうづら》のほうがましさ」クリンゲがいい返した。

「もうよせ」モヒカンがあいだに入った。「これからどうする?」

「決まってる。またあのモッツィを使う」クリンゲがいった。

「二度も同じ手は使えないだろう」フロウがぶすっとしていった。「そもそもあのモッツィを巻きこんだのはまずかったと思うぞ。警察に駆けこんだらどうするんだ?」

「赤い狐があの女を止めるさ。自分の首を絞めるからな」モヒカンがいった。「それに19のお偉方たちがいるかぎり……」

「あいつらが地ならししてくれると思うな」フロウがいった。

「それをいうなら、ねじ曲げるだろう」クリンゲがいい直した。「きれいにねじ曲げる」

「俺たちが邪魔者を片づけなければ、ねじ曲げちゃくれないさ」モヒカンがいった。「まあ、俺に任せろ。フロウ、あの女が俺たちの計画をだいなしにしたのに、なんで目をつむるのか考えたほうがいいぜ。あいつに気があるなら、自分のものにしちまえよ。だけど、騎士を気取るのはやめろ。わかったか?」

「わかったよ」フロウがつぶやいた。

「それともうひとつ。赤い狐はどうしてここがわかったんだ?」

一瞬、三人が押し黙った。

「モッツィか?」クリンゲがいった。

「あいつに決まってる」モヒカンがいった。

「あいつ、ただじゃおかない」フロウはかっとして木箱を叩いた。

「玉をつぶされたもんな」クリンゲがにやついているのが板を通してわかった。

第二十二章

ベルリン州刑事局第一部局第十一課
二〇一九年二月十四日（木曜日）午後〇時四十二分

「信じるのか？」ヨー・モルテンが困惑してたずねた。自分のオフィスの小さな洗面台の蛇《じゃ》口《ぐち》を閉め、色褪《いろあ》せた茶色のタオルで両手をふいた。「ふたりとも？」

「フライシャウアーはケラーを恐れている。そして間違いでなければ」トムは、モルテンのデスクの真向かいにある暖房機に寄りかかりながら、胸元で腕を組んでいるジータを見た。

「ケラー夫人も同じだ」

ジータは首をひねった。「まあ、そうね。夫を悪くいってはいないけど。よくわからないことはすべて、夫が正しいことにしてしまう。疑いを抱いても、それを否定したいようね。地下室の隠し金庫の件がジーニエの失踪と……」

「……失踪じゃなく、殺害かもしれない」トムが口をはさんだ。

「ええ……そして夫人は同時に、夫を疑っていることに良心の呵責《かしゃく》を感じている。夫が自分によかれと思っていると繰り返しいって、自分を慰《なぐさ》めている」

「ちょっといかれているように聞こえるな」モルテンは眉間《みけん》にしわを寄せ、デスクに向かってすわると、キーボードの横のマグカップに立てていたペンを整えた。

「問題の金庫を見せてもらい、空き巣のことで市長に二、三質問すべきだろう」トムは提案した。

「だが市長は金庫について隠していた」モルテンは難色を示した。「急に見せる気になるかな？」

「言い方しだいだろう。娘の失踪と関係があるかもしれないんだから」トムはいった。「もし金庫を見せないというのなら、それこそ本当に見る必要があるということになる」

モルテンは、ゲームのきまりを忘れたかとでもいうようにトムを見た。「検察にいわれるぞ……」モルテンはそこで声を荒らげてみせた。「正気か？　市長宅への捜索令状？　夫人にいくつか隠しごとをしただけで？　報道機関の餌食にされるのがわからないのか？」モルテンはこれで事情がのみこめただろうというようにふたりを見た。「それにブルックマンが雷を落とすぞ。シラーはいうまでもない」

「ブルックマンによるケラー市長への事情聴取はどうだったんだ？」トムはたずねた。

「役に立つ情報はひとつもなかった」モルテンは肩をすくめた。

「それなら、もっと追究する理由に……」ジータが改めていった。

モルテンが片手を上げて止めた。「ブルックマンと内々に話してみる。それまでは手をだすな。記憶にはとどめておくが、そこまでだ。急いで事情聴取する必要があるのはヴォルフ・バウアーだ」

「そっちはどこからも邪魔が入らないんでしょうね?」ジータはもの問いたげに眉《まゆ》を吊りあげた。

「その逆だ」トムはいった。「きっと横槍が入る。茶番だな。なんでいつものように捜査できないんだ、ちくしょう」

「他の事件とは違うからだ。わかってるだろう」モルテンは唇《くちびる》を引き結んで、前屈《まえかが》みになった。彼の顔は猛禽《もうきん》のようだった。「とにかくバウアーのところへ行ってこい。なんならジータを連れていってもいい。娘が学校をサボっただけだとわかれば、こっちは責任を果たしたことになる」

「学校とバウアーの家にパトロールカーを行かせたんだろう。これ以上は時間の無駄だ」

「巡査と殺人課の刑事に差がないというのなら、おまえには巡査になってもらうぞ」モルテンがいった。「そのくらいの力はある」

「ありがとう。差があるのはわかってる。だから行く気になれないんだ。喫緊の問題には思えない」トムが唸《うな》るようにいった。

モルテンは拳骨でデスクを叩いた。マグカップの中でペンがはねた。「上司の命令だ! いいから行ってこい」

その後、トムとジータは黙ってトムのベンツに乗り、ヴォルフ・バウアーの邸《やしき》があるシュヴァーネンヴェルダー島へ向かった。フライドポテトの匂いが車内に充満していた。手早く腹に入れられるものが他になかった。今はヴィルマースドルフを走りながら、ボール紙に入ったフライドポテトをつまんで食べている。

「うまく揚がっているのがせめてもの慰めね」ジータはフライドポテトをかじりながらつぶやいた。

トムはセンターコンソールから紙ナプキンを取って、指をふいた。モルテンの決断が腹立たしくて、いまだに怒りが収まらなかった。

「はっきりしていることがある」トムはいった。「映像の中のジーニエ・ケラーの死がフェイクなら、バウアーの電話はなんの意味もない」

「でもバウアーは、あれが本物だと思ってるのよね。とにかくあの映像が本当の殺人を撮影したものかどうかにすべてがかかってる」

「本部の専門家が結論をださないかぎり、こっちは一歩も先に進めない」トムは時計を見た。昼になっていた。運がよければ、フィルは今、家で眠っているだろう。「アンネに聞くしかないな。テレビ映像と映画の撮影後の作業が仕事だ。象牙の塔にいる連中より彼女のほうが適役かもしれない」

トムは決心してアンネに電話をかけ、スマートフォンをハンズフリーにしてセンターコンソールに置いた。五回鳴ったところで、アンネが出た。「もしもし、トム」アンネが明るい声でいった。

「やあ、調子はどうだ？」

「いいとはいえないわね」アンネはため息をついた。「でもうちの小さな犯罪者は眠ってる」

トムは笑った。「こっちの犯罪者はちっとも眠ってくれない。それで電話したんだ。今ジータと事情聴取をしに向かっているところだ」

「オーケー」アンネはゆっくりいった。「これから二週間は仕事で忙しいと弁解したいわけ？」声から明るさが消えた。がっかりしているようだ。

「いや、そういうことじゃないんだ」トムはあわてていった。「ちょっと見てもらいたいものがある。映像編集のプロとして意見を聞かせてほしい」

「あら、わたしは高いわよ」

「心配いらない。州刑事局の予算は潤沢だ。腕利きの捜査官がディナーに招待する」

「捜査官はこっちで選んでいいの？」

「いいとも」

「わかった。じゃあ、あの部長にしよう。なんて名前だっけ？」

ジータとトムがゲラゲラ笑った。「ブルックマン」フライドポテトを喉につまらせたジータが咳こみながらいった。

「で、なにを見ればいいの？」アンネがたずねた。

トムは真剣な声でいった。「あいにくあんまりいいもんじゃない。ベルリン国際映画祭とスナッフで検索すればネットで見つかる」

「あら」アンネは愕然《がくぜん》としていった。「噂は聞いてる」

「その映像が本物か、演技をデジタル処理をしたものか教えてほしいんだ。でも見るのがつらかったら、やめてかまわない。オーケー？」

「わかった」アンネはため息をついた。「待って。ちょうどコンピュータが目の前にある。そのまま切らないで？」

「わかった」そういうと、トムは高速道路一〇〇号線に曲がった。電話の向こうでキーボードを叩く音がした。それから反響して割れた声がした。アンネのうめく声もした。映像が終わると、アンネは音が聞こえるほど大きく深呼吸した。何度か「とんでもないわね。なんて映像よ！　あなた、あんなの見て、よく耐えられるわね」

「いい質問だ」トムはいった。「で、どう思う？」

「ふう」アンネはため息をついた。「正直いって、一目瞭然。本物よ」

「そうか」アンネが疑いを差しはさまなかったことに、トムは驚いた。「理由は？」

「まず映像処理の仕方ね。でもこれはあの画質では判断が難しい。でも画質がいい必要はないわ。決定的なのは、ノーカットの映像だということ。これはめちゃくちゃ珍しいのよ。しかもあの長さで、あれだけ密度の濃いシーン。ずっと真に迫った演技をつづけるなんて、演技者にはなかなかできるものではないわ」

「実力派女優でもか？」トムがたずねた。

「それでもよ。そういう演技ができる人が数人はいるかもしれない。でもそれはアカデミー賞レベルよ。わたしは長いこと映像の編集をしているわ……シリーズもの、劇映画などあらゆるものをね。本物に見えるシーケンスも、つねに異なる映像をつないだり、カットしたりしたものよ。カットされたシーンの長さはたいてい一秒から五秒。同じテイクを異なる視点から何度も繰り返して、一番できのいいのをつなぐのよ。よくない映像は全部捨てられる。ここだけの話、一発で過不足なく演技できる俳優なんて見たことないわ。そうやっていろいろカットして……最終的に本当に起こったと思えるように作りこむのよ。でもこの効果はたいてい嘘っぽいカットや、まあまあというカットを削ることでできあがる。でもさっきのクリップはすべて通しで撮影されている。カットは一切なかった。それでも嘘っぽく見えない……わたしのいいたいことがわかる？」

「ああ」ジータはいった。「納得した」

トムは高速道路を一〇〇号線から一一五号線に乗り換えて南西に向かった。「きみのいうとおりだ。そこまで考えてみなかった」

一瞬、車内は沈黙に包まれた。初動捜査の時点で、あの映像が本物だろうと予測していたが、確実になると、奈落が口を開けた。

「話は終わり？」アンネがたずねた。声がしわがれていた。

「ねえ、どうなの？」ジータがたずねた。「そういう映像を撮るのに助手は必要？　それともひとりで撮れるもの？」

「ひとりでも撮れるわ」アンネはいった。

改めて静寂に包まれた。

アンネは咳払いをした。いい気分ではないのが、トムにもわかった。トムでさえ、あの映像を見て引きずっているくらいなのだから、アンネはなにを感じているだろう。

「まだなにか訊きたいことがある?」アンネがたずねた。

「あ、いや……」トムは言葉を探した。「すまない、こんなことに……」

「いいわ」アンネがすかさずいった。「おかげで、すくなくともあなたがどんないかれたことと対峙《たいじ》しなければならないか、実感できるから」

トムは唾をのみこんだ。自分のつらさをアンネに察してほしいとひそかに思ったことが何度もある。だがアンネに映像を見せたのをひどく後悔した。今は電話を切りたくないと強く思った。「ありがとう」トムはつぶやいた。

「気をつけてね。わたしにはあなたが必要だから」アンネはそういって、電話を切った。

第二十三章

ベルリン市シュヴァーネンヴェルダー島
二〇一九年二月十四日（木曜日）午後一時十一分

ヴァン湖の空には雲がかかっていた。シュヴァーネンヴェルダー島の彼方に黒雲が盛りあがっている。湖岸に生えている冬枯れした樹木を突風が揺らしている。

トムはベンツで狭い橋を越え、島を一周する道に入った。関係者しか入れない湖岸の敷地に通じているのはこの道だけだ。ナチ時代、ここはナチの大物たちの隠れ家だった。関係者以外の立ち入りが禁止されていた。今は実業家やトップマネージャーや銀行家の遺産相続人が邸《やしき》を構えている。ほとんどの門に表札はなく、訪ねる人は番地を知っていることが前提だ。

ジータの焦茶色の目がインゼル通りの左右に建つさまざまな様式の建物を眺めた。「昔からの金持ちと成金たちってことね」

「ああ。そういう連中はたくさんいるからな」トムはいった。

助手席側にはいつ終わるとも知れない生け垣がつづく。「たしかにたくさんいる」ジータは密生する樹木を通して湖畔に建つ邸をちらっとでも見ようとした。

「ここはじめてか？」

「わたしには縁《えん》のないところよ」

トムは笑った。「俺だってそうさ。だけど好奇心からここを走る奴はすくなくないはずだ」

「ゲッベルス（ナチス・ドイツの宣伝相）とシュペーア（同、建築家、政治家）がここに住んでいたから？」

「それは知ってたんだ……」

「みんな、知ってる」

トムはそれ以上たずねなかった。ジータはお邸観光をするタイプではない。いずれにせよ豪華なものを見ても驚かない。見にくるとしたら、人間とはどういう存在か、その結論を引きだすためだろう。

「ノヴァ製薬っていつ設立されたか知ってる？」ジータはたずねた。

「一九八〇年代の終わりか、一九九〇年代のはじめ。調べたらいいだろう」

ジータは自分のスマートフォンを手に取った。「あったわ。一九九〇年設立」ジータは社史にざっと目をとおして、いくつか気になるところを読みあげた。「ジェネリック医薬品の製薬会社として創業――独自の研究は行っていない。独占的販売期間終了後の特許の使用。初期には特許が切れた安価な医薬品に注目。のちに処方箋《しょほうせん》が必要な医薬品のコピー薬を安価に提供し、健康保険財政の圧迫軽減のために全国で処方される……なるほどね……」

「着いたぞ」トムはいった。

右側に暗灰色に塗られ、弓なりになった格子の門があった。そこからカーブした砂利道が、十九世紀末のバブル期を彷彿《ほうふつ》とさせる小振りの塔がある赤レンガ造りの邸へとつづいていた。道の右側につづく大きなマロニエの並木の向こうに同じ様式の少し小さな建物が二棟見える。

「ここに住んでいる人には使用人がいるってことね」ジータはいった。「すくなくとも昔は」

トムは門柱に車を寄せて、ベルを押した。半円形の黒い目が静かにトムを見ていた。言葉のやりとりを省略するため、トムはそのカメラに身分証をかざした。

「どなたですか?」カチッと音がして、男の声が聞こえた。

「州刑事局のトム・バビロンとジータ・ヨハンスです。ヴォルフ・バウアーさんと話したいのですが」

「ああ、よく来てくれました。門を開けます」

ジーと音がして、左右の門扉がひらいた。道にまかれた砂利は薄いらしく、車で走ってもあまりきしまなかった。庭は公園みたいだったが、どこにも花壇はなく、樹木ばかりで、ところどころに植えこみがあり、かなり奥のほうに隣家との境界である生け垣が生い茂っている。芝生は夏に樹木から光と水を奪われているようだ。邸の左側にはアスファルトの坂があって、地下駐車場に通じている。赤い邸の窓は黒光りする枠がついていて、鉄格子がはめられている。

「わあ、さしずめ赤い要塞ってところね」ジータはつぶやいた。

トムは邸の前に駐車してあるシルバーグレーのレンジローバーの横に車を止めた。そばを通るとき、ボンネットに触ってみた。まだ温かい。これがバウアーの車なら、彼は帰宅したばかりのようだ。

玄関前の階段はこの邸らしく赤レンガで造られていた。家の壁面は、菱形《ひしがた》模様に囲まれた十字形のレンガのレリーフが飾られている。

玄関ドアを五十代の男が開けた。「ようこそ、入りたまえ」男は時間が惜しいとでもいうようにトムたちを招き入れた。「ヴォルフ・バウアーだ」

髪がふさふさしていて、白髪交じりだ。緊張しているのか、しきりに目をしばたたかせている。紺色のスーツはしわが寄っている。服を着たまま寝たなとトムは思った。目の隈《くま》を見るかぎり眠れなかったようだ。ほんの一瞬、トムは気の毒に思った。ヴォルフ・バウアーはなにかに苦しんでいる。ヒステリックな人間には見えないが、家には異常なほど防犯対策を施している。

「リビングに行こう」バウアーはいった。

廊下の床はサンドカラーの磨きあげた石でできていた。壁の照明器具が磨いたアルミとガラスレンズでできていて、目地のある壁にお洒落《しゃれ》な光を落としている。

リビングは広々していた。明るいが、妙に寒々しい。白いソファセット、黒いグランドピアノ、クリスタルガラスのシャンデリア。大きな桟入りの窓から見える敷地の斜面と湖は息をのむほど美しい。

「なにかわかったかね?」バウアーは単刀直入にたずねた。

「お嬢さんの件ですか?　あいにくまだなにもわかっていません」

バウアーは口をゆがめた。微笑《ほほえ》んで痛みを消そうとした結果のようだ。典型的な実業家の笑み。本心を見せない。「ジーニエは？　犯人はわかったのかね？」

「捜査中です」トムはいった。

「つまり進展はないということか」

「捜査しているところです」

バウアーは両手をもみながら天井を見あげた。

「すばらしい」

「お嬢さんのことですが」ジータが恐る恐る話しはじめた。「たいした理由はないのではないですか？　たとえば……」

「学校をサボったというのかね？　こっそりショッピングをしているとか、カフェに入っているとか？　それならいいのだが」バウアーはため息をついて、窓の前を歩きまわった。

「ユーリはそういう子じゃない。学校が好きなんだ。ずっとそうだ」

「十五歳ですね？」

バウアーはうなずいた。

「十五歳くらいには、好きなものが急に変わることがあります」トムはいった。

「マリファナタバコ《ジョイント》をやるとか、男の子と遊ぶとか……」ジータが付け加えた。

「ありえない」バウアーがいきりたった。「対応する気がないから、そんなことをいうのかね？　そういうことか？　コルネリウスに電話してもいいのだよ。わたしは……」

「ここに参上していますが？」トムが口をはさんだ。「そして、問題を解決したいと思っています」

バウアーはいぶかしそうに眉《まゆ》を吊りあげた。なにかそれを疑う理由があるようだ。窓の前を行ったり来たりした。

「奥様は？」ジータがいった。「奥様ならなにか心当たりがあるかもしれません」

「別居している。二年前から」

「なぜですか？」

「いう必要があるかね？」バウアーはきつい口調でたずねた。

「お嬢さんは奥様のところにいるかもしれませんね」トムはいった。

「あいつには電話をした。ユーリはあいつのところに行っていない」

「それだけではなんともいえませんね」

「そんなことはない。妻はトルコにいるんだ。冬のあいだはずっとあっちにいる。あいつは、その……多発性硬化症なんだ。温暖なところのほうが体調がいい」

「住所を教えてください」トムはいった。「確認を取ります」

「家政婦から教えてもらってくれ」バウアーは不機嫌そうにいった。困惑しているジータの目を見て、彼は肩をすくめた。「ああ、もう。あいつがあっちへ行くのは反対だったんだ。トルコの地名が覚えられなくてな」といっても、そもそも覚える気がないように聞こえた。

「家政婦は今どちらに？」トムはたずねた。

「さあ、いつもこの時間には食事の用意をしているんだが。今日はまだ顔を見ていない。帰宅したばかりでね」

「家政婦はこの邸に住んでいるのですか？」

「とんでもない！　邸の進入路のそばに従業員用の家が二軒ある。奥のほうの家に住んでいる」

「もう一軒は？」

「空き家だ」

「お嬢さんが家政婦のところにいる可能性は？」

「娘が？　ヴェスナのところ？　ありえない」

「最後に話をしたのはいつですか？」

「ヴェスナとかね？　今朝だ。オフィスから電話をして、ユーリを学校に送っていったか確かめた。八時半になる直前だ」バウアーは気持ちを抑えるのが難しいようだ。「いいかね。あなたたちがわかるかどうか。というか、わかる気があるかどうか知らないが……心配なんだ……」バウアーは口をつぐんで、黙って数歩歩いた。「昨晩の映像と関係しているような気がしてな。ベルリン国際映画祭で上映されたフィルム」

「どうしてですか？」トムはたずねた。

「だってそうじゃないか。わたしもあの場にいた。そして市長と同じように若い娘がいる……」

「そこは説明していただく必要がありますね」トムはいった。「ジーニエ・ケラーさんになにかあったかどうかは、公式にはまだ確認されていないので」

「いや、死んでる」バウアーは興奮していった。「まずい、市長にはいわないでくれ。市長はなにをするかわからない」

「市長のお嬢さんが犯罪に巻きこまれたことを前提にするとしても」トムは答えた。「なぜあなたのお嬢さんも同じ目に遭ったと思われるのか、わたしにはわからないのですが」

「なぜなら……」バウアーは窓の前を行ったり来たりしながら、手を握ったりひらいたりした。それから急に足を止めて、窓に背を向けた。目がうるんでいた。

ジータはそばへ行くと、慰《なぐさ》めるように彼の腕に手を置いた。「バウアーさん、わたしたちの協力が必要なら、話してくださらないと」

「じつは……」バウアーは唾をのみこみ、まずジータを見てから、同様にそばへ来たトムに視線を向けた。「その……オットーとわたしには共通点があるんだ。子ども絡《がら》みで」バウアーは両手をもみながら、ジータが近すぎるとでもいうように一歩さがった。「映像の中の男の言葉だ。『次はおまえらの番だ』あれはわたしたちに向かっていったんだ。そして……」

その瞬間、窓ガラスが割れる音がした。カチッと小さな音だった。短くすばやい音で、その直後、メロンにナイフを入れた時のような音がつづいた。ヴォルフ・バウアーの額《ひたい》から鮮血と骨片と脳漿《のうしょう》が細かな霧となって飛び散り、ジータとトムの顔にかかった。バウアーの体は一瞬立ったままだったが、それからどさっとオーク材の寄せ木張りの床にくずおれた。

第二十四章

ベルリン市シュヴァーネンヴェルダー島
二〇一九年二月十四日（木曜日）午後一時四十四分

ジータは硬直した。顔が濡れたのを感じたし、それが血だということもわかった。ヴォルフ・バウアーの血だ。だがあまりに突然で現実感がなかったため、ジータはショック状態に陥《おちい》った。トムも口をあんぐり開けたままだった。まるでジータの鏡像を見るようだった。彼の顔も、上半身も、真っ赤に染まっていた。

「伏せろ」トムが気持ちを抑えて、普通にいった。まるで自分はその場にいなくて、すべて無関係だとでもいうように。

ジータは悲鳴を上げたかったが、声が出なかった。見えない時計が秒を刻んだ。一、二、三。ジータは時間の感覚を失っていた。

「伏せろ！」

トムはジータの腕をつかんで、床に伏せさせた。ジータの顔は濡れて、生温かかった。

トムは窓へ這っていった。ジータは引き止めようとしたが、彼はすでに窓から庭のほうを覗こうとしている。手は肩掛けホルスターに伸び、ジャケットの下から鈍《にぶ》く光る拳銃をだした。ジータは拳銃が嫌いだ。今まさに起きたようなことを実現してしまうからだ。

トムはゆっくり頭を上げて、庭を見た。大きな窓を区切る白い桟で自分をガードしながら。外は緑色と茶色と灰色の世界だった。草木と地面と湖の色だ。唇《くちびる》をなめると、鉄の味がした。バウアーの血の味だ。拳銃を持つトムの手がふるえた。息を整えろ、頭の中で自分にいった。トムは深呼吸した。

撃った奴はどこにいる？　窓ガラスにあいた穴を見あげて、バウアーがいた場所を思いだしてみた。左のほうだ。そこに木造の建物がある。四阿《あずまや》かなにかだろう。雨がぽつぽつ降っているそのとき、その建物の裏手で人の気配がした。グレーのコート、レインコートのようだ。逃げるつもりだと思わせないようにしっかりした足取りで、男は湖のほうへ離れていく。いや、男だろうか。見えるのはグレーのコートと、それに合わせたキャップみたいな帽子だけだ。その人物は右手に小銃を持っている。

トムは拳銃をしっかり握り直した。

「ここにいろ」トムはジータにいうと、駆けだした。廊下を走り、玄関から外に出て、邸《やしき》をまわりこむと、庭の斜面を湖の方へ向かった。雨が激しくなった。湖畔が近くなる。トムは走りながら拳銃を上げた。エンジンが唸《うな》りを上げ、すぐに重い単調な音に変わった。ボートが発進するときの典型的な音だ。すべてがなんてことのない日常と変わらないかのようだ。

ボートはどこだろう？　トムには見えなかった。湖岸は高低差が一メートルはある斜面の先にある。トムは桟橋に向かって走った。桟橋の厚板が滑《すべ》る。もう何年も使われていないのだ。トムは横向きに倒れ、その瞬間、モーターを後部に取りつけた小型の細いボートが目にとまった。岸の近くだが、すでに三十メートル離れ、島に沿って走っている。

トムは横たわったまま、ボートに乗っている人影に向かって拳銃の狙いを定めた。

「止まれ、警察だ！　止まらないと、撃つぞ！」

人影は身をかがめ、シダレヤナギが湖に枝を垂らしているところに向かい、あっと思ったときには湖に突きでた岸の向こうに姿を消していた。トムは自分の息遣いと桟橋を打つ雨の音としだいに遠くなるモーター音を聞いていた。力尽きて、トムは拳銃を下ろした。狙撃手は去ってしまった。クラードー側の湖岸かデュッペラー・フォルストに舵《かじ》を切ったのだろうが、もうどうでもいいことだ。トムには行手を遮《さえぎ》ることができない。トムはジャケットのポケットからスマートフォンをだして、ヨー・モルテンに電話した。


ジータは窓辺に立って、トムが桟橋で足を滑らせて転ぶところを見ていた。見ているだけなのに、痛みを感じた。それからトムの叫ぶ声がして、拳銃を構えるトムが見えた。だが同時に、やっても無駄だと思った。ジータは窓ガラスの穴に目をとめ、それから絶命して床に横たわっているバウアーを見た。後頭部の小さな丸い射入口から血が出て、白髪を赤く染めている。額《ひたい》のほうは破裂したようになっていて、顔は原形をとどめていなかった。急に吐き気を催《もよお》し、ジータは顔を背《そむ》けた。新鮮な空気を吸いたくなった。そして洗面台を探して、顔の血を洗い流さなくては。

急いでリビングから出ると、ジータはトイレを探した。廊下の一番近くにあったドアを開けると、そこはキッチンだった。ブルトハウプ製。超高級品。当然だ！　今そんなことを思うなんてどうかしている。なにかを考えまいとするとき、脳は奇妙なことをするものだ。ジータは流し台に立って、温水の蛇口《じゃぐち》を開けた。ここがバスルームではなく、キッチンでよかった。浴室だったら、鏡がある。自分の顔を見ることだけは今したくなかった。

温水は気持ちよかった。排水溝に流れていく水が赤く染まっていた。布巾で顔をふき、深呼吸した。突然はっとした。かすかに焦げた臭いがする。ちょっとそんな臭いがするだけだ。一瞬、壁に数字の19が書かれていたエレベーターが脳裏に浮かんだ。そしてあそこでも焦げた臭いがした。なんてことだろう。フラッシュバックしている。

ジータは少し目をつむって、両手でこめかみをもんだ。ふたたび目を開けてみる。いまだに臭いが漂っている。

窓と反対側の壁に白く塗られたドアがある。ジータはそのドアを開けてみた。臭いがきつくなった。灰色のタイルが張られた階段が下につづいている。その先は闇に包まれていた。照明をつけたが、煙も火も見えない。それでも焦げた臭いがする。ジータはためらった。ひとりで地下に下りるのは気が進まなかった。だがもしどこかが燃えているのだとしたら、火元を確かめないのは不用心だ。

ジータはゆっくり階段を下りた。照明が殺風景な壁にくっきりと影を落とした。臭いがするのは間違いなかった。空想ではない。だがこの本物の臭いが自分の記憶と混ざりだした。唯一の救いは照明の灯りだ。もしだれかに照明を消されたらおしまいだ。

ジータは右手を伸ばして、指先で壁に触れながら歩いた。なにかに触れることで、彼女は現実にとどまった。開けっぱなしのドアを見つけた。その先は短い廊下になっていて、さらに奥に壊されたドアがあった。臭いはその奥からしている。その地下室は縦横六メートルほどの広さで、壁には段ボール箱でいっぱいの棚が並んでいた。そして奥の壁にあったらしいアンティークのチェストが動かしてあり、そこに壁に埋めこんだ金庫があった。金庫の扉は焼かれて、真ん中に穴が開いていた。穴の縁《ふち》の金属が溶けて、煤《すす》けて、扉を黒く染めていた。信じられないと思いながら、ジータは近づき、その扉に触れた。金庫は冷たかった。一瞬、不自然なくらいの静寂に包まれた。突然、一階でジータを呼ぶトムの声がした。

第二十五章

ベルリン市プレンツラウアーベルク地区
二〇〇一年八月九日午後七時八分

ジータはパニックにならないように深呼吸をした。モヒカン、クリンゲ、フロウの三人が立ち去って、あたりは重苦しい静寂に包まれていた。一分経つごとに、木箱の中で赤毛とぴったりくっついて、すし詰め状態なのを実感する。

「どう思う?」ジータはささやいた。「いなくなった?」

「さあな。なにも聞こえなくなってどのくらい経った? 十分? 十五分?」

「もう耐えられない」

「俺もだ。右腕が痺《しび》れて、びりびりしている。それでも、もうちょっと様子を見たほうがいい」

「トイレに行きたいの」ジータは正直にいった。

「我慢しろ」

「さっきから我慢してる」

気まずい時間が流れた。

「それで、どうなの？　あいつら、いなくなったと思う？」ジータは改めてたずねた。

「上の階にいるのかもしれない。あとどのくらい我慢できる？」赤毛がささやいた。

「もう無理」

「ちくしょう。一分もだめなのか？」

「そっと木箱から出る。それでも聞かれてしまうと思う？」

「ドアが開いているかどうかにかかってるな」

「待ってても、状況はよくならないんじゃない？」

「オーケー、試してみよう」赤毛は肩で蓋《ふた》を押しあげると、隙間から外をうかがった。

「だれかいる？」ジータはささやいた。

「ここにはいないな」赤毛は蓋をどかし、落ちないようにしっかりつかんで外に出た。ジータもなんとか立ちあがって、あたりを見まわした。ホールの端に南京錠のついたドアがある。もう一方の端は大きなローラーシャッターだ。

「ちょっと見てくる」赤毛がささやいた。

ジータはうなずいて、左のほうのローラーシャッターから二、三メートルのところにある赤いフォークリフトを指差した。「ちょっとあの陰に行ってくる」

赤毛は本気かという顔をして、ローラーシャッターを見にいった。

ジータは足音を立てないようにしながらフォークリフトのところに走っていき、しゃがんで用を足した。立ちあがったとき、フォークリフトのダッシュボードが目にとまった。ミニチュアの狐の尻尾をぶら下げたキーがイグニッションに挿さっている。速度はどのくらいだろう。逃げるのに使えるだろうか。

ジータは赤毛のところに行った。赤毛はボタンがふたつ付いている函《はこ》のそばにしゃがんでいた。「どうだ?」「だめだ」ジータはささやいた。赤毛は小さな開閉装置の側面にあるシリンダーロックを指差した。「鍵がないと、出られない」

ジータはローラーシャッターを見つめた。灰色の強化プラスチック製だ。床とシャッターのあいだにおよそ五センチの隙間があって、明るい日の光が薄暗いホールに射しこんでいる。

「押しあげられない?」

「無理だ」赤毛が上を指差した。「モーターがあるだろう? あれがブロックしてる」

「試してみたの?」

「いいや。試すまでもない」

「なんでわかるの?」

「わかるのさ。信じろよ。こういうのに詳しいんだ」

ジータはうなずいて、訊きつづけるのをやめ、フォークリフトを指差した。

「あれを使えない? キーが挿さってる」

「本当か? やったな。あれはけっこうパワーがある。あれを使えば、少しくらいシャッターを上げられるだろう。ただし……」赤毛はフォークリフトのところへ行って、わかった風な目つきをした。「エンジンをかけたらすごい音が出るぞ。エンジンをかけてから、シャッターのところまで移動させて、それから……」

「そうか。音を聞かれたら」赤毛のあとについてきたジータがいった。「シャッターを上げる前に、あいつらが来ちゃうか」

「シャッターのところまで押していって、エンジンをかけよう」赤毛は親指と人差し指で鍵を最初の印のところまでまわして、ハンドルを強く動かした。「ハンドルロックが解けた」

赤毛は目配せした。「おまえがハンドルを操作して、俺が押すか」

「ねえ……」ジータは鍵を指差した。「キーがふたつ挿さってるんだけど。形が違う」

「確かに」

「これってもしかして?」

赤毛はそのキーを抜くと、足音を忍ばせながらローラーシャッターのところに戻った。ふたつ目のキーはシャッターの開閉装置にぴったり合った。「オーケー。それじゃ横になるんだ。シャッターを少しだけ上げる。隙間をくぐるんだ。俺はそのあとにつづく」

ジータはうなずいて、冷たい床に横たわった。

「いいか?」赤毛がささやいた。

ジータは親指を立てた。

真剣な表情で、赤毛はキーをまわした。なにも起きなかった。だが装置の上のボタンを押った。

すと、頭上で唸《うな》る音がした。シャッターがガクンと動いて、苦しそうな音を立てながら上がった。

ジータは不安に苛《さいな》まれながら、階段の踊り場を見た。シャッターの作動音は大きすぎる。連中にも聞こえるはずだ。

「今だ」赤毛がキーを抜くと、シャッターの動きが止まって静かになった。上の階で急に足音が響いて、踊り場のドアが開いた。クリンゲがホールを見て、ジータを見つけた。「ここにいたぞ！　逃げる気だ！」クリンゲが勢いよく階段を駆けおりたので、金属の階段が揺れた。ジータは転がるようにしてシャッターの隙間から外に出た。夕日がまぶしかった。クリンゲは階段の途中からジャンプして、シャッターめがけて駆けてきた。赤毛は床に身を投げ、狭い隙間から転がりでるなり、跳ね起きて、あたりを見まわした。シャッターの左に、内部と同じ開閉装置があった。赤毛は急いでキーを挿した。

その瞬間、クリンゲの手がシャッターの下からあらわれた。赤毛はキーをまわして、シャッターを下ろすボタンを押した。モーターが唸りを上げた。クリンゲは隙間に足を入れた。シャッターがきしみながら、ガタンガタンと下りてきた。クリンゲはあわてて手足を引いた。シャッターが床に当たった。モーターは音を立てて自動的に止まった。

赤毛が身をひるがえした。「走れ！」

ジータはすでに道路に面した塀のそばにいた。人の背丈くらいの高さの格子門が敷地の境界になっていた。ジータはジャンプして、格子門の上をつかみ、体を引きあげて、反対側に下りた。赤毛が同じようにジャンプしてよじ上ると、門が揺れた。ジータはもう一度、背後を見た。その倉庫はレンガ造りの古い工場だった。おそらく戦時中に被害を受け、そのあと石灰砂岩で壁を造り直したのだ。倉庫の裏側に古い煙突がそびえている。ホールの中で騒がしい声がしている。ローラーシャッターを叩く音もした。

ジータと赤毛は通りを必死に走った。通りをいくつか横切ると、赤毛は顎《あご》を上げて、走る速度を落とし、立ち止まって肩で息をした。

「ふう」赤毛は大きく呼吸しながら建物の壁にもたれかかると、ゲラゲラ笑いだした。

ジータも荒い息をしながらニヤッとした。赤毛の笑いながらふうふう息をする様子がおかしくて、釣られて笑いだした。赤毛が笑いすぎて咳きこむと、ようやくふたりは笑うのをやめた。ジータは壁のそばに立つ彼を見つめた。赤い髪。強情できかん気な目つき。コットブス門駅でも着ていたジャンパー。今になってようやく、彼がジータのためにどんな危険を冒したか実感した。

「ありがとう」ジータはいった。

赤毛はジータの目を見て、はにかんだ。どうしたらいいかわからないときのように。

「まさか……わたしを……助けにきてくれると思わなかった……」

ジータは頭に血が上るのを感じ、気づいたときには彼の頬にさっとキスをしていた。赤毛はジータを見つめた。ジータ自身、自分の行動に驚いたが、赤毛もびっくりしているようだった。ほんの一瞬、静寂に包まれた。あれだけのことがあったあとだったので、それが心地よかった。赤毛はきっとなにかクールなことを、もしかしたら戯言《ざれごと》をいうかなと思ったが、なにもいわなかった。ジータは彼のほうにかがみこんで、もう一度キスをした。今度は口に。ジータの心臓がバクバクいった。キスはアドレナリンと地下鉄サーフィンと逃亡とジャンパーのポケットの中のナイフの味がした。彼の上唇《うわくちびる》はしょっぱかった。ふたりはもう離れる気にならなかった。ジータが飛びこもうと思っていた列車が彼女の体を通り抜けて、遠くに消え、列車が巻き起こした風にジータの中の蝶《ちょう》が巻かれた。

「今度は名前を教えて、どうだっていいさん」ジータはささやいた。

「ベネ」赤毛はかすれた声でいった。「ベネっていうんだ」

第二十六章

ベルリン市シュヴァーネンヴェルダー島
二〇一九年二月十四日（木曜日）午後三時三十四分

北の地平線から黒々した雲の塊《かたまり》がやってきて、小雨は豪雨に変わろうとしていた。トムはグラウヴァインといっしょに桟橋の先端に立って、湖の向こうのデュッペラー・フォルストを見ていた。広いドッグランスペースの上を飛ぶヘリコプターが遠目にはスズメバチのようだった。およそ三十分前、赤外線カメラがまだ温かいボートの外付けモーターを対岸で見つけた。

グラウヴァインはスマートフォンを耳に当てていた。風がうるさくて、よく聞こえないようだ。「公共駐車場?――糞《くそ》っ。――ああ、ありがとう」グラウヴァインは電話を切ってため息をついた。「だれだか知らないが、わかってるな」

「ボートは手がかりにならないか?」トムはたずねた。

「だめだ。難しいだろう。モーターのほうが手がかりになる。シリアルナンバーがあるからな。だけど盗まれたものだったら。まあ、盗まれたほうに賭けるが。やるだけ無駄さ」

トムはスマートフォンの地図を読みだして、およそ一キロ先の湖岸を調べた。「俺だったら、この駐車場に車を止めておくな。桟橋やモーターボートレンタルの近くだ」

「ああ、レンタルのツーム・ヘッケスホルンだな」グラウヴァインがいった。「ちなみにその近くにはレストランも二軒あるから、人が集まるところだ。冬でもな。ごく普通の服を着て、銃をばらしてスポーツバッグに忍ばせれば、まず人目につかない」

「それでも捜査協力を求めるポスターを貼ったほうがいい」トムはいった。

「それよりひどい顔をしてるぞ。顔を洗ったほうがいい」

そのときになって、トムはバウアーの血を浴びていたことを思いだした。

ふたりは草むらを横切って、邸《やしき》に戻った。ヘリコプターが遠くを飛んでいる。白いつなぎを着たグラウヴァインが明るく光っていた。邸の手前でヨー・モルテンがふたりのほうへ歩いてきた。いつもどおり褐色のスーツを着て、その上からしわの寄ったロングコートを羽織り、マカロニウェスタンの雰囲気を漂わせている。

グラウヴァインは発見したボートのことを報告した。

「家政婦の具合は？」トムはたずねた。

「救急医が診《み》ている。いつ事情聴取ができるかは様子見だな」モルテンが不機嫌そうにいった。両手をコートのポケットに深々と突っこんでいる。

「少しは話したか？」

「午前十一時頃、工事車両が来た。作業員だと思ったそうだ」モルテンは顔をしかめた。「簡単にそう思いこんでしまう人の気がしれない。そこからが曖昧模糊《あいまいもこ》としている。男がふたり宇宙服のようなものを着ていたらしい。顔になにかを押しつけられて、家政婦はそこから記憶がないという」

「宇宙服？」グラウヴァインは眉《まゆ》を吊りあげた。「家政婦になにを嗅がせたものやら」

「その工事車両のタイヤ跡は？」トムはたずねた。

「砂利道だからな」グラウヴァインが肩をすくめた。「俺たちには悪夢だよ。止まっていた場所はわかるが、タイヤの溝までは無理だった。タイヤの太さを測るくらいのことしかできない。バウアーに関しては、法医学者を待っているところだ。旋条痕の検査もこれからだ。金庫のほうがまだ手がかりを見つけられそうだ」

トムとモルテンが視線を交わした。

「やはり別の金庫の件を調べるべきだな」トムはいった。「バウアーは撃たれる前、ケラー市長と共通点があるといっていた」

「別の金庫？」グラウヴァインがたずねた。

「そう急《せ》かすな」モルテンが手を横に振った。ますます不機嫌になった感じがする。トムはいまだに市長に忖度《そんたく》していることが信じられなかった。

グラウヴァインがけげんそうにふたりを交互に見た。だがモルテンとトムがなにもいわなかったので、お手上げという仕草をした。「まあ、いいさ」

「金庫の専門家は呼んだのか？」トムはたずねた。

「ベルネがやる」グラウヴァインがそっけなくいった。「金庫を見て、やる気満々だ。俺もこれから地下室に行ってみる。隠しごとが好きなおふたりさんも来るかい？」

三人は玄関までいっしょに歩き、靴カバーをはいた。カサカサと足音を立てながらキッチンに向かった。地下室に通じる階段は病院のように清潔だった。コンクリートを流しこんで造った階段には灰色のタイルが貼られ、その先に地下の床があった。むきだしの壁には電線と水道管の灰色のパイプがあり、廊下はどこも直角に曲がっていた。金庫のある部屋のドアは破られていた。焼けた臭いがする。

ベルネが床にしゃがんでいた。つなぎが腰のあたりで突っ張っている。今にも裂けてしまいそうだった。彼は同じようにつなぎを着たジータに、金庫の前の床についている黒いシミを見せていた。

「それで?」グラウヴァインがたずねた。

「めちゃくちゃ利口か、馬鹿かのどっちかですね」

「どういうことだ?」

「犯人は溶接トーチを使ってます。別名火炎放射器。柄《え》が長くて、先端から火炎が出ます。温度は五千度を超えるでしょう。地上の物質で溶けないものはないです」

「プロのようね」ジータがいった。

「ユーチューブですよ」ベルネは大袈裟に手を横に振った。「オンラインでも買えます。二百から三百ユーロ。工事現場でよく使いますね。解体の際、鉄筋を切るために」

「ユーチューブに紹介ビデオがあるからって、アマチュアの仕業とはいえないでしょう」ジータが反論した。「屋根の葺《ふ》き方を紹介するビデオもあるけど、だからといってだれもが自分で屋根を葺かないわ」

「防護服を着る必要はあるか?」グラウヴァインがたずねた。

「ご明察」ベルネがクイズ番組で正解をだしたかのように彼を指差した。「相当に火花が散りますからね。こういう密室ではヘルメットとマスクも必須です」

「だから宇宙服か」トムはいった。

「犯人は利口で、準備万端整えていたことになるな」モルテンがいった。

ベルネは肩をすくめた。「連中の目的によりますね。金庫の中身が狙いだったのなら、利口とはいえません。これだけ高温ですから、溶けるのは扉だけではすみません。中身もすべてグリルされます」

「狙いはそっちだろうな」トムはいった。「中身を焼いてしまいたかったんだろう」

「腑《ふ》に落ちませんね」ジータは考えこんだ。

ベルネは眉間《みけん》にしわを寄せた。「なにが？」

「犯行のパターン。エネルギー」

「いいたいことはわかる」トムがいった。

「エネルギー？」ベルネがたずねた。グラウヴァインはうなじをかいた。「それってオカルトかい？　それとも心理学？」

「心理学と物理学ですよ」ジータはいった。「ユーリアが失踪した理由はジーニエ・ケラーの場合と同じだ、とバウアーはいってました。だとしたら同一犯の犯行のはずでしょ」

ベルネはうなずいた。

「ジーニエ・ケラーのときの手口は、みんな覚えているでしょ」ジータはつづけた。「でも今回、ユーリア・バウアーは突然消えました。ビデオも数字もなし。しかも父親は金庫になにかとんでもない情報を保管していました。その情報は灰になって、バウアーも消されたわけですよね。装備を整え、マスクをした男ふたりが工事車両を乗りつけたのが午前十一時頃。家政婦を騙して邸に入り、金庫を破壊しました。バウアーはその時間、会社にいました。問題は犯人がそのことを知っていたかどうか。知っていたのなら、どうやって知りえたのでしょう？　しかもそれだけじゃありません。ふたりは用事をすますと、難なく工事車両で立ち去りました。でも庭には三人目のスナイパーがいました。そいつは最初のふたりとは別にボートでここに来て、バウアーが帰宅して、狙撃できる機会をじっと待ったのです。引っかかるのは仕事の分担ですね。腕のいい狙撃手による冷酷な射殺と特殊な道具を使った金庫の中身の破壊。これって組織犯罪の臭いがします。バウアーの娘の失踪とどうつながるのか？ それにバウアー本人が、消えたジーニエ・ケラーとユーリアに接点があるといっていた問題もあります。でも、市長の娘を狙った犯行の手口はまったく違います。世間を騒がすのが狙いで、ずっと暴力的で、個人的でした。象徴的な犯行といえます。エネルギーを使っているというのはそのことです」

みんな、黙って互いの顔を見た。

トムは溶けた金庫の扉を見つめた。「ふたつの事件の本当の接点は金庫だ」

「そろそろ教えてくれてもいいんじゃないか？」グラウヴァインがむっとしていった。「ふたつの金庫の話ってなんだい？ 市長のところにも金庫があって、壊されたっていうのか？」

「今どき、金庫を持ってない奴がいるか？」モルテンは答えた。

ベルネが一瞬、手を挙げそうになった。

「もう一度はっきりさせておく」モルテンの声はカミソリのように鋭かった。彼は両手ではっきりと意思表示した。「今話題になっている接点は存在しない。ふたつの金庫についてはもう口にするな」

「なるほど」グラウヴァインがぼそっといって唇《くちびる》をなめた。

ジータはむっとしてモルテンをにらんだ。思考を禁止されたり、なにかを慮《おもんぱか》って口をつぐんだりするのが一番嫌いだった。その点はトムと同じだ。「ユーリア・バウアーが失踪した件はどうしますか？」

モルテンは苦虫をかみつぶしたみたいな顔をして、コートのポケットに両手を突っこんだ。グラウヴァインはそれで思いだしたようにつなぎのポケットを探った。「しまった。だれかフィッシャーマンズフレンドを持っていないかな？」

モルテンはグラウヴァインの質問を無視した。「トム、ジータ、来てくれ」

グラウヴァインの顔が曇った。思考を禁止されても平気だが、みんなの目の前で無視されるのは我慢できない質《たち》だ。外見をからかわれた十代の若者のような表情になった。

モルテンとジータとトムは階段を上った。「新鮮な空気が吸いたい」モルテンがいった。三人は邸の外に出た。モルテンは先に立って、右のほうへ向かい、カーブするアプローチから離れた。砂利を敷いたアプローチには規制線が張られ、インゼル通りにはたくさんの車が止まっている。パトロールカー、科学捜査研究所、救急医、救急車。午後四時半になっていた。日が翳《かげ》り、いまだにぽつぽつと雨が降っている。

邸から少し離れて、大きなブナの木の下に立つと、モルテンはタバコを振りだした。「これは例外だ」彼はタバコを口にくわえた。「だれにもいうな」彼の背後では、家政婦が住みこんでいる家の照明が灯《とも》っている。もう一軒は闇の中に沈んでいた。

モルテンは手で風を避《よ》けながら、ジッポのライターを着火させた。タバコに火がつくと、息を吸った。奥さんと双子の娘たちはモルテンがまたタバコを吸っていることを知っているのだろうか。トムは気になった。モルテンにはふたつの顔がある。ひとつは妻と双子を大事にする家庭的な面。もうひとつは妻に嘘をつき、自分を大事にしない自堕落な面。

「ケラー市長の金庫の件だが」モルテンはいった。「俺たちだけの話にしてくれ」

ジータは眉を吊りあげた。「理由を訊いてもいいですか？　ふたつの事件の有力な接点ですけど。どちらも金庫が破られてるんですよ」

「いや、質問は受けつけない」モルテンはすげなかった。彼がもう一度タバコを深々と吸うと、タバコの先端が赤くなった。「やることが山ほどある。おまえたちは家政婦に事情聴取しろ。俺は法医学者から話を聞く。あとは様子見だ」モルテンはうなずくと、邸のほうに戻った。ズボンが彼の足にまとわりついていた。まるで竹馬に乗っているようだった。

「ヨー？」ジータが呼んだ。

モルテンは手を振って、そのまま歩きつづけた。

「市長の金庫の件」ジータが叫んだ。「黙っているのはいやです」

モルテンは立ち止まった。脂《あぶら》ぎった黒髪がてかっていた。「なんだと？」

「市長の奥さんから聞いたのになかったことにするなんてできません。奥さんと話したのはわたしです。奥さんははっきり話してくれました。それを黙っていろというのなら、少なくとも理由を教えてください」

モルテンは振りかえって、ふたりのところに戻ってきた。黄昏《たそがれ》の中、彼の目が黒い小石のように見えた。「なぜだ?」モルテンが小声でたずねた。「おまえのためなんだがな」

「どうしてわたしのためなんですか?」

「証人の言葉に信憑性《しんぴょうせい》がないことに、事情聴取で気づかなかったとなれば、おまえは臨床心理士として失格になるからだよ」

「なんですって?」ジータは啞然《あぜん》としてモルテンを見つめた。「どういうことですか?」

モルテンはトムを見てから、またジータに視線を戻した。「今から話すことは他言無用だ」

「わかった」トムはぼそっといった。「基本ルールに関わるってことだな」

ジータは腕組みした。「聞かせてもらいましょう」

「返事になっていないぞ」モルテンはいった。

「わかりました。黙っています!」ジータはいらっとして答えた。

「頼むぞ」モルテンはふたりを見た。「さもないと、大事《おおごと》になる……市長宅に空き巣が入り、金庫を破られた話をブルックマンにしたんだ……ブルックマンは市長に確認を取った」モルテンはタバコを吸い終わり、吸い殻を草むらに捨てた。〝これで除外しなければならない手がかりがひとつ増えた。グラウヴァインが感謝するだろうな〟トムはそう思った。

「それで?」

「市長のところに金庫はある。だが破られていなかった」

「まさか」ジータが思わずいった。

「市長は、家に来て、金庫を見てみるようにブルックマンにいった。金庫には傷ひとつなかった」

「だからって」トムはいった。

「だからもなにもない。残念だが、問題はケラー夫人にあるんだ。夫人は……」モルテンは一瞬いいよどんだ。「ここからは本当に他言無用だ。いいな？」

トムは表情を変えなかった。「うなずいたはずだが」

「ケラー夫人には……」モルテンはだれかが盗み聞きしているとでもいうように声をひそめた。「精神疾患があるんだ。ときどき……思いこんでしまう。たいていは他愛のないことだ。夫人はそうやって注意を引きたいだけだからな。そんな状態がもう何年もつづいているそうだ。だから市長は、家族をメディアや政治から隠している。夫人を守っているんだ」

ジータは絶句してモルテンを見つめた。

モルテンはジータの目を見て、肩をすくめた。「きみはそれを見落とした」

「夫人が結婚生活を美化している印象はありました」ジータは答えた。「その意味では、あえてよく語っているところがあったといえます。しかしそれ以外におかしな点はありませんでしたが」

「だからだよ」モルテンがいった。

「どういうことだ？」トムはたずねた。

「つまりふたつの件に関連があるというおまえたちの考えに必ずしも与《くみ》することはできないということだ。いずれにせよ証拠がないかぎりはな」

「本気でいってるんですか？」ジータが口答えした。

モルテンは両手を上げて、気を失いそうだというふりをした。「さっき自分で犯行の手口が違うといったじゃないか！　若い女性の殺害、だが若い女性の父親へのいやがらせかもしれない……」

「後者の信憑性はなくなってきていると思いますけど」ジータがいった。「さっきトムの奥さんと電話で話したんです……」トムがやめろと手で合図したが、手遅れだった。「……テレビの仕事をしています。そして画像処理とカットのスペシャリストです。奥さんの意見では明らかに……」

「どういうことだ」モルテンが鋭い口調でたずねた。「俺に断りなく、事件について部外者と話したのか？」

「わたしたちはこの問題にこだわりすぎたと思います」ジータは自己弁護した。「それにトムの奥さんは本当に適任です」

「俺にいわせれば」モルテンは冷淡にいった。「その意見に耳を傾ける必要はない。欲しいのは証拠だ。専門家だという人間の意見ではない。そして今、まったく異なる事件をふたつ抱えている。ひとつは殺人を撮影したと思われるスナッフフィルム。そして十代の娘が行方不明になり、その父親が殺害された。理由はわからない。おそらく知りすぎたんだろうな。あるいは別の理由かもしれない。それぞれの父親がベルリン国際映画祭であのおぞましい映像を見たのは確かだが、だからといって、それをむりやり結びつけるわけにはいかない。俺はそう見る」

「だけどバウアー本人は明らかに別の見方をしていたぞ。市長の件と結びつけたのは彼であって、俺たちじゃない」トムは反論した。

「途方に暮れた父親というのは、説明を求めるものだ」モルテンがいった。「わかってるだろう。こじつけだよ。接点があるかどうか掘りさげるのはいい。だがそれを前提にはできない」モルテンはタバコをもう一本振りだした。「バウアーがシラーと仲がよくなければ、この件は行方不明者捜索課の扱いになっていたはずだ。ジータ、いみじくもおまえがいったとおりにな。バウアー殺害は犯罪組織の臭いがする。だがジーニエ・ケラー事件は個人的動機によるものだ。いったいどこに接点があるんだ？」

「ふたりとも地下室に隠し金庫を持っていたという事実があるでしょう？　どうなんですか？」ジータはかっとしてたずねた。

「おいおい」モルテンはいった。「ふたりとも金持ちだ。金庫くらい持ってるだろう。いい加減にしろよ。俺だって、金庫を隠すだろう。金庫を持っている者はみんなそうするものじゃないかな？」二本目のタバコに火をつけようとしているモルテンの手がわずかにふるえていた。

「じゃあ、これからどうするんだ？」トムはたずねた。「バウアーの件は組織犯罪課に引き渡すのか？」

モルテンは紫煙を吐いた。「ふたりとも今日はもう家に帰れ。家政婦への事情聴取は他の者でもできる」

「どういうことだ？」トムは抗議した。

「自分を見てみろ」そういうと、モルテンはトムの顔を指差した。「目の前で人が射殺された。まずは休め。明晰《めいせき》に考えられるようにな。今後どうするかは朝の捜査会議で決める」モルテンはきびすを返したが、ふと動きを止めた。「そうそう、ジータ、きみの件だが、ケラー夫人のときのような判断ミスは二度としないでくれよ。わかったか？」

第二十七章

ベルリン市シュヴァーネンヴェルダー島
二〇一九年二月十四日（木曜日）午後四時四十二分

ジータは足早に門をくぐり、インゼル通りに並ぶ関係車両の前をずんずん歩いた。どんよりした雲と冬枯れした林を背景にしたレンガ造りの邸《やしき》は幽霊屋敷のようだった。ジータの車を運転してきたベルネは関係車両の車列の一番最後に止めていた。金色のサーブは明るく輝いていた。

ひどい奴！

ジータは運転席に体を沈め、力任せにドアを閉めた。

〝判断ミス〟

モルテンの言葉はトゲのように刺さっていた。年齢とともに悪口は変わる。昔は「モッツイフォッツィ」、今は「判断ミス」。

ケラー夫人と話したとき本当になにか見落としたのだろうか。ジータは夫人の言葉を反芻《はんすう》したが、夫人がとんでもない疑いを抱いていたことを再認識しただけだった。夫のワイン貯蔵室にあった隠し金庫が娘の事件と関係がある、と夫人は思っていた。そしてそういう疑念を抱いたことに良心の呵責《かしやく》を覚えていた。だからこそ、バランスを取るために、夫がしているることはいいことで、正しいのだと繰り返し口にした。あれは自己欺瞞《ぎまん》だった。だがそこにモルテンがいったような事実と虚構の混交などなかった。

ジータはスマートフォンを手に取って、メモアプリをタップすると、夫人からもらった携帯の番号をだした。だが留守番電話になった。すぐに通話を終了させて、住所をメモしなかった自分に腹を立てた。

その瞬間、だれかがウィンドウガラスをノックした。ジータはびくっとした。トムが歩道に立って、ウィンドウガラスを下ろすように合図していた。ジータはキーを挿してまわし、窓を下げた。

「びっくりするじゃない」

「ひどいじゃないか」トムがいった。「別れの挨拶もなしに」

「そのくらい我慢できる程度の大人だと思ったんだけど」

「俺は味方だぞ。見落としてるようだな」

「見落としはわたしの今日の標語ね」

「きみの車、なんでここにあるんだ？」トムが困惑してたずねた。

「ベルネ」ジータはいった。「他の捜査官はテンペルホーフの本部から来たでしょ。彼はカイト通りから。車のエンジンがかからないとかで、頼まれたのよ……」

「きみたち、付きあってるのかと思ったぞ」トムがニヤッとした。

「あはは、ご冗談でしょ」

「ケラー夫人の件はどうする？　モルテンがいったことを信じるのか？」

ジータは肩をすくめた。「妙だと思う。でも、確証がない」

トムは歯が痛いときのように顔をしかめた。「なにか裏がありそうだな」

「わかってる。あいつ、弁解の余地すら与えなかった」

「上司と部下。いつだってそういうものさ」

「あなたの考えでは、モルテンはどっち？」

「どっちを向いているかによるな」

ジータは両手で神経質にハンドルをいじった。「ねえ、ケラー市長がどこに住んでいるか知ってる？」

トムの目が鋭くなった。彼が口をひらく前から、なにをいうか想像がついた。

「いいアイデアだ……」トムがいった。

ジータは驚いてトムを見た。「違うことを言うと思った」

「……次の言葉を待たなかったからさ」

「じゃあ、次の言葉はなに？」

「いいアイデアだ。クビになってもいいならな」

「あなたは予測がつかない人だと思ってたんだけど」ジータはため息をついた。

トムはニヤッとした。「人間の行動が予測できないとき、かわいそうな臨床心理士はどうするのかな？」

「予測がつかなくても、うまくすれば説明はできるものよ」

電話が鳴って、トムはジャケットのポケットからスマートフォンをだした。彼の大きな両手で持つと、スマートフォンが小さく見える。

「バビロン」トムが応答した。空気が冷えてきて、彼の口から出た息が白くなった。トムは小声でいうと、ジータの視線を感じて背を向けた。しばらくじっと聞いて、「わかった。これから行く」と電話を切った。向き直ったトムの表情が変わっていた。困惑気味になにか考えこんでいるようだ。

「大丈夫？」ジータがたずねた。

「そ……そうだな。帰らなくちゃいけない」

「アンネ？」

トムは眉間《みけん》にしわを寄せた。

「今日はバレンタインデーよ」ジータは説明した。「だからさっきアンネは電話でがっかりしたような声を……」

「バレンタインデー？」トムはきょとんとしてたずねた。

「オーケー。そうじゃなかったのね。なにがあったの？」

「ああ、ちくしょう」そう罵《ののし》って、トムは改めてスマートフォンをだした。「月曜日が親父の誕生日だったんだ。すっかり忘れていた。じゃあ、また明日」トムは足早に自分の車へ向かった。

「待って、住所を」

「俺は知らない。やめておけ」トムはもう一度、手を振ってベンツに乗りこみ、発進した。

ジータはテールランプを見送り、トムを追いかけたい衝動を抑えた。その代わりにルッツ・フローロフに電話をかけた。フローロフは眠そうな声で電話に出た。

「デッキチェアで寝てた？」ジータはたずねた。

「なんだ、きみか。今日のこと、聞いたぞ。ついてなかったな。目の前で人が殺されるなんて」

そのとたんトムとしゃべるときのような軽い口調がサッと消えた。「ええ、確かに」

「話し相手が必要なら」フローロフがいった。

「ありがとう。他のことで頼みがあるのよ」

「なんでもいってくれ、ベイビー」

第二十八章

ベルリン市クロイツベルク地区
二〇〇一年八月九日午後九時十六分

「今の本気?」ジータがたずねた。

ベネは鍵を開けたところで、動きを止めた。

「なんのことだ?」

「だから、ベイビーって……」

ベネはニヤッとした。荒れ果てた廊下の淡い光の中でも、彼が頬を赤らめたのがわかる。

「馬鹿にしたつもりじゃない」ベネはいった。

「いいわ。ただ……そんなことをいわれるのはじめてで……」ジータは口をつぐんだ。

ベネはドアを開け、小さな廊下に足を踏み入れた。その奥は少し広い空間になっていた。

「ギャングのパラダイスにようこそ」

「ここに住んでるの?」ジータはあたりを見まわした。ベネの帝国はミニキッチンのあるひと間だった。パレットに載せたマットレスがひとつに、グレープフルーツの木箱がふたつと黄色いイケアのカウチ用テーブルがひとつ。部屋の隅にキャスターつきのハンガーレールがあって、ハンガーに服が何着かていねいにかけてある。

「期待はずれか？」ベネがたずねた。彼はベッドの脇の雑誌に目をとめ、急いで拾って丸めると、流し台の下のゴミ箱に捨てた。

「平気。母さんと二間《ふたま》のアパートに住んでるもの」

ベネはうなずいた。答えに満足しているようだ。「ビール、飲むか？」

「どうしようかな。水をもらえる？」本当はビールが欲しかったが、どんどん不良になってしまうようでいやだったのだ。むずむずする気持ちは少し収まっていた。

ベネは冷蔵庫を開けた。中身が整然としていたので、ジータは驚いた。ベネはグラスを一客取って、炭酸水を注いだ。「自殺しようとしていたわりに、堅いな」

ジータはなにもいわなかった。

「言い方が悪かったか？」ベネはジータに水を渡した。

「そんなことない。ちょっと疲れたの」

「まあ、いいさ。バナナはどう？　ラスクは？　バターもあるぞ」

「全部もらう」ジータは物欲しそうにため息をついて、木箱に腰かけた。

ベネは食べものをテーブルに載せ、ふたりは静かに食べた。ラスクを噛むとバリッと音がした。「しかし危機一髪だったな」ベネはため息をついた。立ちあがると、引き出しから夕バコとタバコ用の紙と茶色い塊《かたまり》をだした。「ちょっと吸うけど、おまえもやる？」

ジータは黙って、ベネがタバコを巻くのを見ていた。ベネはタバコに火をつけて、二度吸うと、頭を後ろに倒してうまそうにした。

「それって……」

「クロイツベルクで手に入る最高の糞《くそ》さ」そういうと、ベネはニヤッとした。「吸ったことないの？」

ジータはうなずいた。

「やらないよ」ベネは目をすがめてジータを見ながら、また一服した。そしてまた一服。サイテー！　ジータはさっと立ちあがると、ベネの手からジョイントを奪い、見よう見まねで吸った。ジータは吸いこんだ煙を吐こうと頰をふくらませようとして咳きこんでしまった。

「ハハハ」ベネが歓声を上げた。「そうなると思ったよ。なにかさせたいときは、だめだっていえばいいんだ」

ジータは中指を立てて、また一服した。

「ウッヒョー」

ジータは恐る恐るニヤリとした。今度は少なくとも咳きこみはしなかった。

「それ、やるよ」ベネはいった。「もう一本巻くからいい」

ジータは何度も吸って、「ぜんぜん効かないんだけど」とつぶやいた。

「寝そべって、変化に身を任せるんだ。リラックスしな」

　ジータは目をつむって、後ろに倒れた。

「待てよ。ちょい――待った」ベネがさっと腰を上げて、ギリギリのところでジータを支えた。

「やだ、背もたれがないのを忘れてた」

　ジータはクスクス笑って、テーブルを見つめた。バナナの皮が妙に大きく見える。そんなはずがない！　ジータはその皮を取って、ふらふらしながらゴミ箱のところへ行って捨てようとした。ところがゴミ箱の中に乳房があった。巨大だ！　女の胸！　ジータは吹きだした。

「これ、なに？」ジータは雑誌をつまんで、高く掲げると、「ゴミ箱に裸の女がいる！」といって腹を抱えて笑った。ベネは雑誌を見つめ、真面目な顔を崩さなかったが、結局吹きだして、大笑いした。

「捨てちまえ。それやばいよ。デカすぎ」

「トイレはどこ？」ジータは顎《あご》を突きだしてたずねた。

「ああ、そこにある」

　ジータは彼の人差し指に従い、浴室に入ると、さっと見まわして、雑誌を便器に入れて、水を流した。当然、詰まったが、無視して、汚れを払うように手を叩いた。「一丁上がり」

　そのときシャワーに目がとまった。左腕を上げた、いや、右腕か？　どっちでもいい。脇の下の臭いをかいで、鼻にしわを作った。「やだ。ひどい」

さっと手を伸ばして、お湯の蛇口《じゃぐち》をひねり、靴を脱いで、服を着たままシャワーを浴びた。目をつむると、勘違いに気づいた。これはシャワーじゃない、滝だ。たぶんここはアフリカ。水が熱いのだから当然。だが目を開ければ、ベネのところのシャワーを浴びているのだと気づくことはわかっていた。まるでふたつの世界が同居しているみたいだ。まぶたの開け閉め。それだけで願望と現実を行き来できる。ジータはしばらくそこに立ったまま、心が清められる感覚を味わった。こんなに心が穏やかなのは生まれてはじめてだ。蛇口を閉めることなく、シャワーから出て、部屋にもどった。

「うわっ。どうしたのさ?」ベネがたずねた。

「アフリカ」ジータはいった。「あっちがどういう感じかようやくわかった」

「びしょびしょじゃないか」

「アフリカがどんなところかやっとわかった。あとはひとつ質問があるだけ。いいえ、ふたつかな」

「オーケー。なんだい」

ジータは人差し指を立てた。「正直に答えるのよ」

ベネはかしこまって立ちあがり、ジータの前で指を二本立てた。「約束する!」

「あいつら、あなたのことをナイフ使いって呼んでたけど、どうして?」

「ああ」ベネの表情が急に硬くなった。「あいつら、そういってたっけ?」

「ええ」

「じつは……その……前に……」ベネは口ごもった。「……人を殺したことがある」

ジータは目を丸くした。「嘘でしょ！」

「本当さ。友だちといっしょに」突然、ベネは切ない表情をした。ジータは彼を抱きしめたくなった。

「で、その友だちは？」

ベネは肩をすくめた。「逃げたよ。あんなことになるはずじゃなかったんだ」

「じゃあ、あいつらのいうとおりだったんだ」

「まあな。だけど、ちょっと違うんだ。あれは、やるかやられるかだった」

「やるかやられるか。今日みたいに？」

「ああ」ベネは真面目な顔でいった。「今日みたいな感じだった」

ジータは、ナイフを手にしたベネを想像した。守ってくれると約束されたような気がした。

「もう一度キスしてくれる？」ジータはささやいた。

キスはシャワーのようで、熱くひりひりした。すてきだった。なんでもっと早く気づかなかったのだろう。

「びしょぬれじゃないか」赤毛はささやいた。

「それなら脱ぐ」ジータはいった。自分が横に立っていて、呆れている気がした。このジータはどこから来たのだろう？　さっきのがジータなら、今のわたしはだれだろう。

ベネはおずおずと、異星人を見るみたいな目でジータを見つめた。「したことあるの？」

「ないわ。あなたは?」

「俺もない」

第二十九章

ベルリン市クラブ〈オデッサ〉
二〇一九年二月十四日(木曜日)午後五時五十九分

青色。それにすごい……。

オレンジ色!

男が噛みついてきた。青と赤。女は頭をのけぞらせた。頭の中で色が炸裂する。彼の歯が、小さな金属を噛んだ。男はひと目見るなり、乳首のピアスにそそられた。こんなのはじめてだというように。

女は腰を前にだした。

頭の中で拍子を取る。コカインのせいで、すべての音が大きく聞こえる。音楽。彼女の欲情。彼の歯が金属に当たる音。

男は体を引いた。

すごい。

こんなに気持ちが浮き沈みするなんて。彼の歯が離れると、彼女は男を突き放した。男はクッションに倒れこんだ。今度は彼女が先導する番だ。笑って、頭がおかしくなったポニーのように頭を振りながら馬乗りになる。

男は彼女を自分のほうへ引き寄せた。男の両手が彼女の腰をつかむ。一気に彼女を横倒しにすると、男は彼女にのしかかった。首に彫った蝶《ちょう》のタトゥーが激しく呼吸して、彼女に飛びかかってきた。

すごい。タトゥーのラインが長すぎる。いつもよりずっと長い。彼のとんでもないあれと同じくらい……いや、まさか……。

でも、確かだ。

放つのよ。飛び立たせるの……。

わたしこそが……いいえ、それはない。

男は手に唾を吐いた。指が後ろから深々と刺さった。彼女は自分が女だと感じた。真上では男のネックレスが揺れ、十字架がキラキラ輝いていた。

女はうめき声を上げた。短い爪を男の腰に立てて、痙攣《けいれん》した。

男も痙攣したかどうかはわからなかったが、そんなことはどうでも良かった。

世界は色と乱れた髪で溢れていた。赤、赤、赤。

果てると、男は隣に横たわった。「女性ＤＪ二号にしては悪くなかった」男はニヤッとした。

「馬鹿」彼女はいった。「わたしは最高なんだから」

「間違いない」男は女の体をなめるように見つめた。「ギゼラだったたっけ?」

女は唖然《あぜん》とした。「ジゼルよ」名前すらちゃんと覚えていない。しかも、家を思いださせるから大嫌いな名前で呼ぶなんて。

「ジゼルか。いい名だ」

女は、彼が結婚していると知っていた。父親から聞いた。というか、男について父親から聞いて、なにもかも知っていた。たとえば、ふたりの関係を妻にばらしたら、ベネ・チェヒはたぶん彼女をゴミコンテナーに捨てるということも。だがばらすつもりはない。今はあそこに上がりたい。最高のステージに。催眠状態になれるところ、彼女自身が催眠術師になれるところ。ここよりもはるかにいい場所だ。男なんてろくでもない。

「約束は守ってくれるわね?」女はたずねた。

「ああ、守るとも」

「毎回寝なくてもいいわよね?」真剣な話なのに、女は思わずくすくす笑ってしまった。

MeToo は自分には関係ない。どっちかというと、I do だ。

「気持ちよくなかったのか?」男がたずねた。まったりした声だ。彼女がどう答えようとかまわないようだ。

「コカインはすごかった」女はいった。すべてがすごかったが、それをいうつもりはなかった。

「すごいよがり声だったぞ。歳はいくつだ？」

「二十六」女は嘘をついた。

「学生だったよな？」

まずい。女はゴクリと唾をのみこんだ。

「なんでここに来た？」男がたずねた。

「知ってるでしょ。ＤＪになりたいの。それでチャンスをつかみたいのよ。あなたのクラブはベルリン一だから」

男は彼女を見つめた。男の目が彼女のピアスと刺激された赤い乳輪をなめるように見た。男は起きあがって手を洗った。「お前がなんでこんなことをするのかいってやろうか？」

「両親に仕返しをしたいからっていうの？」女は生意気に訊き返した。うっかり真実に近いことをいってしまった。だが口にした言葉は二度と取り消せない。

「危険なことに惹かれるからだ」彼は急に冷ややかで真剣な目つきになった。

「そうよ」女は片手を振った。「弾を装塡《そうてん》した拳銃とかそういうの」

男は彼女に服を投げ与えた。「なにもわかってないな。少女の浅知恵だ」

女はそのとたん正気に戻った気がした。山の湖のようにすべてが鮮明に見えた。そして彼女の顔を見る男のまなざしはひと握りの氷水。男の目つきは父親と同じだ。

「ひょっとして……」女は一瞬ためらった。質問が喉元まで出てきた。いわないほうがいいのはわかっていたが、止められなかった。「……人を殺したことがあるの？」

男は表情を少しも変えなかった。女はさっき男の体に感じた傷痕を見た。無数の傷痕。

「あのなあ、世の中にはふたとおりの人間がいる。やったことがない奴はイエスと答える。やったことのある奴はたいていノーと答える。そして俺がノーと答えて、納得するなら、おまえは思った以上にめちゃくちゃな奴だぞ」

第三十章

ベルリン市グルーネヴァルト地区
二〇一九年二月十四日（木曜日）午後六時五十一分

ジータはラッセン通りに曲がって、ゆっくり車を走らせた。グルーネヴァルトの道はベルリンとは思えないほど静かだ。広大な土地にほとんど人が住んでいない。三十分前、自宅で着替えた。血に染まった服を脱いで、白いブラウスと暗色系のビジネススーツに着替えた。自分の好みではないが、グルーネヴァルトでドアを開けてもらうには必要なことだ。

高い垣根の向こうに、樹木が視界を遮《さえぎ》る邸《やしき》が建っている。大部分が十九世紀に建てられたものだ。明かりの灯《とも》った窓が冬枯れした樹木の向こうで黄金色に輝いている。今日、高級住宅街を訪れるのはシュヴァーネンヴェルダーにつづいて二度目だ。ジータは母親のことを思った。ジータが育った小さな二間《ふたま》の家賃を工面するためにどんな仕事をしていたかも。こういう邸に母親が入れるのは、家政婦としてだけだ。

といっても、母親が実際に働いていたのは別のところだ。子どもがひとりかふたりいる共働きの家族。夫婦は家に帰ると決まって喧嘩をする。あるいは気難しいシングル。ほとんど家にいないくせに、夜遅く電話をかけてきて、きれいになっていないと文句をいう奴だ。短時間の家事仕事しか頼んでいないのに。

ジータは番地を示す数字をカウントダウンした。右側の次の邸のはずだ。ジータは車を止めて、エリーザベト・ケラーに電話をかけた。六回鳴って、相手が出た。

「もしもし、ケラーです」

「もしもし、ケラー夫人。州刑事局のヨハンスです。今日……」

「あら。覚えています」

「ケラー夫人、いくつか質問があります。お宅の前まで来ているのですが、お時間はありませんか？」

一瞬、電話の向こうが静かになった。それからケラー夫人が咳払いをした。「わたしたちだけの秘密にしてくれますか？」

「ケラー夫人、お時間は取らせません。少し散歩でもしませんか？　犬を飼ってらっしゃいますか？」

「困るわ」ケラー夫人はソワソワしている。おそらく不安なのだろう。

「重要でなければ、連絡したりしません。お嬢さんの件で新たな展開があったのです」

一瞬の静寂。電話の向こうで夫人が考えているのがわかった。

「電話ではだめですか？」ケラー夫人は声をひそめた。

「すみません。電話ではいえないことでして」ジータは嘘をついた。夫人に精神障害があるかどうかや、なにか隠しているかどうかを推し量るには電話は不向きだ。

「リザ？」ケラー市長の声が電話の向こうでかすかに聞こえた。

「はい、なにかしら？」ケラー夫人がいった。

「電話か？」

「なにか進展がないか警察に聞いてみようと思って」そう答えてから、夫人は小声で受話器に向かっていった。「三十分後に庭のプールで泳ぎます」かすかにカチッと音がして、接続が切れた。

ジータは通りを見た。ケラー邸の敷地は右側だ。背の高いモダンな格子の柵があり、常緑のチェリーローレルの生け垣が視界を遮っている。フローロフによると、邸はバウハウス風の注文設計だという。庭にプールがあるかどうかはいってなかったが、明らかにあるようだ。

ジータは車から降りた。ケラー邸の門まではおよそ二十メートル。門のすぐそばに黒いBMWが止まっていて、男がふたり乗っている。警備員だ。長くつづく金網のフェンスには監視カメラが四台設置されている。

ジータは入り口のほうへゆっくり歩いた。ケラー夫人はどういうつもりだろう。水泳。庭。敷地に入る方法はひとつしかない。正面突破だ。ジータは肩に力を入れて、さっそうと歩いた。よし、それなら一石二鳥だ。頭の中で芝居を打つ準備をした。ばれても明日だ。

ＢＭＷの中からふた組の目がジータを見ていた。ジータは軽く、だが親しげに会釈して、門のベルを鳴らした。助手席側のウィンドウが下りた。「すみません。なんの用でしょうか？」声は暗く、助ける気はさらさらないようだ。男は南欧風の顔立ちで、肩幅がある。男の褐色の目がジータをじろじろ見た。

ジータは内心ため息をついた。こうなるのは避《さ》けたかった。臨時の身分証をだして、車のほうに呈示した。それでも門からは離れず、顔の傷が見えないようにした。「ヨハンス」そういってから、もう少しはっきりした声でつづけた。「州刑事局の者です。ケラー市長のお嬢さんの件で来ました。お嬢さんの件はご存じですよね？」

時間にしてたっぷり二秒、男は四メートル離れたところから身分証を確認するので充分か考えてからうなずいた。「いいでしょう」静かにウィンドウが上がった。

門についていたインターホンからカサカサと雑音がして、声が響いた。「なんだね？」

「こんにちは、州刑事局のヨハンスと申します。ケラー市長ですか？」

困惑した短い沈黙。「ああ、そうだが。なんの用だね？」

「少しお話がしたいのです。お嬢さんのことで」

「そうなのか？　ええと……どうしてきみが寄こされたのかな？　話が違うが」

「市長に直接伝えるようにいわれました。内密にするようにと」

ふたたび沈黙。さっきよりも長かった。

「まあいい」ケラー市長はいった。「入りたまえ」

ジーと音がした。ジータは門を押し開けた。ＢＭＷの男たちから庭のどの部分が見えるか、目の端で確認した。

邸はおよそ十五メートル先のきれいに刈った芝生の中に建っていた。屋根には少し扁平の上品な丸屋根が載っていて、まるで灰白色の博物館のようだ。黒っぽい砂利を敷いた照明つきのアプローチが邸とその横のガレージへつづいている。プールは邸の裏だろう。市長は玄関でジータを待っていた。さっそうと歩くジータを見ている。「ああ、きみか」

「お邪魔してすみません」ジータは穏やかにいった。

市長は軽くうなずいたが、ドアのところに立って、内部のプライバシーが見えないようにしている。明らかにジータを拒絶しているが、その目には期待の色もあった。「なにがあったのかな?」

「ヴォルフ・バウアー氏のことは耳にされていますか?」

目からすぐに期待の色が消えた。

「ああ」市長がつぶやいた。「ひどい話だ。ひどい……」といってため息をついた。口先だけの演技ではなかった。「言葉がない」

「金庫についてはいかがでしょうか?」ジータはだれの金庫のことかわからないようにわざ

とあいまいにいった。

市長が険しい目つきになった。「金庫？　なんのことだね？」

目をすがめたが、それでも澄んだ目をしている。――しらばっくれるつもりか。市長は政治家としてこういう対処に明らかに慣れているのだ。

「壊された地下室の金庫です」ジータは説明した。

「だれの金庫のことをいっているのだね？」

「おわかりになりませんか？　あら、ということは市長も金庫をお持ちなのですか？　なるほど」ジータは微笑《ほほえ》んだ。「それは勘違いです。お話ししたいのはバウアー氏の金庫についてです。壊されていました」

「そうなのか」

「市長のものですか？」

市長はジータを見つめた。「なんの話だ？」

「おわかりになりませんか？」ジータは無邪気にたずねた。「市長も金庫を壊されたのかと思いました」

「おい」市長は腹を立てていった。「うちに金庫があるとして、どうしてきみと金庫の話をしなければならないんだね？」

「あら」ジータは手を横に振った。「じつは……金庫の中に入っていたものを、わたしたちが見つけたら、きっと返してほしいかと思いまして」

「おい」市長はため息をついた。「なんの用か知らないが、もう我慢ならん。上司に電話をするぞ」

「バウアー氏の金庫の中身ですが、全部失われたわけではないことをご存じですか？」

市長がたじろいだ。「それはどういう意味かな？」

「じつをいうと」そういうと、ジータはわざともったいをつけた。「科学捜査研究所は灰を元通りにすることができるからです」

「それで？　それが役に立つのか？」

「書類の内容によります」

ケラー市長は肩をすくめた。「どんな役に立つのか知らないが、うまくいくことを祈っている」

「ありがとうございます」ジータはニコッと笑みを浮かべた。

ケラー市長は困惑してジータを見た。「話はそれで終わりか？」

「ええ、そうです」

「こんなことのためにわたしの邪魔をしたのか？」

「重要だと思いまして」

「正気か？　きみたちのところにはまともに考えられる者がいないのか？　こっちは忙しいんだぞ」

「ケラー市長、お邪魔したのでしたら……」

「もういい。さっさと帰りたまえ」市長はジータを頭のてっぺんから足先までじろっと見た。「きみは小さいうちから、きれいだといわれて、ちやほやされていたのだろう。だが、わたしはそんな手には乗らない。あとで吠《ほ》え面《づら》かくなよ」市長はジータをそこに立たせたまま、ドアを閉めた。

ジータは振りかえって、ＢＭＷから玄関が見えないかどうかもう一度確かめてから、芝生を横切って庭の日が当たらないあたりに身をひそめた。運がよければ、市長はジータが帰ったと思い、ふたりの警備員はジータがまだ市長のところにいると考えるだろう。

五分が経過した。市長は二度とドアを開けなかったし、警備員も庭に入ってきて、ジータを捜すことはなかった。ジータは身をかがめて、敷地の外郭に沿って邸の裏側にまわった。大きな窓ガラスから明かりの灯った邸の内部が見えた。見かけだけだが、色調は暖かく、すっきりした直線でデザインされている。裏手には小さな林があって、好奇の目から守られていた。邸には異なる階層に合計三つのテラスがあり、真ん中のテラスが一番庭に迫りだしていて、豪華なプールの端につながっていた。水中に照明がついていて、モザイクのタイルが青く輝いている。温水プールで、鏡のようになめらかな水面から冷たい二月の空気の中に湯気が立ち昇っていた。

第三十一章

ポツダム市ザクロー区
二〇一九年二月十四日（木曜日）午後七時十二分

トムは速度を時速五十キロ以下に落として、森の縁《ふち》に目を凝らした。背後からヘッドライトが近づいてくる。パッシングライトが灯《とも》ってから、ゴルフが一台、トムの二倍の速さで追い越していった。州道がカーブしたところでテールランプが見えなくなった。

あそこだ。

トムはブレーキを踏んで、ウィンカーをだすと、狭い林道に曲がった。ベンツがガタガタ揺れて、ヘッドライトの光が上下した。木の幹が光の中に浮かんでは消える。右側に人の背丈ほどまで積んだ丸太がある。長さは数メートル。前回来たときは、午後遅い日の光が晩夏の森に射しこんでいたが、今は冬枯れした樹木が屹立《きつりつ》している。

トムはアンネと電話で話したのを思いだして、良心の呵責《かしゃく》を覚えていた。バレンタインデー。だからはじめのうちは明るい声だったのだ。アンネは、バレンタインデーだからトムが電話をかけてきたと思ったのに、代わりにトムが頼んだのは、あのおぞましい映像を見ることだった。まいった！　たしかにアンネのいうとおりだ。トムは仕事をしていると、トンネルの中にいるのと変わらなくなる。まわりが見えなくなるのだ。アンネにいわれたことがある。「捜査官としてはいいのだろうけど、人間としては失格ね」

トムは当時、反論した。言い訳をして、警察の仕事について、そういうものなのだから仕方ないといった。

アンネはそのとき、しがらみから抜けだせないだけだといった。

父親の誕生日が脳裏に浮かんだ。二月十一日月曜日、三日前。スマートフォンのカレンダーアプリにまで登録しておいた。〝父親の七十一歳の誕生日、電話！〟だがリマインダーが画面に表示されても、さっさと消してしまった。今はそんな暇などない。では、そのあとは？　目を背《そむ》ける。意識から消す。父親は病気かもしれない。それなのに、黙っているのかも。

〝まさか。パパなら元気よ〟とヴィーがいった。いつのまにか寝間着姿のヴィーが助手席にすわっている。まるでドライブ中ずっとそこにいたかのように。

〝そうなのか？　もうずっと顔を見にいってない〟

〝わかってる。パパは面倒臭いものね。再婚相手の「新しい人」も厄介だし〟

〝親父はゲルトルートの話ばかりするからな〟

〝きっと、あたしたちがいなかったらよかったのにと思ってるんじゃないかしら。ママの写真が家に一枚もないことに気づいた？〟

母親のことを思いだすと、胸がちくっと痛くなる。母親は交通事故で死んだ。トムとヴィオーラはまだ小さく、後部座席にすわっていた。あれから二十六年間、親父の伴侶はゲルトルートだ――だけど彼女は今後も「新しい人」でありつづける。

ヘッドライトの光に木製のフェンスが浮かびあがった。門扉ははずれかけている。このあいだと同じだ。

「着いたぞ」トムは静寂を破った。

ヴィオーラは消えていた。

トムはエンジンを止めた。ヘッドライトが消えた。目の前の家は闇の中に黒々と浮かんでいた。樹木と空のあいだにシルエットだけが見える。ほとんどの窓が板で塞がれていることを、トムは知っている。だから明かりが灯っているのはわずか二個所だけだ。裏手のサンルームと正面の玄関。玄関は古いオークのドアの菱形《ひしがた》の窓から光が漏れている。

トムはため息をついて、車から降りた。疲労で体が重い。慢性の寝不足。エスプレッソ・ドッピオを二杯飲みたいところだ。その代わりにズボンのポケットから最後のメチルフェニデート錠をだして、のみこんだ。追加を急いで処方してもらわなければ。落ち葉と湿った地面のにおいがする。これからしなければならないことを考えると腹立たしい。だが避《さ》けようがないなら、時間を無駄にしたくない。服を脱いで、運転席に置く。ジャケット、セーター、シャツ、ズボン。その上にスマートフォンを載せる。最後に車のキーをだして施錠し、裸のまま家に向かった。

砂利が足裏に刺さった。ザクロー湖からうっすら霧が流れてきて、冷気のせいでぞくっとした。

外階段を上がって、玄関に立つ。小さな表札の横のベルが作動しないので、ドアノッカーを使う。重たいリングを口にくわえた真鍮《しんちゅう》製のライオンの頭だ。

第三十二章

ベルリン市グルーネヴァルト地区
二〇一九年二月十四日（木曜日）午後七時三十四分

ジータは敷地の裏手のはずれで木の陰に隠れた。大きなパノラマウィンドウ、直線的なデザイン、その前の青く光るプール。ケラー市長の邸《やしき》はたしかに芸術品だ。階段、キッチン、戸棚、本棚、安楽椅子——すべてがエレガントにアレンジされている。隠れているところから見えるソファのクッションまで全体との調和が図られ、だれかがすわったあと、見えない手で整えられているかのようだ。

ケラー夫人が階段を下り、リビングを通り抜け、庭に通じる引き戸を開けた。夫人は深緑色の水着姿で、白い水泳キャップをかぶっている。腕にはきれいに丸めたタオルを抱えていた。

テラスに立つと、夫人はドアを閉め、階段状になっているプールの縁《ふち》に歩いていった。サンダルをきれいに並べ、かかとをプールのほうに向けて脱ぐと、タオルをその横の特注したらしい灰色の四角い立方体の上に置いた。それから夫人はそろそろと水に入って、プールをふたつに分けるようにまっすぐ泳ぎはじめた。ジータからおよそ八メートルほどのところにあるプールの端に着くと、夫人はすらっとした指で水泳キャップを直し、邸に顔を向けながらエクササイズをはじめた。

ジータは邸の明かりが見える窓をうかがった。オットー・ケラーの姿はどこにもない。そこで木の陰から離れ、暗がりから出ないようにしながらプールに近づいた。「こんばんは、ケラー夫人」

夫人がかすかにびくっとしたが、黙ってエクササイズをつづけた。同じ動作を何度かしたあと、夫人は振りかえって、ジータのほうを向き、別のエクササイズに移った。「ごめんなさい」夫人は小声でいった。「ちょっと遅くなってしまったわ」

「どういう意味でしょうか?」ジータは困惑してたずねた。

「アクアフィットネスはいつも午後七時半にするんです。でも今日は六分遅れました。窓を見張っていてくださる?」

「ご主人からわたしが見えるでしょうか?」

「いいえ、家に明かりがついていれば、大丈夫だと思います。窓ガラスが反射しますから……」夫人は水の中で腰を右、左と交互にまわした。

「あなたは空き巣に入られたとおっしゃいましたよね。そしてご主人のワイン貯蔵室にある金庫が壊されたと」

「そうでしたっけ？」

「ええ。夕方に帰宅して、ご主人に電話をかけたことまで事細かく話してくれました」

夫人は黙って、水の中で左右の腕を伸ばし、体の前で開いたり、閉じたりと、新しいエクササイズをはじめた。明らかに時間を作るためだ。

「その晩、ご主人がどこにいらっしゃったか覚えていますか？」

「ええと、たしかジュネーブ」

「ホテルですか？」

「ボー・リバージュ・パレスホテルです。主人はそこを常宿にしています。なぜそのようなことを訊くんですか？」

「ただ正確を期したかったので」そう答えると、ジータは家を見つめてささやいた。「奥さん、ご主人が空き巣に入られていないといっていることはご存じですか？」

「知っています」夫人がささやいた。ひどく不幸そうだ。白い水泳帽をかぶっていると、実際よりもずっと年配に見える。

「でも金庫が破られているのをご覧になったんですよね？」

「それですが……よくわからないんです」

「どういうことですか？」

「本当は空き巣に入られていないのかもしれません」

ジータは自分の耳を疑った。モルテンが正しくて、ケラー夫人のことを見誤ったのだろうか。「あれは作り話だったのですか？」

「いいえ、まさか……ただ、確信が持てなくて。もしかしたら……」

「奥さん、どうして確信が持てないのでしょうか？」

夫人はエクササイズを中断した。周囲の水面が静かになった。「主人が今日、金庫を見せてくれました」夫人はささやいた。「金庫は壊れていなかったんです。壊れていないどころか傷ひとつなかったんです」

「修理したのではないですか？」

「さあ、どうでしょう。わたしが見たときはひどく壊れていたんです。……扉に大きな穴が開いていました。そんな簡単に修理できるものではないでしょう」

「新しい金庫を買ったとか」

「かなり重いものですよ。壁に埋めこまれていますし」水面が鏡のようになめらかになって、水中のライトが下から夫人の顔を照らし、夫人は不思議な光に包まれていた。「本当に傷ひとつなかったんです。それに金庫の前の棚にあったワインには埃《ほこり》がついていて、抜き取ったようには見えませんでした」

「金庫はどうでしたか？　壊れていたものと同じタイプでしたか？」

「ええと……わからないんです。わたし、ときどき記憶があやふやで……」夫人は小声でいった。「ときどき思うんです……記憶がおかしいって」

ジータは雷に打たれたようなショックを受けた。記憶障害。それならいろいろと説明がつく。いろいろなものをいつも同じ場所に置き、同じ時間にプールで泳ぐのも無理からぬことだ。ケラー夫人は記憶障害のせいでいつも決まったことをし、コントロールするようにしているのだ。「記憶障害があるといっても、だからって起きてもいないことを想像することにはならないでしょう」

「悪い夢でも見たのかもしれません」夫人は小声でいった。「よく悪い夢を見るんです。それに空き巣に入られるのが恐いんです。だから監視カメラや警報装置をつけているんです」

ジータは愕然《がくぜん》とした。判断ミス。その言葉がまた脳裏をよぎった。いくつか見落としがあったことはたしかだ。一見しただけではわからない大きな問題を抱えている女性にまんまと騙《だま》されたのだ。玄関でケラー市長と話をしたときのことが脳裏をよぎった。あのときは自信があった！　自分のしたことを弁解できると思っていたのに、そうはいかなくなった。

「奥さん」ジータはため息をついた。「もうひとついいですか。ご主人に金庫を見せられたとき、中になにを保管しているか訊きましたか？」

「ええ。主人は開けてみせてくれました」

「そうなんですか？　なにが入っていましたか？」

「書類が少し入っていました。株式証券とかそういうものでした」

「そういうもののために、ご主人は金庫があることをあなたに隠していたのですか？　数枚の株式証券のためとは」

夫人は唇《くちびる》を嚙んで、水面を見つめた。神経質に足を踏み替えているような仕草をした。水が渦《うず》を作り、顔に光の筋が浮かんだ。

「金庫には他にもなにか入っていたんですね？」

夫人はうなずいた。

「というと？」

「わたしから聞いたと夫には絶対いわないでください」夫人はささやいた。「約束してくれますか？」

「約束はできません」ジータはため息をついた。「でも、金庫にあったものがお嬢さんの行方不明と関係があるのなら、おっしゃるべきだと思います」

ケラー夫人はためらって、家のほうをうかがった。明かりが漏れている窓が水面に映っていた。

「奥さん、おっしゃってください。もしお嬢さんと無関係であれば、他言しないと約束します」

「主人が面倒に巻きこまれてほしくないんです」夫人はささやいた。「ただでもいろいろ問題を抱えていますので。わかりますか？　政治というのは……難しいものなんです。でもジーニエになにがあったか知りたくもあります。……もしかしたら関係ないかもしれません……」

「奥さん、お願いです」

「……拳銃です」夫人はぽつりといった。

「えっ？」

「金庫に、拳銃があったんです」

「たしかですか？　悪い夢を見たわけではありませんよね？」

ケラー夫人は首を横に振った。「主人が見せてくれました。主人の父親が持っていたものです。だから大事にしているんだと思います。それに家に銃があると安心できるといっていました。でも銃器証は持っていない……」

「銃器所持証ですね」ジータが訂正した。

「ええ、それです。だからだれにも金庫を見せたくないというんです。それにわたしを不安にしたくなかったといっていました。わたしは武器が好きではないんです。そんなもの、家に置いておきたくありません。だから主人は黙っていたんです。わかりますか？　わたしがいやがると思ったんです。それくらいなら……我慢しようと。これで……わかっていただけます？」

「ええ、まあ」ジータはつぶやいた。

「それがジーニエと関係していると思いますか？」

「わかりません」ジータは正直にいった。「拳銃をよく見ましたか？　どんな拳銃でしたか?」

「ふう。わたしにはわかりません。かなり古いものでしたね。テレビのミステリ番組などで見るものではありませんでした。ああ、そうそう。グリップに星のマークがついていました。他にはわかりません」

ジータも拳銃を実際に見た経験はあまりないが、星のマークといえばロシア製の拳銃マカロフに決まっている。「ご主人のお父さんはソ連の方だったのですか?」

「いいえ。どうしてですか? 名前はケラーですよ……たしかドレスデン出身だったはずです」

「東ドイツ人ですね。会ったことは?」

「ないです。オットーと知りあったのは一九九二年のベルリンでした。義父はすでに亡くなっていました。なぜそんなことを訊くんですか?」

「どんな職業についていたかご存じですか?」

「いいえ、聞いていません。なぜそんなことを気にするんですか?」

「ただなんとなく」ジータはいった。マカロフのことが脳裏を離れない。オットー・ケラーの父親は東ドイツの人間で、古いマカロフを持っていた。マカロフを手に入れられたということは警察か国家保安省《シュタージ》(東ドイツの秘密警察や諜報組織を総括していた省庁)か国家人民軍の人間だ。

ジータはふと邸に視線を向けた。そしてぎょっとした。二階の部屋の明かりがちょうど消えた。

第三十三章

ポツダム市ザクロー区
二〇一九年二月十四日（木曜日）午後七時四十四分

家の中から杖をつく音がした。閂《かんぬき》を引くようなこすれる音がして、ドアについている小さな窓が開いた。

「だれにもつけられていないな？」老木のようなしわがれ声がした。だが老木がザクセン方言をしゃべるはずがない。

「そんなドジは踏まない」トムは答えた。「だが寒い。ドアを開けてくれ、モルテンさん。電話をかけてきたのはそっちじゃないか」

窓にヘリベルト・モルテンのしわだらけの顔があらわれた。窓のすぐそばで手にしていたライトの明かりが顔に当たっていた。モルテンはトムが裸なのに驚いて、毛のない眉《まゆ》を上げた。

「自分から脱いだか。急いでいるようだな」

「ルールがわかっていれば、無駄を省く主義でね」

「スマートフォンはどこだ?」モルテンは目をしばたたかせて、ライトを下げた。下からの光に当たって、しわに濃い影がかかった。

「車の中だ。服といっしょだ」

「手に持っている小さいものは?」

「車のキーだ」

「そこの花壇に投げろ」

トムは目を丸くしたが、いわれたとおりにした。キーはボイスレコーダーではないと説明するだけ面倒だ。盗聴器に関して、モルテンは病的なほど神経質だ。

「今もあのお洒落《しゃれ》なベンツに乗っているのか。新品のように見えるな」

「相変わらず過去に生きているな。あれは三十年前に製造された代物だ」

「気に入らないのなら、ここに置いていってもいいぞ」

「運転免許証を持っていないくせに」

ヘリベルト・モルテンがフフフと笑った。「警官と国家保安省《シュタージ》将校。おまえらはなんでも知っているつもりでいる」

「だいぶ違うと思うがな」

「それは思い違いというものだ。そういえば車。裏手の納屋にまだわしの古いボルボがある。ときどき乗って、ツィガリロを吸うんだ。そこへ行こう」

「寒いんだが」

ドアが開いた。トムは家に入った。一九七〇年代のフロアスタンドが光を投げかけている。ヘリベルト・モルテンは八十代半ばだ。がりがりに痩《や》せていて、怒り肩で、白髪をオールバックにしているが、髪が薄くなっていて、老人斑が目立つ。一見したところ、息子のヨーとは似ていない。「ひとまわりしろ」モルテンがいった。「後ろも確認する」

「本気でマイクを隠していると思うのか？」

「思うかどうかなんて関係ない」トムの尾骨のあたりにライトを当てて、モルテンは低く唸《うな》った。それからライトを消して、ひどく傷んでいるタイル張りの床に置いた。「いいだろう。問題ない」モルテンはついてくるように合図して、リビングに歩いていった。青い室内履き、寝間着、カーディガン。以前と同じ恰好だ。ただ服がだぶだぶだ。サイズがふたつ分大きすぎるように見える。ヘリベルト・モルテンはこの前よりも痩せていた。

サンルームのついたリビングはごみごみしていた。大事なものをかき集めたようだ。無数の写真、棚にぎっしり並んだ書物、数個の双眼鏡、積みあげられた段ボール箱。それから大量の置物。昔、奥さんが集めたものだろう。

リビングの隅には雑然としたベッドがあった。サンルームには灰皿が載った折りたたみ式テーブルと籐《とう》椅子が二脚。モルテンは杖で椅子の肘掛《ひじか》けにかけてあるフェルトの茶色い毛布を指した。トムはなにもいわずそれを手に取った。毛布を広げると、光の中に埃《ほこり》が舞って、トムを包んだ。それから椅子にすわると、椅子の籐を編んだところがみしっと音を立てた。

ヘリベルト・モルテンはくたくたになったタバコの箱からもたもたしながらツィガリロを

一本つまみだした。マッチで火をつけるとき、彼の手が小刻みにふるえた。

「以前は手巻きだったな」トムはいった。

モルテンは顔をしかめた。「背に腹はかえられない」といって、煙の輪をトムのほうに吐いた。

「なんで俺を呼んだんだ?」トムはたずねた。

モルテンが顔をしかめた。「息子に連絡がつかない。わしが電話をかけても、あいつは出ようとしない」

「俺は親子関係の専門家じゃないんだが」サンルームの窓台に立ててある銀のフレームに額装された二枚の写真にトムの目がとまった。ヘリベルト・モルテンの孫娘、ヨー・モルテンの双子、マーヤとヴェレーナだ。トムが苦労して手に入れた写真だ。それが前回ヘリベルト・モルテンが提示した交換条件だった。ふたりはいま十三歳だ。「あんたたちの関係がどうだろうと、俺には関係ない。たしか十年近くもめているんだよな」

モルテンはトムを見つめた。主導権を握ろうとしているが、不安の色が目に浮かんでいた。

「ベルリン国際映画祭の事件。ヨーゼフが知らなければならないことがある」

トムは耳をそばだてた。「ベルリン国際映画祭の事件についてなにか知ってるのか?」

「バウアーが射殺されたことを知って、思い当たったんだ」

「ふたつの事件に接点があるというのか?」

「おそらくな」

「どんな?」

モルテンは頭の怪我をしたところをかいた。わずかに残っている、よく梳《くしけず》った髪が乱れた。

「バウアーについてなにかわかっているのか?」

「俺は質問に答えるためにここへ来たわけじゃない。なにか伝えたいのはあんたのほうじゃないのか」

「おいおい、そう子どもっぽいことをいうな。あんたが協力してくれなければ、わしも手を貸せない」

トムは黙ってモルテンを見つめた。モルテンは過去の遺物だ。東ドイツ時代に医者を生業《なりわい》とし、国家保安省で働いていた。ここまで情報を引きだすのがうまい人間は滅多にいない。

「わかった」トムはため息をついた。「バウアーは実業家だ、いや、だった。一九九〇年代に製薬会社を……」

「おいおい。わしが知っていることを話してどうする。知らないことを聞きたいんだ。あいつが射殺されたとき、なにか気づかなかったか?」

「バウアーと知りあいなのか? どうして?」

「バウアーは有名人だ」

「地下室の金庫について知っているのか?」

モルテンはふっと微笑《ほほえ》んだ。「持っているほうに賭けてもいい」

「その金庫だが、なんといったらいいか……溶かされていた。バーナーでな。そのとき中身も燃えてしまった」

モルテンは眉を吊りあげた。「すべてか？」

「ああ。なにが入っていたか目星がつくのか？」

モルテンは唇《くちびる》をなめて肩をすくめ、それからツィガリロを吸った。「他には？」

トムはゆっくりうなずいて、目の前の相手をうかがった。「ああ。他にもある。バウアーの娘ユーリアが行方不明だ。今朝八時から」

モルテンは目を閉じてつぶやいた。「なんてことだ。そうなる予感がしたんだ」

「予感がした？」

「いつまでも隠し通せるわけがないんだ」モルテンがつぶやいた。「他にわしが知っておくべきことはあるかな？」

「バウアーについてはもうないな」

「ジーニエ・ケラーについては？　なにか変わったことは？」

トムはモルテンを見た。落ち着いていたはずのモルテンがおどおどしている。顔から血の気が引いて、また頭をかいた。

「あんたはいったいなにを知ってるんだ？」トムはたずねた。「背後にだれがいて、なにが起きているのか予想がつくなら、ぜひ話してくれ」

「いや、いや。あんたにはわからないことだ」モルテンは手を横に振った。心の中でなにか探していたかのように、いまだに目を閉じていた。「他になにかなかったか？　教えてくれ！」

「ああ、あるとも」トムはためらいがちにいった。「些細なことだ。今のところ意味がわからない。だが犯人はジーニエ・ケラーの事件現場に数字の19をあえて残した」

　モルテンは目をひらいて、トムを見つめた。

「なんだと」モルテンはため息をついた。「やはりだ。いつか絶対にこうなると思っていた」

「いったいなんのことだ？　こうなるってどういう意味だ？」

「今はまだ話せない。あんたが思っているほど詳しいわけではないんだ。こうなると……」

モルテンはそこで押し黙って、手を横に振った。「どうでもいい。まったくどうでもいいことだ。それより時間がない。息子に伝えてくれ。今すぐ！　電話をかけるんだ。あいつの娘たちが危ない」

第三十四章

ベルリン市クラブ〈オデッサ〉
二〇一九年二月十四日（木曜日）午後八時二十一分

女はビートに合わせて手を叩いていた。すべてが青に染まっている。ただ白い壁だけはライラック色だ。ミラーボールがキラキラ反射する無数の光点がその空間の至るところでうごめいている。女は手を上げて腰を左右に揺らし、セックスの残り香がある髪を振り乱す。コカインの効き目は薄れたが、ここに立っているだけでハイになる。

レコードプレーヤーのターンテーブルの縁《ふち》に手を当ててスクラッチする。スピーカーがフロアに音を吐きだす。彼女がスクラッチをやめ、ビートがまたフルに聞こえだすと、みんなが腕を振りあげた。ブーン。ダンスフロアに人の波が起きる。女はパンポットのノブを左右にまわした。これで――

そのとき彼女のスマートフォンの画面が光った。

なによ。こんなときに。

女はヘッドホンをはずした。音楽の響きが小さくなった。ダンスフロアから人がいなくなった。スマートフォンはしつこく鳴りつづけている。画面には「ビーネ」とあった。

女はため息をついた。これが明日の晩なら、ちゃんと付きあってやれるのにと思いながら電話に出た。「ビーネ、どうしたの？」

「お姉ちゃん。どこにいるの？」妹は泣きべそをかいていた。

「泣いてるの？」

「ううん。でも、まあ、そうなの……」

「あいつがまたキレた？」

ザビーネが大きな声で泣きだした。彼女は十三歳で、弟と違って家では目をかけてもらえていない。

「クソ親父《おやじ》がなにをしたわけ？」

「お姉ちゃんがいないと、ここはひどいんだから」

「ビーネ、お願い。なにがあったか話して」

「あたしをしつこく怒鳴るの。なにをするのもだめ。本当になにもさせてもらえない。あんな奴、大嫌い。ここから出ていきたい」

「ねえ」ジゼルはいった。「もうちょっと待って」

「お姉ちゃんはいいわよ」ザビーネはささやいた。「好きなことができるんだから」

「あんたが思っているほどいいものじゃないわ」そう答えると、少しは妹の慰《なぐさ》めになりますようにとジゼルは思った。それに、わたしがどれだけ待ったか知らないくせに。でもいわないでおこう、とも。

「今日なにがあったかわかる？」ザビーネが涙声でいった。

「教えて、ビーネ」

「あたし、顔が痣《あざ》だらけよ」ザビーネはささやいた。「顔の左側が」

「あいつが殴ったの？」怒りで体がふるえた。ジゼルは頭の中で父親を想像し、飛びかかりたいと思った。どうせなにをやっても無駄だと知りつつ。「糞《くそ》野郎。あんたはなにをしたの？」

「パパは書斎にいたの。あたしは何もいわずに入っていった。だって数学で優をもらったのよ。はじめて！」

「それは、すごいじゃない！　本当にすごい」ジゼルは誉めた。

「だから成績表を見せようとしたの。だけど、パパはこっちに背を向けて、なにかいじっていたの。最初はなんだかわからなかった。大きな絵の裏になにかあったの。パパが金庫を開けて……」

「親父が金庫を？」ジゼルはたずねた。「書斎に？　知らなかった」

「あたしもよ」ザビーネは声をひそめた。「とにかく、あたしが入っていくと、パパは金庫のそばにいて、ぎょっとして振りかえって……」ザビーネはまた泣きだした。

「ビーネ、かわいそうに」

「お姉ちゃん？」ザビーネは洟《はな》をすすって、気を取り直した。

「なに?」

「そっちに行っていい?」

「ビーネ、無理をいわないで。そんなことがばれたら、親父にふたりともひどい目に遭わされる。それに絶対ばれるし」

「お姉ちゃんは好き勝手できるのに、なんであたしはだめなの?」ザビーネが泣いた。

「わたしは二十二歳だからよ」ジゼルは気の毒になっていった。その瞬間、なんて言い草だろう、と思った。なんの慰めにもならない。「ママはどうしてる?」ジゼルはたずねた。どういう返事があるかわかっていたが。

「ママはママよ」ザビーネはいった。これは、ママは家にいないというのと同義だ。「お姉ちゃんはお金を稼いでいるんでしょ。あたしを養子にしてくれない?」

ジゼルは泣きわめきたい気分だったが、笑った。「それは無理よ。でも、十六歳になったら、わたしのところに来てもいいわ、オーケー?」

「まだ三年もある!」

「わかってる」ジゼルは痛いほど歯を嚙みしめた。ベネ・チェヒのことが脳裏をかすめ、となんでもないことを思いついた。彼ならどこかに絶対、拳銃を隠している。それもおそらく何丁も。もう一度抱かれる理由ができたかもしれない。

「お姉ちゃん?」

「なに」

「お姉ちゃんがいてくれて、うれしい」

「愛してる。この世のだれよりも」

「あたしも愛してる」

「気をつけて、いいわね？　あいつと顔を合わせないようにするの」

「うん。もう切るね。あたしたちが電話で話してるって、あいつに知られたくないから」

「おやすみ、ビーネ」

「おやすみ」

ジゼルはレコードプレーヤーの横にスマートフォンを置いて、前を見つめた。無数の光点が目の前で踊っている。チェヒが脳裏に忍びこんできた。鼻先で揺れる十字架。まだだれにも触らせたことのないところに伸びる彼の手。ジゼルは拳銃のことを考える。だが拳銃も解決にはならない。

結局、あいつは生き延びるだろう。そうなれば、目も当てられないのはこっちだ。

第三十五章

ポツダム市ザクロー区
二〇一九年二月十四日（木曜日）午後八時三十四分

黒々した地面に黒いキー。トムはヘリベルト・モルテンの懐中電灯の光を頼りに、家の前の花壇にかがみ、湿った土を指でかきながら車のキーを探した。

キーが見つかると、土塊《つちくれ》を叩いて落としてから、思いっきり息を吹きかけた。センターロッキングシステムがカチャッと作動し、トムはドアを勢いよくひらいた。重ねてあった服の上からスマートフォンを取って、さっそくヨー・モルテンに電話をかけた。だが彼は出ない。そこで折り返し電話をくれと留守番電話にメッセージを残した。

それから急いで服を着ると、トムは車のエンジンをかけて向きを変えた。ヘッドライトの光がもう一度、家をかすめた。森を抜けるがたがた道は霧に沈んでいた。トムは左手でハンドルを握り、右手でジータに電話をかけた。応答なし。次はペール・グラウヴァイン。四度目の呼び出し音で彼は出た。

「トム？　今は忙しいんだ……」

「ペール！　つながってよかった。急いでモルテンに連絡したいんだが、出ないんだ。近くにいるか？」

「ああ、まあ、近くにはいるが」グラウヴァインがいった。

「よかった。じゃあ、ちょっと電話にだしてくれ」

「それは無理だ。湖上にいる」

「どこだって？」

「湖の上。マハノー湖だよ。聞いてないのか？」

「ああ。いったい――ちくしょう！」トムは思いっきりブレーキを踏んだ。車がスリップして、タイヤにブロックがかかり、森の道から州道に滑《すべ》りだした。猛スピードで走ってきた車がぎりぎりで避《よ》けて、クラクションを鳴らして霧の向こうに消えた。

「トム？　大丈夫か？」

「ああ。それで、どこだって？　マハノー湖？」

「そのとおり。なにがあったと思う？」

「そんなことより」トムはマハノー湖への近道を選んだ。「モルテンに話がある。今すぐだ」

「無理だ。今、手が離せない。こっちは大騒ぎなんだ」

「なにがあったんだ？」

「本当に信じられない。いいか、午後五時二十分頃、おまえたちが出てから、通報があった。犬を連れた通行人がツェーレンドルファー・ダム通りを散歩していた。橋を渡っていたとき、薄闇の中、湖に手漕ぎボートが浮いているのが見えた。かなり遠くに。ほとんどなにも見えないほど暗かったが、対岸に街灯があって、その光でボートがよく見えたそうだ。で、なにがあったと思う？　ボートに乗っていた奴だが」

「ペール、早くいえ。遊んでいる時間はない」

「なにかを湖に捨てたんだ。なにか大きいもの、と目撃者はいった。なにかを転がすようにボートから落としたんだ」

「ああ、神さま」トムはささやいた。

「そのとおり」グラウヴァインはいった。「だからここに大挙して来ている。水上警察、災害復旧チーム、警察付き潜水士。湖畔はパーティ状態さ」

「それで、なにか見つけたのか？」

「見つけたなんてもんじゃない。湖の面積は大きいが、ここは水たまり並みに浅い。最深部でも四メートルだ。ボートに乗っていた奴はそのあたりにいた。それで、よく聞け。死体を二体発見した。三十三メートル離れて」

「なんてことだ。ジーニエ・ケラーとユーリア・バウアー？」

「惜しい」グラウヴァインはいった。「ジーニエ・ケラーはおそらく当たっている。まだ決定的ではないが、そう見ている。だが別の死体は、いいか、よく聞け、二十年ほど前から沈められていた感じなんだ」

「なんだって？」

「そうなんだ！　白骨化している。そしてそれだけじゃない。どうやって沈められていたと思う？」

「待ってくれ。同じやり方なのか？」

「大当たり。金網で巻いて、石を重しにしている」

トムは息をのんだ。咄嗟《とっさ》にアクセルから足を引いて、車を道路脇に寄せた。

「トム？　聞いてるのか？」

「ああ。聞いてる」

「偶然じゃないよな？」

「そんな偶然があるものか。一年半前と同じだ。同じ手口だ」

「だけど犯人は死んだはずだ。やったのは、いったいどこのどいつだ？」

〝それよりふたつ目の死体はだれだ？〟トムは自問した。ハンドルをきつく握りしめていた。

〝まさかヴィーなのか？〟

〝いいや、そんな馬鹿な〟

〝そんなはずはない〟

〝そんな考えは捨てろ〟

〝考えるな〟

だが手遅れだった。トムの脳内には、そういう考えが押しこまれた部屋がある。望むと望まざるとにかかわらず、身元不明の死体が見つかるたび、その部屋のドアが開く。

「ペール？」トムはいった。

「なんだ？」

「もうひとりの死体だが、なにかわかったか？　年齢とか性別」

「待ってくれ。法医学者が来ている。ちょっと訊いてくる」

足音がして、しばらく話す声が電話を通して聞こえた。だが声が小さかったので、聞き取ることはできなかった。脳内の部屋はヴィオーラのたくさんのイメージで溢れかえった。いっしょに『ドラキュラ』を見たいとせがむヴィー。トムは兄として、見せるのを拒んだ。トムがヴィーの髪にカラスの羽根を挿すところ。問題の鍵を持って走っていくヴィー。兄と秘密を共有できたと喜んでいた。そして白い羽根を耳に挿したヴィー。

「トム？」グラウヴァインがまた電話に出た。「男らしい」

トムは深いため息をついた。

「かなりがっしりした男だ。背中と胸に刺し傷がある。部分的に白骨化していて、骨についた傷が確認できる。それから右目の上の頭蓋骨が骨折している。完全な円形で、奇妙だと法医学者はいってる。なにか縁《ふち》が鋭いもの。金属パイプの先端とかが使われたかもしれないそうだ」

トムは深く息を吸った。別の部屋のドアが開けられた。ベネと共有している部屋だ。そんな馬鹿な。本当にすべてがつながっているのか。

「その円形の骨折だが、直径はどのくらいだ？」

「ちょっと待った」といったあとすぐにグラウヴァインがいった。「五、六センチ、サイフォン瓶くらいの大きさだな。縁の鋭さも似ている」

〝いいや、サイフォン瓶じゃない〟トムは思った。カメラのレンズだ。それも、彼のカメラだ。時代が五十年前だったらよかったのにと思った。それなら今と違って、遺伝子型鑑定もなかったし、骨片や血痕から犯人を割りだせる病理学者もいなかった。

「わかった、ありがとう」トムはかすれた声でいった。「ペール？　モルテンに緊急事態だと伝えてくれ。電話が欲しい。大至急だ」

グラウヴァインは一瞬黙ってからいった。「わかった。なにがあったのか教えてくれないか？」

「それはモルテンに直接いう。電話を切るぞ」トムは赤いボタンをタップしてから、機動隊に電話をかけた。「もしもし、州刑事局のトム・バビロンだ。モルテン首席警部とその家族に危険が及びそうだ。急いで車を一台モルテンの自宅に向かわせてくれ。本当に大至急だ！そして奥さんと子どもたちに、家から出ないようにいってくれ。俺が大丈夫だというまで、隊員に警備させろ」

トムはスマートフォンを助手席に置くと、暗い州道を見つめた。なんてことだ。もっと早く警備させておくべきだった。

〝トム？〟ヴィーが助手席にいた。

〝なんだ〟

〝なんでほっとしないの?〟

〝ほっとしない?〟

〝だって、湖に沈んでいたのはあたしじゃないかって心配したでしょ?〟

〝ああ、たしかに。もちろんほっとしたさ〟

〝でも、他にも気になることがあるのよね?〟

〝どういう意味だ? モルテンの娘たちを心配していることか? それとも、二十年前にあの男を殺した犯人をだれかが突き止めるかもしれないってことか?〟

〝まさかそれで逮捕されると思うの?〟

〝責任を取らされたくはない〟

〝気にしすぎよ〟

〝十歳の妹がいうかな?〟

〝そうは見えないかもしれないけど、あたしだっていろいろ経験してるんだから。厳密に言えば、お兄ちゃんが体験したことすべてね。でも、今いいたいのはそういうことじゃないの〟

〝じゃあ、なんだい?〟

〝ほっとしてるんじゃなくて、がっかりしてるってこと〟

〝がっかりしてる? どうして?〟

〝沈んでいたのがあたしじゃなかったから〟

〝まさか、そんなわけないだろう！　おまえじゃなくてよかったと思ってる〟

〝ときどき思うのよね。お兄ちゃんはそろそろ白黒つけたいんだって。あたしがもう生きていないとしても〟

〝おい、そんなこと考えるな〟

第三十六章

ベルリン市クロイツベルク地区
二〇〇一年八月九日午後十一時四十四分

ジータは仰向けになって天井を見ていた。ペンキにたくさんの亀裂が走っていて、むちゃくちゃな模様を作っている。二十六時間前、列車に飛びこもうとしていた。そうすることに正当な理由があると確信していた。自分が醜《みにく》くて、のけ者にされ、なんの価値もないと感じていた。

ジータは深呼吸し、それから息を止めた。静寂の中、隣でベネの息遣いが聞こえる。彼の体の温もりがいっしょにくるまっている毛布の中で伝わってくる。その温もりがジータの首、腹部、脚部、腿《もも》、ようは体全体を包んでいる。

二十六時間前に終わりを告げた前の人生、その意味では列車に飛びこむのは成功したことになるが、その頃、セックスのあと相手の少年に添い寝するのはどんな感じだろうと想像してみたことがある。だがそれは想像の域を出なかった。まったくもって非現実的だった。だが実際にそういう機会には恵まれないだろうから、せめて頭の中で思い描いてみたかったのだ。そして想像の中では、セックスのあとは服を着て、王子様の隣に横たわっていた。すくなくとも下着、あわよくばTシャツや寝間着で身を隠した。

だが実際に横たわっていると、彼の温もりを体の隅々で感じ、撫《な》でてもらいたいと望み、彼の匂いを嗅いでいる自分がいる。さっき味わったトリップにも似ている。いいや、ずっといいトリップだ。信じられないほど荒っぽくて、同時に嘘っぽい。だけど、二度と手放したくない。

「なに考えてるんだ？」

ジータはびくっとした。「起きてたの？」

「ああ」

ジータは横を向いて、彼を見た。赤毛。そして首のタトゥー。

「それはなに？」そうたずねると、ジータは指でタトゥーの線をなぞった。

「翅《はね》さ」ベネが誇らしげにいった。

「でも、小さな翅ね。ハエの翅？」

「おい、怒るぞ！　それにこれは対だ。ほらこっち側にもう一枚ある」

ジータがニヤッとした。「いつ彫ったの？」

ベネは目をそらした。「一年くらい前だ」

「なんで？」

「しつこいな」ベネがへそを曲げた。

「なんでタトゥーを彫るかって？　恰好いいからじゃんか。他の理由なんていらない」

「ごめん、わたし、ただ……悪かった」

「もういいよ」

ふたりはしばらく並んで静かに横たわっていた。

ベネがそこになにかあるかのように毛布を見つめた。

「彫ったのは……あの件があったあとさ」ベネがいった。

「ほんとに？　ナイフで人を……刺したあとってこと？」

「そういうふうにはいうな。そんなんじゃなかった」

「ごめん」

「いちいち謝るなよ」

「本当はなにがあったの？」

「ダチの話はしたよな。そいつと俺は知らない男に襲われたんだ。そいつは俺たちを殺そうとした。でっかい奴だった。三、四十歳。腕がこんなに太かったんだ」ベネは両手でどのくらいの太さだったか示した。

「だけど、どうして?」

「知るかよ」ベネはジータの質問を払いのけるような仕草をした。

「それで、そいつをどうやって……」

「ダチと俺で殴り倒したのさ。わかるか? お互いに助けあった。最初はあいつが俺を助けた——だから、次に俺があいつを助けたんだ。あいつに借りがあったからな。その大男がダチに馬乗りになっていた。本当に馬乗りになってたんだ。そのときナイフを刺したのさ。スイスのアーミーナイフ。いつも持ってたんだ」

「嘘っ」ジータはささやいた。

「他にどうしようもなかった。他のやり方じゃ、こっちが危なかった」

「じゃあ、正当防衛だったのね」ジータはいった。

「ああ、そんな感じさ……だけど、そんな言い分、信じてもらえると思うか?」

ジータが目を丸くした。「ということは、警察から逃げているわけ?」

ベネはジータの目を見て、ニヤリとした。「そこが違うんだ。そうはならなかった。変なんだけど……俺たちはすぐ逃げた。そして死体は発見されなかった」

「なんですって?」

「そうなんだ! だれかが運び去ったんだ」

「不思議ね」

「本当にそうさ」

ジータは一瞬、口をつぐんで、「勇気があるのね」といった。

「どうかな」ベネは不幸そうだった。「後ろから刺した」ベネは腕を上げて、突き刺すふりをした。「こんなふうに。わかるか?」

「勇敢だったわね。友だちを助けたんだもの。わたしのことも救ってくれた!」

ベネはニヤッとした。「ああ、いいってことさ。おまえも悪くなかった。ズドン!」ベネは足で蹴《け》るふりをした。毛布が宙に舞った。ふたりは笑った。ジータは感謝の気持ちをこめてベネに抱きついた。だがベネはいきなり身をこわばらせた。

「ち……ちくしょう。どういうことだ?」ベネが叫んだ。「ここになんの用だ?」

ジータは振りかえって、ベネの視線を追った。そのとたん、体が凍りついた。部屋と玄関をつなぐ小さな廊下に三人の黒い影があった。目出し帽をかぶっていた。三人とも黒いレザージャケットを着ている。そのうちひとりは洗いざらしの暗灰色のTシャツを身につけていた。胸にはヘヴィメタルバンド風の骸骨《がいこつ》が描かれている。皮膚《ひふ》がなく、筋と筋肉がむきだしで見えている骸骨だ。

「目には目をだ」そいつが小声でいった。目出し帽をかぶっていたのでくぐもって聞こえた。これを合図に三人がいっせいにベネとジータに襲いかかった。ひとりはジータの胸に乗って、ジータが振りまわしていた両腕を押さえた。ジータは悲鳴を上げた。すると顎《あご》を拳骨で殴られ、だれかがジータの口を手でふさいだ。

「そいつをやれ」ヘヴィメタルTシャツの奴が怒鳴って、ハンティングナイフをだすと、三人目に渡した。三人目はナイフの柄《え》をしっかり握りしめた。

「やっちまえ！」

三人目はナイフを振りあげ、「これは親父《おやじ》の分だ」といって、ナイフを突き刺した。一回、そしてもう一回。ベネが悲鳴を上げた。ジータはヘヴィメタルTシャツ野郎にベッドから引きはがされ、後ろから首を締めあげられた。もう一方の手で口をふさがれたので、ジータは息が詰まった。身をよじって、その手を噛むと、相手が悲鳴を上げ、首を絞める腕の力を強くした。喉頭が気管に押しつけられて痛い。ジータは舌に鉄の味を感じ、両足をばたつかせた。そのときマットレスに倒れているベネが見えた。血だらけだ。ジータは腕を振りまわしたが、空を切っただけだった。

「手を貸せ！」Tシャツ野郎が背後であえぎながらいった。「こいつ、頭がおかしい」

ナイフを持った奴は硬直したように立ったままベネにかがみこんでいた。自分でやったことが信じられないようだ。

三人目がジータの足首をつかんだ。それでもジータは右足から手を払いのけ、そいつの顔を蹴った。三人目がうめいて両腕を上げた。

ジータは息をしようと身をよじったが、首を絞めている腕はびくともしなかった。

「あいつをやった」Tシャツ野郎がいった。「ずらかるぞ」

ジータに顔を蹴られた奴が近づいてきていった。「こいつを連れていこう」

ナイフを持った奴が叫んだ。「猿轡《さるぐつわ》を噛ませろ！　うるさくてかなわない」

ジータが最後に見たのは、マットレスの上で血の海に沈み、身じろぎしないベネの姿だった。そのとき拳骨が飛んできた。まるで疾走する列車のようだった。そしてはじまったばかりの新しい人生は終わりを告げた。

木曜日の夜

第三十七章

ベルリン市クロイツベルク地区
二〇一九年二月十四日（木曜日）午後八時三十七分

ルーカス・マズーアはアスピリンとオレンジ色のビタミン錠をコップに投げこんだ。ふたつの錠剤が溶けていく。それでも、頭痛が完全に消えるとはかぎらない。だがコップの中で嵐を起こしているみたいな水泡を見ていると、昔を思いだす。悪くない。そう、彼と仲間は昔、こんなふうに嵐を起こしていた。

クロイツベルクじゅうが、彼らに一目置いていた。

だが今はレバノン人やトルコ人やその他有象無象が幅を利かせている。

昔、もっと褒美をもらってもよかったんじゃないか、とマズーアは思っていた。なんでこんな体《てい》たらくになってしまったんだ。マズーアたちは特権を得ていた。特権なんて言葉は本来嫌いだ。反吐《へど》がでるような連中にこそふさわしい言葉だ。そう、エリートにこそふさわしい。右寄りの保守主義者。名士たち。というより金を湯水のように使える連中。

マズーアたちは別の意味でエリートだった。

コップの中の嵐は終わった。マズーアはアスピリンとビタミン剤が混じった水を一気に飲み干した。

マズーアはアパートの暗い裏庭を見た。明かりの灯《とも》った窓から漏れる光で、洗濯ものを干しているビニールロープが輝いている。ほとんどの住居で黄色い明かりが灯っている。テレビがついているだけの住居もあった。テレビの青い光が壁を染めている。マズーアはこの裏庭が気に入っていた。キッチンを見るよりはましだ。キッチンに不満はないが、だらしない同居人に我慢がならなかったのだ。うまくいっていた頃は、同居人など必要なかった。しかし今は共同生活をしないと立ちゆかない。

マズーアがコップに水道水を注いでいると、電話が鳴った。画面には電話番号が表示されなかった。

マズーアはそっけなく電話に出た。「ああ」

「俺だ」

「なにかあったか?」マズーアがたずねた。

「助けが欲しい」

「そりゃ俺もだ」そういうと、マズーアは汚れた食器が積まれた流し台を見た。

「ひとりか?」

「さっさといえよ」

「女をひとり頼みたい」

「オーケー」マズーアがのんびりいった。

「偶然を装う必要がある。一番いいのは……」電話の向こうの男が一瞬ためらった。「強盗かなにかを装って」

「片づけるのか？」

男はなにもいわなかった。

マズーアは咳払いをした。天に向かって叫ぶと、こうして返事があるものだ。しかもこんな依頼が舞いこむとは……。「それは本気で高いぞ」

「やるんだな？」

「まだ交渉中だ」

「ああ、いいだろう。それで？」

「ハウスボート荒らしの二十倍」

「正気か？」

「もちろん。こっちももう大人だ。捕まったら、ただじゃすまない。昔のようには行かないさ。セイフティネットはもうない。それにあんたの希望は大仕事だ」

「そうか。じゃあ、忘れろ」

マズーアはどきっとした。ちょっと大きく出すぎたか。一方で、こういう電話をいきなりもらって、沈黙を守る奴はどのくらいいるだろう。街角で適当な奴に声をかけても、そういう奴は見つからない。こうやって電話をかけられる相手となれば尚更だ。他のふたりならどう反応するだろう。ふたりのうちのどちらかが仕事を受けたらどうする。それも、もっと安いギャラで。

「わかった」マズーアはいった。「十五倍」

「十倍、それ以上は無理だ」

「十二倍」マズーアがニヤッとした。「急を要するんだろう」

沈黙。

「いいだろう。十二倍だ」

「昔を思いだすな」

「そりゃ、戻るのはごめんだ」相手がいった。

「そりゃ、戻るのは無理だ」

残念だが、とマズーアは思った。「ターゲットの名前は?」

「あとでメールする。だが急ぎだ。大至急やってくれ」

マズーアは通話を終えると、スマートフォンを窓台に置いて、また中庭を見おろした。この穴蔵から抜けだすいい機会かもしれない。多少の支度金《したくきん》になる。いくつか証拠をつかんで、あとでゆすれるかもしれない。たまには。マズーアは微笑《ほほえ》んだ。一種の定期収入。どのみち儲けになる。

スマートフォンの着信音が二度鳴った。

一通目のショートメールにターゲットの氏名と住所、それからトラッキングソフトウェアのログインパスコード。二通目は長身の女の写真だ。黒いビジネススーツに白いブラウスを着ている。肌が浅黒い。目の色と同じだ。髪は五厘《ごりん》刈り。そして右耳から顎骨《あごぼね》にかけて傷痕がある。

マズーアは写真を見つめた。

スマートフォンを持ちながら廊下を走って自分の部屋に向かった。仮に作ったデスクの下にあるビスレーのキャスターつきコンテナーの引き出しを開けた。上から三番目の引き出しだ。その奥に小さな箱がある。マズーアのパスポート、大麻、三年前に死んだリッジバック犬イゴールの予防接種証明書、それらに交じってポラロイド写真があった。年齢は十六歳。古い倉庫の屋根裏部屋で全裸で立つ若い娘。

間違いない。同一人物だ。

これは驚きだ。裸の女を見つめた。女？　当時はまだ少女だった。だがこの女が少女だったことを考えると、複雑な気持ちになった。記憶が一気に蘇《よみがえ》る。目の前にいるかのように。マズーアは股間が熱くなって、同時に恥ずかしくなった。恥じ入るなんてとんでもない。冗談じゃない。

マズーアはすぐ行動を起こすことにした。ワードローブから安物の黒い服を引っ張りだした。特別な仕事のためにまとめ買いして、袋に入れて保管してあるものだ。これなら気軽に処分できる。マズーアはヘルメットをかぶると、オンボロのヤマハにまたがり、アクセルをまわした。

あの写真さえなかったら。そしてしょうもない役に立たない感情が湧かなければ。これもあの女のせいだ、ちくしょう！

ファック。あのとき引導を渡しておけばよかった。さもなければ、こうはならなかっただろう。あのときは手を抜いてしまった。荒れ野に墓穴をふたつ。だれにもわからないはずだ。だがマズーアたちは、そこまでしなくても平気だと高をくくったのだ。

いいや、あのときはなにも考えていなかった。ただ救いようのないほど傲慢《ごうまん》なだけだった。

第三十八章

ベルリン市近郊、マハノー湖
二〇一九年二月十四日（木曜日）午後九時七分

信号が青から黄色になった。ジータはアクセルを踏んで、信号が赤になる前に十字路を横切った。クレイアレー通りはここからテルトーアー・ダム通りになり、すぐマハノー通りと枝分かれする。

「おいおい、俺が――どんな――」電話の接続が悪く、フローロフの言葉が途切れ途切れになった。

「なんですって？」ジータがたずねた。

「ああ？」

「よく聞こえなかったの。圏外だった」

「ああ」フローロフはいった。「俺がどんなリスクを冒したかわかってるのかっていいたかったんだ」

「なにが問題なの？　いろんな方法を持っているじゃない」

「普通に検索するのなら問題はない。そんなのだれだってできる。だけど、そんなの役に立たないことくらい知ってるだろう」

「じゃあ、もっと突っこんで調べるときはどうするの？」

「国家保安部門が動く恐れがある。特定の複合検索やアーカイブには、眠れる犬のように機能するアルゴリズムがあるんだ。とくに州刑事局のコンピュータを経由して、いつ、どこで、だれが、なにをと検索すると、通知されるんだ」

「回避できないの？」

フローロフがかすかに唸《うな》った。「運がよければな。正直いって、今回の件ではあまりいける気がしない」

「お願い。本当に大事なことなの。一件落着したら、いっしょに食事しましょう、オーケー？」

「本当か？」フローロフがうれしそうにいった。

「食事よ！」ジータが念を押した。「あなたが考えていることはだめだから」

「俺がなにを考えてるっていうんだ？　紋切型な考えはやめてほしいな」フローロフは憤慨《ふんがい》した。「きみは人がなにを考えているかわかっているふうに振る舞うけど、ときどき癇《かん》に障る」

「オーケー。ごめん。そういうつもりじゃなかった」

「いいや。そういうつもりだった。そろそろ電話を切るぞ。仕事をしなくては。それからマハノー湖には近寄らないほうがいいぞ。モルテンのことはわかっているだろう。あいつが家に帰れといったら、帰らないと」

「助けがいるってあなたにいわれたというからいいわ」

「ひどいな」フローロフはいった。

「ひどくて悪いわね」

ジータは別れを告げて、スマートフォンを助手席に置いた。雨の滴《しずく》がフロントガラスを濡らした。午後、地平線に見えていた黒雲を思いだした。雨は前から降っていたが、いよいよ嵐になりそうだ。

しばらくしてジータは橋の手前のあるゆるやかなカーブにさしかかった。トムのベンツが道端に止まっていた。それからパトロールカー二台に、救急医と科学捜査研究所の車。グラウヴァインが車のそばに立って、トランクの中をごそごそ探っていた。

ジータはカーブの手前でサーブを止めた。二本の規制線にはさまれた細い道が湖畔につづいていた。林を通して湖上を照らす照明が見える。巡査がジータの身分証を検《あらた》めた。ジータの靴はグルーネヴァルトの高級住宅街向きだ。湖へつづく小道はぬかるんでいて、かかとが沈んだ。寒くなければ、裸足《はだし》になりたいくらいだ。湖岸には仮設の桟橋が浮いていて、その上にトムのシルエットがあった。およそ二十五メートル離れたところにある浮きプラットフォームのまわりに水上警察の大小のボートが集まっていて、そこにすべてのサーチライトが向けられていた。棺台《ひつぎだい》が二個置いてある。プラットフォームの縁《ふち》でふたりの潜水士が水中メガネをはずして、酸素ボンベを置いた。どうやらまだ捜索はつづいているようだ。モルテンの瘦《や》せた姿が棺台のそばにあった。だれかとさかんに議論している。相手はきっと法医学者だろう。

ジータはトムの横に立った。「あなたも聞いてきたのね」

トムはジータのほうをちらっと見た。「ああ」

「ジーニエ・ケラーだった？」

「まあな。グラウヴァインが、ジーニエ・ケラーらしいといっている。胸に釘《くぎ》であけられたような穴があった」

「なんてこと」ジータはささやいた。「演技の可能性もあったのに……」

トムは表情を変えず、湖面を見つめていた。モルテンがちょうど小型モーターボートに乗りこんだところだ。

「トム？　大丈夫？」

「ああ、大至急モルテンに話があるんだ」

「どうしたの？　なんだか……」

「今はいえない。訊かないでくれ。まずモルテンに話さなくては」

「相棒じゃないの？　それとも、わたしがなにかした？」ジータがたずねた。だがトムは答えなかった。

ゴムボートの外付けモーターが唸りを上げ、すぐにエンジン音をリズミカルに響かせた。一分もしないで、その灰色のゴムボートが桟橋に横付けされた。モルテンは黒く光る髪を苛《いら》立《だ》たしそうに手でかきあげた。ストレスと疲労のせいで、いつもよりも顔つきがきつく、頬がこけて見える。

「ヨー」トムは、揺れるゴムボートからもたつきながら桟橋に移ったモルテンのところへ歩いていった。「話がある。大至急だ」

モルテンの視線がトムとジータを捉えた。「おまえたち、ここでなにをしてるんだ？　上がっていいといっただろう。はっきり指示したはずだが」モルテンはトムの脇をすり抜けようとした。だがトムは腕を伸ばしてモルテンを引き止めた。「待ってくれ。ひと言いわせてくれ」

モルテンは暗い顔でトムを見た。だがトムはそれを無視して前屈《まえかが》みになり、耳元でなにかささやいた。ジータには聞こえなかったが、モルテンの目つきが一変した。怒りから信じられないという表情に。それからはっとして、コートのポケットからスマートフォンをだし、画面を見た。画面には大量の着信表示があった。「ちくしょう」というなり、どこかに電話をかけた。

二秒とかからず、だれかが出た。「リュディア、俺だ。すまなかった。消音にしていた。娘たちはそこにいるのか？――なんだって？　マーヤがいない？」

トムは愕然《がくぜん》としてモルテンを見た。

「いつからだ？」モルテンが鋭い声でたずねた。

なにが起きているのか、ジータにはわからなかった。

「そんな馬鹿な！」モルテンが怒鳴った。

トムの顔面が蒼白になった。

「ちくしょう！　そこを動くな」モルテンはスマートフォンに向かって叫んだ。

サーチライトの光の中、モルテンの口から唾が飛ぶのが見えた。「だめだ！　なにもするな。俺が手配する。ヴェレーナといっしょにいろ。しっかり抱いているんだ」それから電話を切ると、モルテンは通りのほうへ猛然と歩きだした。トムがついていこうとすると、モルテンが怒鳴った。「ほっといてくれ。俺にかまうな！」

桟橋にちょうどやってきたグラウヴァインが唖然《あぜん》としてモルテンを見た。「どうしたんだ？」

トムはスマートフォンをだして電話をかけながらいった。「子どもを持つ者にとって最悪のことが起きたんだ」

「わけがわからない。どういうことだ？　それに、だれに電話をかけるんだ？」

「ブルックマンだよ」トムはいった。「ブルックマンの助けがいる」

第三十九章

ベルリン市近郊、ディーダースドルファー・ハイデ
二〇〇一年八月十日午前一時四十八分

ジータの意識がゆっくり戻った。現実というモザイクの断片を、頭がひとつずつ並べ直している感覚だ。――しかもその並べ方でちゃんと像を結ぶか自信がなかった。少し離れたところで声がする。だけど、どうしてあたりが暗いのだろう。なぜうまく息ができないのだろう。顎《あご》のあたりが腫《は》れている感じがする。歯を食いしばると、ずきっと痛みが走った。

手足が縛られている。背中が冷え冷えする。服を通して小石が痛い。でも、裸だったはずだ。今はなにかを身につけている。深呼吸しようとしたが、口に布切れが突っこんである。古布なのか、埃《ほこり》っぽい。どういうことだろう？　頭から布をかぶせられているのか。いがらっぽい煙が鼻を打つ。焚《た》き火のようだ。

突然、ベネのことが脳裏に浮かんだ。刺されて、目を開けたまま倒れていた。マットレス

は彼の血で真っ赤だった。ベネは死んだのだ。

そう認識して衝撃が走った。気分が悪くなり、吐きそうだ。だが頭のどこかで、警告灯が灯《とも》っていた。頭から袋をかぶせられている。今吐けば、本当に息ができなくなる！

ジータは人の声に意識を集中させた。グラスか瓶を打ちあわせる音がする。乾杯をしているようだ。糞《くそ》野郎どもはビールを飲んで、乾杯しているんだ！

「あいつのざまったらなかったな」

とクリンゲ。「魚みてえに口と目を開けてさ……」

「あいつのざまったらなかったな」とクリンゲ。

「ああ、やったな」とモヒカン。クリンゲほど酔ってはいないようだ。「あんなにたくさんの血、見たのははじめてだぜ。ソーセージ、もう一本」

「ほんと、いい気味だ」とフロウ。「だけど、あのままにしてきて大丈夫かな？　だれかが見つけたら……」

「おまえ、わかってねえな」クリンゲがなにか食べながらいった。「平気さ。あいつら、俺たちが必要だから、捕まったってすぐだしてくれる」

「ああ、これまではな」とフロウ。「だけど、いつまでもそうするかな」

「心配するな」クリンゲがいった。「ほら、これを食え」

「いやいい、腹は減ってない。おまえたちって、前にも、その……やったことがあるのか……？」

「なんだよ。人殺しか？　いいや、今回がはじめてさ」

「じゃあ、なんで捕まっても平気だっていえるんだ？」

「連中はいつもそうするからさ。もちつもたれつだ」とモヒカン。「だけど、いうとおりかもな。逆はない。そこのところは考えたほうがいいかもな」

「考えたって仕方ねえさ」とフロウ。「死体はともかく、目撃者がいる。あいつは全部見てた」

「俺たちは覆面してた」とクリンゲ。

「覆面がなんだ。あいつは、俺たちだってわかってる。俺たちの声を知ってるじゃないか」とフロウ。

一瞬、静かになった。三人はビールを飲んでいるようだ。

「おまえのいうとおりかもな」とモヒカン。「死体を置きっぱなしにしたのはともかく、あいつが生き延びて、俺たちだっていうかもしれない」

「じゃあ、どうする？」クリンゲがたずねた。

「フロウのいうとおりだ。あの女は目撃者だ」

「それで？」

「決まってるだろ。しゃべられちゃ困る」

「それって、あいつのことも……」フロウがたずねた。

「そこまではいってない。ほら、もっと飲め」とモヒカン。ふたたび瓶を打ちあわせる音。

「黙っているようにいい聞かせないとな」とフロウ。

「いいねえ。ほんと、いいぜ！」クリンゲが立つ音がした。「俺にうまい考えがある」クリンゲがジータに近づいてきた。「忘れられないようにするんだ」

クリンゲがジータの目の前に立った。「見ろよ。ふるえてる。気がついたみたいだぞ」

ジータは歯を食いしばった。顎に激痛が走ったが、すくなくともふるえは止まった。

「じゃあ、見せてもらうか」クリンゲがいった。

クリンゲが服をつかんだ。生地が引き裂かれる音がした。ジータは肌にひんやりした空気を感じた。

「なにしてる?」フロウが叫んだ。

「おまえのアイデアじゃんか。こいつにいい聞かせるのさ。ふたりとも、こっちに来いよ」

クリンゲがジータのパンツに手をかけた。

「いや、やめて」ジータはささやいた。他のふたりが近づいてくる気配がした。

「うるせえぞ。口答えするな！　おまえも、あいつみたいにするぞ」クリンゲはジータの下着を切り裂いた。

「どうだい」とクリンゲ。「目撃者のざまを見ろよ」

他のふたりはなにもいわなかった。

ジータは唇《くちびる》を嚙んだ。血の味がした。

「フロウ、おまえのあそこを潰したのはこいつだぜ」とクリンゲ。「まだ痛むか?」

「どうする気だ?」フロウがかすれた声でたずねた。

「いいことを思いついた」とクリンゲ。

「雌牛《めうし》がだれのものかはっきりさせるにはどうする？」

「焼印だな」とモヒカン。

ジータは息をのんだ。ありえない。こんなことが現実のはずがない！

「大当たり」とクリンゲ。「どんな焼印がいいかな？」

「いかれてる」フロウが反対した。「そんなことをしてどうなるってんだ？」

「こいつがサツのところに行って、なにをされたか見せるところを考えてみろよ。『これを見て。あいつらにこんなことをされた』そしてシャツを脱ぐ。そこにはこんなのが……」

一瞬、静寂に包まれた。クリンゲが宙でなにかを描いたようだ。薪《まき》のはぜる音がした。ジータは気を失うかもしれないと思って、思いっきり歯を噛みしめた。だが逆にあまり痛みを感じなかった。

「そりゃいいいな」モヒカンがささやいた。「いいじゃないか。おまえって、ときどき冴えてるよな。これって……コーザ・ノストラ（主にイタリアとアメリカで活動しているマフィア）みたいだ」

「うまくいくと思うか？」とフロウ。

「さあ、どうかな？」とクリンゲ。「だけど、うまくいくとしたら、これっきゃないぜ！」

「オーケー。そいつを焚き火のそばに連れてこい」とモヒカン。

「いやっ！」ジータが叫んだ。

「ちょっと待て」クリンゲが止めた。ジータはクリンゲが馬乗りになったのを感じた。クリンゲはかがみこんで、ジータの胸をつかんで、「その前に」と小声でいった。「ちょっと楽しもうじゃないか」クリンゲの息はビール臭く、服は焚き火の臭いがした。「おまえに蹴《け》られて噛まれたことにちょっと礼をしなくちゃな、モッツィフォッツィ」

第四十章

ベルリン市近郊、マハノー湖
二〇一九年二月十四日(木曜日)午後九時五十七分

ヴァルター・ブルックマン部局長の最初の反応は沈黙だった。その次は矢継ぎ早の判断だった。「トム、今後は特別捜査班を指揮してもらいます。決定的な進展があったらつねにすぐわたしに報告してください。いいですね?」

「わかりました」トムはいった。

「内務省参事官から直接電話があったら、わたしに電話をかけるようにいってください」

「了解です」

「ケラー市長から電話があったら……」

「……部局長に電話をかけるようにいいます」トムはいった。

「よし。ヨーに連絡を取ってみましょう。電話番号を見れば、きっと出るでしょう。わたしなら……彼を落ち着かせられるかもしれません。彼の自宅で落ちあいましょう。テンペルホーフのフリードリヒ＝ヴィルヘルム通り二一七番です。それから、ジータを連れてきてください。役に立つでしょう。ヨーは我を忘れているはずですからね。わたしだったら、そうなっています。そのあとのことは、会って、状況を共有してから話しあいましょう」ブルックマンは別れの挨拶をすることなく電話を切った。

ツェーレンドルファー・ダム通りには人気《ひとけ》がなかった。トムはマグネット式の青色回転灯をベンツのルーフに載せて、クラインマハノーを疾走した。家と冬枯れの木が車窓をよぎる。ジータは助手席にすわって、静かにフロントガラスの先を見ていた。ガラスについた水滴が風に揺れている。トムは自問した。ジータはなにを考えているのだろう。それとも状況を今でもしっかり把握できているのだろうか。ジーニエ・ケラーは亡くなっていた。ヴォルフ・バウアーも命を落とした。そして三体目の謎の死体――すくなくとも、これはジータにとっても謎のはずだ。――そしてさらに行方不明の少女がふたり……。

「犯人はジーニエ・ケラーを殺害した」ジータがいった。「なにが目的なの？　ユーリアとマーヤも殺すと思う？　ふたりが犯人に誘拐されたことが前提だけど。他に行方不明になる理由がないものね」

「犯人がやったんだろう。他の可能性はまずない」トムは答えた。「しかし気になるのは、誘拐した子をどうするつもりかだな」この問いへの答えはあえてださずにおいた。

「でも、なんでヨーの娘なの？　どう思う？」

「わからない。だが、バウアーとケラーのあいだにはなにか接点があると思う。まず例の金庫の件。ふたりは金持ちで、ベルリンでは知られた人間だ……だがヨーはどうだ？　どうつながるんだ？」

「わたしたち、当然のようにさらわれた少女たちの父親について話してる。問題は父親にあるのよね？　父親が本来の標的。犯人は子どもをさらって、父親を苦しめている。そう思わない？」

「たしかに」前方の信号が赤に変わった。アクセルから足を引くと、トムは左右を見て十字路を突っ切った。「だから犯人は〝次はおまえらの番だ〟といったんだろう。ヴォルフ・バウアーとオットー・ケラーは観客の中にいた。犯人はそれぞれに向けてメッセージを送りつつ、同時に父親たちをひとつのグループと見ている」

「だけどヨー・モルテンは観客の中にいなかったわ」

「ああ、ヨーはいなかった。それでも、ヨーを……いや……」トムは急にブレーキを踏んだ。ベンツがタイヤをきしませながら止まった。

「どうしたの？」

「違う……狙いはヨーじゃない」

「どういうこと？　だれを狙ったというの？」

「ちくしょう」トムはささやいて、平手でハンドルを叩いた。それから車をバックさせ、急いで向きを変えた。

「どうしたの？」ジータがたずねた。「なんで方向転換するの？」

トムはアクセルを踏んだ。ハンドルが手の中を滑《すべ》り、車は直進した。トムは来た道を戻った。

「トム、どうしたの？」

「考えてみろ。マーヤの誘拐がヨーを狙ったものでなければ、ヨーの父親ってことにならないか？」

「わけがわからない。犯人がモルテンの父親に仕返ししたいのなら、誘拐されるのはヨーでなくちゃおかしいじゃない」

「違う。犯人は両親や父親が大事にしている子どもをさらっている。痛みを味わわせたいんだ。ヘリベルト・モルテンの場合、犯人には困ったことがある。なぜならちょうどいい息子がいない。息子との関係は壊れている。ヘリベルト・モルテンにとって大事なのは、ふたりの孫娘だ」

「なるほど。でもどうして犯人が狙っているのがヘリベルト・モルテンだと思うの？」

「確信はない。だけど……ヨーのさっきの反応にも合点がいく。あいつは自分の娘が危険に晒《さら》されると思っていなかった。彼にとっては青天の霹靂《へきれき》だったが、父親のほうは気づいていた」

「ヨーは危険に気づかなかったけど、父親はあのメッセージを正しく解釈したってこと？」

「いや、そうじゃない。ヨーは警官だ。犯行の動機がわかっていれば、娘たちが危険に晒されると思ったはずだ。たとえばケラーの場合がそうだ。オットー・ケラーは不思議に思っていなかった。ショックを受けていた。この件が深刻なものだとはじめから気づいていたんだ。あの映像がフェイクじゃないと確信していた。娘が演技をしていると思ってもいいはずなのに。バウアーはどうだ？　娘が行方不明になって一時間もしないで、捜索を依頼してきた。こっちが驚いたくらいだ。あいつらははじめから、なにが起きているのかわかっていたんだ」

「ヨーはそのことを知らない」

「だが父親は知っている」

「問題は」ジータは一瞬考えた。「なぜ知っているかね」

「たぶんケラーとバウアーについてなにか知っているんだ。ふたりを昔から知っている。三人には接点があるはずだ」トムは頭の中でヘリベルト・モルテンから聞いた話を反芻《はんすう》した。「数字の19だ。数字のことをいったとき、彼は突然確信したようだった。孫娘に危険が及ぶって気づいたんだ」

「なるほどね」ジータはつぶやいた。クラインマハノーの家並みが車窓をよぎっていく。青色回転灯がルーフで明滅している。トムは目の端で、ジータが握り拳を作っていることに気づいた。「ブルックマンに電話しなくちゃ」ジータがいった。「わたしたちが行かないって伝えないと。ひとりでヨーと話してもらう必要がある」

トムはさっきの十字路を突っ切った。今回も赤信号だった。「正直いうと、ブルックマンがヨーに会えるかどうかあやしいと思う。俺がヨーなら、家には帰らない」

「まさか……嘘！」ジータはびっくりしてトムを見つめた。「ヨーがわたしたちと同じことを考えているというの？」

トムは渋い顔をしてうなずいた。「だからあんなに怒っていたんだ。元凶は自分の父親だと思ったはずだ。ヨーは父親を憎んでいる」

「じゃあ、父親のところに向かったわね」

トムはさらにアクセルを踏みこんだ。バックミラーにヘッドライトがちらちら映っていたが、トムは前方しか見ていなかった。

第四十一章

ベルリン市近郊、ディーダースドルファー・ハイデ
二〇〇一年八月十日午前四時三十七分

ジータは足腰が立たなかった。股間の傷。いや、脇腹、顔、体じゅうが傷ついていた。少し動いただけでも焼けるように痛い。風がそよいでいる。月が明るい。闇には耐えられないが、こんなに明るいのもいやだ。だれか来て、手を取り、ここから連れ去ってくれたらいいのに。なぜだれも来てくれないのだろう。暖かいベッドのある静かで、安心できる部屋にいたいと思った。ジータの手を取ってくれる母さんの手、あるいはベネの手が欲しかった。

だがベネと手を握りあうことはもう永遠にできないのだ。目に涙が溢れた。

ジータは静かな部屋を思い描いた。明るい色調、沈みかけている太陽、ふわふわの枕。

――すべてが心地よい。だが同時にそういう部屋へ行く術《すべ》などもう存在しないとわかってい
た。ジータは宙ぶらりんの世界に捕らわれてしまった。光も闇もない。温もりも冷たさもな
い。なにも感じたくなかった。

ジータの全身がふるえた。あいつらはなにも残さなかった。

服も。

怒りすらも。

残ったのは恥辱《ちじょく》だけ。最悪だ。怒りよりも恥ずかしさのほうを強く感じる。

ベネといっしょに体験したことまで、もはや美しいと感じられない。汚らわしいと思って
いる。

ジータは草の中を四つん這いになって進んだ。どこにも道は見えず、はてしがなかった。

なんでここには草しかないんだろう。どこまで行っても草ばかり。そして藪《やぶ》と樹木。ジータ
は左に見えるなだらかな丘をめざした。

そこが目的地だ。

高いところに登れば、きっとなにか見えるはずだ。光とか、なにかいいものが。

ジータは時間の感覚を失っていた。丘の上をめざしてからどのくらい時間が経ったかわか

らない。わかっているのは、辿《たど》り着こうとする意志だけだ。だけど、いつか力尽きるだろう。コットブス門駅が恋しかった。走ってくる列車、まばゆいヘッドライトが目に浮かぶ。――それを抱きしめたかった。

そよ風が肌を撫《な》で、背の高い草が腕に触れた。だれかが草を引っこ抜こうとしている気がして、ジータははっと我に返る。「がんばれ」というささやき声が聞こえた。

ジータは体を起こした。膝《ひざ》と手で進め。草の穂が顔を撫でた。枝と小石が彼女の皮膚《ひふ》を切り裂いた。丘のてっぺんが目の前に見える。てっぺんめざして這っていき、そこに辿り着くと、急に前から吹いてくる風を顔に感じた。冷たく、荒々しい。平手打ちされたみたいだ。ジータは連結器の上に立って夜の中を疾走する。列車にまたがっている感覚。光が見えた。いや、明かりの灯《とも》った家だ。

急に怒りが湧いた。

自分への怒り。あきらめようとしたから。自分を辱《はずかし》めた者たちへの怒り。なにもしてくれなかった神への怒り。そして永遠のループのように、ふたたび自分に怒りを覚えた。このサイテーの人生を蹴《け》り飛ばせない臆病者だったせいだ。その瞬間、ジータは借りを返すと心に決めた。すべてに対して。いつの日かあの三人組にしっかり借りを返してやると、心の奥底で思った。

これまでひどいことをしてきた連中には本気で復讐を考えたことはなかった。だが今は復讐を考えていた。人生ではじめて。

圧倒的で断固たる感覚。今感じている痛みはかえって糧になる。——痛みがひどさを増せば増すほど、やる気が出た。

遠くの家へ這っていくあいだ、一歩動くたびに脇腹の傷が痛む。焼けた肉の臭い。赤く焼けたナイフの切っ先を感じた。奴らはジータの肌に数字の焼印をつけた。数字の19。

奴らは笑った。ジータが医者や警官の前に立ったときのこと、そしてだれにも助けられないことを想像して、愉快だったのだ。

だがだれにも助けを求めるつもりはなかった。復讐を果たす瞬間まで、このことをだれにも話さないとジータは自分に誓った。

第四十二章

ポツダム市ザクロー区
二〇一九年二月十四日（木曜日）午後十時二十七分

ちくしょう。雨まで降りだした。ルーカス・マズーアはヘルメットのフードを流れる雨粒を通して紺色のベンツのテールランプを見た。楽勝だと思ったのに。はじめにトラッキングソフトウェアのログインパスコードを入力した。サーブの位置はすぐに判明した。クラインマハノーへ向かっていた。だがそこはとんでもない騒ぎになっていた。マズーアの当初の目的は果たせそうにないほどに。そのあとあの女がのっぽの刑事といっしょに別の車に乗りこんだので、勘弁してくれと思った。だがこっちに選択肢はあるだろうか。マズーアはバイクでベンツを追った。ところがそのベンツがクラインマハノーのど真ん中でいきなり方向転換したものだから、追っているのがばれたかと焦った。

ベンツのブレーキランプが灯《とも》って、ウィンカーがだされた。マズーアは速度を落とした。あいつら、どこへ行く気だ？　ここには森しかないぞ！　ベンツはゆっくり曲がった。そしてテールランプが木《こ》の間《ま》に消えた。青色回転灯の光で枝が浮かびあがった。嘘だろう！　林道じゃないか。

マズーアはヤマハのヘッドライトを消した。真っ暗な林道に曲がって徐行した。道路は濡れていて、林道への入り口のあたりは、落ち葉が積もっていた。ベンツのテールランプを見るかぎり、かなり距離を離されてしまった。

マズーアはヘルメットのフードを上げた。これで視界がよくなった。狭い林道はところどころ栗石《くりいし》舗装やアスファルトになっていて、穴が開いていたり、土が踏み固められただけのところもあった。ヤマハはハンドルを取られて何度も右に左に傾いた。赤いテールランプと青色回転灯が唯一の道標だ。

マズーアは、前の車が止まって、ふたりが降りたらどうなるか考えた。バイクのエンジン音を聞かれてしまうだろう。そこでバイクを森の縁《ふち》の丸太を積んだところに置いていくことにした。どっちみち暗すぎて、運転しつづけるのは無理だ。どんなにゆっくり走っても転倒する恐れがある。

マズーアはヘルメットを脱いで、歩きで先を急いだ。テールランプは見えなくなっていた。道がカーブになっているか、車が駐車したかのどちらかだ。

マズーアは腰のハンティングナイフを確かめた。森の中で強盗に襲われたように見えるだろうか。ああ、見えそうだ。問題はいっしょにいる警官だ。おそらく武器を持っている。

まずいな！　どうしてひとりで家に帰らなかったんだ。そうすれば、車から住居へ移動しているときか、アパートの表玄関で始末できたのに。

マズーアは肩に力を入れ、拳を握った。いいだろう。やってやろうじゃないか。森にも利点はある。だれにも見咎《みとが》められずに不意が突けるし、立ち去れる。何年も前にはじめたことに気兼ねなく終止符が打てる。

マズーアは、どうして良心の呵責《かしやく》を覚えないのか不思議だった。おそらく判決を下したのが自分ではないからだろう。

これは本意ではない。だが、やるほかない。

マズーアは思った。ふたりはどっちみちあの件の犠牲者だ。

第四十三章

ポツダム市ザクロー区
二〇一九年二月十四日（木曜日）午後十時三十三分

トムは木製のフェンスのそばを通って、車をヘリベルト・モルテンの敷地に入れた。ヘッドライトが家の下部を照らした。青色回転灯の点滅に合わせて、家の上部が冷たく闇に浮かんだり消えたりした。

雨が激しさを増していた。ワイパーがフロントガラスに雨の筋を残した。ジータは前屈《まえかが》みになって、シミのついた壁と板に釘《くぎ》を打ってふさいだ二階の窓を見た。「なにこれ。――ベーリッツにもぞっとさせられたけど、これは……」

「あそこ」そういうと、トムは家の右手に止めてあるフォルクスワーゲン・パサートを指差した。

「ヨーの車？」ジータがたずねた。

「いずれにせよ州刑事局の車だ。ナンバープレートを見ろ」トムはエンジンを止め、青色回転灯を消した。ふたりは車から降りた。家は闇の中に沈んでいた。明かりが灯《とも》っているのは玄関だけだ。ドアについている小さな窓から菱形《ひしがた》の光が漏れ、ドアが少し開いていて、黄色い光が細い筋となって外階段に落ちている。

トムは家へ急ぎ、玄関に踏みこんだ。ジータもあとにつづいた。

「ヨー？」トムが叫んだ。

返事はない。

「ヨー？　モルテンさん？　いるのか？」

「おい、だれだ？」

トムはザクセン訛《なまり》のヘリベルト・モルテンの声に気づいた。ベッドの置いてあるリビングから聞こえた。

「モルテンさん、俺だ、トム・バビロンだ」

「なんの用だ？　夜中だぞ」ヘリベルト・モルテンが叫んだ。「帰ってくれ。警察を呼ぶぞ」

トムは廊下を進んだ。廊下のシーリングライトが消えていて、リビングに通じるドアは閉まっていた。「モルテンさん、大丈夫か？　玄関が開けっぱなしだったぞ」

「なんなんだ」ドアの向こうでヘリベルト・モルテンの声がした。「わからないのか？　ほっといてくれ。さっさと失せろ」

ジータは眉《まゆ》を吊りあげた。「いってくれるわね」

トムは唇《くちびる》に指を当てて、ドアノブをつかんで、ドアを押し開けた。薄暗がりの中、男がふたり、サンルームで向かいあわせにすわっている。

「出ていけ、トム。おまえには関係ない」

トムはリビングの照明をつけた。「やあ、ヨー」

「挨拶なんかいい」ヨー・モルテンは父親に拳銃を向けていた。ヘリベルト・モルテンは青い顔をして、まぶしそうに目をしばたたかせた。

「ヨー、やめろ」トムはいった。「銃を下ろせ」

「冗談じゃない」ヨー・モルテンは銃口を父親の老人斑が目立つ手に押しつけた。「おまえに俺を止める権利はない」

「ヨー？」ジータも部屋に入った。「わたしたちも同じ疑問を持ってる。わたしたちに質問させて。知っていることを話すはずよ」

「ふん！」ヨーが鼻息荒くいった。「こいつを知らないな」

ヨーは拳銃を父親の顎《あご》の下に押しあてて、顎を上げさせた。「おまえらの前にいるのは、拷問室で半生を過ごした奴だ。こいつがそんな神妙な奴だと思うのか？　腹の中では笑っているにきまってる」

「ヨー、頼む」ヘリベルト・モルテンがぼそっといった。

「ヨーと呼ぶな」ヨーが父親に向かって怒鳴った。

「わしの息子じゃないか……話せば……」

「おまえの息子のわけがないだろう。ふざけるな。おまえのせいで、俺はだれの息子かわからないんだ」

トムとジータが視線を交わした。

「いい暮らしをしたじゃないか」ヘリベルト・モルテンが弁解した。「いつもそうだった！欲しいものはなんでも手に入れられた」

「本当の両親と暮らしたいという望みはどうなんだ。せめて知りあいたかった。おまえはだれだ。おまえに決められるのか？」

「ヨー？」トムは小声でいった。「いつからそのことを？」

「十年くらい前からさ」ヨーが吐き捨てるようにいった。「いいか？　俺は事実を自分で突き止めなくちゃならなかった。この救いようもない卑怯者はずっと黙っているつもりだった。教えろ。マーヤはどうなった？」

「なにが起きているのか、わしにもわからない」

ヨーは立ちあがって、父親の顔を叩いた。

「ヨー！　お願い！」ジータが叫んだ。

「わからないなんて、よくいえるな。おまえは知っていた。それをトムに話した。違うか？ヨーに娘が危険だと伝えてくれとトムにいったんだろう」ヨーは父親の顎から拳銃を離すと、ふたたび父親の左手の甲《こう》に銃口を押しつけた。「さあ、教えてもらうぞ。おまえはなにをした？　そして俺の娘はどこにいる？　いわなければ、容赦しない。わかったか？」

トムは肩掛けホルスターに手を伸ばして拳銃を抜いた。「ヨーゼフ。いい加減にしろ」

「なんだ？　俺を撃つのか？」ヨーはトムをにらんだ。「やれよ。できないのなら、ほっといてくれ。娘が誘拐された。この糞野郎《くそ》は……」握っている拳銃がふるえた。「この糞野郎はなにかを知っている。娘を救うことができるはずなのに、なにもいわない！　これが黙っていられるか？　好きなだけ俺を銃で狙えばいい」

「わかったわ、ヨー」ジータはいった。「わかった！　気持ちはわかる。でも暴力は反対。お願いよ。いいでしょ？」ジータはトムの拳銃の銃身をそっと下に向けた。トムはうなずいて、拳銃をしまった。

「マーヤはどこだ？」ヨーが怒鳴った。

「知らないんだ」父親は絶望して答えた。

ヨーは父親の手をさっとつかんで、テーブルに押さえつけると、拳銃のグリップを思いっきり人差し指に叩きつけた。ヘリベルト・モルテンが悲鳴を上げた。指がつぶれて、骨が見えた。

「どこだ？」

「知らない」ヘリベルト・モルテンは泣きながらいった。

「じゃあ、だれが知っているかいえ！」

「わからない。頼むから……」

ヨーは中指を叩いた。父親はまた悲鳴を上げ、手を引いた。

「いい加減にしろ、ヨー！　やめるんだ！」トムは叫んだ。

「なんだっていうんだ？」ヨーが嘲《あざけ》った。「同情してるのか？　この上品なドクターがホーエンシェーンハウゼン拘置所でなにをしたか知ってるのか？　俺の両親にも俺を手放すほかなくなる前にいろいろしたはずだ」

「ヨー」ヘリベルト・モルテンが歯と歯のあいだから息を吐いた。

「ヨーと呼ぶな！」

「わしに選択肢があったというのか？　そういう……体制だったんだ！　みんな、やっていたことだ。もし逆らえば……」

「体制に背《そむ》いた人間がどうなったか知っている！　そういう奴はおまえの世話になった。そしておまえは拷問官と組んで、そいつが口を割るまで意識を失わないようにした」

「さもないと、今度はわしが収監された」

「よくいえるな。そこにどっぷり浸かったあとなら、そうもいえるだろう。だが、はじめは……うまい汁が吸いたくて率先して協力したはずだ。この大きな家、愛車のボルボ、金……」

「ヨー、おまえのためだった！　すべて、おまえのためにやったことだ！」

「黙れ」ヨーは父親の膝《ひざ》に銃口を当てた。手がふるえている。「マーヤはどうなった？　早くいえ」

「頼む。やめてくれ！」ヘリベルト・モルテンの殴られた顔が紅潮し、涙が頰を伝った。

「五」ヨーがいった。

父親が怯えた目でヨーを見つめた。

「四」

「わからないんだ」

「三」

「ヨー！　やめて」ジータはいった。「なにか別の方法があるはずよ」

「二」

父親は唇を引き結んだ。

「一」

「ヨーゼフ！」トムがまた拳銃を抜いた。ヨーは銃口を二、三センチずらしてから引き金を絞った。弾丸が寄せ木張りの床に食いこみ、木くずが飛び散った。ヘリベルト・モルテンが悲鳴を上げた。銃弾が自分に当たっていないことに気づくまで少し時間がかかった。

「もう一度だ」ヨーはそう脅《おど》して、銃口を父親の膝に当てた。

「五」

トムがヨーのそばに行って、銃を握るヨーの手を自分の拳銃で狙った。

ヘリベルト・モルテンは首を横に振って泣いた。

「四」

「やめて」ジータがヨーに訴えた。

「三」

「いうわけにいかないんだ」ヘリベルト・モルテンがすすり泣いた。

「なにをだ？」ヨーがたずねた。

「いえない」

「だから、なにをだ?」

「いったら、大変なことになる」ヘリベルト・モルテンがささやいた。

「おまえがどうなろうと一向にかまわない」ヨーが答えた。「二!」

「わしじゃない。他の人間に迷惑がかかる!」

「他の人間……だと?」

「他の人間に迷惑がかかるんだ」ヘリベルト・モルテンの肩がふるえた。顔が斑《まだら》になり、手足がぶるぶるふるえている。「頼む」と泣きながらいった。「わしのことじゃないんだ。わしはどうなろうとかまわない。わしはただ……これぱかりはいえない……さもないと、もっとひどいことになる……」

ヨーは父親を見つめた。

ジータはヨーのところへ行って、彼の手に自分の手を置き、拳銃を横にずらしてから、そっと取りあげた。ヨーの両手は氷のように冷たく、ふるえていた。それからヨーは膝に手をつくと、体をこわばらせて前後に揺らし、黒い目で呆然と父親の後ろに視線を向けた。涙が頬を伝っていた。

ヘリベルトは息をつき、ふるえながら息を吸った。指をつぶされた手を見つめ、言葉にならない声を発した。過呼吸になっている。

「モルテンさん?」トムはかがみこんで、彼の腕に手を置いた。「気をしっかり持って!

ゆっくり呼吸するんだ。大丈夫。お願いだから、ゆっくり呼吸してくれ！」

ヘリベルトのまぶたがふるえていた。目をむいて天井を見つめ、それからがくっと顔を下げて、意識を失った。

ジータはジャケットのポケットからスマートフォンをだし、一一〇番に電話した。

ヨーは脱力して、父親を見つづけながらいった。「ここには電波妨害装置が設置してある。スマートフォンがつながるのは外だけだ。外じゃないと、アンテナが立たない」

第四十四章

ポツダム市ザクロー区
二〇一九年二月十四日（木曜日）午後十一時一分

ジータはスマートフォンを手にして、急いで玄関から外に出た。まだ、電話がつながらない。雨が降りしきっていた。スマートフォンが濡れないようにジャケットで覆った。足早に家から離れ、闇に沈んだ道へ向かった。

それでもアンテナが立たなかった。

ジータは道を曲がった。森の地面はふわふわしている。地面に湿った落ち葉が積もっている。ヒールが沈む。サンルームから淡い光が漏れていた。

ようやくアンテナが立った！

ジータは緊急電話番号にかけた。だが自分がどこにいるのかよく知らないことに気づいた。

「緊急通報サービス・ベルリンです。なにがありましたか？」しわがれているが、おっとりした男の声がした。

「もしもし、ジータ・ヨハンスです。わたし……」ジータは身をこわばらせ、スマートフォンを持つ手を下ろした。目の前に男が立っていた。黒装束で、髪が濡れそぼっていて、肌に張りついている。そして右手にハンティングナイフを持っている。

緊急通報サービスの担当者がなにかいったが、スマートフォンから漏れる不鮮明な音は降りしきる雨の音にかき消された。ジータは振りかえって、家に駆けもどろうとしたが、靴が地面にはまった。男はすばやくジータの腕をつかんだ。振り払おうとした拍子に、スマートフォンがジータの手から落ちた。「トーム！」と叫んだ。腹部に拳骨をくらって、ジータは地面に沈んだ。男はすかさずジータの胸と腰を蹴《け》った。ジータは絶望して息をのみ、苦痛に耐えられず、体を丸めた。起きあがって逃げようとしたが、五十センチも動けなかった。

男はジータをつかんで羽交締めにし、ナイフをジータの喉に当てた。「声をだすな。わかったか？」男はジータのパンツのベルトをつかみ、ボタンをはずして、押しさげた。「大きくなったな、モッツィフォッツィ」

ジータは信じられない思いで男を見つめた。

意識はディーダースドルファー・ハイデに戻っていた。焚《た》き火と焼けた皮膚《ひふ》の臭い。三人がビール瓶を打ちあわせ、嘲笑《あざわら》う声。

男はジータの下着を押しさげた。雨は逆に燃えるように感じるほど冷たかった。ジータは感覚をシャットアウトしたいのに、すべてを感じた。クリンゲ、フロウ、モヒカン。三人のうちのだれなのかはわからない。髪の毛が黒いテープのように男の顔に張りついている。蹴られたところが痛かった。

「すごい偶然だよな？　こんなところで会うなんて」男がいった。「おまえは地雷を踏んだんだ。俺はそれを伝えにきた」

そばの葉っぱに落ちてはじける雨の音が聞こえた。ナイフを焼いている焚き火のはぜる音のようだ。そのナイフが今は喉元にある。ジータは目をつむった。痛みを感じる。痛い思いをしたいと思った。あの荒れ地でのように。ひどい目に遭うほうがましだ。そうなれば怒りが蘇《よみがえ》る。

男はジータの両足を割って、じっと見つめた。「俺たちの思い出は残っているか？　見せてみろ。どんなのか忘れちまった」男はジータのジャケットを引き裂き、白いブラウスを押しあげた。男は数字の19があるはずのところを見たが、古傷にはタトゥーが彫られていた。

「消したのか」男は信じられないというようにささやいた。

残すわけないでしょ、馬鹿！

下半身に激しい痛みが走った。ジータは両手で地面をつかみ、なにかないか手探りした。

あった。右手の指先が平らで固いものに触れた。スマートフォン！

「焚き火がなくて残念だな」そういうと、男は笑った。空《あ》いているほうの手で自分のズボンのボタンをはずした。「いや、ほんと！」

ジータはスマートフォンを握りしめた。こんなに強く握りしめるのははじめてだ。男は服をめくり、ズボンを下ろそうとして、一瞬、注意が散漫になった。ジータは思いっきりスマートフォンの角を男のこめかみにぶつけた。男はスローモーションのようにゆっくり傾き、そのままジータの横に倒れた。ジータはやっとの思いで立ちあがった。だがまだ終わりではない。男がいつ気づくかわからない。ジータは男に馬乗りになって、スマートフォンで顔を殴った。何度も、何度も、何度も。気づくと、悲鳴を上げていた。だれかが彼女の名前を呼んでいる。すぐそばだ。声が大きくなった。「ジータ！　どうしたんだ！　ジータ！」

脳内の声が、トムだとささやいた。だが彼の手がジータの腕をつかむまで、殴るのをやめなかった。

「ジータ。やめろ。もう大丈夫だ」トムはジータを背後から羽交締めにして、男から離した。悲鳴はすすり泣きに変わった。トムはジータといっしょに地面にしゃがみこみ、ジャケットを脱いでジータの膝《ひざ》にかけて、体を前後させながらなだめた。「俺がついてる」トムは小声でいった。「もう平気だ」トムはジータに聞こえるまでずっと声をかけつづけた。

「どこかへ連れていって」ジータはささやいた。「ここにはいたくない」

「応援が来るのを待たないと。すまないな。だが家に入ろう。すくなくとも雨をしのげる」

トムはジータの濡れた短い髪を撫《な》でた。「いったいなにがあったんだ？　こいつはだれだ？」

「わからない」

「救急医とうちの者が来たら、事情聴取に応じる。そのあと家に送るよ」

ジータは首を横に振った。「家はだめ。わたしが地雷を踏んだからここに来たって、こいつはいってた。わたしの住所を知ってると思う。どこか別のところに連れていって。安全なところなら、どこでもいい」

「ホテル？」

「だれにも会いたくない」

「わかった」トムはいった。「いいところがある。ガレージだ。俺しか知らない」

金曜日および土曜日

第四十五章

トムのガレージ
二〇一九年二月十五日（金曜日）深夜一時二十五分

トムはガレージの外に出た。二十四軒のガレージが殺風景な広場を囲んで、アスファルトの割れ目に雑草が生えている。雨はやんでいて、水たまりが鏡のように半月を映していた。ジータは少しひとりにしてくれといった。トムは心がざわついていた。さっき起きたことも原因だが、大至急ベネと話す必要があると思っていたからだ。水たまりに映る月を見ながら、Bというイニシャルで保存してあるプリペイドの番号に電話をかけた。

ジータとトムがここへ来たのは、三十分ほど前だ。移動中、ジータはひと言も話さず、ずっと窓の外を見つめていた。トムは横道に車を止め、すぐそばのガレージまで徒歩で移動した。長年の習慣だ。ガレージの前に自分の車が止まっているところをだれにも見られたくなかったのだ。この場所とトムをだれにも結びつけられたくない。ガレージはトムの避難所だ。二軒のガレージが内部のドアでつながっている。

元は青色だが、今は色褪《いろあ》せてしまった、ずっしり重い金属扉は、トムが昨日来たばかりだとでもいうように楽にひらいた。実際にはフィリップが生まれてからガレージにはすっかりご無沙汰だった。

トムは照明をつけると、シャッターを内側から閉めた。ガレージの真ん中に鎮座している埃《ほこり》をかぶったハーレーダビッドソンに、ジータの視線がとまった。

「うわあ、あなたの？」なにか話題を見つけて、森での一件に触れたくないとでもいうように、ジータがささやいた。

「まあな」トムはいった。そのバイクはベネからの贈り物だ。ベネからものをもらうときは用心が必要だ。彼にはたいてい下心がある。そのうち便宜を図れというように決まっている。

「乗らないの？」

「友だちのだった」

トムはもう一軒のガレージへの入り口である扉を開けた。そちらのガレージのシャッターは内側から閉ざしてあった。そこは外界としっかり遮断されていて、電気ストーブも空調も電気も水道もトイレも完備していた。ここは以前、暗室だったたが、写真の引き伸ばし機と現像液のプラスチックバットは部屋の隅に追いやられ、今はノートパソコンとカラープリンターが場所を占めている。壁際には簡易ベッドがあって、古い毛布が数枚載せてあった。

トムは電気ストーブをつけ、出力を最大にした。ジータは簡易ベッドに腰かけ、チェック柄の毛布にくるまると、写真がびっしり貼られた壁を啞然《あぜん》として眺めた。

トムはそこにある写真を全部脳裏に焼きつけていた。たとえばシュターンスドルフのポツダマー・アレー通りの写真。左はベーカリーで、右は民家。そしてその二軒にはさまるように建っている店には「グラッサー写真館」という青い看板がかかっている。ドアハンドルのついたガラス扉。ショーウィンドウにはお粗末な肖像写真が数枚、絹布の上に飾られている。その横には当時の写真館の写真が画鋲《がびょう》でとめてある。

その下には、廃線になった鉄道のテルトー運河にかかる鉄橋の写真が数枚貼ってある。そしてヴィオーラとされた少女の死体発見現場の写真。他にも、林間墓地にあるヴィオーラの墓碑や、父さんの古いアルバムから複写した妹のスナップショットなどなど……ガレージはトムの脳内にある部屋のようなものだ。だれも知らない暗くて静かな場所。ここならヴィーとふたりきりになれる。ちょっと手を伸ばせば、過去に触れることができるのだ。

ガレージは父親のおかげで手に入れられたわずかなもののひとつだ。十八歳の誕生日にトムは、ガレージを使わせてくれと父親に頼んだ。――意外なことに、父親はあっさり承諾してくれた。

トムが警官になるといったせいで、喧嘩になったのはそれから二年後のことだ。なぜかわからないが、父親は猛反対した。トムがどうしても撤回しなかったので、ガレージを使わせないと父親にいわれたほどだ。鍵を返せといわれたが、トムは断って家を出ると、ガレージに住みこみ、警察に適性検査を申請した。

父親とまた話せるようになるまで二年かかった。といっても、ガレージが話題に上ることはなかった。ガレージは存在しない場所のように人生の枠外に置かれたのだ。

ジータの視線がヴィオーラの写真にとまった。そのすぐ横に白い羽根の写真がテープでとめてある。トムが最後に見たヴィオーラは、そういう羽根を耳に挿していた。

「なにもいうな」トムはいった。

「いわないわ」ジータがつぶやいた。

「洗面台下の収納ボックスにタオルが入っている。未使用の歯ブラシもひとつくらいあるだろう」

「ありがとう。少しのあいだ……」

「いいとも」そういうと、トムはジータをひとりにした。

そして今、トムは月に照らされた広場に立って、ベネが電話に出るのを待っていた。深夜一時半。人に電話をかける時間ではない。だがベネは午前十一時前には起きないし、午前三時前に寝ることはまずない。

「やあ、大好きな刑事さん」ベネが皮肉っぽくいった。

「なあ、例の少女と老人だが、なにかわかったか?」トムはかまわずたずねた。

「フィーニャ・クリューガーのことか?」ベネがいった。

「なんだって? 名前を知ってるのか?」

「もちろんだ。男のほうはベルンハルト・クリューガー」

「どうやって調べたんだ?」

「観客の中に知りあいが何人かいたんで、訊いてみた。ベルリン国際映画祭で、年配の男が少女を連れているなんて……目立つと……思ってな。ナターシャ・ベーリングホフを知ってるか?」

「さあな」トムはいった。

「B級女優さ。ブレイクしたがっているが、なかなかうまくいかない。だけど体はA級だ。いや、トリプルAかな。見た目勝負の女優のひとりさ。乳房にスプレー接着剤をつけて、布を極限まで……」

トムは目を丸くした。「そのミス・トリプルAがどうした?」

「いやね。ナターシャがその少女の隣だったらしいんだ」

「なんだって?」

「それで連れのじいさんをシュガーダディーと呼んだら、すごい剣幕でにらまれたらしい。あいつ、酒でも飲んでたんだろう……いつものことだ」

「その男の人相を覚えていたか?」トムはたずねた。

「無精髭《ぶしょうひげ》で七十代。青い瞳。だけどキャップをかぶっていたから、確かじゃないそうだ。少女のほうが気になっていたらしい。その代わり、ふたりの席番号を突き止めた。観客名簿を見たら――大当たり! それで名前がわかった」

「観客名簿を見たのか?」トムは唖然としてたずねた。シラー内務省参事官が、プライバシーがどうとか騒いでいたのを思いだした。

「当たり前だ。いつも三週間前には名簿をもらっている。上映のあとうちのクラブに来るかもしれない潜在的な客だからな」

「それなら、どうして電話をかけてこなかったんだ？」

「その名前がなかなか問題でな。ちょっと調べたんだが……」

ベネらしい。やるとなったら、徹底的にやる。

「ベルンハルト・クリューガーはドイツに十一人いる」ベネはつづけた。「そのうちの三人は年齢が近い――けど、ベルリンの人間じゃない。フィーニャ・クリューガーはドイツにふたりしかいない。しかも、ふたりとも三十歳以上だ」

「ちくしょう。偽名か」

「ああ、おじいちゃんと孫娘を演じていたようだ。ナターシャがシュガーダディーと呼んだのも、あながち的はずれじゃなかったようだ」

「じゃあ、どうやってチケットを手に入れたんだ？」

「そこまでは俺にもわからない。これで俺に借りができたな。違うか？」

「まあな。だが借りはすぐに返せそうだ」

「どういうことだ？」

「新しい展開があった。数時間前、ジーニエ・ケラーの死体が発見された。マハノー湖だ」

「ファック」ベネがつぶやいた。「かわいそうに。ケラーは好きじゃないがな」

トムはなにもいわなかった。

「それで終わりか？　その程度の内緒話じゃ、お返しには……」

「おまえに関係することがあるんだ。死体がもう一体見つかった。気をしっかり持てよ。写真館にいたあいつらしいんだ」

「な、なんだと？　写真館って……グラッサーのか？」一瞬、ベネは絶句して、「嘘だろう」とささやいた。

「嘘じゃない。本当だ。湖には死体がふたつあった。それもかなり近いところに。そして二体とも、同じ方法で沈めてあった。金網に石をいくつか入れて重しにしていた」

「ファック。どうなってるんだ？」

「俺にもわからない」

「で、どうなるんだ？　おまえら、捜査するのか？　つまり……」

「あのときのナイフをまだ持っているのか？」

「あのときのナイフ？　おい、あれは大事な思い出の品だ。俺にはお守りだ」

「捨てるんだ。科学捜査研究所の手にかかったら、ひとたまりもない」

「ああ、わかったよ。そういうことにかけては、やっぱり知恵がまわるな。おまえはあのとき、なんとしてもカメラを取りもどそうとしたけど、処分したんだろうな？」

「とっくの昔にな」そういうと、トムはガレージのノートパソコンの横に置いてある古いペンタックスのことを思った。

ベネはため息をついた。「おまえには昔から警官根性があったからな。なにがおもしろくて、なにがヤバいかわかってた」ベネは一瞬、昔を思いだしたのか押し黙った。「だけど、そういえば、あいつ、つまり俺たちの死体はおまえの妹を捜していたんだよな？」

「ああ、そうだ」トムはいった。男がトムたちにいった言葉が記憶に焼きついていた。

「だけど、あいつは一匹狼じゃなかった」ベネがつづけた。「だれかのために動いていた……聞いたことはあるけど、見覚えのないだれか」

「悪魔」トムは小声でいった。トムも同じことを考えていた。だからベネに電話をかけたのだ。考えすぎか、ベネも同じ結論に達するかたしかめたかったのだ。

「それだ」ベネがいった。「死体がどうして写真館から消えたのかずっと不思議だった。だけど、ひとつはっきりしたな。あいつには依頼人がいた。――それが悪魔ってわけだ」

「ああ」トムはいった。

「おまえもそう思うのか？」

「そうだ」

「もしその悪魔が死体を消したとして――同じ場所でケラーの娘の死体が見つかって、しかも同じ沈め方をしてたってことは……それって……」

「そういうことだ」

「……悪魔が帰ってきたのか」ベネが結論をだした。

一瞬、ふたりはなにもいえなかった。

「おまえも警官になれるぞ」トムがいった。

「あいにく月の裏側に着陸しちまった。おまえは当たりを引いたんだといいがな。俺に手伝えることがあったら、いってくれ。だけど――トム？」

「なんだ？」

「頼むから、ヴィーがまだ見つかるなんて思うな」

トムは空を見つめた。半月にうっすら大きな暈《かさ》がかかっている。トムはため息をついた。

「おまえ、本当に糞《くそ》ったれだな」

「わかってる」

「だけどこういうことが話せるのはおまえだけだ」

「わかってるとも」そういうと、ベネは電話を切った。

第四十六章

ベルリン市カイト通り、州刑事局
二〇一九年二月十五日（金曜日）午前九時十三分

ジータは州刑事局の会議室で同僚に交じって席についた。ブルックマン部局長、フローロフ、グラウヴァイン、ニコレ、ベルティ、バイアー、ベルネ、さらに数人の応援要員。――会議室は超満員だ。トムが話している。声は聞こえるが、バリアを作っているせいで、その声が意識にとどかない。トムはガレージに残ってかまわない、無理はするなといった。

だがこれは自分の問題だ。出勤しなければいけないとわかっていた。

トムは最新の状況をみんなと共有するために、なにがあったかざっとまとめて話した。だが捜査官たちがトムをおもしろく思っていないのを、ジータはひしひしと感じた。モルテンは不人気だったが、娘のマーヤを誘拐され、待機させられたことで、点数を稼いだ。みんな、彼に同情している。トムが代理をつとめるのを納得していない者も数人いる。たいていの者はトムを好いているが、普段から独断専行がすぎ、何度も内部監査に引っかかっていたからだ。

「目下の問題は」トムがいった。「事情聴取をしたい人間がふたりいるのに、できないことだ。ヘリベルト・モルテンは昨晩の件で脳卒中を起こした。ルーカス・マズーアは顎《あご》と鼻を骨折している。頭の裂傷はいうまでもない。手術は終わっているが、麻酔から覚めるまでしばらくかかる」

ジータはみんなの視線を感じた。マズーアがジータを襲い、もしかしたら殺そうとしていたかもしれないと、みんなが知っていた。ジータが彼を殴った事情は、全員が理解している。それでも度を越していた。ジータは我を忘れ、法とモラルの一線を越えてしまった。あれは自分ではなかった、とジータは自分にいい聞かせたが、それは本当とはいえない。あの怒り、自分とは思えない憎悪の塊《かたまり》――それも彼女の一部だ。ショックがまだ残っている。自分はもっとましで、人間らしいと思っていた。その直前に、ヨー・モルテンが自分の父親の指を拳銃のグリップでつぶしたのを目撃したとき、怖気《おぞけ》をふるったし、なにが正しくて、なにが間違いかわかっているつもりだった。それなのに数分後、森の中ではヨー・モルテンよりもひどい行動を取ってしまった。抵抗したことに非はない。だがトムだったら、奴の顔がぐちゃぐちゃになるまで殴りつづけはしなかっただろう。

特別捜査班のみんなに、事情を説明する必要があるのはわかっていた。焼印のこと、数字の19のこと、クリンゲ、フロウ、モヒカンのこと。しかしジータは虚脱状態だった。昨夜はガレージでトムの妹の写真を前にしながら、しばらくひとりになった。トムにひとりにしてくれと頼んだのだ。そして彼にすべてを話す決心をした。ところが、戻ってきたトムの様子がおかしかった。なにか思い詰めているようで、ジータは話しそびれてしまった。そして今、男の同僚が集まっているところであのことを話し、すべてを体験し直すなんて考えられない。

「ペール?」トムはたずねた。「マズーアのスマートフォンからなにかつかめたか?」

「メール、ワッツアップ(メッセンジャーアプリ)、ショートメールを調べた。最近のデータはなかった。消去したのかもしれない。昨晩、電話を受けているが、プリペイド携帯からだった。トラッキングソフトウェアも見つけた。それとジータの車に小型の発信器が取りつけてあった」

車に発信器。ジータはいつだれがそんなことをしたのか気になった。

「オーケー、ありがとう」トムはいった。「ではもう一度、整理しよう。三人の男性の娘が拉致《らち》された。マーヤ・モルテン、十三歳、ユーリア・バウアー、十五歳、ジーニエ・ケラー、二十歳。ジーニエ・ケラーは死亡。他のふたりも殺害される危険性が極めて高い。唯一の朗報は、潜水士がマハノー湖をくまなく捜索し、彼女たちの死体を発見しなかったことだ。まだ生きている希望はある。だが犯人の動機が問題だ。この事件の標的であり、被害者となるヘリベルト・モルテン、ヴォルフ・バウアー、オットー・ケラーの共通点がわからない」

「他にも被害者が増える可能性もあるよな？」フローロフがいった。「つまりまだ女の子が拉致される恐れがある」

「ああ」トムはいった。「しかも標的となる人間は自分が狙われていることに気づいているはずだ」

「数字の19か？」ベルティがいった。

「そうだ。エレベーターのところに残された数字は決定的な手がかりだ。あの映像は開始の合図だ。ヘリベルト・モルテンの反応から、数字の19が鍵であるのは間違いないだろう。それがなにを意味するかわからないが」

ニコレがおずおずと手を上げた。褐色の髪を後ろで結んでいたため、頬から首にかけて紅潮しているのがよくわかった。「自分が標的になっているとわかっているのなら、どうして警察に届けでないのでしょう？　それってつまり……」彼女はブルックマン部局長のほうを見て口をつぐんだ。自分のいわんとしていることに気づいたのだ。しかもその中に市長が含まれる。

「そのとおりだ」トムはいった。「標的になっている者たちにはなにか秘密があるということだ。一連の事件からはそうとしか考えられない。しかもヴォルフ・バウアーは狙撃され、金庫の中身を焼かれているくらいだ」

「ケラー市長も数に入れるべきだということか」フローロフがいった。

一瞬、会議室が静寂に包まれた。フローロフの言葉の重大さに、みんなが気づいたのだ。それまで発言を控えていたブルックマンに、みんなが視線を向けた。

「昨夜、市長と電話で話しました」ブルックマンが口をひらいた。「お嬢さんの死にショックを受けていたのはいうまでもありません。質問できる状態とは思えないですね」

「それでも、ケラー市長は標的になった人物の中で唯一事情聴取できる人です」フローロフがいった。

ブルックマンは肩をすくめた。「検察と相談してみましょう」

「なぜですか?」トムはたずねた。「オットー・ケラーは被疑者じゃないですよ。外に漏れないようにすることはできるでしょう。後方支援さえ得られるなら」

「後方支援はできませんね」ブルックマンがいった。「それができるのは警察本部長だけです。たしかおふたりは友人のはずです」

「罪のない少女ふたりの命がかかっているのに」トムはいった。

ブルックマンはため息をついた。「それを盾に取るのが一番いいでしょう」ブルックマンは時計を見た。「二時間ください。やってみます。あとで連絡します」彼は立った。肘掛《ひじか》けに勢いよく手をついたので、椅子がくるっとまわった。ブルックマンが出ていくと、全員が口々にしゃべりだした。

トムは平手でデスクを叩いた。「会議はまだ終わっていないぞ、みんな、静粛に！」

だがなかなか静まらなかった。

「ペール、湖で見つかった男性の死体についてはなにかわかったか？」

「今ＤＮＡ型を調べている。なにかわかるかどうかは様子見だな。性別は男性で、年齢は四十歳くらい。眼孔のあたりを骨折し、背部と胸部にナイフの刺し傷があった。刺し傷の形と大きさから、凶器の刃渡りは比較的小さい。おそらくポケットナイフだろう。この謎の男性についてはそれ以上なにもわかっていない。暴力犯罪連携分析システム《ViCLAS》でも、他のデータベースでも、これといったヒットはなかった」

「わかった」トムはいった。「そちらは後回しにしよう。ジーニエ・ケラーの殺人犯と、ふたりの行方不明になった少女の誘拐犯を捜すほうが先決だ」

会議室に賛成する声が上がった。

「ベルネ、ルッツ」トムはつづけた。「ジーニエ・ケラーの遺体を湖に投げこんだ男はどうなっている？　シュヴァーネンヴェルダー島の狙撃犯は？　手がかりになる目撃情報はあったか？」

ベルネは唇《くちびる》をなめた。「だめだった」

「もっと時間がいる」フローロフもいった。「時間がかかりそうだ」

「拉致された娘たちのことを考えたら、時間はあまりないぞ」

「報告したいことがあるんだが」グラウヴァインが改めて発言した。「ヴォルフ・バウアーの件で、弾道検査課から回答があった。狙撃に使われたのはおそらくブッシュマスターBA50。弾丸は50BMG。ホローポイント弾。命中したときに弾頭がつぶれて広がる。その結果、射入口は小さいが、射出に際して被害が大きくなる。この銃は狙撃銃に分類され、軍でも使われている。ただしドイツではあまり使用されていない。で、ここからだが、二〇一〇年八月に、ベルリンの南およそ五十キロのところにあるトイピッツで事件があった。林務官が森の中で50BMGの薬莢《やっきょう》を複数発見したんだ。だれかが木を標的にして発砲したらしい。切り株の横に撃ち抜かれたかぼちゃが落ちていた。林務官はその後、その現場を何度も見にいき、八月二十二日午後八時三十分頃、ふたたび銃声を聞いて、警察に通報した。巡査が急行して、十代の少年ふたりと出会った。彼らは銃声を聞いて、恐くて身を隠していたと証言した。だれにも被害がなかったので、事件簿はそこで終わっている」

「旋条痕を比較できる銃弾は保管されているのか？」トムはたずねた。

「だから報告しているんだ」グラウヴァインがいった。「その銃から発射された弾丸の旋条痕はヴォルフ・バウアーを狙撃した銃と同一だった」

フローロフが歯のあいだから息を吐いた。「それはすごいな」

「その銃は登録されているのか？」トムはたずねた。

「問題はそこだ」グラウヴァインがいった。「国内で登録されているブッシュマスターは今のところ百二十九丁ある」

「よし。まずはベルリンとブランデンブルク州で登録されているものからチェックしよう」トムはいった。「もっとも犯人は登録されている銃を使う愚を犯さないだろうがな。――だが盗まれていれば話は別だ」

「ふたりの少年は当時いくつだったんだ?」ベルティがたずねた。

「十五歳と十六歳」グラウヴァインがいった。「ティーンエイジャーさ」

「よし」トムはいった。「ベルティ、そのふたりに事情聴取してくれ」

「了解」

「ニコレを連れていけ」

「わかった。ところで、フライシャウアーは? 銃を持っていなかったかな?」

「あれは空気銃だ」グラウヴァインがいった。「トムがいみじくもいったように――お祭りの射的で使うレベルのものだ。だがそうだな。他にも銃をハウスボートに持っていないか調べたほうがいいだろう」

トムはうなずいた。「よし。では仕事に取りかかってくれ。急いでくれよ。犯人も動いていることを忘れるな。マーヤとユーリアを生きたまま発見したいなら、ぐずぐずしていられない」

全員が立った。

「ジータ」トムは彼女を見た。「俺たちは例のマズーアの住居を調べる。なにか手がかりが見つかるかもしれない」

第四十七章

ベルリン市ミッテ区シャリテ大学病院
二〇一九年二月十五日（金曜日）午前九時三十八分

ルーカス・マズーアは心電図のモニターを見ながら、これからどうしたらいいか考えていた。循環虚脱を起こすのはまずい。とはいえ、ここに寝たまま、あの女の代わりにだれかが取り調べにくるのを待つくらいなら危ない橋を渡ったほうがいい。

九十分前、マズーアは目を覚ました。宙に浮いているようで、上も下もわからない状態だった。頭がぐるぐるまわった。頭の中に水かなにかが満タンで、今にも破裂しそうだった。死にそうなほど頭が圧迫され、絶えずズキズキしていた。それに鼻が、詰まった排水口のようだった。

マズーアは一度目を開けたが、すぐにまた閉じた。森の中はなにもかも暗かった。森はどうした？　もう一度眠ろうとしたが、急に吐き気を催《もよお》した。慌てて上体を起こした。だがそれでも、自分が仰向けで横たわっている理由が理解できなかった。唾をのんで咳きこみ、すぐにまた唾をのんだ。すると、人の声がした。女性の声だ。そして寝返りさせられた。

ようやく息がつけた。喉がからからだ。それでも少し意識が戻った。

「あら、まだ吐き気がします？」

マズーアはまばたきした。いまだに片目しか開かない。だがその目にぼんやりと彼の口をふいている女性の姿が見えた。「麻酔のあと吐くのはこれで三度目ですよ」女がいった。看護師だ。

「こんな目に遭う前にたくさん食べたんですか？」

こんな目に遭うってどういうことだ、とたずねたかったが、顎《あご》に激痛が走って、まともに話せなかった。

「石頭でよかったですね」看護師がいった。「骨折は顎と鼻だけですんだから。ちょっとベッドを起こしましょう……」

看護師がボタンを押すと、背中が上がった。それから看護師は汚れた上掛けを払い、うなじに手を入れると、マズーアを起こして患者衣を脱がした。マズーアは素っ裸になってベッドにすわり、頭を下げて、自分の股間を見つめた。

その瞬間、なにがあったか思いだし、「ちくしょう」とつぶやいた。

「痛いですよね。わかります。もっと鎮痛剤を投与しましょう」

「いいや、アドレン」

「えっ？」

「アド、レナ、リン」

「アドレナリンが欲しいんですか？　だめです。安静にしていないと」看護師はマズーアに新しい患者衣を着せて、新しい掛布をかけた。「先生を呼んできます。馬鹿なことはしないでください」看護師は肉づきのよい短い人差し指を立てた。「ドアのところには警官がいますから」

看護師が病室から出るとすぐ、マズーアは部屋を見まわした。右側にはキャスターつきのステンレスのラックがあった。一番上にバイタルサインモニターが固定されていて、点滴の輸液ポンプがある。モニターに映っている血圧と脈拍数はかなり低い。意識が混濁《こんだく》しているのもうなずける。糞《くそ》っ、気をしっかり持たないと。輸液ポンプのほうに体を向けて、薬剤のラベルを確かめようとした。そのとたん、めまいに襲われた。少しのあいだ目をつむった。といっても片目だけで、もう片方の目はいまだに開かない。

上から三番目のラベルにアドレナリンと書いてあった。マズーアは手を伸ばし、ふるえる指でボタンを押して、点滴に少量追加することに成功した。多少医学をかじっておいてよかった！　ふうっと息を吐いて体をベッドに戻すと、医者が来るのを待った。神経安定薬を処方されなければいいのだが。

九十分後、ルーカス・マズーアはすっかり目が覚め、起きあがれるような気がした。問題は病院から逃げだせるかどうかだ。とにかくここから出なくては！　任務に失敗した。ということは、金にならないだけではすまされない。警察の手に落ちたのだ。それはミッションを与えた男にとって危険な状況だということだ。そしてこの手の危険はとんでもなくまずい。

マズーアはアドレナリンの投与量を増やして、しばらく様子を見た。それからアラームを解除して、静脈カテーテルを抜いた。針が刺さっていたところを押さえて、ベッドから足をだした。最初の数歩は足がもつれた。

最初に向かったのは洗面台だ。鏡を見て、マズーアはぎょっとした。鼻の副木《そえぎ》として黒いマスクをつけていて、片目が腫《は》れあがり、髪が剃《そ》られていた。頭皮には大きな絆創膏《ばんそうこう》が三枚貼られている。額《ひたい》も六針縫《ぬ》われている。おまけに、顎を骨折している、と医者にいわれた。骨折は二個所あり、チタンプレートをネジ止めしてあるという。医者は呪わしいチェシャネコのようにニコッとした。手術がうまくいったことが自慢らしい。実際「運がよかったですよ。従来の治療法と違って、すぐに口がひらけるのですから」と医者はいった。

ファック。いったいどういうわけでこうなったんだ！

今度あの女を捕まえたら、まずナイフで刺して、次に釘付《くぎづ》けにしてやると心に誓った。

マズーアはヨロヨロと洋服ダンスのところへ行った。服は乾いていた。よかった。だがスマートフォンはどこにもない。これはまずい。

マズーアは服を着た。ブーツの紐を結ぶのにかがまなければならず、頭がズキズキした。包帯と消毒済みの針をポケットに入れ、輸液ポンプから鎮痛剤とアドレナリンの注射器を抜いた。次に一番上のポンプのネジを緩めて、バーからはずした。マズーアはケースの重さと丈夫さを確かめ、まあまあ満足すると、もう一度病室を見まわし、ドアのところへ行った。それから深呼吸した。よし！

マズーアはいきなりドアを開けた。看護師は嘘をついていなかった。警官が廊下の椅子にすわって、マズーアをぽかんと見つめていた。マズーアはポンプを警官の頭に叩きつけた。警官は床に沈んだ。マズーアは左右を見た。廊下にはだれもいない。このくらいのツキはあってもいいだろう。マズーアはかがんで、警官を病室に引きずりこんでドアを閉めた。またしても頭がズキズキした。頭の中で鐘が鳴っているようだ。どこかのふざけた野郎がハンマーで鐘を打ち鳴らしたみたいな感じだ。ドアの横の椅子にしばしすわって、呼吸を整えた。それから警官の持ち物を探った。ズボンの尻ポケットに、身分証を入れた財布があった。七十ユーロほど入っていた。マズーアは身分証と財布をしまい、最後にホルスターに手をかけ、ファスナーをひらいた。このとき、また吐きそうになるほど頭が痛くなった。頭にきて、だれかれかまわず拳銃を乱射したくなった。

あれこれいじって、やっと拳銃を手にした。シグザウエルP6。警察が採用している拳銃だ。

これで事態は好転するだろう。

〝今日これから死ぬ奴がいるなら、それは俺じゃない〟とマズーアは思った。

第四十八章

ベルリン市クロイツベルク地区
二〇一九年二月十五日（金曜日）午前十時四十四分

トムはノスティッツ通りを走った。濡れた栗石《くりいし》舗装が光っている。にわか雨になり、太陽が見えなくなった。「角の灰褐色のアパート」トムがいった。「マズーアの住居は五階だ。少なくとも住民登録ではな」

ジータは飾り気のない正面壁を見上げた。白い樹脂製の枠に入った四角い窓。シミのついた化粧壁。塗り直しの時期を過ぎている。向かいはトルコ人中古車販売業者で、旧型のベンツ、ＶＷ、ＢＭＷが並んでいる。

トムは駐車してある車の横に自分の車を止めた。

マズーアの鍵の束には普通の大きさの鍵が三個と小振りの鍵が一個ついていた。トムはドアを開け、ジータといっしょに暗い表玄関に足を踏み入れた。ベルリンの古アパートらしい装飾のない殺風景な壁面。床のタイルは一九七〇年代のもので、空気がよどんでいた。裏口のあたりにはベビーカーが二台と補助輪のついた傷んだ自転車が一台、そして緑色のゴム長靴とアディレッタサンダルが置いてあった。エレベーターはなかった。

階段は踏むたびにきしんだ。壁の手すりがあるはずの高さには手垢《てあか》がついていた。五階には六つドアがあった。廊下の一番奥のドアに「マズーア／シンドラー」という表札があった。トムがベルを鳴らすと、外廊下の照明がカチッと音を立てて消えた。外廊下には、階段の明かりとりから多少とも光が射していたが、そのドアまでは届かなかった。

ジータは照明のスイッチを押した。改めてカチッと鳴って、天井の黄ばんだ半透明のボックスに入った電球がまた点灯した。内側に黒いものがいくつか見えるが、おそらく昆虫の死《し》骸《がい》だろう。ジータは緊張した。

「大丈夫か？」トムはたずねた。

「完全に大丈夫とはいえないけど、ここまで来たんだから、オーケーよ」

トムはうなずいて、ドアを開けた。「こんにちは」

返事はなかった。

「シンドラーというのがどこに行っているのか知らないが、家にはいないようだ」トムはささやいた。ふたりは住居に足を踏み入れた。右側に台所があった。汚れた皿が積んであり、瓶も数本並んでいる。小さな窓からは薄暗い中庭が見えた。廊下にはドアがさらに三つあった。トイレは窓がなく、たいしたものはなかった。次のドアは施錠されていた。ドア枠の横の壁にはずれかけのベルがある。そのベルにサインペンで「シンドラー」と書いてあった。

マズーアのドアも施錠されていた。よくある穴鍵ではなく、頑丈なシリンダー錠だ。「お互い信頼しあっているようだな」そうつぶやくと、トムはマズーアの鍵束の鍵を試して、ドアを開けた。部屋の広さはおよそ幅四メートル、奥行き六メートル。ふたつ並べたパレットの上に布団が載っていて、洋服ダンスと小さなデスク、肘掛《ひじか》けつきのカンティレバーチェアがあった。そして部屋の中央にベンチプレス。ベッド側の壁は黒く塗られ、部屋じゅうにメタルバンドのポスターが貼られていて、ベッドの上には額入りのハーレーダビッドソンの大判ポスターがかけてあった。

「あなたのところと五十歩百歩ね」ジータがいった。

トムはなにもいわなかった。ワードローブを開けてみた。レザージャケットが二着にセーター、Tシャツ、ズボン。思いの外ていねいにかけてあるし、たたんである。ベルトは例外なく丸めてあった。

ジータはデスクのほうを見て、その下のコンテナーを指差した。「施錠されているわね」

トムは小さな鍵を試した。うまくいった。上のふたつの引き出しには紙と未開封の手紙が入っていた。「福祉事務所、銀行の明細書、請求書」トムは封筒の差出人を見ながら口に出していった。

トムは三つ目の引き出しを開けた。中には小さな木箱が入っていた。大麻が少々、身分証と小物が少し。そして裸の若い娘の色褪《いろあ》せたポラロイド写真。

ジータはベッドのところへ行った。小さなナイトテーブルの横にバットが二本立てかけてある。

トムは写真の少女を見つめた。すぐにそれがジータだと気づくと、彼女のほうを振りかえって、なにもいわずその写真を見せた。

ジータは手にしていたバットを下ろした。ジータの焦茶色の瞳がその写真を捉え、すぐに彼女は目を伏せた。そして考える時間が必要だとでもいうようにバットを壁に立てかけた。ジータは顔面蒼白になり、押し殺した声でいった。「わたしみたいね」

「そう思う」トムは答えた。「なにがあったんだ？」

「話すつもりだった」ジータはため息をついた。

「ずいぶん遅いな」

ジータはトムを見つめた。「あなたはなにもわかっていない」

「説明してくれ」

「説明するほどのことじゃないわ」ジータは冷ややかにいった。まるで他人事のように。「わたしは十六歳だった。クロイツベルクに三人の悪ガキがいた。モヒカン、クリンゲ、フロウと名乗っていた。三人はわたしを拉致《らち》して、写真を撮り……暴行した」

最後の言葉が宙に浮いた。トムは気持ちを整理するのに少し時間がかかった。外で車のクラクションが鳴った。ジータはトムの視線から目を背《そむ》け、床を見つめた。

「それは……気の毒に」トムはいった。「そんなこととは……」

「三人のうちのひとりが」ジータはつづけた。「マズーアだったようね」

「他の奴の名前は知ってるのか？」

「いいえ。わからない。通り名しか知らない。モヒカン、クリンゲ、フロウ。そのあと二度と会わなかったし」ジータは唾をごくりとのんだ。「その写真、もらってもいい？」

トムはポラロイド写真を彼女に渡した。「マズーアは三人のうちのだれだ？」

「たぶんクリンゲね」ジータは写真をジャケットのポケットにしまった。「でもまだ話すことがあるの。はじめはただの偶然じゃないかと思った。ありえない……話だったから」ジータはため息をついて、一瞬葛藤した。「三人は焼いたナイフで焼印を入れたの。数字の19。ここよ」ジータは右胸の下を指差した。

トムは口をあんぐり開けてジータを見つめた。「ちくしょう」トムはささやいた。「話しておいてくれるべきだったぞ」

「わかってる」ジータは小声で答えた。

トムはかっとしている自分に気づいた。そして同時に、責めても仕方がないのもわかった。

「秘密があるのはお互いさま」そういうと、ジータは微笑《ほほえ》もうとしたが、唇《くちびる》のふるえが止まらなかった。「ごめん」ジータは涙をぬぐった。

「いいってことさ」トムはグラッサー写真館での人殺しのことを思いだしていた。「きみを責めるつもりはない。他の奴なら、そうはいかないかもしれない」

「黙っていられる？」ジータがたずねた。

「いつまでも黙ってはいられないだろうな」

ジータはうなずいた。「そうよね」

「なあ、だけどなんで数字の19だったんだ？　よりによってその数字だったなんて」

「正直いってわからない。三人の合言葉のようだった。その数字があいつらに力を与え、身を守る一種の暗号だったみたい」

「それって、オカルトかなにかか？」

ジータは首を横に振った。「あいつらに限って、オカルトはないわね」


ルーカス・マズーアはスウェットシャツのフードを頭からかぶった。これで顔が隠せるはずだ。だが鼻の副木《そえぎ》と目の隈《くま》と顎《あご》の血腫は隠しきれなかった。

マズーアはタクシーを表玄関の真ん前につけさせた。この距離を歩いて移動するのはまず無理だっただろう。電話もなければ、鍵もない。まずは三階のベルを鳴らした。窓が開いて、年配の女性が顔をだした。「どうしたの？」

「すまない。鍵を忘れた。表玄関を開けてくれないか？」

女性はなにもいわず窓を閉めた。少しして表玄関のドアが解錠される音がした。マズーアは家に入った。階段を見てため息をつき、手すりをしっかりつかんで一段一段上った。歯を食いしばったが、そうするととんでもない痛みが走った。ふうふういいながら、なんとか最上階に辿《たど》り着いた。

そこで彼は一分ほど間《ま》を置いた。脈が上がっていた。疲労とアドレナリン――最悪の組みあわせだ。といっても、病院でぐずぐずしてはいられなかった。足を引きずりながら、ゆっくりとドアのところへ向かった。ドアに耳を当てて聞き耳を立てた。

マズーアはシグザウエルをベルトから抜いて、安全装置をはずした。それから指でドア枠の上を探った。鍵を見つけると、錠に静かに挿した。頭上にあった外廊下の照明がカチッと音を立てて消えた。


トムはドアが開くかすかな音に気づいて、唇に手を当てた。ジータは口をつぐんだ。トムは肩掛けホルスターから拳銃を抜き、開けっぱなしのドアの横の壁に体を押しつけた。ジータはトムの背後に隠れ、同じように壁にぴったりくっついた。だれかがため息をついた。

拳銃をいつでも撃てるようにして、トムはさっと身をひるがえし、廊下の奥を銃で狙った。

「動くな！　警察だ！」

薄暗がりに目を丸くした人影が立っていた。トムは相手が三十代終わりとにらんだ。肩にかかる長さの褐色の髪を後ろで束ね、紺色の船乗り用のマントを羽織っていた。男はゆっくり両手を上げた。

「な――なんなんだ？　びっくりするじゃないか。俺の住居でなにをしてるんだ」

「シンドラーさん？」トムはたずねた。

「ああ、そうだよ！　なんで人の家で……」そこで言葉を途切らせて、男は自分に向けられた拳銃に抗議することにした。

「すまない」トムはいった。「脅《おど》かすつもりはなかった。あなたの同居人マズーアさんのことでいくつか質問したい」その瞬間、トムのスマートフォンが鳴った。

ルーカス・マズーアはドアを押し開けた。廊下に明かりはなかった。背後にも照明はない。住まいはどこも暗くて、ろくになにも見えない。普通はドアの下から光が漏れるものだが、それすらない。よろい戸まで閉めているようだ。ファック。

右手で拳銃を構えて、左手で照明のスイッチを探る。ドアの横にあるはずだ。「ゲーロ?」マズーアは声をかけた。

返事はない。

頭がズキズキする。頭痛は耐えられないレベルだ。鼓動が毛の先まで響く。アドレナリンのせいだ。

「ゲーロ?」彼はもう一度、少し声をひそめて呼んだ。「馬鹿な真似はやめろ。こっちには拳銃がある。話がしたいだけだ。わかったか?」照明のスイッチが見つかった。マズーアはスイッチを押した。カチッと音がしたが、照明はつかなかった。

ファック。ファック。ファック。

もしかしたら本当に不在なのだろうか。だからよろい戸が閉まっていて、真っ暗なのかもしれない。あいつがスマートフォンを持っていれば、こんな面倒なことをしないですんだのに。暗がりの中、部屋に通じるドアの枠がうっすら見える。ブレーカーを落としてあるのだろうか。これは罠かもしれない。それとも、あいつのケチくささのせいか。

マズーアは玄関のほうに二歩さがった。そこで外廊下のスイッチを見つけた。

カチッ。

ようやく照明がついた。

ふたたび二歩前に出る。自分の影が廊下に落ちた。絨毯《じゅうたん》を敷いた床は茶色だ。右側の壁に小さな棚がある。今度は少し見えるようになった。さらに二歩進む。ゆっくり、神経を集中させて。

なにか音がしなかったか？

急に暗くなった。自分の影に別の影が加わった。背後のドアがすごい音を立てて閉まった。

第四十九章

ベルリン市近郊、トイピッツ
二〇一九年二月十五日（金曜日）午前十時五十四分

ニコレ・ヴァイアータールが運転する車は駅前通りからレプテナー通りに曲がった。ベルティは助手席にすわって、背もたれを後ろに倒し、移動中に居眠りをはじめた。「こんなところには暮らせないな」彼はぶつぶついった。「ベルリンから五十キロしか離れていないのに、こんなに寂れているなんて」

ニコレは黙っていた。出身地はシュプレーヴァルトのリュッベナウ。手を見れば、仕事がわかる土地柄だ。ベルティのように爪にマニキュアをしている男などひとりもいない。そして、ここにもいない。

道路はくねくね曲がっていた。やがて黄色い家が見えてきた。尖《とが》った赤い屋根にはパラボラアンテナが取りつけてある。一九五〇年代のものだ。焦茶色に塗られた柵が敷地を囲み、左側にはガレージ、右側にはガラスが汚れたままの温室があった。

「着いたわ」そういうと、ニコレは「クロスターマン、配管・暖房施工」と車体に書かれたステーションワゴンの後ろに車を止めた。

「よし、問題のガキがどのくらい大きくなったか見ものだな」ベルティがいった。

ふたりは車から降りると、家のベルを鳴らした。髪がパサパサで、エプロンをつけた女性が家のドアを開けた。ニコレはその女性を見て、自分の母親のことを彷彿《ほうふつ》とさせられた。

「ペッシュさん?」ベルティは身分証を呈示した。「ベルリン州刑事局のプファイファーとヴァイアータールです」ベルティはニコレを指差した。「フランク・コーガンさんを捜していまして、今日はここで……」

「州刑事局? なにかあったんですか?」ペッシュが恐る恐るベルティとニコレを見た。

「いいえ」ニコレが答えた。「ご心配なく。コーガンさんに聞きたいことがあるだけです」

「今ですか? そんな急に?」ペッシュがたずねた。「作業は午前中いっぱいかかるといってます。手際がいいとはいえませんし、地下室のトイレが直らないと困るんです」

「ペッシュさん、わたしたちは長居しません」ベルティが約束した。

ペッシュはエプロンで手をふいた。「わかりました。ええと、左の階段を下りたら、臭うほうへ行ってください。でも、ドアは閉めてくださいね。わたしはキッチンにいます。なにかあったら、声をかけてください」

ベルティが地下室に通じるドアを開けると、ふたりは階段を下りた。「ふう」と彼が声を漏らした。ニコレはニヤッとした。敏感な鼻にはきつい。

黄色いタイル張りの小さな浴室に、青いつなぎを着て、膝《ひざ》をついている若い男に出会った。腕に長い手袋をはめ、取りはずした便器の奥の下水管に手を突っこんでいた。ベルティはいやそうな目をしてニコレを見た。

「コーガンさん？」

若い男が振りかえって、ニコレとベルティを見つめた。

「ベルリン州刑事局の者です」ベルティは身分証を彼に呈示した。

コーガンは下水管から手を抜くと、身分証を受けとって、ちらっと見た。

「なるほど」そういうと、コーガンは身分証をベルティに戻した。ベルティはそれを指先で摘まんで、蛇口《じゃぐち》をまわそうとした。

「それはやめたほうがいい」コーガンがいった。「汚水が逆流する。今のところ全部つながっているので」

ベルティはため息をついてトイレットペーパーを千切った。

ニコレも悪臭に胃がひっくり返りそうだったが、思わず笑いそうになった。

「どういう用件だい?」コーガンがたずねた。フローロフによると、二十五歳。鼻が曲がっていて、左右に大きく離れた青い目が落ち着きなく動いている。ブロンドの髪は薄かった。

「外で話せますか?」ベルティがいった。

「それはちょっと。今、下水管に水をためて、なにが起きるか様子を見ているところなので」

「じゃあ、ここでいいでしょう」顔を見るに、気持ちは正反対のようだが、ベルティはそういった。「二〇一〇年八月、あなたは友だちと森に入って、だれかが射撃するのを目撃しましたね」

コーガンが眉間《みけん》にしわを寄せた。「なんだ、大昔の話じゃないか。当時、警察に根掘り葉掘り訊かれた。俺が今でも覚えていると思うのか? 今さらそんなことを問題にするなんて、なにがあったんだい?」

「当時使われた銃が問題になっているんです。同じ銃で最近、人が撃たれまして」

コーガンが口を開け、また閉じた。「ああ、なるほど」

「これで記憶が蘇《よみがえ》りましたか? どういう状況だったか、もう一度話してもらいたいのです。あなたは森でなにをしていたのですか?」

「森でやってたこと? さあ、なにをしてたっけなあ。たしかキノコ狩りをしてた」

「キノコ狩り」ベルティはいった。「十六歳と十五歳の少年が」

「ああ。いけないかい？　八月はキノコの季節だ」コーガンは袖で額《ひたい》をふいた。神経質にベルティとニコレを交互に見ていた。

「キノコ狩りをしていて、銃声を聞いたんですね？」

「ああ。かなり遠かった。パン、パン、パン。びっくりしたのを今でも覚えてる。ハンターかなと思った。獲物と間違えられそうな気がして、地面に伏せたんだ」

「なるほど」ベルティはうさんくさそうにいうと、コーガンを黙って見つめた。コーガンはさっきよりも明らかにいらついている。「それなら、なぜ気づかれるように行動するなり、声をかけるなりしなかったのですか？　そうすれば獲物に間違われることはなかったでしょう」

コーガンはすぐには答えられなかった。「いや、それは……その。そうしなかっただけだ。ハンターだと思っただけで、本当にそうか確信がなかったんだ。悪人かもしれないからね。だとしたら、声をかけるのはまずいだろう？」コーガンは助けを求めるようにニコレを見た。「その銃でだれかが撃たれたというのなら、やっぱり悪人だったかもしれないね」そういうと、彼は急に満足そうな顔をした。「それなら、あのときも、俺たちの勘は正しかったことになる」

ニコレがなにか訊こうとすると、ベルティが先にいった。「つまり、ずっと地面に伏せていたのですね。どのくらいの時間でした？」

「さあ、二十分くらいだったかな。あいつらがいなくなるまで」

「あいつら？　ひとりじゃなかったのですか？」

コーガンが目をしばたたいた。「ええと、ふたりだった。なにかしゃべってた」

「話の内容は聞こえましたか？」

「いいや、かすかにしか聞こえなかった」

「そのあいつらがいなくなったあと、他にもなにか聞こえましたか？　オートバイの音とか、車の音とか？」ベルティがたずねた。

「いいや、なにも」コーガンは弱ったという顔をした。「協力したいけど……」コーガンは肩をすくめた。

ベルティはじっとコーガンを見つめた。コーガンは目をそらさなかった。なにも隠すものがないか、とことん嘘をついているかのどちらかだ。

「仕事は大変だろうね」コーガンが同情していった。

「だけどあなたの仕事ほど臭いませんよ」ベルティは機嫌を損ねていった。「協力してくれてありがとう」ニコレに行くぞと合図してから、手を上げて、別れの挨拶をした。

コーガンはニコレにニヤッと笑いかけた。「役に立ったのならいいけど」

「役に立ちましたよ」ニコレは微笑《ほほえ》んでから、便器を指差した。「わたしの父も配管工です」

「本当に？　それは、それは」コーガンがいった。

「父は息子が欲しかったみたいですね。配管工は男の仕事だと常々いっています」

「それはいえてる」

「ニコレ」ベルティが廊下から呼んだ。「来いよ」

「父はあなたのことが気に入るでしょう」ニコレはコーガンにいった。

コーガンはニヤッとした。「一度飲みにいってもいいね。うちの電話番号は家の前に止めてある車に書いてある」

「ニコレ！」ベルティがじれったそうに叫んだ。「先に車に戻ってるぞ」

「行かなくちゃ」そう微笑んで、ニコレは振りかえって、浴室から出ていこうとした。けれどもドアのところでもう一度足を止めて、コーガンの背中に声をかけた。「ああ、ところでその銃ですけど、短かったですか？　それとも長かったですか？」

「長かったよ」コーガンはなにも考えずに答えた。「銃架がついた黒くて長い銃だった」

ニコレは彼のほうを向いた。

コーガンは振りかえって微笑んだ。つなぎを着て、汚れのついたゴム手袋をはめた奇妙な姿だった。そのとき自分が口にしたことの意味に気づいて、笑みが消えた。

ドアを閉める音が地下室に響き渡った。

「ベルティ？」ニコレが叫んだ。コーガンが彼女のほうに足を一歩だした。

第五十章

ベルリン市クロイツベルク地区
二〇一九年二月十五日（金曜日）午前十一時二分

トムは通話を終えると、一瞬虚空を見つめた。

「大丈夫？」ジータがたずねた。

「ブルックマンだ」トムはぽつりといった。なにか話したいようだが、ふたりにならないといえないことのようだ。シンドラーはマントを脱いで、非難がましさと不安をない混ぜにした表情で廊下に立っていた。「シンドラーさん、マズーアとはどのくらいいっしょに暮らしているんですか？」

シンドラーは眉間《みけん》にしわを寄せた。茶色い前髪が顔にかかった。頰髭《ほおひげ》がもじゃもじゃしている。カミソリを当てるのが億劫《おっくう》なようだ。「二年前くらいからです。いいですか。なにをやらかしたか知りませんが、あいつはフリークなんです。知っていたら、ここに住んだりしませんでした」

「フリークというのは？」

「ポスターを見たでしょう?」

「普通の人間でもメタルファンはいると思いますが」トムは肩をすくめながらいった。「あなたはどんな音楽を聴くんですか?」

「俺? ええと、クリス・デ・バーかな」

「それなら、入居する前に音楽の趣味を確認するべきでしたね」

「それは皮肉ですか?」シンドラーはトムを平然と見つめた。

「ではマズーアがフリークだという根拠が他にもあるんですか?」

「いっていいものかどうか。……あいつとは言葉が通じないんです。だいぶ……妄想癖《へき》があって。それに整理整頓にうるさくて。キッチンにビールの空き瓶を二本置いておくだけで、ストレスになるんです。そしてストレスがたまると、すごい目つきになって。それこそ背筋がぞっとするような目つきなんです」

「マズーアはかつてクロイツベルクのギャングでしたね」トムはいった。「モヒカン、クリンゲ、フロウという名前に聞き覚えは?」

シンドラーは知らないというように口元をゆがめた。「いいえ、聞いてません」彼は黒いシャツについたフケを払った。その様子をジータは脇から観察した。

「あいつ、逮捕されるんですか?」シンドラーがたずねた。

「じつは逮捕したところです」

「そうか。まいったな」シンドラーがいった。「家賃のことがあるんで。賃貸契約はあいつの名前でしてるんです。俺は出ないといけないですかね？」

「いずれにせよ二、三日は帰らないほうがいいでしょう」トムはいった。「さっきの電話はマズーアが逃走したという連絡でした。警官を倒して、拳銃を奪ったそうです」トムは、少し離れて立っていたジータが身をこわばらせたことに気づいた。「わたしだったら、会わないようにします。彼は危険です」

トムはうなずいた。

「糞《くそ》っ、今からってことですね？」シンドラーがたずねた。

「身辺警護はしてもらえます？」

「彼が帰ってくるかもしれないので、ここを監視します」

「経費は？　たとえばホテル代」

「申し訳ない。わたしにはどうすることもできません。友人や親戚のところに泊めてもらうことはできませんか？」

「ホテルのほうがいいです」シンドラーが唸《うな》るようにいった。

「それは自腹になります。ご協力ありがとうございました。——それから家に押し入って申し訳なかったです」

「糞ったれの国家がいつもすることさ」シンドラーがつぶやいた。「いざという時にはほうっておかれる」

トムはそれには答えず、ジータにうなずいた。ふたりは住居をあとにした。足音が階段に響いた。薄暗い廊下、五厘《ごりん》刈りの髪、目の下の隈《くま》。ジータはいつになく儚《はかな》げだった。

「マズーアに逃げられたことだが、すまない」トムはいった。

「手術を受けて、麻酔が効いているという話だったわよね。わけがわからない。なんでそんなに早く逃げられたの？」ジータは絶望してたずねた。「しかもそんな状態で警官を倒すなんて」

「俺も知りたいくらいさ。だけど、ブルックマンを知ってるだろう。必要以上のことはいわない」

ふたりはアパートから出ると、通りを横切った。一陣の風にあおられて、テイクアウトのコーヒーカップが歩道を転がった。空はライラック色から暗灰色へとグラデーションになっていた。トムは車のドアロックを解除した。紺色の車体にぽつりぽつりと雨が落ちてきた。

「ブルックマンはケラー市長と話をした？」ジータがたずねた。

「ああ。話したといってた。市長を訪ねていいそうだ。ただし、嚙みつかれても知らないといわれたよ」

「政治家連中ってそうだからいやになる」ジータは怒って助手席のドアを開けた。「腹が立つわ」

「同感だ」トムは車に乗って、エンジンをかけ、ハンドルを切った。そのとき、道路の反対側から駆け寄ってくるヨー・モルテンが見えた。前をはだけたコートが風にひるがえっている。細くて長い脚の大きな鳥のように見えた。

「あれ、ヨーじゃない？」ジータは驚いていった。

ヨーはトムたちに激しく手を振り、待つように手で合図した。トムはエンジンを止めた。ヨーは後部ドアを開けて、トムの後ろにすわると、ドアを閉めた。トムは黙ってルームミラー越しに彼を見た。

「タバコが欲しい」ヨーはつぶやいた。

「ここでなにをしてるんだ？」トムはたずねた。「奥さんについていてやらないと」

「そんなことをしてどうなる？　じっとしてはいられない。マーヤを助けなくては」

「マズーアの部屋に行くつもりか？」トムはたずねた。

「おまえを捜していた」ふたりはルームミラー越しに視線を交わした。ヨーは途方に暮れているようだった。「こういうことを黙って見ていることができないのはおまえだけだ。違うか？」

〝ときどき変な風向きになる〟とトムは思った。ヨーが上司のときには、歯ぎしりするような思いをさせられるのに、今は立場が逆転している。

「なにがしたいんだ？」

「ふたりだけで話せるか？」ヨーはジータのほうを顎《あご》でしゃくった。トムはジータが不服そうにしているのがわかった。

「いいや」トムはいった。「ジータにはいてもらう。それがいやなら、話すな」

ヨーは一瞬迷ってからうなずいて、「すまない」とジータに向かっていった。ジータは黙って謝罪を受け入れた。

「親父《おやじ》のところへ行きたい」ヨーはいった。

「病院に？」ジータがたずねた。「話せるようになったんですか？」

「違う。ザクローの家に行きたいんだ」

急にざあっと雨が降ってきて、会話が途切れた。空が決壊して、降ってきた雨がフロントガラスの上を流れ、通りが見えなくなった。

「なんのために？」トムはたずねた。「鑑識が夜中に家宅捜索したが、なにも見つからなかった」

「親父が見られたくないと思ったら、だれにも見つからない。おまえなら、よくわかっているだろう。俺はあの家をベストのポケットみたいによく知っている。親父はマーヤを見つけるのに役に立つなにかを保管している。賭けてもいい。だが急がなくては。バウアーについて考えてみろ。同じことを考える奴が他にもいるかもしれない」

トムとジータが視線を交わした。ジータがうなずいたので、トムはエンジンをかけ、ワイパーのスイッチを入れた。「だれかに問いただされたら、俺はおまえを証人として同行させたことにする」

「感謝する」ヨーがつぶやいた。「それから、もうひとつ。入院中の父親のところに警官をふたり警護に向かわせてくれ」

「親父さんが心配なのか？」

ヨーはサイドウィンドウを見つめた。「仕方ないだろう。あいつは俺を育ててくれた。それは変えられない……」

トムは微笑《ほほえ》んだ。しょうもない奴だ。――ヨーは正気に戻ったようだ。「もう手配してある。病室の前には警官がふたりついている」

それからトムはウィンドウを下げた。雨が吹きこんで、左腕と肩が濡れたが、急いで青色回転灯をルーフに載せた。

第五十一章

ベルリン市近郊、トイピッツ
二〇一九年二月十五日（金曜日）午前十一時十六分

ニコレ・ヴァイアータールは一歩さがって、腰の拳銃に手を置いた。フランク・コーガンの目を見据えて、彼がなにもしないことを祈った。「真実を聞きたいだけよ」彼女は小声でいった。

コーガンは立ち止まった。目が泳いでいる。冷たい青い目が選択肢を探るように拳銃と廊下とニコレを交互に見た。

「ちくしょう」コーガンは肩を落とした。襲いかかるのを断念した。

上で地下室のドアが開いた。「ニコレ？」ベルティが呼んだ。「どうしたんだ？」

「下りてきて」ニコレが答えた。

ニコレの背後で足音がして、ベルティが横に立った。機嫌を損ね、疑うような目つきをしている。

「コーガンさんがなにか思いだしたようよ」ニコレはいった。

コーガンは目を丸くした。

「ほう、それは、それは」ベルティがいった。

「コーガンさんは銃を見ていないといっていたけれど、見たことを思いだしたのよ」ニコレは説明した。「なんで知っているか教えましょうか？　自分で発砲したからよ。ふたりはお父さんの銃を森で試し撃ちしたくなった。そうなんでしょ？」

「親父《おやじ》のじゃない」コーガンがつぶやいた。

「公式にはな」ベルティはいった。「調べたけど、銃器所持証を持っていない」

「だから親父の銃じゃないんだって」コーガンが懸命に訴えた。

「じゃあ、だれの銃だったの？」ニコレがたずねた。

コーガンは緊張して、左手で髪を撫《な》でた。右手にはまだ汚れた手袋をはめていて、つなぎが汚れないように体から離していた。「あの銃はベルリンの警備会社の銃器保管庫にあったんだ。親父は当時そこで働いていたのさ。パイソンという名前の会社で、たしか今は廃業している」

「ほう。そこから親父さんが銃を持ちだしたということか」ベルティがいった。

「違うよ。親父は関係ない。当時、親父は体調を崩していたんだ。糖尿病で、うまく歩けなかった。だからオフィスワークにシフトを変えてもらってた。警報装置の監視の仕事さ。どこかで警報が鳴ると、警備員や警察に通報するんだ。簡単な仕事だった。だけど、ここから通勤するのはね……それで、本当に具合が悪いときは例外的に俺が代行することを、ボスに認めてもらったんだ」

「学校はどうした？」

「たいてい遅番だった。金を稼ぎたかったし」

「母親は知っていたのか？」

「おふくろ？　まさか。親父がまだアメリカ兵だったときに、おふくろは惚《ほ》れたんだ。軍人に、軍服なんかにな。だけど、親父が落ち目になると、こっそり出ていった。ひどい女さ」

「ということは、あんたが父親の代行をして」ニコレがいった。「そして銃を会社の保管庫から持ちだしたということ？　黙って？」

　コーガンは肩をすくめた。「どこになにがあるか全部知ってた。親父が前に案内してくれたんだ。親父には自慢できるものがほとんどなかったからね。でもとにかくあれは恰好よかったんだ。本物の狙撃銃だったからな。映画の中でスナイパーが使っているのを見たことがある。そこで、いつもつるんでいたダチのフレディを誘って……」

「つまり、森で発砲したのはフレディとあなただったということね」

「ああ、そうだよ。警察が来たのはついてなかった。でも近づいてくるパトロールカーがサイレンを鳴らしていたから、銃を埋める時間はあった。間抜けなのは、帰り道で警官に出会《でくわ》したことだ。そこで銃声を聞いて、地面に伏せたって話をでっちあげたんだ」

「それで、銃はどうした？」ベルティがたずねた。

「どうしたって、夜中に戻って、掘り起こしたさ。幸いケースに入れてあったんでね。そうでなかったら、絶対にきれいにすることはできなかった。それから保管庫に戻した」

ニコレとベルティは視線を交わした。ベルティがうなずいた。

「昨日の午後一時半、どこにいました？」ニコレがたずねた。

コーガンが目をすがめた。「その時間に、その……？」

「その時間になにをしていたか答えてもらいましょう」

「ちくしょう」コーガンがいった。「バウアーの事件か！　あの金持ち。昨日射殺された奴っていえばあいつに決まってる。ニュースで……」

「午後一時半、どこにいましたか？」ベルティがいらっとして口をはさんだ。

「ええと、ここにいたよ」コーガンがいった。「ここの配管システムにかかりきりだった。よく壊れるんだ。ペッシュさんに訊いてくれ」

「あら、そう」ニコレはがっかりしていった。そして一瞬考えた。「その警備会社だけど、パイソンという社名だったわね？」

「ああ、そうだよ。でも、もうないぜ。社長がなにか問題を抱えて、姿を消したんだ。ロシア人とのハーフだったから、東に帰ったんじゃないかな……」

「名前は？」ニコレがたずねた。

「サルコフ。ユーリ・サルコフ。まさか、あいつが事件に関係してるのか？」

第五十二章

ベルリン市クロイツベルク地区
二〇一九年二月十五日（金曜日）午前十一時四十分

ルーカス・マズーアはうなじにひやっと冷たいものを感じた。冷たい金属。銃口だ。

「ゲーロ、馬鹿はよせ。話がしたいだけだ」

「拳銃を床に置け」背後でだれかがいった。「ゆっくりとな」

マズーアはその声に覚えがなかった。「だれだ？」

「まず拳銃を置け」

マズーアはゆっくりかがんで、拳銃を床に置いた。

「では、四歩前に進め」

マズーアはシグザウエルをまたいで、住居の奥へ進んだ。男が拳銃を拾いあげる音がした。それから男はマズーアに手錠をかけ、足元に黒い目出し帽を投げた。

「それをかぶって、鼻のところまで下げろ」なんとも不快な声だった。感情がなく、やたらに明るく、かすかにロシア語訛《なまり》があった。

手錠は金属がこすれる典型的な音がした。目出し帽はきつくて、あまりの痛さに目の前に星が飛んだ。布は目がつんでいて、目が見えなくなった。

男はドアを通って、マズーアを椅子にすわらせた。

マズーアはすわれてほっとした。アドレナリンの効果が薄れはじめて、めまいがしていたのだ。

「ゲーロはどこだ？」男がたずねた。

「知らない」

一瞬の静寂。

「いいか」男はため息をついた。「すぐに解決してもいいんだ。あるいはゆっくりでもいい。俺は鉛筆を持っている。ペンチやワイヤーもあるし、時間もたっぷりある。そういうのでどんなことができるか、おまえは知らないだろうな」ロシア語訛のせいか、男の言葉は抑揚が大きく、悲しいメロディに聞こえた。「ではもう一度立って、ズボンを下ろしてもらおう。そうすれば、おまえの逸物《いちもつ》が拝める。話さないのであれば……俺としては、そんなひどいことはしたくないんだ」

マズーアの鼠蹊部《そけいぶ》がきゅっと縮まった。軟弱なわけではないが、人に平気で残酷なことができる奴を知っていたからだ。目の前の奴にはそういう気配がある。マズーアは本気で恐怖を覚えた。

「立たないんだな」男は確認した。「ということは、なんでも真実を話すということでいいな。おまえは大人だ。話すことは自分で決めてもらおう。だがあとでおまえが嘘をついていると判断したら、俺はおまえを立たせる。それでいいな？」

マズーアはうなずいた。

「よし。それで、ゲーロはどこだ？」

「聞いてくれ。ゲーロの居場所なんて知らねえんだ。俺も捜してたところだ」

「なぜ捜しているんだ？」

「なぜ、なぜ？」マズーアはため息をついた。「まずいことになったからさ。仕事をふたつ請け負った。ひとつはハウスボート――もうひとつはヨハンス、昔ちょっといきさつのあった娘だ。どっちもヘマをした。なにが起きているのか知ってるかどうか、ゲーロに訊こうと思ったんだ。あいつにも依頼の電話があったかどうかとかな」

「娘たちを拉致《らち》したのはだれだ？」

「娘たち？　なんの話だか……」

「バウアーの娘とモルテンの娘だ」

「おいおい、なんの話だよ。拉致の話なんて知らない。その娘たちの居場所だって知らない」

「居場所には興味がない。拉致したのがだれか知りたい」

　マズーアの頭が目出し帽の中で熱を帯びた。大至急、鎮痛剤が必要だ。「ほ……本当に……電話をもらっただけだ。二回。はじめはハウスボートに押し入れっていう依頼で、その次はヨハンスを片づけろという指示だった。それですべてだ」

「おまえに電話をかけてきたのはだれだ？」

「名前なんて知らないよ。わかってるだろう。プリペイド携帯電話で、番号は非通知。昔の連中のだれかさ。ハウスボートでは書類を探せっていわれた」

「書類？」

「ファイルだよ。ファイルっていわれた。薄茶色のファイルで、長い数字のコードが表紙に書いてあるものだ。二十五桁以上あるっていわれた」

　男は少し黙ってからいった。「そのファイルを見つけたのか？」

「見つからなかった。ハウスボートじゅう漁《あさ》ったけど、なかった」

「ハウスボートのオーナーの名前は？　それからどこに係留している？」

「名前はフライシャウアー。運河の下方出口。ティーアガルテン河岸《がし》。橋の一番そばにあるやつだ」

「よし。最後の質問だ。フェルディはどこにいる？」

「フェルディ、ゲーロ。どっちも知らないよ。本当だ。俺たち、もうつるんでないんだ。ゲーロの父親の件が片づいてから。フェルディは前からイカれた奴だったし」

「だがゲーロの住所は知っていたわけだ。鍵の隠し場所も知っていた。フェルディの住所も知っているか？」

「知らない。フェルディとは完全に縁《えん》を切った。全然知らない。イタリアかクロアチアにいるんじゃないかな。ゲーロの住所を知ってるのは、偶然、路上で出会《でくわ》したからさ。そのとき、ここに連れてこられた。思い出話でもできると思ったんだけど、話にならなかった」

話にならなかったのは、マズーアがトイレに立ったとき、ゲーロが彼の財布に手をだしているところを見てしまったからだが、いわないほうがよさそうだ。目の前の男にはたいして意味がないはずだ。マズーアは大きく息を吸った。話すのはきつかった。縫合した顎《あご》がひと言いうたびにズキズキする。だがそんなことを気にしている場合ではない。生きるか死ぬかの瀬戸際だ。しかし、なぜか男は急にしゃべるのをやめた。「なあ、まだいるのか？」

「いるとも」男は静かにいった。

マズーアは椅子にすわったまま腰をモゾモゾさせ、次の質問を待ったが、問いが発せられることはなかった。静寂に包まれた。そして暗い。頭の血管がドクドクいっている。マズーアはさっき真実をいえと命じられたことを思いだした。多かれ少なかれそのとおりにしたはずだ。問題は男もそう思っているかどうかだ。真実をいっても、信じてもらえなければ真実にならない。

「あのさあ」マズーアはいった。口の中が乾いていて、唇《くちびる》をなめた。「ふたりの居場所をあんたに教えても、こっちにはなにも痛いことはない。わかるかい？　黙っている義理なんてないんだ。あのふたりがどうなろうと、俺の知ったことじゃない」

いまだに静寂がつづいた。質問されたほうがはるかに簡単だ。目出し帽の中が汗だくになった。湿った布がかゆい。心臓がバクバクいった。「本当だ。信じてくれよ……」

「信じよう」

マズーアはほっと安堵して、深いため息をついた。

「おまえをどうするか考えないとな」男がいった。

第五十三章

ポツダム市ザクロー区
二〇一九年二月十五日（金曜日）午後〇時三分

ナハ・ザクロー通りから森の道に曲がると、ベンツがガタガタ揺れた。ワイパーが規則正しくフロントガラスの雨を払った。雨に濡れた木の幹がヘッドライトの光で浮かびあがっては消えた。冬枯れした枝が風に揺れている。ジータは両手がこわばった。この森で命を落としそうになってからまだ十三時間しか経っていない。そして彼女を殺そうとした奴は逃走中だ。

トムのスマートフォンがショートメールの着信を知らせた。トムはスマートフォンをジータに渡した。「大事な用か見てくれるか？」

ジータは画面を見た。「ベルティからよ。バウアー殺害に使用された銃の件。ニコレと彼、所有者の名前を突き止めたみたい。すくなくとも二〇一〇年までそいつの所有だったらしい。名前はユーリ・サルコフ」

「聞いたことがないな」トムはつぶやいた。「ヨー、あんたは？」

「知らない」モルテンが後部座席からいった。

「二〇一一年までパイソンという会社の所有者だった」ジータは文面を音読した。「ベルリンの警備会社。そのあと廃業。メディア王ヴィーコ・フォン・ブラウンスフェルトと深いつながりがあった。パイソンは彼が所有するテレビ局の警備を担当していた。ViCLAS によるとサルコフは二〇一一年にフォン・ブラウンスフェルトの謎の死をめぐって調べられている。でも証拠が見つからなかった」

「警備会社か」トムがいった。「当たりのようだな。ヴォルフ・バウアーの事件にも符合する。金庫とその中身の破壊の仕方とか」

「問題はだれの差し金かだな」ヨーがいった。「あるいは自分の都合で動いているか」

「そいつは明らかにだれかの手先ね」ジータはいった。「依頼されて動いているととったほうが納得がいく。ベルリンにはもう基盤はないわけでしょ。会社はないんだから」

ヘッドライトは道端に積まれた伐採《ばっさい》された木をかすめた。「サルコフ……サルコフ」ジータがつぶやいた。「なんか知っているような気がする。なんだったか……トム、あなたのスマートフォンを使ってもいい？　ちょっとフローロフにメールする……」

「いいとも。使ってくれ。最後に俺の名前を入力するといい。そのほうが話が早いだろう」

ジータはすごい速度で文字をタップした。

　ねえ、ルツ。

　ユーリ・サルコフという名前に心当たりはない？　パイソン警備会社。二〇一一年までベルリンにあった。それからケラーと彼の父のマカロフの件はどうなった？　連絡をくれるはずだったわよね！

　よろしく、ジータ。

　かすかにロケットの発射音がして、ショートメールは送信された。ジータが目を上げると、木製のフェンスを通るところだった。敷地には一台も車がなかった。ここにいるのはジータたちだけだ。

　トムはエンジンを止めた。一瞬、あたりが静寂に包まれた。聞こえるのは車のボンネットを叩く雨の音だけだった。「鍵はあるのか？」トムはヨーにたずねた。

「いいや。俺たちが喧嘩別れしたとき、親父は家の鍵を交換した」ヨーはため息をついた。

「なにか工具を持っていないか？」

「押し入る気?」ジータがたずねた。

「俺の家じゃないか」

ジータはなにもいわなかった。

「トランクになにかあるだろう」トムはいった。

三人は車から降りた。突風に巻かれて、服がひるがえった。雨が横から三人の顔に吹きつけた。トムはトランクからバールをだして、ヨーの手に渡した。トムは当然のようにそういう工具を車に積んでいる。なぜなのか、ジータは気になった。強盗ならわかるのだが。

ヘリベルト・モルテンの家は静寂に包まれていて、木々のあいだに黒々と浮かんでいた。窓に釘付《くぎづ》けした板が風でガタガタ音を立てていた。

ヨーはふたりを連れて、家の裏手につづく細い道を進んで、裏口に辿《たど》り着いた。二段の外階段を上り、なにもいわずドアノブのあたりにバールを当てた。風でヨーの脂《あぶら》ぎった髪が乱れた。雨に濡れた皮膚《ひふ》がてかっている。まるで緊張して汗をかいているように見える。

錠のあたりでドア枠が壊れ、ささくれだった木枠が三人のほうを向いた。ヨーがもう一度バールを当てると、ドアが開いた。三人は広いキッチンに静かに足を踏み入れた。ジータは明かりをつけようとしたが、ヨーに止められた。「よしたほうがいい」

「ここにだれかいると思うの?」ジータがたずねた。

「つけられてもいなかった」トムはいった。「すくなくとも州道を曲がるまでの数キロは一台も車を見ていない」

ジータはあたりを見まわした。床のタイルは市松模様で、キッチン家具は五十年近く前のものだ。ガスコンロには汚れたやかんと鍋が載っていて、シンクには皿とカトラリーがいくつか置いてあった。

ヨーは廊下に向かった。天井が高く、細くて長い。壁には複製画がかかっている。そのうちの一枚はドレスデンの聖母教会の廃墟を描いたものだ。

「ジークフリート・アダムだ」ヨーがつぶやいた。「親父《おやじ》のお気に入りだ」

廊下が九十度曲がっていて、そこが玄関だった。がっしりした木の階段が二階に通じていた。だがそこを上ることなく、ヨーは階段下の扉を開けた。その奥に地下に通じる狭い階段があった。階段のペンキがはがれ、足を乗せるたびにみしっときしんだ。アシナガグモが壁を這いあがって、亀裂に逃げこんだ。

階段を下りたところで、ヨーは立ち止まった。「鑑識は地下室を調べはしたが、ここには気づかなかったようだ」身をかがめると、両手で一番下のステップをつかんで、持ちあげた。

ジータは信じられないという思いでその階段の仕掛けを見つめた。下から五段分が見えないヒンジでいっせいに上がった。階段の左右にバネが仕込まれているらしくガリガリと音がした。次の瞬間、そこに荒削りなコンクリートの階段があらわれた。

ヨーは板に組みこまれた照明のスイッチを押した。しかし階段の下は暗いままだった。

「親父はいつも地下二階と呼んでいた」そういうと、ヨーはコートのポケットを探った。

「しまった。懐中電灯……まあ、いい」それから手間取りながら、スマートフォンの懐中電灯アプリをタップした。

三人は恐る恐るその急な階段を下り、トンネル風の長い通路に辿り着いた。スマートフォンの光を浴びて、すべてが脱色して見えた。ヨーは急ぎ足で進んだ。曲がり角に来て、防弾ドアがあらわれた。

「冷戦時代」ヨーはいった。「要人のほとんどが自宅にシェルターを持っていた。親父は要人というほどではなかったが、一歩手前まで来ていた」

「いずれにせよ、うまく隠れていたわけね」ジータはいった。

「たしかにいつも隠れるのがうまかった」ヨーは頑丈なレバーを動かし、分厚いドアをゆっくり引きあげた。蝶番《ちょうつがい》がきしんだ。

ジータはシェルターの暗い内部を見つめた。天井から冷たい滴《しずく》が頭に落ちてきて、うなじを伝った。「照明は?」

ヨーはスイッチを試したが、暗いままだった。「スマートフォンのライトで充分だろう」

第五十四章

ポツダム市ザクロー区
二〇一九年二月十五日（金曜日）午後〇時二十三分

トムはドアをくぐるのに、身をかがめなければならなかった。シェルターはトムがやっと立てるくらいの天井高だったが、天井には電線が張っていて、照明器具もあったので、そのまま腰をかがめていた。

「二間《ふたま》になっている」ヨーが説明した。「居室と浴室。だが上下水道はとっくの昔に壊れている。親父には金がなかった……たぶん直す必要も感じなかったんだろう」

そこには簡易ベッドが三台、シンプルなキッチンテーブルと椅子が三脚、それから三分割された大きなロッカーがあった。テーブルの下には古い絨毯《じゅうたん》が敷かれ、中央にカビが生えていた。天井の水が浸透した部分はコンクリートが剝落し、床に落ちていた。壁には棚があったが、なにも入っていなかった。その横にはシミだらけのタペストリーがかけてあった。

「昔はここを納戸として使っていた」そういうと、ヨーは棚を横にずらした。床に真四角のプレートがあらわれた。プレートの一方は蝶番《ちょうつがい》で固定され、もう一方はダイアルロックで施錠されていた。

トムとジータが視線を交わした。「父親が地下室に金庫を隠しているって知ってたのか?」

「ああ」ヨーはいった。膝《ひざ》をついてダイアルをまわした。「昔はこれを見てもなんとも思わなかった。いっただろう。親父はずっと俺に隠しごとをしてたんだ」ヨーはロックを揺すると、小声で罵《ののし》った。「ちくしょう。暗証番号を変更したな」

「暗証番号を知っていたのか?」

「まあな。俺が責めるようになってから、親父は愛する俺のためになんでもしてきたと説明しようとしたんだ」モルテンは吐き捨てるようにいった。「ヘリベルト・モルテンと愛情!ホーエンシェーンハウゼン拘置所で国家保安省《シュタージ》の奴らが拷問した囚人を死なないように治療した奴がよくいうよ……」ヨーは改めてダイアルをまわした。「親父はカードから自転車の鍵に至るまで暗証番号はすべて俺の誕生日にしているといってた。それが愛情の証《あかし》だとでもいうように……」

ヨーはまたロックを揺すったが、びくともしなかった。「だけどそれも嘘だったようだ」

「バールはどこだ?」トムはたずねた。

「上だ。キッチンのドアのところ」ヨーはいった。「取ってくる」

ヨーはきびすを返して、シェルターから出ていった。足音がトンネルで反響した。曲がり角でスマートフォンの光が消えた。

トムはシェルターの中を見まわした。緑色のプラスチックでできた小さな工具箱に目をとめた。どこかおもちゃのように見えた。錆《さ》びた二本のドライバーの他に、一部欠けているスパナセットがあった。

「これでいけそうだ」トムはつぶやいた。「明かりを頼む」トムはジータにスマートフォンを渡し、スパナを二本持ってプレートのそばに膝をつくと、ダイアルロックの左右にスパナを当てて、テコの応用で一気にダイアルロックを持ちあげた。バキッと音を立ててスチール製のダイアルロックがはずれた。

「ときどきあなたが何者かわからなくなるわ」ジータがいった。

「最近、警官根性があるっていわれたけどな」

「あなたをよく知ってる人?」

トムは床のプレートを開けた。金属製の床下収納になっていて、ガムテープをぐるぐる巻きにした古いビニール袋が入っていた。「東ドイツ三十周年・FDJ（東ドイツの青年組織「自由ドイツ青年団」のイニシャル）のたいまつ行列」と書かれ、オレンジと青色のたいまつが描かれている冊子が見える。トムはその袋を破った。冊子のインクが袋に移っていた。中からカバーがぐにゃぐにゃになったファイルが出てきた。書類がびっしりはさまれていて、十二桁の番号が入ったインデックスできれいに整理されている。「これは古い国家保安省のファイルだぞ」トムはつぶやいた。

「どこかに名前が記されている?」ジータがたずねた。

トムはページをめくった。ほとんどがコピーのようだ。部分的に原本もある。「あった。

幹部のファイルだ。見てみろ」トムは十二桁の番号といっしょに記された氏名を指差した。

「ヘリベルト・モルテン」ジータはささやいた。

トムは険しい目つきでうなずいた。「一九九〇年に国家保安省が解体される前に持ちだしたようだな」

「他のファイルも見て」ジータがいった。

トムはページを戻した。最初のインデックスはPKZ 110762430036。

氏名はバウアー、ヴォルフ。

次のインデックスはPKZ 170963430225。

氏名はケラー、オットー。

「嘘でしょ。みんな、国家保安省の人間だったの？」ジータがささやいた。

トムは歯のあいだから息を吐いた。「そのようだな」

「だけど国家保安省の人間がどうやって市長になれたわけ？」

「さあ」トムはつぶやいた。「だけどこれが公《おおやけ》になっていたら、市長になれたはずがない。

その意味では、このファイルはあいつの命取りになる」

「もしかしてバウアーの金庫にも、こういうファイルがあったってこと？」

「だろうな。ここにあるのはほとんどがコピーだ。原本はモルテン自身のだけだ。おそらくケラーの金庫にも同じようなものが入っていたのだろう。金庫が破られたというのが本当なら、だれかが三人の正体に気づいたことになる」

「でも、なんで娘を誘拐するわけ？」

「わからない。だが……待て。まだ人名があるぞ。見てみろ。次は女性だ。シェフラー、マリー＝ルイーゼ」

「動くな！」背後で声がした。トムとジータはぎょっとした。ゆっくり振りかえる。トムのスマートフォンが発する淡い光の中、ヨーが通路を歩いてきた。背後に男がふたりいる。ふたりはそれぞれ拳銃を構えている。

ヨーは渋い顔をして、怯えている。そして靴をはいていない。

ふたりの男のうちのひとりは五十歳を過ぎていて、縁無《ふちな》しメガネをかけ、灰色の帽子をかぶって、左手に小型の懐中電灯を持っている。ふたり目は鼻に黒い副木《そえぎ》用のマスクをつけ、めったうちされたような顔をしていた。よく見ると、マズーアだ。

「こりゃいいや」マズーアがぼそっといった。

「黙れ」帽子の男がいった。

ジータはあとずさり、深く息を吸った。

「この女は俺がいただくぜ、ユーリ。それで充分……」

「いい加減にしろ！」もうひとりがそう怒鳴ると、トムに銃を向けた。「そのファイルを閉じろ！」男とマズーアはシェルターの入り口で立ち止まった。「それをこっちに寄こせ」男の声は穏やかだが冷淡だった。かすかにロシア語訛《なまり》がある。「そのまま床に置いて、足でこっちに寄こせ」

トムの頭がフル回転した。ロシア語訛、狙いはファイル。――ヴォルフ・バウアーのことが脳裏をかすめた。それから破壊された金庫とバウアーを狙撃した銃。マズーアはなんて呼んだ？　ユーリ？　だとすれば、帽子の男はユーリ・サルコフだ。トムは必死に逃げ道を探した。だがどこにも見当たらない。シェルターは袋小路だ。仕方なくファイルを足でサルコフのほうへ押した。

ヨーは床を滑《すべ》ったファイルを見つめ、壊れたダイアルロックに目を向けた。

「次は武器だ。二本の指でつかめ。それからスマートフォン」

トムは拳銃を肩掛けホルスターから抜いて床に置き、ジータがトムのスマートフォンをそのそばに置いた。

「それで全部か？」サルコフがたずねた。

「俺のはここだ」ヨーは悔しそうにいうと、スマートフォンを床に置いた。

「すべてこっちへ寄こせ！」

ヨーはふたつのスマートフォンとトムの拳銃を通路にだした。

サルコフはかがんで、トムの拳銃の安全装置をはずすと、自分の拳銃をしまった。「それじゃ、おまえ……」サルコフはトムの拳銃を振ってヨーに指示した。「ふたりのところへ行け」

ヨーは歯を食いしばって、トムとジータがいるシェルターに入った。サルコフは三人から目を離さず、ファイルとスマートフォンを足で自分の背後の廊下に移動させ、自分もマズーアの背後にさがった。トムのスマートフォンが淡い光を発していなかったら、ふたりは黒い影にしか見えなかっただろう。

「撃ち殺せ」サルコフはマズーアにいった。「三人ともだ」

マズーアはぼんやりした意識の中でサルコフの指示を聞いた。手にした拳銃が焼けるように熱く感じた。まるで体の中を絶えず流れる電流のようだ。マズーアはジータを見つめ、引き出しに入れてあるポラロイド写真のことを思った。だがいつもと違って興奮しない。腰の逸物《いちもつ》は固くならなかった。いっそのこと弾倉の銃弾を全部この女に撃ちこみたかった。だがその一方で、あっさり撃ち殺すのはもったいない気がしていた。こんな状況になったのも、この女のせいだ。だが――ファック――それを女に思い知らせるだけのエネルギーがない。こんな状況ではバイアグラをひと箱のんでも無理だろう。このまま撃ち殺して――いいのか？

だが頭の中に警告灯がついた。

ジータがトムの手をつかんだ。彼女の指は温かかった。トムは自分の手をひどく冷たく感じた。いろいろなイメージが一気に頭の中を駆けめぐった。乱れた毛布にくるまるアンネ。トムの肩と首のあいだに頭を寄せて甘えるフィル。白い羽根を耳に挿して、生意気だが、愛らしく笑うヴィー。そしてヴィーの髪に挿してやった黒い羽根。すべてに現実味がなかった。イメージはすぐに消えた。死ぬときはもっと時間があると思っていた。せめて別れを告げる時間くらいはあると。

「なにをぐずぐずしてる？」サルコフがたずねた。「三人に見られて……」

マズーアの警告灯は太陽のように明るく大きくなった。サルコフは背後に立っている。気に入らない。まったくもって気に入らない。サルコフにとって邪魔者は三人じゃない。四人だ！　自分の拳銃をしまって、警官のを持っているのはなぜだ？

「俺はそんな間抜けじゃないぜ」マズーアはサルコフのほうを向いた。サルコフは眉間《みけん》にしわを寄せてマズーアを見つめ、そっちに銃を向けた。「どういう流れになるかわかってる。俺は……」

銃声が鳴り響いた。火を吹いたのはサルコフが手にしていた拳銃だ。もう一方の手に持っていた懐中電灯が明るく光った。

マズーアはぐらっとして、片腕を上げた。トムはすかさず前に跳びだし、マズーアをつかんで壁にした。サルコフは改めて発砲した。のけぞってうめくマズーアを、トムはサルコフのほうに突き飛ばした。マズーアの体がサルコフの腕の中に倒れこんだ。光が揺れて、懐中電灯が床に落ちた。ふたたび銃声。弾丸は金属扉に当たってそれた。トムは頑丈な扉を全力で引いた。蝶番がきしんで、なかなか動かない。

ジータとヨーが横に来て手伝った。ドアに鈍《にぶ》い衝撃があって、半ば閉まった。金属扉が振動した。マズーアが倒れてきたようだ。

「ちくしょう」サルコフが罵った。最後の光が扉の隙間から射しこんだ。あと扉はもう少しで閉まる。サルコフがドアに跳びついた。床に落ちた懐中電灯の光でサルコフの影が大きくなった。拳銃が扉の隙間に差しこまれた。トムは扉を離して、ものすごい力で銃身を叩いた。銃身は隙間から消えた。その瞬間、ジータとモルテンがドアを閉めた。金属扉がドア枠にはまって、きしむ音とともに最後の光も消えた。トムは自分の手も見えなくなった。

「レバーを閉めるにはどうすればいい？」トムがたずねた。

「俺に任せろ」ヨーがいった。闇の中でトムのそばを通った。金属がこすれる音がして、ドアのレバーが閉まった。はじめに顔のあたり、次に足元。「これでいい」とヨーがあえぎながらいった。トムはほっとしてしゃがみこんだ。そばにジータの存在を感じた。肩と肩がふれ、彼女の息遣いが聞こえた。

シェルター内は真っ暗闇だった。

「大丈夫か？」トムはたずねた。「怪我はしてないか？」

「平気よ」ジータがつぶやいた。

「俺も大丈夫だ」ヨーが唸《うな》った。

「そのドアはどうなんだ？」トムはいった。「外から開けられるのか？」

「内側から閉めたら、外からは開けられない」ヨーが保証した。

「なんてこと」ジータはため息をついた。「あれ、ユーリ・サルコフよね？」

「ああ、おそらく。バウアーを射殺した奴だ」トムは答えた。「このシェルターに別の出口はあるのか？」

「奥から出られる。ドアは浴室にある」カチカチッと火花が散って、ヨーのライターの火がついた。「ついてこい。早く。サルコフがふたつ目の出口を探そうと思いつく前に」

ライターの炎を頼りに、三人は浴室に足を踏み入れた。そこには古ぼけた洗面台と便器しかなかった。水道管と電線が壁にむきだしで這わせてあった。裏口は表の扉よりも小さく、非常口のようだった。ヨーがそこの閂《かんぬき》を横にずらした。だがドアはびくともしなかった。

「オーケー」トムはいった。「三人でやろう」

ヨーが火のついたジッポを床に置くと、三人は力を合わせてドアに体あたりした。三度目に、ドアはすごい音を立ててひらいた。その先のトンネルから湿った空気が流れこんだ。

「今のは表のドアでも聞こえた？」ジータが心配そうにいった。

「どうだっていい」トムはいった。「ここを出るんだ。できるだけ早く」

ヨーはライターを拾いあげて、先頭を歩いた。彼の黒いシルエットがすぐ後ろを歩くトムとジータに揺れる影を落とした。天井からは水滴が落ちて、三人の髪を濡らした。土とカビの臭いがする。拳大のネズミが逃げていった。通路は左に曲がり、それから右に曲がって、階段が上のハッチに延びていた。ヨーはハッチの下に立って、閂をはずすと、ライターの蓋《ふた》を閉めて、火を消した。

ヨーはトムといっしょにハッチを少しだけ押し開けた。板壁と棚が見えた。ガレージの半分くらいの大きさの物置小屋だ。ドアは施錠されていて、人のいる気配はしなかった。

ヨーがハッチを完全に開け、三人は階段を上った。平屋根が雨をはじく音がした。板壁の隙間から風が吹きこんでいる。床と棚にはテラコッタの鉢があり、他にも園芸用の針金と園芸用肥料、ジョウゴ、金網、擦《す》り切れた園芸用手袋があった。ヨーはそっと木製のドアを揺すった。「ちくしょう。鍵がかかってる」

トムはなにもいわず、丈夫そうなドライバーを棚から取ると、それを隙間に差してドアを開けた。そっと外をうかがう。母屋は正面三十メートルくらいのところにある。家と小屋のあいだには身を隠せる茂みも木もないし、地面には起伏もなかった。右のおよそ十五メートル先に、敷地の境界線である木製のフェンスがあって、その先は森だ。もしサルコフが敷地を見張っていたら、物置小屋から出るところを見られてしまうにちがいない。

「急いだほうがいい」トムはいった。「サルコフは頭がまわる。この小屋に別の出口があると最初に目をつけるはずだ」トムはドライバーをベルトに差した。

ヨーがうなずいた。「車に行って、応援を呼ぼう。母屋を遠巻きにして行ったほうがいいな」

「わたしたちを見つけて撃ってきたらどうするの?」ジータがたずねた。

「あいだを開けて順番に走る」トムはいった。「的が小さければ、こちらに利がある」トムはサンルームの窓を見て、サルコフがそこで狙っているか確かめた。だが中までは見えなかった。「俺が最初に出る」

ジータが心配そうにうなずいて、トムの手を握りしめた。

「車のところで会おう」そうつぶやくと、トムはドアから出て、身をかがめながら森に向かって走った。風に吹かれた雨滴《うてき》が顔に当たったった。草がはびこり、苔《こけ》が生えている地面は濡れてぶよぶよし、ところどころ泥水がたまっていて、足が泥をはじいてビチャっと音を立てた。ちらっと横目で母屋をうかがう。黒々した窓ガラス、庭、草むら、物置小屋——すべてが鏡に映っているようで、走るあいだ揺れて見えた。森まであと二、三メートル。撃つのに一番いい機会が訪れる。フェンスの高さは一メートル半。丸太を縦横で釘《くぎ》どめしたものだ。

トムは横に渡した丸太に足をかけ、木製のフェンスをまたいだ。濡れた丸太のせいで靴が滑り、反対側のぬかるみに転がった。すぐに起きあがると、走って、近くの木に身を隠した。振りかえると、走ってくるヨーが見えた。木の間《こま》の向こうに紺色のベンツがある。トムは急いだ。家に通じる路上にグレーのアウディが止まっていた。おそらくサルコフの車だ。トムはドライバーをつかんで、運転席側のサイドウィンドウを割り、ドアを開けると、ハンドル下のカバーをはずし、電子機器のケーブルを引き裂いた。ベンツのそばでヨーとジータが待っていた。ふたりともびしょ濡れだ。

「臭わない？」ジータがたずねた。

母屋からなにかが燃える臭いがする。

「確かに臭いな……嘘だろう」ヨーはため息をついた。「あいつ、家に火をつけた」

「ちくしょう」トムが怒鳴った。「ファイルが燃えてしまう！」

「ファイル？」ヨーがたずねた。

「国家保安省のファイルだ。あんたの父親とケラーとバウアーは国家保安省の関係者だったらしい。隠してあったあのファイルは、今なにが起きているか突き止める最高の手がかりになるはずだ」

ヨーは父親の家を見つめた。

「やめておけ」そういうと、トムはヨーの腕をつかんで引き止めた。

「あいつが証拠を消すのを指をくわえて見ていろというのか？　俺の娘の命がかかっているんだ」ヨーが駆けだした。

「ヨー！　待てよ！」

トムを無視して、ヨーは家に向かって走った。黒っぽいコートが彼の痩《や》せた体にまとわりついていた。足は水を吸った黒いソックスのままだ。

「ちくしょう」首を横に振っているジータを見てから、トムも駆けだした。

家は攻城兵器のようにそびえていた。玄関ドアの菱形《ひしがた》の窓からは、炎の光でオレンジ色に染まった煙が漏れだしていた。

裏口に通じる小道は雨のせいで見分けがつかない。トムの靴が泥で滑った。開け放ったキッチンのドアに忍び寄ると、ドライバーをしっかり握り直した。煙が漏れでている。台所に人の気配はなかった。

トムは濡れたセーターを脱いで、口と鼻を覆うと、台所を抜けて、廊下に出た。廊下の角までは八歩。その先に階段がある。オレンジ色の光が明るくなった。だれかがかすかに咳きこんでいる。煙が目にしみ、息苦しくなったが、なんとか咳の発作を我慢した。

廊下の角で足を止めると、危険を冒して狭いエントランスホールをうかがった。二階に通じる木の階段が炎に包まれている。ヨーが床に倒れていた。サルコフはトムに背を向けてしゃがみ、ヨーの手に拳銃を握らせていた。それからヨーの体を引き寄せて、半ばすわっているような姿勢にした。ヨーはだらりとサルコフの腕に抱えられた。サルコフは銃口をヨーのこめかみに当てた。炎が放つ光の中、ふたりはきつく抱きあったカップルみたいに見える。炎が階段を燃えあがっていく。まるで咆哮《ほうこう》をあげ、すべてをのみこもうとする猛獣だ。サルコフが咳きこんだ。トムは息を止めて、セーターを放した。今は両手が必要だ。

サルコフの手がヨーの手を包み、人差し指を曲げたとき、トムはその場に辿《たど》り着き、左手でヨーのこめかみから拳銃を引き離し、右手でドライバーを力任せにサルコフの脇腹に刺した。

銃声が鳴り響いた。サルコフが悲鳴を上げて体を丸くし、ヨーの指から拳銃が離れた。トムはもう一度サルコフの体にドライバーを振りおろし、あいているほうの手で拳銃をつかもうとした。サルコフは苦痛の叫びを漏らしたが、背後のトムを激しく蹴《け》りあげた。ギリギリで顔を背《そむ》けたので、足蹴りはトムの顔を直撃せず、横から顎《あご》に当たった。それでも手の力が抜けて、ドライバーを離してしまった。

サルコフはトムを振りほどいて、立ちあがった。ドライバーは脇腹に刺さったままだ。スマートフォンがジャケットのポケットから落ちて、床を滑った。サルコフはふらふらしながら、しゃがんでいるトムに銃口を向けた。

トムは両足を突きだして、サルコフの膝を蹴った。サルコフは悲鳴を上げて転んだ。銃弾がトムのそばをかすめた。燃えている階段はすぐ近くにある。トムはサルコフに飛びかかり、拳銃を持つ手を床に押さえつけ、膝をサルコフの胸に乗せた。だがサルコフも負けじと左手のパンチをトムの脇腹に入れた。トムはうめいて息が詰まり、咳きこんだ。サルコフは身を振りほどくと、ふらつきながら立ちあがった。階段をのみこんだ炎は二階に燃え移っている。サルコフはふるえながら拳銃を構えた。トムは最後の力を振り絞って、サルコフの足を払った。サルコフは体勢を崩し、両手を振りまわしながら燃えている階段に倒れこんだ。火花が散った。サルコフは怒鳴って拳銃を落とし、燃えている手すりをつかんで体を起こそうとした。彼の服に火が燃え移る。彼の重さで階段がまるでスローモーションのように崩れ、奴は階段もろとも地下に落ちた。

トムは階段があったところにぽっかりあいた穴を見つめた。それからヨーのコートの襟《えり》をつかんで、玄関のほうへ引っ張った。だが玄関には鍵がかかっていた。廊下を通って台所へ行くしか手がない。

「トム！　どうしたの？」ジータが顔に濡れた布を当てながらやってきた。トムのためにもう一枚布を手にしていた。トムはそれで口と鼻をふさいだ。ふたりは力を合わせて、モルテンを台所から外にだした。

外の冷気が気持ちよかった。トムは雨混じりの空気をむさぼるように吸った。

「サルコフは？」ジータがあえぎながらいった。

「死んだと思う」

「ファイルは？」

「わからない。たぶん奴に燃やされてしまっただろう」

「あなたのスマートフォンは？」ジータがたずねた。

「ちくしょう。サルコフが持ってた」

「消防隊を呼ばなきゃ。救急医も。それに、わたし、ファイルの写真を撮った。多くはないけど、何枚か」

「サルコフはさっきポケットからスマートフォンを落とした。まだ廊下にあるはずだ。だけど……」

ジータは家を見つめた。「待ってて」

トムが止める間もなく、ジータはもう一度家に駆けこんだ。トムはあとを追おうとしたが、モルテンのそばに残ることにした。炎はまだ家をのみこんでいないから、屋根がジータの頭上に崩れ落ちることはないだろう。モルテンの横に膝をつくと、トムは首に指を当てて、脈を診《み》た。よかった！　脈はある。トムはヨーの頬を叩いた。「ヨー！　おい。しっかりしろ！　目を覚ませ！」

だがヨーは身じろぎひとつしなかった。

ジータはどうしただろう、とトムが思ったとき、彼女が咳きこみながらドアのところにあらわれ、濡れたタオルで包んだなにかをトロフィーのようにトムに差しだした。「見つけたわ。かなり熱くなってる。でも、まだ大丈夫だと思う。拳銃も拾ってきた」それからジータはヨーに目をとめた。「ヨーの具合は？」

「脈はあるが、目を覚まさない。病院に搬送《はんそう》しなくては」

ジータはタオルからスマートフォンをだして、緊急電話にかけようとした。「まずい。画面が映らない」

「いったん終了して、起動してみたらどうだ？　あるいは強制再起動してみては？」

「強制再起動？」

「電源ボタンとホームボタンを同時に長押しするんだ」

ジータはふたつのボタンを長押しして、少し待った。

トムはヨーを見た。マーヤのことが脳裏に浮かんだ。そしてヨーが父親にぶつけた激しい怒り。トムもヴィーのためなら同じことをするだろう。フィルのためだって。二日前に目を覚ましたときのことを思った。フィルは泣き疲れてトムの胸の上で眠っていた。平和な光景であると同時に無防備な状態だ。子どもは身を守ることができない。そのために両親がいる。マーヤはどこかに監禁されて、ヨーの助けを必要としているのに、彼は身じろぎもしないで横たわっている。

「だめだわ」ジータがいった。

「ヨーを車まで運ぼう。早く医者に診せないと」トムは拳銃を取ってホルスターに戻した。

熱せられた鉄の熱さを脇の下に感じた。「最寄りの病院はハーフェルヘーエだな。距離は十キロ。ヨーを病院に送りとどけたら、マーヤとユーリアを捜す」

第五十五章

ベルリン市クラードー地区ハーフェルヘーエ病院
二〇一九年二月十五日（金曜日）午後二時五十五分

ジータはハーフェルヘーエ病院の集中治療室のベッドにすわっていた。毛布にくるまっている。濡れた衣服は暖房のおかげで乾いた。長い指でさっきからトムの車のキーをいじっていた。そうすることで気持ちが落ち着くか、逆に神経が逆撫《さかな》でされるか、自分でもよくわからなかった。

トムとジータは役割分担をした。クラードーに入ったところで、トムは公衆電話を見つけると、消防署と同僚に連絡するといって車から降り、ジータはヨー・モルテンを連れて病院へ直行した。

医師たちはバイタルチェックをして、心配はないという仕草をした。ヨーは意識を取りもどしたが、もちろん頭部の怪我は予断を許さない。腫《は》れの様子を調べることになった。結果として、通常の医療チェックが行われた。ＭＲＩからはじまって、呼吸機能検査まで。二酸化炭素中毒を起こしている恐れがあったからだ。

　ヨーが集中治療室から運びだされたあと、ジータは居ても立ってもいられない気持ちだった。いろいろなことが脳裏を駆けめぐる。例のファイル、オットー・ケラー、ジーニエ、拉《ら》致《ち》されたマーヤとユーリア。トムと意見交換したいのに、彼はいまだに姿を見せない。ジータは時計を見て、ブルックマン部局長に電話をかけるべきか、あるいはフローロフに情報を伝えるべきか考えた。フローロフはそもそもケラーが所有しているというマカロフについて調べるといっていた。すでになにか突き止めたかもしれない。だがジータのスマートフォンは手元にない。

　ジータは立ちあがって、小さな医者用のテーブルに歩いていった。そこに固定電話があった。州刑事局本部に電話をかけて、フローロフの内線番号につないでもらった。

「フローロフ」

「わたしよ、ジータ」

「ジータ！　どこにいるんだ？」フローロフは心配そうな声でいった。なにがあったか、彼にも伝わっているらしい。「大丈夫か？」

「わたしは大丈夫」

「モルテンは？」

「まだわからないけど、思ったよりはましみたい」

「よかった」

「状況は把握しているようね」

「こっちは大騒ぎになってる。トムからの電話を受けて、グラウヴァインが特捜班のみんなに情報を流した。ブルックマンが状況を把握するためにじきじきにザクローに出張った。サルコフをやっつけたっていうんだから、たまげたよ。取り調べができたらよかったんだがな」

「取り調べといえば」ジータがいった。「ケラーとマカロフの件はどうなった？　というか父親のマカロフだけど」

「ちょっと待ってくれ」ガサゴソ音がした。フローロフはオフィスのドアを閉めたようだ。

「かなりやばい案件だ」フローロフがささやいた。ドアを閉めていても、だれかに盗み聞きされるかもしれないと恐れているらしい。

「マカロフが？」ジータがたずねた。

「ケラー本人だよ。ブルックマンに援護射撃してもらって、いろいろ調べたんだ。だけど待ったをかけられた。シラーじきじきにな」

「内務省参事官が干渉してきたの？」

集中治療室のドアが開き、トムが看護師に伴われて入ってきた。トムは乾いた服を着ていた。──ジーンズにシンプルなグレーのセーター。「ルツ、ちょっと待って、トムがちょうど来たところ」ジータは手招きして、受話器を指差した。ハンズフリーのボタンを押して、スピーカーから音声が出るようにした。

「やあ、ルツ」そういうと、トムはすぐふたりだけにしてくれるよう看護師に合図した。

「やあ、トム。サルコフの件ではよくやったな」フローロフがいった。「今ジータに話しかけていたんだが、オットー・ケラーの調査をはじめたら干渉された」

「干渉された？　だれに？」トムはたずねた。

「最初はシラー内務省参事官の秘書から電話で。それからシラーがじきじきに電話に出た」

「念を押すけど」ジータがいった。「ケラーの過去をほじくるのを、シラーが禁じたってこと？」

「いや、禁じられたわけじゃない。頼まれたのさ。でも、そういう頼みがどういうものかわかってるだろう……」

「それで、いうことを聞いたわけ」ジータは不服そうにいった。

「まさか。なんでいうことを聞く必要があるのさ？」

ジータは思わずニヤッとした。「ルツ、あなた、最高」

「気づいてくれて、うれしいよ。で、よく聞いてくれ。市長の父親エルンスト・ケラーは東ドイツの国家人民軍大佐だった。これで金庫にしまってあるというマカロフの出所が理論的には説明できることになる」

トムはけげんそうにジータを見た。

「あとで説明する」ジータはささやいた。

「だけどそれは瑣末《さまつ》なことさ」フローロフはつづけた。「それじゃ息子のオットーは東ドイツ時代にどんな仕事についていたんだろうって思ったんだ。国家人民軍大佐の息子が党や政治システムと関係なく専門教育を受けるなんてことがあるかな、とね」

「それで？」トムはたずねた。

「うちで閲覧可能な記録をすべて調査した。もちろん西ドイツの記録だけどね。結果はゼロ。オットー・ケラーの東ドイツ時代の情報はなにひとつなかった。わかっているのは大学で法学を専攻して、博士号を取得していることだけ。それ以外なんの情報もない」

「国家保安省《シュタージ》文書館は？」トムはたずねた。

「シュタージ記録庁というのよ」ジータはため息をついた。「急いでいるなら試すだけ無駄」

ジータは数年前、父親の居場所が知りたくて公式に問いあわせをしたときのことを思いだしていた。「国家保安省はとんでもなく複雑なカードシステムを構築していた。参照カードが無数にあって、特定の人物のファイル番号や関連事項に辿《たど》り着くまで永遠ともいえる時間がかかる。アーカイブには膨大なファイルがあって、通常の問いあわせでは二年待たされる。上級検事が問いあわせても、早くて二、三ヶ月」

「まあね」フロロフがいった。「だが、このルツ様にかかれば、あっという間《ま》さ」彼はわざとジータたちが唖然《あぜん》とするのを楽しんでいた。

「どうやったの？」

「シュタージ記録庁に手づるがあるのさ。いつもの調査はそれほど徹底的じゃない。だけど生年月日と住民登録から予想して個人識別番号《PKZ》を割りだせるんだ。この番号は十二桁で、東ドイツ市民全員が登録されていた。試しに作った番号は、まあ、いってみれば山勘なんだけど、うまくいった」

「どういうことだ？　ケラーを見つけたのか？」トムはたずねた。

「書類の宇宙のブラックホールだった」フローロフが答えた。

「というと？」

「オットー・ケラーと父親のファイルは消えていたんだ」

ジータとトムが視線を交わした。

「一九九〇年」フローロフはつづけた。「国家保安省解体の直前に廃棄されたか、あるいは……」

「当時どのくらいのファイルが廃棄されたの？」ジータがたずねた。

「棚にして数キロ分。……だけど正確なことはだれにもわからない。ミールケ（一九五七年から一九八九年まで国家保安大臣を務めた）が十一月半ばに廃棄処分を命じた。一九九〇年一月、市民活動家たちが国家保安省本部に押しかけて、廃棄は中断された。ファイルは火力発電所で焼却されたり、シュレッダーにかけられたり、水をかけられたりした。『溶解処理』と呼ばれている。だけど廃棄されずに回収できたファイルだけでも六万袋。当時、職員は上層部の命令で日夜、ファイルを破りつづけたという。一九九〇年代半ばからドキュメントの再現を進めている。とはいえあまりに膨大でね、三十人がかりで七百年はかかると見こまれている」

「信じられない」ジータはつぶやいた。「とんでもないカオスじゃない。じゃあ、特定のファイルだけ選んで廃棄した可能性もあるわね」

「保管庫に入れて、自分のファイルがどこにあるかわかっている者ならできただろう。しかしそれは簡単なことではない。しかも国家保安省職員の多くはさまざまなファイルに記録が残される。もっとも、本名が使われることは珍しくて、たいていは暗号名だ。そして本名と暗号名の同定は特別なファイルとカードによってしかできない」

「つまり該当するファイルとカードが抜き取られたら、暗号名XYの国家保安省職員の本名はだれにもわからないってことか」トムがいった。

「そういうこと」フローロフがいった。

「ということは」ジータはそこから思考の糸をたぐった。「今回の件でも、だれかが明らかに意図的にファイルを抜き取ったということね……」

「明らかというのはいいすぎだろうけど」フローロフが答えた。「その可能性はある」

「そのファイルがどこに行き着いたか、わたしたちは知っている」ジータはいった。「ヘリベルト・モルテン家の地下室。今日の昼、それを見たわ」

「嘘だろう！」フローロフは啞然としていった。「今頃、それをいうのか？　それで内容は？」

「読む時間はなかった。残念だけど。サルコフが家ごと燃やしてしまったと思う。幸い、トムのスマートフォンで数枚写真を撮った。だけどそのスマートフォンが火のそばに転がって、壊れてしまったかもしれない」

「ちょっと待て！」フローロフが怒鳴った。「バウアーのときと同じ。あのときもファイルが灰になった」

「バウアー、モルテンの父親、ケラー」トムがいった。「三人は東ドイツの国家機構に関係があった。消えた三人の娘の接点でもある。犯人は復讐したいのだろう。問題はなんのための復讐かだ。唯一わかっているのは、モルテンの父親は医者で、ホーエンシェーンハウゼン拘置所で尋問に立ち会っていたことだ。ときには拷問が行われた際にその場にいたようだ」

「ヨー・モルテンの父親が拷問を？」フローロフが愕然《がくぜん》としてたずねた。

「直接拷問したわけじゃない。すべてが身体的な拷問じゃなかったからな。精神的拷問は『白い拷問』と呼ばれていたらしい。そのほとんどは精神に対するテロだった。もちろん口外できないような際どいケースもあっただろう。ヘリベルト・モルテンは当時、囚人の生命を維持するために治療を施したんだ。一年半前にそういっていた」

「なんてことだ」フローロフがつぶやいた。「それは犯行の動機になるな。しかし……そこからはじめるんじゃ、チェックしなければならないリストは膨大になるぞ。永遠に終わらないだろう」

「他にも手がかりがありそうよ、ルツ。マリー＝ルイーゼ・シェフラーという名前を調べてくれない？」ジータがいった。

「どういうつながりだ？」

「ケラー、バウアー、ヘリベルト・モルテンのファイルといっしょに、その人のファイルがあったの。役に立つと思う」

「なるほど。調べてみよう。待ってくれ。今すぐ検索してみる」

フローロフがキーボードを打つ音がしてから、一瞬、静寂に包まれた。「ああ、あったぞ。たぶんこれだな」フローロフがいった。「マリー＝ルイーゼ・シェフラー。二〇一六年十二月五日死亡。旧東ドイツ市民。東ベルリン出身……子どもはなし……職業は看護師……待った……旦那がまだ生きている。ヴィーガルト・シェフラー。七十四歳。住所を確保した」

「オーケー、よくやった」トムはいった。「頼みがある。ベルティとニコレにその住所を渡して、今話したことを伝えてくれ。シェフラーに事情聴取して、妻が東ドイツ時代になにをしていたか突き止めさせるんだ。他の三人との接点もな」

「了解」フローロフはメモを取っているかのように間延びした返事をした。「他には？」

「ああ、ある」トムはいった。「モヒカン、クリンゲ、フロウという名前を調べてくれ。個別のケースと、三人セットのケース。三人は二十年ほど前、クロイツベルクの少年ギャングだった」

「あだ名のようだな。本名は？」

「クリンゲはルーカス・マズーアだ」トムはいった。

「病院から逃げだして、おまえたちの目の前でサルコフに射殺された奴か？」

「そうだ」

「他のふたりは？」

「本名はわからない」ジータはいった。

「オーケー。試してみるが、少し時間がかかるぞ。それから、あまり期待しないでくれ。あだ名というのはよく袋小路になるんだ。少なくとも検索ではな。路上での聞きこみのほうが収穫があるだろう」

「わかった。それでも試してくれ。感謝する」

「いいってことさ。ともかく……」

「待って」ジータが口をはさんだ。「ベネという名前も調べてくれない？」

トムが横目でジータを見て、眉間《みけん》にしわを寄せた。

「ベネ？」フローロフがたずねた。「そいつもその三人の仲間か？」

「違うわ。でも当時、クロイツベルクを縄張りにしていた。年齢は同じくらいか、少し若い。十六、七歳。三人と争っていた」

「ベネか」フローロフはため息をついた。「あだ名か……」

「わからない。本名かも。ベネディクトの愛称。赤毛だった」

「赤毛？」フローロフは笑った。「そりゃあ、俺からいったものかどうか」

「どういうこと？」ジータがたずねた。

「簡単なことさ。ベネという名前は珍しくないけど、赤い髪ならすぐチェヒを思い浮かべる」

「チェヒ？」

「ああ、ベネ・チェヒ」

「まさか知っているの?」

「きみの事件分析官時代はしばらく前だから、知らないのも当たり前かな。一般には知られていないけど、うちでは有名人さ。チェヒはクラブのオーナーで、裏社会の人間だ。売春、組織犯罪、ドラッグと手広くやっている。組織犯罪課が前から目をつけているけど、なかなか尻尾をださなくてね」

「わたしがいっているベネは当時、小者《こもの》だったんだけど。それに死んだはずよ」

「死んだのはいつだ?」フローロフがたずねた。

「二〇〇一年八月。三人に刺された」

「ひええ。どこでだ?」

「クロイツベルク」

「ちょっと待っててくれ。調べてみる」フローロフはしばらくキーボードを叩いた。それからまたキーボードを打つ音。「ふうむ。その三人が死体を隠したかな。あるいはきみのベネはまだ生きている」

「それ、本当?」ジータがたずねた。

「コンピュータが教えてくれたことしかいえないけどな。クロイツベルク、殺人、ベネ、赤毛、いわれた年齢、二〇〇一年八月で検索したけど、なにも見つからなかった。その後も該当しそうな身元不明の死体は見つかっていない」

ジータは一瞬、目をつむった。風に舞う木の葉のように記憶が次々脳裏をよぎった。刺されてマットレスに横たわるベネ、彼の悲鳴、たくさんの血。それでも生き延びたのだろうか？　「そのベネ・チェヒだけど」ジータがいった。「もっと詳しい話を聞かせてくれる？」

「トムに訊け」フローロフがいった。「チェヒのことなら詳しい。そしたら他の調査をはじめる。じゃあな。なにかわかったら連絡する。ああ、そうそう――どういうことなんだ？　グラウヴァインがいってたぞ。お前たち、電話がないんだって？」

「あとで電話番号を送る」トムがいった。

ジータは受話器を戻して、トムを見た。トムの青い目がジータの目をえぐるように見つめた。「どうしてベネという名前を知ってるんだ？」トムがたずねた。

ジータは目を背《そむ》けないように頑張った。「そのチェヒって人、本当に赤毛なの？」

「ああ。真っ赤だ」

「直接会ったことがあるの？」

「まあな」

「いつから知りあいなの？」

トムは一瞬ためらった。そしてこのためらいと、さっきたずねたときのきつい口調がすべてを物語っていた。

「ただの知りあいじゃないのね。親しいんでしょ？　友だち？」

「昔の話だ」トムは手を横に振った。「いい思い出じゃない」

「いつからの付きあい？」

トムは疑り深そうにジータを見た。訊かれたくないことを訊かれて弱っている人間の顔だ、とジータは思った。「きみのベネが刺される前ではあるな」とあいまいに答えた。

「なんてこと」ジータは口に手を当ててささやいた。「じゃあ、あなたなのね?」

トムはきょとんとした。「なんのことだ?」

「あなたが彼といっしょに……」ジータはその先をいわなかった。目を閉じて、深呼吸した。

「いっしょになんだっていうんだ?」

ジータは気をしっかり持とうとした。風は嵐になって、木の葉が舞っていた。こんな勘違いをするなんて。ベネは生き延びていたのだ。「話は彼から聞いてるわ、トム」

「なんの話だ? あいつがなにを話したっていうんだ?」

「あなたたち……人を殺したんでしょ」

一瞬の沈黙。

「ベネがなにを話したか知らないが、そのことがマーヤとユーリアを見つける一助になるとは思えないな。それにヘリベルト・モルテンのシェルターで見たファイルの分厚さを考えたら、今後も少女が拉致される恐れがある」

ジータはヨー・モルテンのことを思った。そして偶然電話で聞いてしまったマーヤとヨーの会話も。娘と話しているときのヨーは別人だった。胸が締めつけられた。ベネが生きていることを考えないようにして、「オーケー」といってため息をついた。「これからどうする?」

「選択肢はふたつだ。ケラーに会いにいくのがひとつ。犯人の標的になる人間を他にも知っているはずだ。そして数字の19の意味もな。もうひとつは……」

「……ベネのところね」ジータは小声でいった。「当時のモヒカン、クリンゲ、フロウを知っているのは彼しかいない。モヒカンかフロウが見つかれば、数字の19の意味もわかる」

「よし」トムはいった。「二方面作戦で行こう。ブルックマンに電話する。ケラーのことは彼に任せよう。俺たちはベネのところへ行く」

ジータは機械的にうなずいた。

この二十年間ほど、ベネのことを考えないようにしてきた。彼はジータにとって若い頃の最高で最悪の思い出だった。ジータが今も生きているのはベネのおかげだが、あのときあんなひどい目に遭ったのも彼のせいだ。

第五十六章

ベルリン市クラブ〈オデッサ〉
二〇一九年二月十五日（金曜日）午後三時三十四分

ジゼルはスチール扉の前に立った。カメラが組みこまれた覗き穴が丸く盛りあがっている。

まるで冷たい眼球のようだ。ジゼルは片手を上げてノックしようとしたが、思い止まった。また同じことを繰り返している。だけど、そうしたいのだから仕方がない。彼に会うと思うだけで体が熱くなる。

一回だけの関係。それでおしまいにするつもりだった。DJになるための交換条件。人から非難される筋合いじゃない。他にもそうやってのし上がった女はいるはずだ。だけどこんなに快感を覚えた女はいないだろう。

まったく、あの男にこんなに惹かれるとは思っていなかった。傷痕。タトゥー。赤い髭《ひげ》と吸いこまれるようなまなざし。それに手下たちが彼を見る目……彼のためなら命を張る覚悟ができているようだ。

はじめは認めたくなかったが、彼はどこか彼女の父親に似ている。といっても、ベネ・チェヒのほうがはるかにストレートだ。ベネは女好きで、欲しいとなったら必ず手に入れる。問答無用というわけではない。彼が求めているのは、行動でわかる。気に入らなければ断ることもできる。そして、彼女は断れない。

ジゼルの父親も拒否されることを受け入れない。だが父親はいつも目立たないようにしている。父親が本性を隠さないのは家にいるときだけだ。すぐに手を上げるし、若い女を見るときのあの目つき。ザビーネが昨日の電話で話していた書斎の隠し金庫が典型だ。秘密主義で、なんでも隠して、鍵をかける。それがジゼルの父親だ。

それよりも、地下に自前の売春宿を持っている奴のほうがまだましだ。もちろん法的には正しくない。道徳的にも顰蹙《ひんしゅく》ものだ。しかし不道徳であることに、露骨なダブルバインドほど虫唾《むしず》が走りはしない。それよりなによりベネは恰好いいし、まっすぐだ。

ジゼルはドアをノックした。三回、それから間《ま》を置いてもう一度。ジーとロックのはずれる音がして、ジゼルは中に入った。ベネの帝国はロシア的な豪華さとドイツ的なイカれた趣味の混合物だ。壁紙は地が赤茶色で、そこにバロック風の紅色の図柄があしらってある。天井からはユーゲントシュティール（ドイツ、オーストリアで十九世紀末から二十世紀初頭にかけて流行した美術様式）調のシャンデリアが二個下がっている。壁面には小さなシャンデリア風の照明があって、その照明にはさまれて何枚もの趣味の悪い油絵が飾られている。そのうちの一枚はオットー・ディックスのようだ。白色と緑色と灰色で塗られ、髑髏《どくろ》みたいな顔をした人物が数人絡《から》みつき、自分たちで火をつけた花火に踊らされてダンスをしている。その絵は本物かもしれない、とジゼルは一瞬思って、今度ディックスの作品をグーグルで検索してみることにした。

ベネは背を向けて、ルネサンス風デスクのそばにある二脚の赤いビロード張りの安楽椅子のあいだに立っていた。ベネが振りかえると、胸の十字架がキラッと光った。ベネの空色の目がジゼルを見た。「早いな」ベネはいった。「ＤＪは十時からのはずだが」

「ええ」ジゼルはいった。もうご褒美はなし。代わりに得られるのはビンタ。ベネのようにまっすぐになれたらどんなにいいか。

ベネはジゼルを見つめた。「気に入ったようだな？」

「だとしたら？」

「なんだかおまえの親父《おやじ》とセックスしてる気になる。まあ、俺としては気に入っているがな。ただ賢明なことかどうかわからない」

ジゼルはベネを見つめた。そんなところだろうと思っていた。「わたしの父親がだれか知っているのね？」

「なにを考えてる？　俺が調べないと思ったか？」

最低だと思った。あいつはいつも影のようについてくる。どんなに遠くへ逃げようと、追いついてくる。ザビーネからの電話が脳裏に蘇《よみがえ》った。今でも妹の泣き声が耳に残っている。

「わたしの父親はサイテーの奴よ」

「知ってる」ベネはうなずいた。

「どういうこと？　知ってるの？」

「俺の計画を何度か邪魔した」

「あいつらしい」ジゼルは苦笑した。「あいつには手も足も出ないものね」

「どんな奴にだって弱みはある」ベネの言い方に、ジゼルは背筋が寒くなった。父親が心配になったからではない。ベネの魅力だと思っていたものが一瞬、恐ろしく思えたのだ。

「ということは、あいつに手出しするということ？」

ベネの笑みが凍った。

そうか、とジゼルは思った。特大の馬鹿な質問だ。仮にそうだとしても、最後までいわないだろう。少しコカインが欲しくなった。そうすれば、ずっと気が楽になるだろう。喉がからからで、かすれた言葉しか出なかった。「ねえ、やりたいのなら」ジゼルが小声でいった。

「さっさとどうぞ」

第五十七章

ベルリン市クラブ〈オデッサ〉
二〇一九年二月十五日（金曜日）午後五時二分

ジータはトムと並んで上の空でマレーネ＝ディートリヒ広場を横切った。あれだけのことがあったというのに、ベルリン国際映画祭の熊がいまだに同じ場所にかかっている。映画祭はベルリン市内の別の会場で続行され、ここでの上映だけ中止された。

ジータはガラスドアを抜けて、劇場のロビーに入った。トムは幅広い階段を伝って彼女を地階へ導いた。巨大なネットが階段の横の空間に広げてある。上の劇場を訪問した者がうっかり落ちるのを心配して設置しているようだ。

似合わないスーツを着た男がドアのところでふたりを出迎えた。クラブには人がいなかった。だだっ広いダンスフロアは腰高まで白く塗られた壁に囲まれ、上階はダンスフロアを見おろせる回廊になっていた。右側にバーがあり、天井には天使が舞う空が描かれ、漆喰《しっくい》装飾のロゼッタが飾られ、その下に巨大なミラーボールが下がっていた。

ジータたちの足音が壁に反響した。

それからごみごみした通路を通って、カメラアイのついたスチールドアに辿《たど》り着いた。スーツ姿で、左脇が異様にふくらんでいる案内役の男がノックをして、ふたりだけ中に入るようにいった。ジータは、ドアの向こう側でモニターを通して彼女を見ているベネを思い浮かべてみた。トムは彼女を連れていくと伝えてあった。つまりドアの前に立っているのがだれか、ベネは知っている。

ジーと音がして、ジータたちは中に入った。

ジータは心臓が早鐘を打った。落ち着くのよ、と自分にいい聞かせても、どうにもならなかった。時間稼ぎに、トムを先に行かせた。ふたりは喧嘩をしている友だちのように挨拶した。近いようでいて遠い感じがする。

ジータの目に最初にとまったのは赤い髭面《ひげづら》だ。――そして首に彫られた大きな蝶《ちょう》のタトゥー。もう少し小さな、昔の蝶のタトゥーをうまく包みこんでいる。顔には最近引っかかれたような傷痕があった。髪は後ろで短く束ねている。そして驚くべきは上半身だ。昔、彼の部屋でダンベルを見かけたことを思いだした。ひょろっとした不良はがっしりした体格の大人になっていた。容赦ないことで知られる裏社会の顔役だ。

ベネはジータをなめるように見た。彼女の容姿、それから頬の傷痕。ベネは口元を少しゆがめた。考えていることはだいたいわかる。ふたりとも、あのときに傷を負った。ベネは他者を威圧する体格に似合わず、おずおずとジータのところへ歩いてきた。

「ファック、ファック、ファック」そういうと、ベネは腕を広げた。

「昔の彼女にそういう挨拶をする?」ジータがいった。

ベネは口元をゆがめてニヤッとした。「どこに隠れてたんだ?」

ふたりはためらいがちに抱擁した。

「ベルリンを離れたの」ジータはいった。

「ひとりで?」

「母とよ。北の海岸に」

「まあ仕方ないよな。奴らがおまえになにをしたか、トムから聞いた」

「あなたは死んだと思ってた。マットレスは血で真っ赤だった。よく助かったわね」

「まあ、運がよかった。腕のいい医者のおかげさ。きわどかった。それに快復には時間がかかった」

ジータはベネの顔の傷を指差した。「なにがあったの?」

「えっ? これか?」ベネは手で払う仕草をした。「話すほどのことじゃない」

「どうだっていい、のね?」

ベネはうなずいた。真顔になって、ジータの目を見つめた。「元気そうだな」

「あなたも」

ベネは一歩さがった。「マズーアと、他のふたりのことで来たんだよな? トム、おまえから電話をもらってから少し調べた。マズーアは一匹狼だったようだ。だれも奴を相手にしなかった。自宅のそばに行きつけの酒場があった。〈ヴィリーズ〉だ。店主の話だと、いつもひとりで来て、ひとりで帰っていったそうだ」ベネは一瞬、口をつぐんだ。「知ってたら、ただじゃ置かなかった」

「他のふたりは?」

「長いこと姿を見せていない。潜伏したようだ。あの当時な。マズーアといっしょか、ばらばらに」

「ということは」トムがたずねた。「刺されたあと、三人に会ってないのか?」

「あのあとベルリンを離れていたからな。あとになって、あいつら、写真館の件で俺をつけまわしていたんだって気づいた。復讐さ。俺を刺した奴が『これは親父《おやじ》の分だ』といってたからな」

トムはベネを見つめた。「本当か? あの件のせいで刺されたのか――なのに、俺にはなにもいわなかったのか?」

ベネは肩をすくめた。「俺を避《さ》けてたじゃないか……写真館の件のあと」

「馬鹿をいうな。コットブス門駅で麻薬の密売に手をだしたって聞いたから、関わりたくなくなったんだ」

「こんなところで説教するなよ……」ベネが唸《うな》るようにいった。

「しかし、なんなんだ。あいつら、俺のことも殺そうとしたかもしれないってことだよな。

かったんだ？　せめて電話くらいしてくれてもよかったじゃないか」
「なに文句をいってるんだ？　あいつらは俺を追っていた。おまえを巻きこむわけにいかな
かっただろう。感謝しろ」
トムはむっとしてベネを見た。「いうべきだった」
「どうして？　知ったら、おまえはどうした？　俺を助けるか？　あいつらが相手じゃ、こ
っちに勝ち目はなかった。おまえがいっしょでもな。だから俺は身を隠したんだ」
「つまり、まだ襲われる恐れがあったということか。どのくらい隠れていたんだ？」
「六年」
「それから？」
「……三人は過去の存在になっていた。なぜかわからないが、姿を消していた。ベルリンに
戻る前にいろいろ調べたが、だれも知らなかった。ムショに入っているか、始末されたかし
たと思った――他の不良と対立したのかもしれない。よくある話だ。とにかくいなくなって
いた。うれしかったよ。それで調べるのもやめた。奴らがジータにした仕打ちを知った今な
ら違う行動をするがな。だけどあの頃は……」
「じゃあ、情報はなにもないのか？」トムは鵜呑《うの》みにできず、たずねた。
「あったらうれしいんだがな」
「本名も、住所も？」
ベネは首を横に振った。「悪いな」

「倉庫はどう?」ジータがたずねた。

トムは唖然《あぜん》としてジータを見た。「倉庫?」

「取り壊されてしまった」ベネは手を横に振った。「数年前、人をやってみたが、そういう報告を受けてる」

「倉庫?」トムは聞き直した。

「マズーアの引き出しで見つけた写真があったでしょう」ジータはいった。「その倉庫の屋根裏で撮られたのよ。三人組にしばらく監禁されたけど、ベネが助けだしてくれた」

「どうにもならない」ベネは肩をすくめながらいった。「取り壊されてしまってはな」

「通りの名前は覚えてる?」ジータがたずねた。

ベネは首を横に振った。「おまえは?」

「覚えていないわ。当時は逃げるので精一杯だったもの」

トムはジータからベネに視線を移し、またジータを見た。「なんだよ、ラブストーリーを聞かされてる気分だぞ」

「そうだった?」ジータはベネにたずねた。

ベネの目つきが柔らかくなった。ジータは一瞬、そこに当時の彼の顔を見た気がした。細面《ほそおもて》で、髭のない顔。髪はショートカットで、ぼさぼさ。ベネといっしょに壁で立ち止まったときのことを思いだした。それから息を切らし、汗だくになって、胸をドキドキさせながら彼にキスをした路上。

「そうだったな」ベネは時間をあのときに巻きもどしたいとでもいうように小声でいった。ジータはベネに救われたが、ベネの救いでもあったのだ、とはじめて気づいた。もしモヒカン、クリンゲ、フロウがいなかったら、今のベネにはならなかったかもしれない。これから自分がどうなるか不安はあったが、ジータはベネを抱きしめた。「ああ、会えてうれしいわ」

ベネはなにもいわず、ジータを抱いた。

ジータはベネから離れると、微笑《ほほえ》んだ。

「俺たちは行かないと。マーヤとユーリアにとっては一分一秒が貴重だ」トムが口をひらいた。「刑事局本部に行こう。フローロフと相談し、ブルックマンがケラーからなにを聞いてきたか確認する」それからベネのほうを向いた。「スマートフォンとSIMカードを貸してくれないか?」

「プリペイドか?」

「そうじゃないのを持ってるのか?」

ベネはニヤッとした。

「電話がかけられればいい」トムはいった。

ベネは旧式のノキア製スマートフォンを引き出しからだし、「充電ずみだ」といって、トムにSIMカードを渡した。

ジータはガラスドアを通って外に出ると、寒さにぶるっとふるえた。冷たいそよ風が彼女の顔を撫《な》でた。正面壁の上の方でなにかがバタバタ音を立てている。見ると、ベルリン国際映画祭の横断幕を固定するロープがほどけていた。ベネに会ったことで、感情と記憶が洪水を起こし、ジータは気をしっかり持つのもやっとの状態だった。

ベンツは駐車禁止ゾーンに止めてあった。トムは新しい電話番号をメールでフローロフとグラウヴァインとブルックマンに送信し、「警察車両出動中」の札をフロントガラスから取った。だがエンジンをかけようとしてためらった。「なんか変だ」

「なにが?」ジータがたずねた。

トムは椅子の背にもたれて、劇場の入り口を見た。「倉庫の件だよ」

「どういうこと?」

「あいつは住所を知らないといった。だけど、きみにも覚えているか確かめた。あのやり方がちょっと気になる」

ジータはベネの表情と口調を思いだしてみたが、印象の洪水状態で、考える余裕がなかった。「わたしはなにも気づかなかったけど」

「ベネのことはよく知ってる。そういうのを忘れるわけがない。忘れるのは重要じゃないときだ」トムはジータを見た。「倉庫はあいつにとって重要なんじゃないか?」

「そうね。でも、それってちょっと勘繰りすぎじゃない?」

「そうかも。だけど、きみに住所を覚えているかとたずねたときの訊き方がな……なんでそんなことを訊いたんだ?」

「彼を疑うの？」

「どうかな。ベネはいつも自分の得になることを考える。自分の手札を絶対に見せない。さもなければ、あの地位にはいない。俺もはめられたことがある。酒場でネオナチに難癖《なんくせ》つけたときのことを覚えてるか？」

「クレーガー？　ええ、覚えてる」ジータはノイケルンの酒場を思い浮かべた。危ないところだった。ジータは外国人排斥の言葉を浴びせられ、いきなり殴りあいになったトムはあやうく片目を失うところだった。

「あれはベネからの情報だった」トムはいった。「あとでわかったことだが、あいつは俺を利用した」

「あら」ジータは唖然としていった。「なんで黙っていたの？」

「きみがベネを知ってるなんて思わなかったからな」

ジータは静かにうなずいた。感情の洪水がさらにひどくなった。奇妙な話だ。ベネはトムの人生にも、ジータの人生にも深く関わっているのに、ふたりともそのことを少しも知らずにいたなんて。

トムはジータの横顔を見た。「倉庫の場所は本当に覚えてないのか？」

「寄ってみるつもり？」

「やってみる価値はある。いっただろう、なにか引っかかるんだ」

「だけど倉庫は解体されたんでしょ」

「だとしても――近所に当時の三人組を覚えている者がいるかもしれない。マズーアと他のふたりが数字の19と関係しているのはたしかだ。どういうつながりかわかれば、拉致《らち》された子たちの居場所がわかるかもしれない」

「ケラーは？」

「ブルックマンがなにか聞きだせば、連絡があるだろう」

ジータは肩をすくめた。「わかった。そこまでいうなら、行き先はプレンツラウアーベルクよ。ミケランジェロ通りとの十字路のあたり。洒落《しゃれ》た通りの名前なのに、似合わないひどい建物が建っていたからよく覚えている。そこからあたりを車でまわってみましょう」

「よし、そうしよう」トムは車を発進させて流れに乗った。

第五十八章

ベルリン市リヒテンベルク区
二〇一九年二月十五日（金曜日）午後五時三十八分

ニコレ・ヴァイアータールは食卓の椅子にすわった。ベルティ・プファイファーはためらっていた。明らかに気分を害している。そこはすべてが時代に取り残されているように感じられる。壁紙は一九七〇年代のものだ。サンドカラーの地に、大きな茶色い菱形《ひしがた》模様。テーブルは丸く、化粧板の縁《ふち》にぶつけた跡が残っている。天井から吊るされたランプの円形の光がテーブルと、女性看護師が水を注いでくれた二個のグラスを照らしていた。看護師は今、寝室へヴィーガルト・シェフラーを迎えにいっている。

ふたりはリーベンヴァルト通りに十棟以上ある団地の七階にいた。ベルティは臭いが苦手なようだ、とニコレは思った。

ニコレはドア口ですでにベルティが及び腰になっていることに気づいていた。玄関に入っても、彼は同じ態度を取った。典型的な老人臭に尿と洗剤の臭いが混じっている。老人ホームの臭いと同じだ。ニコレは、親はどうしているのか、どこに住んでいるのか、とベルティに訊いてみたくなった。

人なつこいタイ人の女性看護師はニシャ・アン・ヴーと名乗った。ニコレは彼女を見るなり、この華奢《きゃしゃ》な体で介護対象者をどうやって抱えあげられるのか気になった。看護師は足取りも軽やかに車椅子を押してきた。車椅子には瘦《や》せこけた男性が腰かけていた。ヴィーガルト・シェフラーは顔じゅうに老人斑があった。ニシャ・アン・ヴーが車椅子をテーブルに寄せると、シェフラーはテーブルの縁で指をつぶされないように、肘《ひじ》掛《か》けから両手を上げた。

「シェフラーさん。お客さんですよ。このご婦人と紳士は……」

「刑事だろう」シェフラーは不機嫌そうにいった。「わかるさ」

シェフラーの目は驚くほど生き生きしていた。ニコレは値踏みされているような感覚を味わったが、シェフラーはベルティにあまり興味がないようだ。

「厳密には」ベルティがいった。「ベルリン州刑事局の者です」

「みんな同じさ」シェフラーは手を横に振った。「州刑事局、刑事警察、人民警察、国家保安省。国家を笠に着ている。マリー＝ルイーゼはいつもそういっていた」

「すみません」ベルティは冷ややかに答えた。「しかしその例はちょっと……」

「こんにちは、シェフラーさん」ニコレは親しげにいうと、腰を上げて、シェフラーに手を差しだした。彼の指は冷たく、もろそうだった。ベルティが口を開けたが、ニコレは言葉に気をつけるように目で合図した。言い方をしくじれば、この老人からなにも聞きだせなくなると感じたのだ。

「お時間を取っていただき感謝します」ベルティはさっきよりも親しげにいって、同じように手を差しだした。

「かまわんさ」シェフラーはぼそっといった。「どうせなにもすることがない。一日だらだらしているだけだ」シェフラーはニコレを見た。「ケーキはいかがかな、お嬢さん？」

「シェフラーさん」ニシャ・アン・ヴーが身をかがめて、耳元でささやいた。「ケーキの用意はありませんよ」

「いいえ、結構です。ごていねいにどうも」ニコレは答えた。「ひとまずこの水で充分です」

「以前はいつもケーキがあった」シェフラーはため息をついた。「マリー＝ルイーゼはケーキを焼くのが好きでね。家じゅういつもいい匂いがしていた」

ニコレは微笑《ほほえ》んだ。「わたしの母もよく焼いていました。フルーツケーキが得意で、いっしょに暮らしていたとき最後に食べたのは、アプリコットのケーキ天板二枚分でした。お皿に山盛りにされましたけど、そんなに食べられるわけがありませんよね。奥さんはなにを焼きましたか？」

「バターシュトロイゼルクーヘン。あとはアンズのケーキ。……子どもたちには……たいていマーブルケーキを焼いていた。あれは簡単だからな。だけど、みんな大好きだった」

「お子さんがいるんですか？」ニコレは驚いてたずねた。フローロフの説明では、子どもはいないという話だった。

「いや、いや。家内が世話していた子どもたちさ。わしらに子どもはいない。だから家内は保育所で働くのが好きだった」

「どこの保育所で働いていたのですか？」ベルティがたずねた。

シェフラーは質問の意味がわからないとでもいうように眉間《みけん》にしわを寄せた。「まあ、はじめはここさ。この地区だった」

「リヒテンベルクで？」ベルティが重ねてたずねた。

「みんな、新しいもの好きで困る」シェフラーがぶすっとしていった。「なんでもかんでもすぐ新しくしたがる。政権が替わると、住所も変わる。引っ越してもいないのに。ホーエンシェーンハウゼン。昔はそう呼ばれてた」

「奥さんといっしょに働いていた人を覚えていますか？」ニコレがたずねた。

「いっしょに働いていた人？　いいや、家内は仕事のことをあまり話さなかったからね」シェフラーは一瞬考えた。「忘れたのかもしれんな。いいかね。わしは子どもが好きなんだ。だけど……人民公社コスメティック＝コンビナート・ベルリン（一九九〇年に解散した東ドイツの化粧品メーカー）を知っているかね？　あそこで働いていた頃は忙しかった。夕方、帰宅すると、静かにしていられるのでうれしかった」シェフラーはそこで顔をしかめた。「家内のおしゃべりには付きあわされたがね」

「オットー・ケラー、ヘリベルト・モルテン、ヴォルフ・バウアーという名に覚えがありますか？」

シェフラーは頭を絞って考えた。「テレビのニュースで聞いたことがあるだけだな。バウアーってのは自宅で射殺された奴だろう？」

「もっと昔にその名前を聞いていないかなと思ったんですけど」

シェフラーは下唇《したくちびる》を指でこねた。「ううん……覚えはないな。さっきもいったように、家内は仕事の話をあまりしなかったんだ」

「奥さんはどこで働いていたのですか？　保育所の名前は？」

「保育所？　そんなんじゃない。別の名前だった」

「住所を覚えていますか？」

シェフラーは口をゆがめた。「紫色の魔女のところさ」

「えっ……すみません。だれですって？」ニコレがたずねた。

「紫色の魔女——マルゴット・ホーネッカー（エーリッヒ・ホーネッカー国家評議会議長の妻で、東ドイツの国民教育大臣を務めた）」ニコレに許しがたい教養の欠落があると非難するように、シェフラーはいった。「髪の毛の色からついたあだ名さ」シェフラーはニヤッとした。「髪を染めたんだ。失敗だったと思うがな。他にもいろいろあだ名があった。青い猊下《げいか》、紫色の竜、怪物、ミス・教育……」彼はあだ名を数えあげた。

「奥さんはマルゴット・ホーネッカーの下で働いていたんですか？」ベルティが信じられないという思いでたずねた。

「直接じゃない。一九八〇年代からホーネッカー夫人の省に……ええと、なんといったかな？　そうだ、国民教育省。あそこの四階の十九号室」

「なんですって？」ニコレがたずねた。

ベルティ・プファイファーが隣で急に背筋を伸ばした。「もう一度いってくれますか？」

シェフラーはまずベルティを見てから、またニコレに顔を向けた。「国民教育省の十九号室、ヴィルヘルム通りとウンター・デン・リンデン通りの角。子どもが欲しいときは……家内のところにまわされて、申請することになっていた。家内が仕切っていたのさ。マルゴット・ホーネッカーからもときどき、子どもを手配するように直接指示を受けていたらしい。マリー＝ルイーゼがいっていたな。縁組された子どもはおよそ一万人」

第五十九章

ベルリン市プレンツラウアーベルク地区
二〇一九年二月十五日（金曜日）午後六時四十七分

トムは車の速度を落とした。黙々と塀や倉庫を通り過ぎる。探す時間はそれほどかからなかった。ミケランジェロ通りとグライフスヴァルト通りの十字路に細長いブロック状の集合住宅があった。ジータがさっきいっていたのはそれだった。ふたりはそこを曲がり、次の通りを過ぎると、レーダー通りの工業団地に出た。そこには無数の工場やガレージや倉庫があった。

「この先よ」ジータはいった。「あの煙突に見覚えがある」

トムは車の速度をさらに落とした。左側に高い門があり、その奥に中規模の倉庫が建っていた。入り口の蛍光灯がついていて、前庭を照らしている。ジータは前に乗りだして、信じられない思いでその建物を見た。「あれよ」

「間違いないのか？」トムはたずねた。

「もちろん」ジータはささやいた。「信じられない。あの倉庫がまだあるなんて」

トムは徐行運転した。

「ベネの使い走りが本当のことを言わなかったか、ベネが嘘をついたかだな」

二十メートル走ったところで駐車した。車から降りると、ふたりは倉庫に近づいた。空気はこの数日降りつづいた雨でじめじめしていたが、空はきれいに晴れ渡っていた。月が屋根の上に顔を見せている。申し訳程度にしかない街灯が、穴だらけの栗石《くりいし》舗装の歩道に光の円を描いている。グラフィティが描かれた倉庫の塀のあちこちに雑草が生えている。門は閉まっていた。門の上部には鉄製の槍《やり》の穂先がずらりと並んでいる。

「ここで間違いないのか？」トムはたずねた。

「絶対よ」

「ふむ。ベルも、表札もない」トムは門をしげしげ見つめてから、塀を見上げた。

「声をかけてみる？」ジータがたずねた。

「よしておこう。だけどちょっと中を見てみたい」

「また不法侵入？」

「きみだってハウスボートでしたじゃないか」

「モルテンが許可した」

トムは塀に手がかりがないか手探りした。「なんなら俺が許可する。俺は上司だからな」

ふたりはいっしょに高さが二メートルほどある塀を乗り越《こ》えた。倉庫の前には腐ったパレットや薄汚れたビニールシートや紙コップやビールの空《あ》き瓶が転がっていた。使い古しの輪送用の木箱も数個置いてあった。一匹のトラ猫がさっと逃げだした。倉庫のローラーシャッター前には、紺色のバン、フォード・トランジットが止まっていた。荷室のドアが開いている。ベルリン・ナンバーだ。B‐GS7298。トムはナンバープレートを記憶した。荷室には釘《くぎ》で蓋《ふた》をした大きな木箱が三つ載っていた。ついさっき載せたばかりのように見える。ローラーシャッターの横二、三メートルのところに、ライムグリーンのペンキがはがれかけているへこんだ金属ドアがあった。

ジータとトムが視線を交わした。トムは唇《くちびる》に指を当て、拳銃を抜くと、自分とドアを指差した。それからジータと塀の向こうの道路を指して、ベネが貸してくれたノキアのスマートフォンをジータに渡した。

ジータはスマートフォンを受けとり、冗談じゃないという仕草をして、自分とトムとドアを指差した。

トムは目を丸くした。だがジータにその気があるなら、なにをいっても無駄なことはわかっていた。ふたりは足音を忍ばせながらドアに近づいた。トムがドアを少しだけ押し開けて、内部を覗いた。倉庫は空っぽで、闇に沈んでいた。いくつかある天窓から、月明かりが降り注いでいたので、ずらっと並ぶ木箱と、二階の踊り場に通じる金属の階段を視認することができた。

ジータはトムに身を寄せて、耳元でささやいた。「わたしが話した部屋は上よ」

トムはうなずいた。ふたりは用心しながらドアをくぐった。うっすらとした光の中、適当に積みあげられているらしい木箱が黒い石のブロックのように見える。その木箱でなにが運ばれたのか、トムは気になった。二階の踊り場と階段を見ながら、近くに積んである木箱のところへ忍び寄った。蓋はどれも固定されていない。中身は空だ。送り状もラベルも見当たらないので、積荷がどこから来て、どんな中身だったか見当もつかなかった。

ジータは二階の踊り場を指差した。トムはうなずいた。ふたりは階段に向かって、ホールを斜めに突っ切った。このホールがなんであるにせよ、その答えが見つかるのは、二階の部屋に違いない。

ふたりが上りはじめると、金属の階段がかすかに揺れた。階段の途中で、トムは足を止め、ホールを見まわした。外のバンと、荷室にあった三つの木箱が気になった。あれも中身は空なのだろうか？　トムがさらに階段を上ろうとすると、二階の踊り場の先にある開けっぱなしのドアの奥で人の気配があった。「伏せろ」とささやいて、階段に伏せた。次の瞬間、銃声が鳴り響いた。銃弾は上着をかすめ、左の腰のあたりで服に穴を開けた。ジータが悲鳴を上げた。彼女がトムの背後で身を投げた拍子に、階段が振動した。トムはドアを狙ったが、なにも見えなかった。また銃声がして、ドアの半分くらいの高さに発砲炎が見えた。トムは少し体を起こし、発砲炎があったあたりの少し上を狙って、つづけざまに三発発砲し、階段が自分とジータを銃弾から守ってくれると信じて、改めて身を伏せた。銃声がホールに反響してから、しんと静かになった。

トムは階段に伏せて息を殺した。ジータはどうなっただろう。ジータに声をかけ、そっちを見たかったが、少しでも動けば、危険に晒《さら》されそうだ。

一分が経った。それから二分。トムはゆっくり体を起こし、階段を這いあがった。なにひとつ音がしない。トムは身をかがめながらドアのところへ走った。その先に廊下があるに違いない。ドア付近に人が横たわっていた。男だ。似合わないスーツを着ている。銃弾の一発は男の首に、もう一発は肩に命中していた。黒い血の海が広がり、踊り場の格子状のステップから黒い糸を引くようにしてホールに滴《したた》り落ちていた。

「ちくしょう」トムはつぶやいた。

ジータが階段を上ってきた。

「大丈夫か?」トムがたずねた。

「ええ、大丈夫よ」ジータは死体を見て、身をこわばらせた。

「なんてこと。この人って……」

「……〈オデッサ〉でベネのオフィスに案内した男だ」

「ということは、ベネが関係しているの?」

「ああ、そのようだ」トムは苦々しげにいった。「どういう関係かわからないがな」

「でも、なんで?」

「たぶんきみと同じ理由で動いているんだろう。数字の19に絡《から》む三人組に殺されそうになったわけだからな」

「復讐に固執しているってこと?」

「ベネが復讐したいと思う気持ちは俺にもよくわかる。だけど、行方不明の娘たちやジーニエ・ケラーとどう関係しているかは……正直わからない。もしかしたらバンに載せてある木箱を調べ……」

いきなり後頭部に激しい一撃を受けて、トムは沈黙した。床に倒れたが、衝撃は感じなかった。ただジータの悲鳴だけが聞こえた。だがその悲鳴も遠くに消えていき、トムの頭はわんわん鳴り響く静寂に包まれ、それ以外なにも聞こえなくなった。

第六十章

ベルリン市州刑事局第一部局第十一課
二〇一九年二月十五日(金曜日)午後七時三十三分

ニコレ・ヴァイアータールはベルティ・プファイファーと共同で使っているオフィスで、黙ってデスクについてすわっているベルティを見ていた。彼は受話器を耳に当てながら窓から中庭を眺めていた。電話のコイルコードが目一杯伸びていて、ベルティが神経質に頭を動かすたびにぷるぷるふるえた。

ニコレは自分でトムに事情聴取の結果を伝えたかった。だが一番下っ端なので、そういうわけにいかない。ベルティが殊勲賞をニコレに譲るわけがなかった。だからトムが電話に出ないといって、ベルティはへそを曲げていた。——五時半にトムから連絡のあった新しい電話番号もつながらなかった。

ベルティは不満そうに受話器を戻した。「連絡がつくようにしていろっていっておきながら」ベルティがつぶやいた。

「トムがそんなことをいった？」

「トムじゃないさ。だけどいうまでもないことだろう。警察学校でなにを習ったんだよ？」

ベルティはまた受話器を取って電話番号を押すと、少し待った。「ちくしょう、どうなってるんだ？　ブルックマンも出ない」

「彼の秘書はどう？」ニコレは提案した。

「七時半じゃ無理だろう。今頃、自宅でテレビを見ながら編み物をしているさ」

ニコレはこの時代遅れの女性観に啞然《あぜん》とした。ベルティは次の電話番号にかけた。呼び出しに時間がかかるのを覚悟してか、窓辺に立った。コイルコードが小刻みに揺れた。「ルツ？　俺だ、ベルティだ。なあ、トムはどこだ？……なにも聞いてない？　そうか。だけどさ、特別捜査班を率いていながら、連絡がつかないってありか？……ああ、本気じゃ……ブルックマンは？……なるほど……違う。大至急伝えたいことがあるんだ。自分でやるよ……だけど、みんな捕まらないのなら、せめて俺たちふたりで、こっちでつかんだ情報を検討しないか。グラウヴァインも呼ぶ。こっちへ来るかい？……わかった。いや、十時はちょっと遅いかな。……なんだよ、そんなことでイラつくなよ。時間がかかるのはわかってるさ……わかった。それじゃ、十時に工事現場で。ブルックマンもその頃にはケラーとの話が終わっているかもしれない。……ああ、それじゃ」

ベルティは電話を切り、虚《うつ》ろな目でちらっとニコレを見た。まるで思考がどこか遠くへ飛んでいってしまったかのようだ。それからベルティはため息をついて、なにもいわずスマートフォンをつかんで、メールを打ちはじめた。

「なにをしてるの?」ニコレは用心しながらたずねた。

「ブルックマンにショートメールを送る。トムにはもううんざりだ。ちゃんと相談できる人間が必要だ。それにブルックマンはケラー市長に事情聴取している。数字の19の意味を知っておくべきだろう」

「じゃあ、どうして取調室へ行って、直接伝えないの?」

「ブルックマンは市長宅にいる。市長は具合がよくないらしい。今日、法医学研究所で娘と対面したからな」

ニコレは切なそうにうなずいた。こういう瞬間、ニコレはいつも自分の神経が細いこと、そして自分と他の捜査官との差が大きいことを実感する。市長が娘を目の前にしたときを想像すると、つい、自分の父親だったらどういう反応をするか考えてしまう。ニコレはこれ以上、ものに動じないようにはなりたくないと思っている。そして同時に、同僚たちが人の死をなんとも思っていないのに驚いてしまう。

「わかった」ニコレはぽつりといった。「じゃあ、十時までどうする?」

「ちょっとグラウヴァインに相談して、国民教育省と養子縁組について詳しい奴がいないか探してみる。だれかマリー＝ルイーゼ・シェフラーのことを覚えている奴がいるかもしれない」

「オーケー、わたしはどうする?」ニコレがたずねた。

「急いで市長宅へ行ってくれ」

「なんで?」

「事情聴取中にブルックマンがスマートフォンを見るとは思えない。俺としては、ブルックマンに状況を把握してもらいたい。数字の19について正確に把握すれば、市長の口を割らせることができるだろう。トムに連絡がつかないんだから、どうするか俺たちで決断しないと」

第六十一章

ベルリン市プレンツラウアーベルク地区
二〇一九年二月十五日(金曜日)午後八時四十六分

トムは目を開けた。体が横を向いている。まわりは真っ暗闇だ。口には猿轡《さるぐつわ》をかまされている。金梃《かなてこ》で殴られたみたいに頭が痛い。手足を縛られている。トムは体を伸ばそうとしたが、足が壁に当たって伸ばせない。そのとき、記憶が押し寄せた。倉庫での銃声、踊り場の死体。頭への殴打……そういえば変な臭いがする。……なんの臭いだろう？……木材だ。木箱に閉じこめられているのか！　次に思ったのはジータのことだ。彼女も木箱の中にいるのだろうか？

トムは膝《ひざ》を抱えるようにしてから木箱を蹴《け》ってみた。だが勢いをつけるだけの空間がない。たいした蹴りはできなかったが、音が反響した。耳をそばだてて、もう一度蹴ってみる。大きな空間で起こるような反響音がかすかに聞こえる。木箱はまだ倉庫に置かれているようだ。木箱の蓋《ふた》に足を押しあてた。蓋は釘《くぎ》でとめてある。外に止めてあったバンに積まれていた木箱と同じだ。

ベネのことが脳裏をかすめ、事件の背後に旧友がいるのではないかとトムは改めて自問した。ベネとは住む世界が違う。――それでも、ふたりの結びつきは強い。だから疑う気持ちを頭から振り払ったほうがいいと判断した。

〝あの人はなにをするかわからないわよ。知ってるでしょ〟ヴィーがトムの耳元でささやいた。

〝ああ、わかってるさ、ちくしょう。だけど、罪のない人間には手をださない。あいつは絶対にそんなことはしない。やる理由がないじゃないか？〟

〝でもジータに会ったときのあの人の目つき、見たでしょう？〟

〝まさか……あいつがジータの嫌がることをすると思うか？〟

〝拉致《らち》された女の子たちは当時のジータと同い年くらいじゃない。あの人にジータを思う気持ちがあったら？　ジータを奪われたことで苦しんでいるとしたら？〟

〝なにをいいだすんだ、ヴィー。十歳のおまえがなんでそんな発想をするんだ？〟

〝そういう考え方をおにいちゃんから……〟

ベネは自分を殺そうとした奴らに仕返しをしようとしている。――オーケー。そうだ。奴らはベネからジータを奪ったともいえる。そのとおりだ。数字の19がなにを意味するか知らないが、――奴らと関係しているのは間違いない。しかし拉致された女の子たちはどう絡《から》む……。

〝ベネは女たちに手をださないと思う？〟

〝女たち？　おい、勘弁してくれ！　ジーニエ、ユーリア――それにマーヤ。まだほとんど子どもじゃないか〟

〝ベネが〈オデッサ〉の地下でどういう商売をしているか知っているくせに。あそこで働いている最年少は何歳だと思うの？〟

〝知るわけないだろう。わからない〟

〝ほらね〟

〝ベネが女の子を殺すとは思えない。ベネに限って〟

〝信じられなくても、やるかもしれないわよ〟

〝いい加減に口をつぐめ！〟

〝犯人の狙いはなんだと思う？　拉致された女の子ふたりはどこにいるのかしら？〟

トムは両足で木箱を蹴った。バンに載っていた木箱が脳裏に浮かんだ。あの中にいたのだとしたら。だけど、木箱は三つあった。どういうことだ？　ひとつはジーニエ・ケラーが入れられていた木箱か？　いいや、そんなはずはない。考えられるのは……。

〝そうね〟ヴィーがささやいた。〝まだ終わっていない……〟

〝……三つ目の木箱が別の女の子用だったら、犯人はもうひとり拉致するつもりってことになる〟

トムはその狭い空間で許されるだけ勢いをつけて、がむしゃらに木箱を蹴った。だが振動するだけで、木箱が壊れることはなかった。トムは一瞬動きを止めた。狭さからくるパニックを抑えて、木箱のサイズを正確に測ってみた。横幅よりも高さのほうがある感じがするということは、上を蹴るほうが勢いがつけられるだろう。

苦労して体をねじる。木箱にこすれて、手足にすり傷ができ、体を半分ねじったとき、右足が痙攣《けいれん》した。数分後、ようやく仰向けになれた。汗だくになり、息が上がった。息苦しい。こんなに消費して、木箱の中の酸素はあとどのくらいもつだろう。そして木箱の隙間からはどのくらい空気が入ってくるだろう？

トムは膝を引いてみた。木箱との隙間は二、三センチ。いままでよりも勢いがつけられる。頭を木箱につけて、思いっきり蹴った。木箱が振動した。衝撃が頭部に伝わり、頭の中で衝撃音が反響した。だが木箱はびくともしなかった。

トムは木箱の外見を思い返した。組み立て方を反芻《はんすう》して、弱いところがないか考えた。もっとよく見ておけばよかった。今度は蓋に釘を打っているあたりを狙って蹴った。それからはそのあたりを一定の間隔で蹴りつづけた。だれか音を聞きつけないだろうか。いや、聞きつけていたら、とっくに来ているか。もしマーヤとユーリアが同じように木箱に閉じこめられているのなら、ふたりも同じような状況かもしれない。抜けだそうと試みても、手も足も出ないだろう。トムは女の子たちよりも力があるが、この狭さでは逆に体が大きいほうが不利だ。

第六十二章

ベルリン市クラブ〈オデッサ〉
二〇一九年二月十五日（金曜日）午後十時九分

クラウディア・リープレヒトはイライラしながらダンスフロアを見おろしていた。客がどんどん増えている。

〝ジゼルはどうしたの？〟

午後十時がDJタイムだ。もう九分過ぎている。トップクラスのDJには自分だけのオープニングの仕方がある。神秘的な曲でスタートしたり、午後十時に向かってカウントダウンしたりする。あるいは凝《こ》った作りのジングルを流す者もいる。どんないかれたことをするにせよ、時間は厳守だ。いずれにしても〈オデッサ〉ではそうだ。チェヒにとって午後十時のスタートは絶対だ。そしてチェヒが決めたルールは守らなければならない。このままではクラブの支配人として責任を取らされる。

クラウディアはノートパソコンをちらっと見た。よし、DJが登場する前の待機時間のプレイリストは充分に長い。これなら破綻《はたん》しないだろう。だがプレイリストが流れているあいだはまったりした状態がつづく。それではおとなしいミラーボールと上品な飲みものをだすディスコと変わらない。ここは〈オデッサ〉なのだ！ レーザーショー、レーザーグローブ、大音響、最高のドラッグ、最高の娼婦、最高のDJ、最高のシャンパン。〈オデッサ〉は催眠状態とエクスタシーを提供する場所であって、中途半端はだめだ。

バーに客が集まっている。金持ちがドンペリを三本注文して、お洒落《しゃれ》な芸能プロダクションの人間やネクタイをゆるめているスーツ姿の男とおしゃべりしている。宣伝はビジネスにつながる。俳優も何人かすでに顔を見せている。モデルやグルーピーはいうまでもない。ベルリン国際映画祭の関係者でクラブはいつもよりごった返している。スナッフフィルムのスキャンダルのおかげで、ここは注目の的だ。事故の見物渋滞が起きている高速道路と同じだ。スキャンダルが起きた劇場の地下のクラブ。事件が起きた場所で盛りあがろうというのだ。

まずい。もう十五分が過ぎた！　これではチェヒから大目玉を食らう。彼がなにもいわないのが不思議なくらいだ。今晩ジゼルに電話をかけるのはこれで六度目だ。またしても留守番電話。何様だと思っているのだろう。

「ねえねえ」背後で声がした。「姉さんがどこにいるか知らない？」

クラウディアは振りかえった。背後の暗がりに少女が立っている。十二、三歳くらい。ブロンドの長髪。おどおどしている。

「どうやって入ったの？」クラウディアはつっけんどんにたずねた。「十八歳以下はお断りよ」

「ごめんなさい」少女はいった。「姉がここで働いていて、急いで話すことがあるって入り口でいったの」

「あら、あなたの姉ってだれ？」

「ギゼラ」少女は顎《あご》を突きだした。「ここではジゼルって名乗ってる。今日ＤＪブースに立つはずだけど」

「ジゼルの妹？」クラウディアは驚いてたずねた。「名前は？」

「ザビーネ」少女の目がブースとコンピュータとターンテーブルを見た。「姉さんはどこ？」

「それがわからないのよ。とっくに来ていないといけないんだけど」クラウディアが答えた。

ザビーネはまたおどおどした。緊張しているようだ。白磁のように白い肌をしている。よく見ると、右頬の腫《は》れを化粧で隠している。

「電話したんだけど」少女はいった。「全然出ないの」

「わかってる」クラウディアは不機嫌にいった。「わたしもさっきから電話しているから」

「でも、来るんでしょう?」ザビーネは大きな期待のまなざしでクラウディアを見た。

なんてこと! ジゼルがあらわれない上に妹のベビーシッターをする羽目に陥《おちい》るとは。クラウディアは肩をすくめた。「知らない。今のところあらわれそうもないわね。家にお帰りなさい」

ザビーネはがっかりしてクラウディアを見つめた。「だ……だけど……それはできないの」といって、すすり泣きをはじめた。

第六十三章

ベルリン市プレンツラウアーベルク地区
二〇一九年二月十五日(金曜日)午後九時五十五分

……八、九、十、えい!

間《ま》を置く。

そしてはじめから。一、二、三……。

トムの両足が焼けるように痛んだ。蹴《け》るたびに筋肉が痙攣《けいれん》する。縛られた両足で蹴ると、後頭部が木箱に当たり、衝撃が骨に響く。木箱の中の空気が薄くなり、顔が汗だくになった。気持ちが悪い。両手で汗をぬぐいたいが、両手は後ろ手で縛られている。

〝あと何回蹴ればいいんだ。ちくしょう〟

トムは蹴った数を数えていた。もう百二回になるが、木箱はびくともしない。ここでぐずぐずしているあいだにも、次の少女が拉致《らち》されるかもしれない。それよりなにより、マーヤとユーリアが助けを待っている。

……九、十、えい！

トムはベネのことを考えた。あいつが背後にいるとは思えない。だがそれなら、どうして倉庫のことで嘘をついたのだろう。それにベネの用心棒がなんでここにいたのだろう。

……九、十！

蹴った音に混じって、板がきしむ音がした。

トムははっとした。改めて両足を引くと、拳を握ってもう一回蹴った。板が砕けて、木箱に割れ目ができた。木箱を蹴破ると、すねに鋭い痛みが走った。釘《くぎ》かネジで引っかいたようだ。

だが達成感と比べたら、そんな痛みなどたいしたことはない。

トムはまた足を引いて、割れた部分を足で探り、板と横から打ち込んだ釘のありかを探した。それからもう一度、木箱を蹴った。ようやく新鮮な空気が流れこんできた！　天窓から月明かりが降り注いでいた。薄暗い倉庫の中を見まわす。木箱の中の闇と比べたら真昼のようだ。問題はジータがどこにいるかだ。

トムは体を起こし、砕けた木箱を観察した。壊れたところの板からネジがとびだしている。トムはそこへ体を動かしていき、そのネジで手枷《てかせ》を削った。数分後、自由になると、手で猿轡《さるぐつわ》をはずし、足枷をほどいた。

「ジータ？」トムは声をひそめて呼んだ。「いるのか？」

どこかでかすかにうめき声が聞こえる。

「今だしてやるぞ。居場所を教えてくれ」

「うう……」

トムは立とうとしたが、足がいうことをきかなかった。四つん這いになって積み重ねられた木箱のところへ行って、体を起こした。

「うう……」

トムは声のするほうへ行って、ジータが閉じこめられている木箱を見つけた。

「今だしてやるぞ」トムは木箱の蓋《ふた》を叩いた。

ジータはうめき声で答えた。

「木箱を開ける道具を探してくる」トムは倉庫の中を見まわして、階段に目をとめた。「待ってろ。すぐ戻る」

トムは急いで階段を上がった。マラソンを走ったあとのように足がガクガクした。踊り場に上がると、廊下に出た。さっきトムが撃ち殺した男が黒い血だまりの中に横たわっていた。顔が虚《うつ》ろだ。死んで筋肉が弛緩《しかん》している。トムはその男の名前すら知らない。妻や兄弟姉妹がいたりするのだろうか。子どもがいるとは考えたくなかった。今日から数夜、他の奴といっしょにこいつの亡霊も枕元にあらわれるだろう。正当防衛だったとしても、これればかりはどうにもならない。

トムは男の持ち物を探った。武器もなければ、スマートフォンもない。ベネかどうか知らないが、持ちさったにちがいない。トムは急いで廊下に並ぶドアを手当たり次第に開けた。廊下の一番奥に道具置き場があった。棚に鉄の棒、機械部品、モーター、人体模型があった。部屋の隅のフックに骸骨《がいこつ》が二体下がっていた。お化け屋敷かなにかに使うものだろう。

トムは丈夫なドライバーと鉄の棒を持った。

五分後、ジータの木箱を開けて、手枷足枷をほどいた。ジータはふるえながら手足をさすり、ため息をついた。トムは横に腰を下ろして、ジータを抱いた。「大丈夫か?」

「大丈夫よ」ジータは顎《あご》を撫《な》でた。「でもこの木箱には……」目に浮かんだ涙をさっとぬぐった。

「めまいがするか?」

ジータは首を横に振った。「脳震盪《のうしんとう》はないわ。あなたは?」

「頭がズキズキする」トムは唸《うな》った。「ここから出る方法を探ってくる」

「フォークリフトよ」ジータがいった。「昔、ベネといっしょにここで立ち往生した。フォークリフトには鍵が挿してあった。それからシャッターの鍵もそこにあった」

トムが見にいって、すぐに戻ってきた。「鍵はなかった。ローラーシャッターは閉まっていて、びくともしない。俺たちが使ったドアも施錠されている」

「それじゃ、屋根を伝って下りるしかないわね」ジータは答えた。「二階に天窓がある」

「歩けるか?」

「ええ、なんとか。スマートフォンはある? あなたの拳銃は?」

「全部奪われた」そういうと、トムはジータを助け起こした。「襲ってきた奴を見たか?」

「いいえ。あっという間の出来事だった。目出し帽をかぶっていたから、だれかわからない。逃げようとしたら、顎を殴られた。気がついたのは、そいつが木箱の蓋を閉めるときだった……」

ふたりはいっしょに階段を上がって二階の廊下に出た。最初のドアの次はオフィスだった。デスクが二台となにも収まっていない棚があるだけで、天窓はなかった。次の部屋にはプラスチックのフードがついた天窓があった。トムはそこにデスクを押していき、開閉装置を動かし、ふたりして屋根に上がった。冷たい夜風に、トムはぞくっとした。いまだに汗だくで、服が湿っていたのだ。屋根の端に非常階段の手すりがあった。ふたりはそこを下りた。前庭にはなにもなかった。バンも、木箱も。

ふたりは疲労困憊《こんぱい》してそこにたたずんだ。ネオンライトの光が上から降り注いでいた。ジータの髪が光を反射し、肌がオリーブ色に染まっていた。彼女の焦茶色の目からは異様なエネルギーが感じられた。人生の奈落を体験し、道はひとつ、立って、歩きつづけるしかないことをよく知る人間の目だ。

「さっきの車に載せてあった木箱だが、なにが入っていたかわかる気がする」トムはいった。

ジータが顔をしかめた。「たぶん同じことを考えている」

「ちくしょう、すぐそこにいたなんて！　だとしたら、開けてみるべきだった……」

「自分が木箱に閉じこめられて、それに気づいた。まあ、後の祭りよ。それより三つ目の木箱をどう思う？」

「おそらく女の子がもうひとり拉致されるんだろう」

「なんてこと」ジータは顔から血の気が引いた。「そのとおりだわ。それで……説明がつく。だれが狙われているの？」

「おそらく元国家保安省《シュタージ》職員の娘だ。モルテン家のシェルターで見つけたファイルが無事だったらな……そうすれば、だれが狙われているかわかったかもしれない」

「覚えている最後の名前はマリー＝ルイーゼ・シェフラー」ジータがいった。「でも、彼女は死んでいる。それにフローロフによると、子どももいない」

「だけど、ファイルはもっとあった」

「それがだれかはわからない」

「だがどこへ行かなければいけないかはわかってる」

ジータはけげんそうに眉《まゆ》を吊りあげた。

「〈オデッサ〉だ」トムはきつい声でいった。「来るんだ」トムは数歩で塀に取りついた。足が痛いのを無視して塀を登り、反対側の歩道に飛びおりた。ジータも塀をよじ登ってくるのが聞こえた。レーダー通りの栗石《くりいし》舗装がヘッドライトの光を反射した。車が近づいてきた。トムはそっちへ走った。

ジータは塀から飛びおりた。「トム。待って。ベネがいなかったらどうするの?」

「わからない」トムは振りかえらずにいった。「だけど、女の子たちを見つけるつもりなら、今わかっている手がかりはベネだけだ。あいつはなにかに関わっている。それだけは確かだ。真相がどうしても知りたい」トムは腕を広げて路上を走った。旧型のBMWが急ブレーキでスリップしながら止まった。銀色に光るバンパーがトムのすねに触れた。トムはオレンジ色のボンネットに両手をついて、ものすごい形相で身を乗りだした。ドライバーは顎髭《ひげ》を生やし、ハンチング帽をかぶった三十代の男だった。男はすごい剣幕でドアを開けたが、トムの形相を見て、降りないほうが無難だと判断した。

「州刑事局の者だ」トムはいった。「スマートフォンを貸してほしい」

第六十四章

ベルリン市グルーネヴァルト地区
二〇一九年二月十五日（金曜日）午後十時十一分

ニコレ・ヴァイアータールは門の前の歩道に立った。ここに住んでいるのか。静かで、人の気配がない。この界隈《かいわい》の人たちはわざわざ大金を使って人生をつまらなくしているように思える。ニコレは気を取り直してベルを押した。小さな乳白色の表札にはこう刻まれている。

W・B。

胸の高さくらいの金網の柵が邸《やしき》を囲んでいる。柵の上には槍《やり》の穂先がずらっと並んでいる。モミの老木が枝を垂らして、外からの視線を遮《さえぎ》っている。グルーネヴァルトの邸群の中では比較的小さな白い家だ。屋根は赤い瓦で葺《ふ》かれている。

「もしもし？」インターホンから女性の声がした。だれかが来るのを待っていたように聞こえる。

「ええと、今晩は。州刑事局のニコレ・ヴァイアータールと申します。遅い時間にすみません。大至急ご主人に話があるのです」

「ああ……待ってください。今、門を解錠します」女性は戸惑っているようだが、感じは悪くない。こういう遅い時間の訪問に慣れているようだ。ドアがジーと鳴って、解錠された。ニコレは通用門を開けた。手入れの行きとどいた前庭を抜ける狭い道が家につづいている。近づいてみると、家は意外に大きい。

五十代半ばくらいの痩《や》せた女性がドアを開けて、冷え冷えするような白い照明を浴びながら立っていた。キャサリン・ゼタ＝ジョーンズを連想させる黒いロングヘア。茶色の瞳。目のまわりが赤く、生気がない。ニコレが近づくと、女性はなにかいおうとしたが、その瞬間、ヴァルター・ブルックマンが背後から姿をあらわした。彼は太腿《ふともも》のあたりがきついスラックスをはいていた。シャツも腹部が張っている。「もういいぞ」彼はそういって、妻の腰に手をまわして、やさしく家の中へ誘った。「あとはまかせてくれ」

ブルックマン夫人はいわれるがまま、二階にさがった。

「ニコレさん」その声には驚きと拒絶と大事なことを邪魔されたと訴えるような響きがあった。「なんの用です?」

「すみません、あの……わたし」ニコレは口ごもった。「プファイファーにいわれてケラー市長を訪ねたら、部局長はもう……。事件に新たな進展がありました。でも……トム・バビロンと連絡がとれなくて……部局長もスマートフォンをご覧になっていないようなので、そのことを伝えに……」

「19の件ですか?」そうたずねて、ブルックマンはニコレの反応をうかがった。

「ああ、ご存じでしたか」

ブルックマンはため息をついた。目つきが穏やかになった。「かわいそうに。そのためにわざわざここまで来たのですか。ナンセンスですね。これはプファイファーのアイデアですか？」

ニコレは困惑してブルックマンを見た。どうやら事件の進展をベルティ・プファイファーとニコレほど重視していないようだ。あるいはニコレが知らないうちに、話がついたのだろうか。

「じつは」ニコレはいった。「プファイファーは部局長が市長に事情聴取する際に知っていたほうがいいと考えたのです。でもここまで押しかけたのは……」ニコレは少し言葉を詰まらせた。「わたしの考えです。重要かなと思いまして。ヨーのお嬢さんのことで……」

ブルックマンはニコレをじっと見つめた。「ヨーは感謝するでしょう。わたしもです。では明日、朝の会議に遅れず……」ブルックマンのスマートフォンが鳴った。言葉を途切れさせて、ズボンのポケットからスマートフォンをだし、画面を見て眉間《みけん》にしわを寄せた。「今日はどうなっているのでしょうね？」といいながら、電話に出た。「トム？　きみですか？」

〝トム・バビロン？〟ニコレはびっくりした。いったいなにをしていたのだろう。

ブルックマンはしばらくじっと聞いていた。「フォード・トランジット、紺色。わかりました。ナンバーは？　B——G——S、数字は覚えていない。まあ、ないよりましです」ブルックマンはまたじっと耳をすましました。「いいでしょう。そういうことなら、チェヒの容疑は固まりましたね。かなり黒に近いでしょう。あとはわたしが動きます」

ブルックマンのスマートフォンからトムの声がした。興奮した大きな声が聞こえたが、ニコレにはひと言も聞きとれなかった。

「いいや、トム。申し訳ないが、きみは当面、はずれてもらいます。あとはベルティに引き継いでもらいます」

〝トムをはずす？〟ニコレはトムが叱責《しっせき》されるだろうと思っていたが、まさか特別捜査班からはずされるとは。

「本気でそれを訊くのですか？」ブルックマンはため息をついて、ニコレに背を向け、玄関に二歩戻った。「いいでしょう。特別捜査班のリーダーであるあなたにどうして連絡がとれなくなったか説明してくれました。それは理解できます。しかしヨー・モルテンは特別捜査班からはずされたのに、あなたといっしょに捜査をつづけました。これは納得できませんし、許しがたいことです。彼が捜査に関与しないようにするのが、あなたの責任でした。あなたは彼が父親を傷つけた現場にいましたね。結局、ヘリベルト・モルテンは入院し、事情聴取ができない状態にあります。ヨー・モルテンも入院中。そして今、彼を必要としている夫人はひとり取り残されているんですよ。これであなたがはずされる理由がわかりましたか？あなたはまったく無謀です！」

スマートフォンからはなにも聞こえなくなった。トムは押し黙ってしまった。

「きみとジータは家に帰りなさい。大変な目に遭ったわけですし。それから……」ブルックマンは、トムに見えるかのように人差し指を立てた。「だめです！　口答えは許しません。これは命令です。状況はのみこみました。あとはわたしが指揮します」

別れの挨拶もせずに、ブルックマンは通話を終了させ、深呼吸した。「まったく」そうつぶやくと、ニコレを見た。「拳銃は持っていますか？」

「え、ええ、もちろんです」ニコレはびっくりしていった。

「車で来ていますね？」

「はい」

「いいでしょう」ブルックマンは玄関のフックからジャケットを取ると、ドアの横の金庫から拳銃を取りだした。

「おい」ブルックマンは家の中に向かっていった。「あいにく出かけることになった」ブルックマンは家の外に出ると、ドアを閉め、急いでニコレの脇を通って門へ向かった。「さあ、来なさい。家宅捜索をします。――おそらく逮捕者が出るでしょう」

〝逮捕？〟ニコレは自分の耳を疑った。信じられない思いで、ブルックマンのあとを追った。いきなり逮捕なんて話になるとは、トムはなにを報告したのだろう。ブルックマンはすでにフォルクスワーゲン・パサートのそばで待っていた。「あの、逮捕状はないのにいいのですか？」そうたずねると、ニコレはセンターロッキングをはずした。

「ベネ・チェヒを知っていますか？」ブルックマンがたずねた。

「ええ、なぜですか？」

「そして緊急事態という言葉の意味はわかりますね」ブルックマンは車に乗りこんでドアを閉めた。

ニコレは助手席に乗りこんだ。「マリー＝ルイーゼ・シェフラーがいた国民教育省の部局とチェヒのあいだに接点があるのですか？」

「いいですか。捜査のダブルチェックをしている暇はありません。どんなプレッシャーを受けているか、きみにわかるのですか？　重要な被疑者が見つかったら、それを追うものです。なにかいうことはありますか？」

「いいえ、ありません」ニコレはいった。

ブルックマンはギアをDに入れて、発進した。左手でハンドルを握り、右手でスマートフォンをつかんでいる。ロ－レックスのメタルバンドが新品の手錠のようにキラッと輝いた。ニコレは彼が矢継ぎ早に指示するのを上の空で聞いていた。捜査の最前線に立ちたいとずっと願っていた。その願いが叶ったのだ。――だがなぜか釈然としない。

ニコレはこっそり自分のスマートフォンを手に取った。ブルックマンは電話をするのに忙しくて気づかなかった。ニコレは急いでメッセージを打って送信しようとしたが、考えを変えて、ベルティの電話番号を消して、別の電話番号を入力して、送信をタップした。

送信したその瞬間、ニコレは大変な間違いを犯したような気がした。

第六十五章

ベルリン市クラブ〈オデッサ〉
二〇一九年二月十五日（金曜日）午後十時二十三分

ジゼルはＤＪブースへの階段を急いで駆けのぼった。待機時間のプレイリストが四分の三くらいの音量で流れている。遅刻なのはわかっている。別の理由なら、ベネに首をもがれているだろう。――あるいは口うるさい支配人のマダム・リープレヒトがそれを代行するだろう。

だがとんでもない失態だとは思っていなかった。一回では我慢できず、二回戦になり、今は恐いものなしだ。とはいえ、優先事項がおかしくなっているとは感じていた。

ジゼルにとって、ＤＪになることがなによりも大事だった。それなのに、今はどうだ。

――チェヒとは寝ないつもりが、もう寝ている。中毒になっている。

ファック。

どうだっていい。

ジゼルはニヤッとした。すくなくともベネに文句はいわせない。あいつがイカないから、遅刻したんだ。DJのカウントダウンは十時半にすればいいだけのこと。〝わたしのショー。わたしが仕切る〟

ジゼルはブースのドアを開けた。だが妹の見慣れた大きな目を見て、足に根が生えたように立ちつくした。

「なんなのよ。もう時間よ」クラウディア・リープレヒトが文句をいった。

「ビーネ」ジゼルはいった。「ここでなにをしてるの？」

「ごめん」ザビーネがつぶやいた。「耐えられなかったの」

「この失態、どうしてくれるのよ」リープレヒトがいった。

「うるさいわね」ジゼルがリープレヒトを怒鳴りつけた。

ザビーネは目を丸くして姉を見た。

「勝手にしなさい」そう唸《うな》ると、ジゼルが風を感じるほどすぐそばをリープレヒトが通り過ぎた。

ジゼルはザビーネのところへ行って抱きしめた。妹もしっかり抱きしめ返したものだから、ジゼルは息ができないほどだった。

ザビーネを離すと、ジゼルは袖で妹の頬の涙をぬぐった。「あの魔女になにか飲まされそうになったの？」

ザビーネは首を横に振った。

「なにか持ってくる。いいわね？」

ザビーネはうなずいた。

「家出したこと、ママとパパは知ってるの？」

「パパがすべてのドアに鍵をかけたから、窓から逃げた。あたしが眠っていると思ってるはず」

ジゼルはザビーネの髪を撫《な》でた。ザビーネの部屋が目に浮かぶ。部屋は二階だ。家のそばにはなにもつかまれるものがない。そのまま地面に飛びおりたのだろう。怪我をしなかったのは奇跡だ。「やるわね」

「ここって、全部お姉ちゃんのものなの？」ザビーネはダンスフロアを指差した。人でごった返したクラブはそこから見ると、すごい眺めだ。

ジゼルは笑った。「わたしの？　まあ、今晩はわたしが仕切るけどね」

ザビーネは目を丸くした。「だと思った。あたしは馬鹿じゃないもの」

「オーケー。それじゃ、よく聞いて。これから本格的にはじめる。今見ているのなんて……物の数じゃないわ」

ザビーネはうなずいた。「パーティのはじまりね」

「PINKをかけると思ったら大間違いよ」ジゼルがニヤッとした。

ザビーネから悲しいまなざしが消え、目がキラキラ輝いた。

第六十六章

ベルリン市クラブ〈オデッサ〉

二〇一九年二月十五日（金曜日）午後十時四十九分
「こんなことをしていいと思うの？」ジータがたずねた。

トムは返事をしなかった。大股でマレーネ＝ディートリヒ広場を横切り、入り口に向かっていた。

「ねえ、トム。捜査官たちが動いてるのよ。ブルックマンがわかってるし、フローロフもいる。バンの捜索ははじまっている。今は様子を見たほうが……」

「ベネに会わないと。あいつがこの事件にどう絡《から》んでいるのかどうしても知りたいんだ」ジャケットのポケットの中で呼出音が鳴って、トムは立ち止まり、ハンチング帽の男から借りたスマートフォンをだした。「やあ、ルツ。どんな状況だ？——なんだって？　なんでそんな……？　だれの指示だ？」

ジータは、眉間《みけん》にしわを寄せて電話をしているトムを見つめた。

「もう一度いってくれ。何人だ？——わかった、ありがとう」トムはスマートフォンをジャケットに戻した。「あの野郎」

「どうしたの？」ジータがたずねた。「だれのこと？」

「捜査官が動いている」

「だから、そういってるでしょ」ジータはため息をついた。

「人員輸送車二台」

「えっ？　どういうこと？　なんでそんな大勢なの？」

「ブルックマンが俺の報告を曲解して、手入れをする気だ。……急いでベネに話すことがもうひとつできた」

〈オデッサ〉の前にできた客の行列は一階の表玄関までつづいていた。トムはそのそばを通って階段を下りた。

ジータはトムを追うのでやっとだった。「トム、待って！　ベネが本当にこの事件に関わっているのなら、彼は危険よ。ブルックマンが手入れをするのは正しいかもしれない」

「ジータ、やめろ。俺はベネと話す。手入れがはじまる前にな。――あいつがここにいればだが」

「トム、お願い！」ジータはトムの腕をつかんだ。「あなた、警官であることを忘れてる」

「マズーアを殴ったときのきみみたいにか？」トムが彼女の腕を払った。

ジータは腹を立ててトムを見ると、「だいぶ違うと思うけど」と小声でいった。

「ベネと俺はガキのときからのダチだ。いっしょにどんなことをしてきたか、きみにはわからない。ちくしょう。これは個人の問題だ」トムは階段を駆けおりた。

「トム！」ジータは急いであとを追った。ドアマンがふたり、クラブの入り口に立っていた。青く光るシルクのスーツに真っ白なシャツを着ている。ふたりの後ろからは頭がクラクラするようなビートが響き、青と紫と赤の光がリズミカルに点滅している。

トムはドアマンを脇に連れていって、耳元でささやいた。ドアマンはうなずいて、仲間にジータのことを目で合図して、トムについてくるようにいった。ふたりは急ぎ足で歩いた。ジータがついていこうとすると、もうひとりのドアマンが行く手を遮《さえぎ》った。

「ここにいてください」ドアマンが静かにいった。声はバリトンで、ロシア語か、すくなくともスラブ語系の訛《なまり》があった。ジータは啞然《あぜん》としてトムを見つめた。トムの長身が人でごった返したクラブの入り口に消えた。ジータは、置いてきぼりにされたなんて信じられなかった。かっとしてドアマンに身分証を呈示した。「面倒な目に遭いたくなければ、ここを通して」

ドアマンは何食わぬ顔でよそを見ていた。

「なによ。字が読めないの？　州刑事局の一員として、殺人事件の捜査中。通さなければ、公務執行妨害罪になるわよ」

「あなたはここにいる、と刑事さんはいった」ドアマンは片言のドイツ語でいった。「そういわれたから、そうする」

トムは紺色のスーツの男に従ってクラブを抜けた。案内役がいなくても勝手はわかっていたが、ドアマンはそういう指示を受けていて、トムをひとりでベネのところには行かせないだろう。それにしても、なにもかも辻褄《つじつま》が合う。バン。倉庫が解体されたという嘘。ベネの部下の発砲。フローロフから電話で聞いた話……。

ダンスフロアは人でいっぱいだった。バーにも人だかりができている。二階の回廊にも人が鈴なりで、下で踊っている者たちを見ている。DJブースの上の大型モニターでは、音楽のリズムに合わせて、抽象的な模様が躍っている。ヘッドホンをつけた金髪の若い女性DJが体で音を取りながら片手をDJテーブルに置き、もう片方の手には青いレーザーグローブをはめて、フォグマシーンから出てくる霧に向かって鋭いレーザー光線を放っていた。大きなミラーボールも、波打つようにうねる人々にカラフルな光点を投げている。

ブルックマンはさっき電話口でなんといっただろう。〝チェヒの容疑は固まりましたね〟だがフローロフがいっていた容疑とはなんだ。トムの知るベネが本当に若い娘に乱暴を働き、拉致《らち》して、殺したというのか。

ドアマンはバーの右側にあるドアからトムをバックステージへと案内した。光量を落とした壁のライトに照らされたソファコーナーを通って、バックステージに通じる階段を下りる。クラブのホールから響いてくる音楽はここではかすかにしか聞こえない。汗臭さとフォグマシーンの発する臭いが鼻につき、息苦しい。

さらに数段下りて、ふたりはスチールドアに辿《たど》り着いた。

ドアマンがノックして、覗き穴のカメラアイに向かってうなずいた。ジーと音がした。トムはいきなりドアマンの後頭部をつかんで、こめかみをドア枠に叩きつけた。ドアマンは濡れた袋のように床にくずおれた。トムはドアマンの肩掛けホルスターから拳銃を抜いて、安全装置をはずした。グロック43。平たくて、小さな六連発。ジャケットのポケットにも収まる大きさだ。

それからドアを肩で押し開けて、銃を構えて部屋に踏みこんだ。ベネはデスクについたままトムを見つめた。トムは足で背後のドアを閉めた。「両手を動かすんじゃないぞ」

「ちくしょう。なんなんだ?」ベネは驚いてトムを見つめた。

「どうしてかはわかっているはずだ、この糞野郎《くそやろう》」

ベネが目をすがめ、ポーカーフェイスになって肩をすくめた。

「じゃあ、どうしてこんな真似をするのか聞かせてもらおう」

トムは銃を構えたまま、目をそらすことなくゆっくりベネのところへ歩いていった。

「おまえがレーダー通りの倉庫に行かせた奴――俺たちはあやうくあいつに撃ち殺されるところだった」

ベネの顔面が蒼白になった。「レーダー通りに行ったのか? ジータと?」

「そうだよ」

「ちくしょう。ライターはどうした?」

「ライター? それがあいつの名前か? 死んだよ。俺が撃ち殺した。だけど、おまえが悪い」

「ファック」ベネがつぶやいた。本気で愕然《がくぜん》としている。

「どうなっているのか、おまえの口から聞かせてもらうぞ。なんでおまえはあそこに人をやったんだ？　どうして俺たちにまかせなかった？」

「なんで、どうして。なんて馬鹿な質問だ。俺とジータを襲った奴を片づけるチャンスを、俺が見逃すと思うのか？」

「こっちはライターって奴に殺されるところだった！」

「なんであそこに行ったんだ？　おまえたちがあらわれるなんて思わなかったんだ」

「じゃあ、なぜライターをあそこに行かせた？　倉庫をすでに調べさせていたんだろう？」

「ああ、そうだとも。だけど、この前はなんの手がかりもなかった。しばらく調べていたんだ。わかったのは、一九九〇年代からあの倉庫がバハマにある会社の所有だってことだけだった。典型的な輸出入会社だ。だがクロイツベルクの三人組にはでかすぎる。それに倉庫は十年近く使われていなかった。でも今日の話を聞いて、モヒカン、クリンゲ、フロウのだれか、あるいは三人でまたあそこを使っているかもしれないと思ったんだ。それで、見にいかせて……」

「……片づけようとしたわけか」

「おまえたちがあそこに行って、いきなりライターに向かって発砲するなんて思わなかったんだ」

「おまえは馬鹿だ。もうちょっとのところだったのに、おまえのせいで犯人に逃げられた」

「どういうことだ？　犯人があそこにいたのか？」

「ああ」トムは腹立ちまぎれに怒鳴った。「あいつは逃げた。ふたりの少女を連れて。そしておそらくもうひとり狙っている。だけど最高なのは、おまえが犯人だと州刑事局が思っていることだ」

ベネはその言葉を信じず、馬鹿にするようにトムを見た。「ふざけてるのか？」

「大真面目だ」

「どこに証拠があるっていうんだ？」

「緊急事態扱いだ。それがどういうことかわかるよな。疑わしいというだけで、おまえを逮捕できる。証拠を集めれば、他にも余罪がわんさか出てくるだろう。はたしてなにが見つかることやら……」

ベネは深刻な表情になった。「なるほど。それで？　おまえはどうするんだ？」

トムは銃口を下げた。「同僚に電話をして、撤収させる。だが条件がある。駆け引きはおしまいだ。知っていることはすべて吐け。あの倉庫。三人組。フィーニャ・クリューガーについても知っていることがあるなら知りたい。そして二度と俺に頼みごとをしようとするな」

ベネは頭をフル回転させた。〝事ここに至ってなお、損得勘定をするのか〟とトムは思った。ベネは肩をすくめた。といっても、投げやりというのではなく、どちらかというと観念した様子だった。「俺はたいして知らない。だけど、俺が知っているわずかなことはおまえのお気に召さないだろう」

「思わせぶりにするな。さっさと話せ」

ベネはため息をついた。「今見せる。さもなきゃ信じないだろうからな」

ベネはキャビネットのところへ行き、一番下の引き出しを引いた。くしゃくしゃになった赤い服が入っていた。ベネはそれを取ると、トムのほうへ投げた。

トムは驚いて受け止めた。

「クロークから入手した。ベルリン国際映画祭であの事件が起きた日に残されていたものだ」

トムは服を広げた。女の子用の赤いアノラックだ。トムはけげんな顔をしてベネを見た。

「これでなにを信じろっていうんだ?」

「アノラックのポケットを見てみろ。右側だ」

トムはファスナーを開けて、ポケットに手を入れた。小さくたたんだメモ用紙が入っていた。アノラックを脇に置いて、そのメモ用紙をひらいてみた。罫線の入った白い紙に青インクでなにか書かれている。ていねいな大人の字だ。二行にわたって住所が書かれていた。トムは見るなり、その住所がわかった。

第六十七章

ベルリン市クラブ〈オデッサ〉
二〇一九年二月十五日（金曜日）午後十一時十一分

ジゼルはヘッドホンの具合を直した。左耳で音声機器のプレビューを聞き、右耳でホールの様子を確認する。ホールがなにより大事だ。ジゼルは音量のつまみを小さな赤い印より二段階上げた。「クラブのきまりよ」リープレヒトからは耳が痛くなるほどいわれていた。「小さな赤い印を越えないこと。音量が大きすぎると、バーでおしゃべりができなくなる。おしゃべりをする人が減れば、ドリンクの注文が減る」

まあ、そうかもしれないが、リープレヒトはノリというものがわかっていない。パーティが盛りあがれば、注文も増えるはずだ！

ジゼルは次のトラックにスイッチした。

ダンスフロアはごった返している。みんな、盛りあがりたがっている。

ＤＪブースの正面に三十代後半の男が立って、ジゼルのほうを見ていた。古いタイプの男だ。女性ＤＪに目をつけているのだろう。

〝見た目は悪くない〞ジゼルは思った。〝がっしりしているし、目つきが謎めいている。好きなタイプだ。ベネがいなければ……〞

次はクラッシュコースの「パラダイス」だ。

イントロがスピーカーから聞こえてきた。ジゼルは全身に鳥肌が立った。イントロが最高だ。靴を脱いで、心を歌わせたい。いいや、感じたい！

ジゼルはいっしょに並んで立っているザビーネに目配せした。妹は額《ひたい》に汗を浮かべながら跳ね、彼女の小さな胸が上下した。ニコニコしながら、群衆を見おろし、ゆっくり腰を動かしている。

「クールでしょ？」ジゼルが叫んだ。

ザビーネが顔を輝かせた。

ジゼルは妹にレーザーグローブを渡した。「やってみる？」

ザビーネはうれしそうにうなずいた。

さっきの男がいまだにこっちを見ている。今はザビーネに目が貼りついている。

〝他を見なさいよ、いけすかない奴〞ジゼルはその男に向かって中指を立てた。妹に手をだしたら、ただじゃ置かない。

イントロが波打ち、ビートが炸裂した。最高。ドラッグにも負けない。

ジゼルは右腕を上げて、ビートに合わせてジャンプし、腹の底から叫んだ。

男は姿を消していた。

ジータは入り口の行列の横に立って、イライラしていた。隙を見てもぐりこもうと思ったが、ドアマンは岩のように動かず、命令どおりにしていた。だが客がどんどん店に入ってくるので、面食《めんく》らった。店内はすでに超満員のはずだ。

「ジータ？　ここでなにをしているんです？」

ジータは振りかえった。ブルックマンが目の前に立っていた。隣にはニコレ・ヴァイアータールとベルティ・プファイファーが十人以上の巡査を従えていた。

ドアマンがベルトからトランシーバーを取って、口に持っていった。

「やめろ」ブルックマンが叫んだ。「だれにも連絡させない。こちらは州刑事局だ」ブルックマンが列を作っている客のほうを向いた。「ここは閉店だ。入場禁止」ブルックマンはふたりの巡査を手招きして、入り口に立たせた。「トランシーバーを持ったドアマンを見張れ。だれにも知らせるな」


ベネのデスクの卓上スピーカーから音がした。短、短、短、それから長く三回。そしてまた短く三回。

「ちくしょう」ベネがつぶやいた。「まずいぞ。ＳＯＳだ」

トムはいまだに赤いアノラックからだしたメモ用紙を見ていた。「たぶん手入れだ」トムはそうつぶやくと、呆然としながらメモ用紙をたたんでポケットに入れた。まるでだれかに足をすくわれたように感じていた。

「おい、さっさと警官に電話しろ」ベネが怒鳴った。

トムはスマートフォンをつかんで、ブルックマンに電話をかけた。「思ったよりも早かったな」

ベネはデスク上のキーボードにかがみこみ、何度かマウスをクリックしてモニターを見つめた。「ちくしょう。もう中に入ってきてるぞ」

トムはスマートフォンを耳に当ててブルックマンが電話に出るのを待ちながらデスクをまわりこんだ。モニターには九台ある監視カメラの映像が並んでいた。入り口の映像には、クラブの入り口をふさいでいるふたりの巡査が映っている。

「連絡は取れたか?」

「まだだめだ」トムは答えた。

「奴らがクラブに入ったら」ベネはいった。「電話をしても無駄だ。音声なんて聞こえない。スマートフォンの着信音すら聞こえないだろう」

「まいったな」トムはいった。

「ところで、警官たちはここの裏口がどこにあるかも知らないようだな」ベネは右下の画面を指差した。「俺だったら、まずここを押さえる」監視カメラは建物の外壁に固定されているらしく、ベルがついているドアと街灯を映している。街灯は人気《ひとけ》のない歩道と車道の一部を照らしている。そして街灯の光が切れるあたりに一台のバンが止まっていた。

「その映像を拡大できるか？」トムはたずねた。

「できるとも」ベネがその画面をクリックすると、フルスクリーンになった。

その瞬間、ブルックマンの留守番電話につながった。

「くそっ、留守番電話になってる」トムはスマートフォンを下げて、モニターを見つめた。

赤いアノラックとメモのことはもうどうでもよくなった。裏口に止まっているバンは紺色のフォード・トランジット。離れているが、ナンバープレートが読みとれた。B－GS729
8。数字までは記憶していないが、間違いない。

「どうした？」ベネがたずねた。「つながらないのか？」

「このバン」トムはモニターを指差した。「俺たちが捜している奴だ。倉庫の前に止まっていた。たぶん俺たちを襲った奴の車だ。おそらく少女たちを拉致した奴と同一人物だ」

ベネは信じられないというようにトムを見た。「たしかか？」

「ナンバープレートを覚えている」

「ちくしょう」ベネは前屈《まえかが》みになって、モニターをのぞきこんだ。ネックレスの十字架がデスクの上で揺れた。「どういうことだ？」

「可能性はふたつ」トムはいった。「そいつはおまえの手下で、ここに身をひそめているか、次の少女をここで狙っているかのどっちかだ」

ジータは警官隊がクラブに入っていくのを呆然と見ていた。ブルックマンにははっきりといわれた。「あなたはここにいなさい。チェヒが抵抗する可能性がある。臨床心理士の出る幕ではない」

入り口の前で待つ人の数が減った。数人の客がスマートフォンを掲げて、ふたりの巡査を撮影している。今起きていることをソーシャルメディアに投稿する者もいる。階段の上のほうが騒がしくなった。男がひとり、人混みをかきわけてきた。階段を下りてきたのはルッ・フローロフだ。顔を紅潮させて、最後の客を押しのけている。

「ジータ、よかった」フローロフは挨拶もせずにいった。「すごいことに……」そのとき彼のスマートフォンが鳴った。フローロフは画面を見て、電話に出た。「トムか？　どうした？──もしもし？　よく聞こえない。もう一度いってくれないか？──オーケー。──車？　もしもし？　トム？　よく聞こえない……もしもし？」フローロフは画面を見た。電話が切れていたので、フローロフはトムに電話をかけてみた。「くそっ。お手上げだ……」

「なんていってたの？」ジータがたずねた。

「ブルックマンは間違ってる」フローロフはいった。「犯人はチェヒじゃない」

「えっ？　どういうこと？」

「半分もわからなかった。バンがどうとかいってたな。そしてチェヒは無実だと。だとしたら、ニコレがさっきメッセージに書いてきたこととも符合する」

「なんて書いてきたの？」

「数字の19がなにを意味するかわかったんだ。子どもたちだよ。おそらく東ドイツ時代の養子縁組。19は国民教育省にあった担当部局の部屋番号だ。その部屋で斡旋《あっせん》されていたんだ。それが事件の接点で……」

「なんてこと」ジータはいった。「それじゃ……」

「……トムがいったように、チェヒは犯人じゃない」

「ブルックマンに伝えないと」

フローロフはすでに州刑事局本部の電話番号にかけていた。

「中はうるさいからな……やっぱり、留守番電話になってる」

「いっしょに来て」ジータはフローロフの腕をつかんで、入り口へ引っ張った。ふたりの巡査が止めようとしたが、フローロフは厳しい顔をして身分証を呈示し、道を開けさせた。

クラブの中の音楽はものすごい音量だった。人々の頭上で光が躍っている。DJブースの上の巨大なモニタースクリーンがジータの視線を魔法のように吸い寄せた。そのあとDJテーブルの前に立つふたりの女性に気づいた。女性？　少女といったほうがよさそうだ、とジータは思った。ひとりはそこに立つにはあまり若すぎる。


青——赤——紫。

ウルトラカラー。

ヘッドホンを耳に当てていなかったら、ジゼルは髪を振り乱していただろう。コントロールなんて簡単なことじゃない。ノリでやったほうがクールだ。だがダンスフロアに溢れ返る感情をコントロールするのも気分が高揚する。

ジゼルはザビーネのほうを見た。ザビーネは目を閉じて、音楽のリズムに乗って動いている。すっかり楽しんでいる。腰の動きが色っぽくて、未成年とは思えない。ジゼルは涙が浮かぶほど感動した。妹のザビーネが大人になろうとしている。表情はまだあどけないのに。

ジゼルの視線を感じたのか、ザビーネは目を開け、笑いかけた。笑顔を見るのは本当にひさしぶりだ。それからザビーネはホールに視線を向けて、突然身をこわばらせた。目を丸くして、ＤＪテーブルから一歩さがった。

「どうしたの？」ジゼルがたずねた。

ザビーネはなにかささやいた。だがジゼルには聞きとれなかった。

「どうしたの？」ジゼルが妹の細い肩に腕をまわして、ヘッドホンをはずした。

「しゃがんで」ザビーネがびっくりしてささやくと、ダンスフロアのほうを指差した。「あそこにパパが」


ジータはダンスフロアの端に立って、ＤＪブースを見あげていた。そこでなにかが起きた。若い娘の表情が急に変わった。その娘の肩を抱いていたもうひとりの女性といっしょになって、目を皿のようにして群衆を見つめている。ジータとの距離は十五メートルほどあったが、ふたりが緊張しているのがよくわかった。舞台上の役者の表情が最後列のシートから感じとれるのと同じだ。

ふたりの目がだれかを見ている。

突然、ひとりの男が彼女たちの横にあらわれた。髪は褐色で、体つきががっしりしている。少女と女性ＤＪが困惑している。男とは面識がないようだ。どうしてそこにあらわれたのかわからず、面食らっているようだ。褐色の髪の男はふたりにさっと近寄り、年上の女性の顔と頭を殴った。ジータはびっくりして目が釘付《くぎづ》けになった。彼女は倒れて、見えなくなった。

ジータははっとした。

三つ目の木箱。

バン。

ジーニエの死体。

少女のほうはぽかんと口を開けて、あとずさった。奇妙なレーザーライトグローブをはめていて、ＤＪテーブルの向こうで青い光が揺れた。男は少女の腕を乱暴につかんで、手に持っているなにかを見せた。

「ルツ！」ジータは叫んだ。だがフローロフは見えなくなっていた。ブルックマンを捜して、先に行ってしまったようだ。

ジータはＤＪブースに視線を戻した。男と少女はいなくなっていた。信じられない気持ちで、ダンスフロアを見まわしたが、そこにはだれもいなかった。男がＤＪブースに足を踏み入れてから、まだ十秒か十五秒しか経っていない。

ジータは駆けだした。人々をかきわけ、押しのけた。だれかが怒って押し返したため、ジータはいったんよろめいたが、踏みとどまった。ジータはバックステージをめざした。そこにＤＪブースに通じる階段があるはずだ。ビートがコントロールを失って激しくなり、光線が曳光弾《えいこうだん》のように顔をよぎった。

トムはベネのあとから殺風景なコンクリートの階段を上った。そのあいだもスマーンのアンテナを確認したが、いまだにつながらない！　ドアの上に緑色に光る標識があ非常口。ベネがそのドアを押し開けた。暗色系の大理石風タイル。銀色に光る階段の手す次はまた一階分下りる。バックステージと接客エリアはまさに迷路だ。次のドアをくぐると長くて暗い通路になっていた。

ベネは左を指差した。「裏口はそっちだ」

トムがそっちを向くと、天井の照明が突然明滅しながら灯《とも》った。右のほうからふたりの人影が近づいてきた。男と少女。

「気をつけろ！」トムはベネの腕をつかんで、乱暴に引き寄せた。ベネはふたりを見て、目を丸くした。

その瞬間、二発の銃声。だがベネはすでにドアに戻って身を隠していた。ベネは銃身の短い拳銃を抜いて、構えると、ほんの一瞬様子をうかがって、発砲音がしたほうを見た。

「気はたしかか」トムがささやいた。「少女がいるぞ」

「狙うのは男のほうだ。少女は狙わない！」

「とにかく撃つな」

　ふたりは並んで壁に背を当て、息を整えた。開け放ったドアから廊下に光が射している。一瞬、静寂に包まれた。ふたりは床に影がかかるのを待った。

「ちくしょう」ベネはささやいた。「フロウだ」

「たしかか？」トムは小声でたずねた。「何年も経っていて、見たのはほんの一瞬だっただろう？」

「あの醜《みにく》い顔を忘れるもんか。誓ってもいい」

　トムは唇《くちびる》に指を当てた。グロックの安全装置をはずして、様子をうかがった。廊下にはだれもいなかった。

「くそっ。引き返したようだ」

　ふたりはドアの陰から駆けもどった。

　次のドアで待ち伏せされているような気がした。

　だが待ち伏せはなかった。

　ふたりはさらに走った。鈍《にぶ》く唸《うな》る音が響いてきて、だんだん大きくなる。角を曲がる。女を押しながらクラブに通じるドアをくぐるフロウが見えた。一瞬、大音響の音楽が聞すぐにドアが閉まって、また唸る音になった。

　ジータが見つけたのは、ベネの部屋に通じる階段だった。冷たく光るスチールドア、廊下を監視する虚《うつ》ろなカメラアイ。ジータはドアを叩いた。「トム？　ベネ？」

数秒経ったが、返事はない。

戻るしかない。

少女を連れた男は、いったいどこへ行ったんだろう。

ジータは急いで通路を戻って、クラブへのドアを勢いよく開けた。ソファコーナーの脇を抜ける。また大音響に包まれる。音楽はとんでもない大きさだ。どうしてまだ流れているのだろう。女性ＤＪは昏倒しているのに。たぶんプレイリストをセットしているのだ。ジータは急いでバーのところへ行って、カウンター越しにウェイトレスに向かって怒鳴った。「州刑事局の者です。手を貸して！　だれかがＤＪを殴り倒した。救急車を呼んで！　今すぐ。そしてブースに行って、介抱して」

ウェイトレスは黒く染めたロングヘアを後ろで結んでいた。彼女は目を丸くしてジータを見つめ、うなずいた。ジータは振りかえった。近くにテーブルがある。男性が三人に女性がふたり、そのテーブルに向かってすわって、シャンパンを飲んでいる。ジータはそのテーブルに乗った。男性たちが抗議した。

およそ十メートル先のダンスフロアに褐色の髪の男がいるのを見つけた。少女をつかんで、押している。群衆がいやいやそのふたりに道を開けている。

「おい！」男のひとりがジータの手首をつかんだ。グラスが次々にテーブルからすべり落ち、シャンパンの瓶が床に当たって割れた。ジータは飛びおりて、男を払いのけ、ダンスフロアへ走った。うまくいけば、ふたりの行く手を遮《さえぎ》ることができるだろう。だがそのあとはどうする？　ブルックマンはいったいどこにいるのか？　トムは？――ベネは？

ジータは人混みをかきわけた。まばゆいスポットライトが顔をよぎる。ジータは目をしばたたいた。どこか前のほうのはず。

ジータは立ち止まった。

目の前、三メートルもないところに少女がいる。その後ろに褐色の髪の男。男は少女の背中を手で押している。拳銃は小さく、黒くて、よく見えない。だが銃口を少女の背中に当てている。男があたりを見まわし、ふたりの目が合った。一瞬、ふたりは動きを止めた。男の目を見て、ジータはぎょっとした。そいつがだれかすぐにわかった。男のほうも気づいた。

その男はフロウだ。二十年分老けているが、見えない暗黒の力場からパワーを蓄えているかのようにエネルギッシュだ。

その瞬間、男は左に動いて、群衆に紛《まぎ》れた。ジータは足の感覚がなくなり、動かすことができなかった。

恐れと怒りがぶつかりあって、ジータは気を失いそうになった。そのとき、目の前にベネがあらわれた。拳銃をかまえて、フロウを狙い、音楽に負けじと怒鳴った。「待て！　止まれ！」

まわりの人が悲鳴をあげ、ベネが手にしている拳銃を見て、あとずさった。

まるで磁石ではじかれたかのように、ベネのまわりから人がいなくなった。その空間の端に、いきなりブルックマンがあらわれた。ベルティとニコレを連れている。ブルックマンが拳銃を構えて怒鳴った。「警察だ！　拳銃を捨てろ」

「やめて！」ジータが叫んだ。

その瞬間、ブルックマンはベネめがけて発砲した。

トムははっとして立ち止まった。銃声は聞こえなかったが、銃口が火を吹くところが見えた。ダンスフロアにできた空間のちょうど反対側だ。ベネが倒れた――あるいは伏せたのか。同時にトムの隣にいた若者がくずおれた。金髪で、うっすら髭《ひげ》を生やしている。若者の胸に穴があいていて、シャツがみるみる赤く染まった。

ベネは両手から拳銃を離して、怒鳴った。「やめろ！」

ブルックマンは一瞬迷ってからもう一度発砲した。銃弾がベネの背中をえぐった。ベネはのけぞって床に倒れ、身じろぎひとつしなくなった。トムはジータが左から来るのを見てびっくりした。ジータは両手を上げてダンスフロアに立ち、ブルックマンの射線を遮った。ニコレがブルックマンの腕に体ごとぶつかっていった。ブルックマンはさっと拳銃を上げ、撃つ気はないという意思表示をした。トムは啞然《あぜん》としたままブルックマンを見つめた。

まわりでは人々が悲鳴を上げ、パニックになって逃げまどっている。ニコレはスマートフォンをつかんだ。音楽がプレイリストの次の曲に変わった。ビートがスローになったように感じる。トムの心臓が早鐘を打っているせいかもしれない。

フロウと少女はどこだ？

「あっちへ行ったわ」そう叫ぶと、ジータは出口を指差した。トムは一気に駆けだした。人人が怯えていっせいに道を開けた。少し離れたところにいた者たちは銃撃に気づかず、逃げてきた人を驚いて押し返した。

トムは拳銃を振りあげ、「警察だ！　道を開けろ。どけ！」と怒鳴って、全力で人々を押しのけた。

クラブの入り口ではふたりの巡査が見張りについていた。

「ここを男が通らなかったか？」トムがあえぎながらたずねた。

巡査たちはまずトムを見て、それからきょとんとお互いの顔を見た。「ここからはだれも出てきていません」

ちくしょう！　フロウは少女を連れて裏口に戻り、バンに向かったのだ。トムは肩で息をしながらたたずんだ。一秒ほど考えた。いや、三秒だったかもしれない。とにかく――一瞬――考えた。

クラブに戻るのはだめだ。時間がかかりすぎる。これしかない。トムは階段を駆けあがって、劇場のロビーに入った。マレーネ＝ディートリヒ広場に自分の車を止めている。ドアを開けると、小振りのグロック43を肩掛けホルスターに収めて、車を方向転換し、アイヒホルン通りへ向かった。

フォード・トランジットが止めてあった裏口は、納入業者用の小さな道で、六車線のポッダム通りにつながっている。ポツダム通りの中央分離帯は緑化されているので、フロウは右折して、ポツダム通りの十字路へ向かうほかない。

トムは広場から出るとき、急ブレーキを踏んだ。ベン＝グリオン通りに左折するか、ポツダム通りを直進するかどっちだ。

その瞬間、バンが爆走してきて、ベン＝グリオン通りに曲がった。トムはアクセルを踏んで追跡した。フロウはものすごい速度で走っていき、レンネ通りで右折した。トムも右折してアクセルを踏み、バンを追い抜こうとした。だが反対車線からタクシーが来てしまった。ギリギリのところでブレーキを踏み、ふたたびバンのすぐ後ろについた。

バンは十字路に近づいた。信号が黄色になった。片側二車線のエーベルト通りに左折した。トムはバンにぴったりついて、同じようにハンドルを切った。重量級のベンツは文字どおり道路に張りつくように曲がった。トムはアクセルを踏んだ。エンジンが唸りを上げた。一トン半のベンツがバンを追い越す。トムは右の車線に入ってバンの行く手を遮断しようとした。バンの左のフェンダーがベンツに接触した。ベンツは重いはずなのに、横を向いてしまい、バンがトムの車の助手席側に激突した。金属がきしむ音、アスファルトを滑《すべ》るタイヤ音。急にバンが離れ、右に曲がって、そこに駐車してあった車に衝突した。

トムのベンツもスリップして、反対車線に止まっていた車にぶつかった。トムは一瞬、意識が遠のいたが、すぐバンのほうを見た。

フロウは車から降り、ふらふらしながら少女を車から引きずりだした。トムは勢いよくドアを開けて拳銃を抜いた。フロウは少女といっしょに街路樹のあいだに姿を消した。

トムは駆け足で道路を渡り、街路樹の向こうに行ったが、そこで根が生えたように立ちつくした。フロウと少女は消えていた。目の前にホロコースト記念碑（正式名は「虐殺されたヨーロッパのユダヤ人のための記念碑」）があった。およそ三千個近い大小のコンクリートブロックが二万平方メートルの敷地に並んでいる。ブロックの合間にある同じような無数の通路が、闇の中でまさに迷路を形作っていた。

第六十八章

ベルリン市クラブ〈オデッサ〉
二〇一九年二月十五日（金曜日）午後十一時五十三分

ジータは麻痺《まひ》したようにブルックマンの前に立っていた。ニコレとフローロフがブルックマンに話しかけている。ジータは振りかえった。ベネがダンスフロアに横たわっている。二メートルと離れていないところにベネが持っていた拳銃が落ちている。ジータは急いでその拳銃を拾うと、ベルトに挿した。拳銃を背中に感じる。冷たく重い。

ブルックマンが放った銃弾はベネの肩胛骨《けんこうこつ》のすぐ下を貫通していた。ベネは出血していた。

頭が横を向いていて、目にはまだ生気があった。ジータは横にひざまずいて、音楽に負けじと叫んだ。「救急医を。早く！　だれか救急医を呼んで」

そのとき、数メートル先でぐったり倒れている別の男が目にとまった。若い女性がすすり泣きながらその横にしゃがんでいる。

ニコレがジータの横に来て、叫んだ。「連絡したわ。救急車はこっちに向かっている」ジータはベネの頰に手を置いた。「目を閉じちゃだめよ？　頑張って。救急医が来るわ。聞こえる？」

ベネはまばたきした。なにかいおうとしたが、音楽に邪魔された。ジータは唇《くちびる》に指を当てて、フローロフのほうに向かって怒鳴った。「だれか音楽を消して」

ベネは改めてまばたきした。痛みを堪《こら》えながら笑みを浮かべている。

ジータの手がべとついた。ベネのまわりの血だまりが大きくなっていく。血で染まったマットレスがジータの脳裏に浮かんだ。裸のベネ。刺し傷。ジータの右胸に当てられた焼けたナイフ。二十年前に起きた狂気の夜が否応もなく蘇《よみがえ》る。ベネの拳銃を腰に感じた。

第六十九章

ベルリン市ホロコースト記念碑
二〇一九年二月十五日（金曜日）午後十一時五十六分

トムの耳にはなにも聞こえなかった。ホロコースト記念碑のコンクリートブロックが月明かりを浴びている。外縁部のコンクリートブロックは小さいが、奥へ行くにつれ人の背丈よりも高くなる。どれも角張っていて、整然と並んでいる。地面は緩やかにうねっていて、コンクリートブロックは動きを止めた海から浮かびあがっているように見える。まるで水底《みなそこ》から伸びる柱がその先端をのぞかせているかのようだ。トムはためらった。この記念碑は前から気に染まなかった。不気味で、だだっ広いのに、六百万人の犠牲者を弔《とむら》うにはそれでも足りない気がする。だからこの場所に武器を持って乱入するなどもっての外に思えた。だがフロウは迷わず発砲するだろう。

トムはコンクリートブロックのあいだに足を踏み入れた。波打つ通路が薄暗く見える。五百メートルほど左前方に国会議事堂の丸屋根が光を放っている。

トムは最初のコンクリートブロックのそばを通って、角で足を止めると、通路の左をうかがい、それから右を見た。――さっと次のコンクリートブロックへ走る。左、右を見て、また次のコンクリートブロックへ。

コンクリートブロックを十個進んだところで、トムは止まった。

フロウがどこにいるかわからない。すぐそばのコンクリートブロックの裏かもしれないし、もうとっくにホロコースト記念碑をあとにしているかもしれない。この場所は四方を道路で囲まれている。西側はティーアガルテンに接し、北側にはアメリカ大使館とホテル・アドロンがある。

よく考えろ、ちくしょう。

〝あいつは少女を拉致《らち》した。これからどうするの？〟ヴィーがトムの耳元でささやいた。

〝少女を連れているかぎり、奴は走ることができない〟

〝あいつ、あの子を手放すと思う？〟

〝ありえない。あのふたつの木箱にマーヤとユーリアが閉じこめられているなら、今連れている子が狙いのはずだ〟

〝おにいちゃん、なにか忘れていない？〟

〝おお、そうだ！〟

トムはレーダー通りでBMWのドライバーから借りたスマートフォンをだして、記憶している数少ない電話番号にかけた。

フローロフがすぐに電話に出た。息を切らしている。「トム、いったいどこにいるんだ？

ここがどんなひどい……」

「ルッ、よく聞け」トムはささやいた。「今、ホロコースト記念碑にいる。犯人はここだ。少女を拉致した。奴のバンはエーベルト通りに止まっている。記念碑とティーアガルテンのあいだだ。俺がむりやり止めた。奴は記念碑に逃げこんだ。車を調べてくれ。フォード・トランジット。紺色。ベルリン・ナンバー。木箱を積んでいるはずだ。拉致されたふたりの少女がその中に閉じこめられていると思う」

「了解した」フローロフがてきぱきいった。

「ルッ？　記念碑の四方を封鎖してほしい。いいな？　四方にパトロールカーを一台ずつ配置すれば充分だ。急いでくれ。そして音を立てさせるな！」

「わかった」

「あともうひとつ。犯人が拉致した少女はスマートフォンを持っているかもしれない。身元を突き止めて、電話番号を確認してくれ」

「わかった。気をつけろよ」フローロフはいった。

トムは通話を終えて、スマートフォンをズボンの尻ポケットに突っこんだ。夜の闇に耳をすます。エーベルト通りの交通量は少ない。ときおり車が走り抜けていく程度だ。だれかがクラクションを鳴らした。たぶん道路際に事故車が置き去りになっているせいだろう。

〝お兄ちゃんが犯人だったら、これからどうする？〟ヴィオーラが改めてささやいた。

〝追っ手を排除する〟

トムは冷たくなめらかなコンクリートブロックに背中を押しつけた。追う者と追われる者の違いはあいまいになった。拳銃を持つふたりの男と、傷ついてはならない少女がひとりいるだけだ。

〝電話で話したことを聞かれていたらどうする？〟

トムはコンクリートブロックの端に忍び寄って、左右をうかがい、さっと次に移動した。記念碑の中心に入っていくにつれて、黒々したコンクリートブロックがどんどん高くなった。国会議事堂の明かりが灯《とも》った丸屋根が見えなくなった。街灯の淡い光も見えない。雲ひとつない夜空から月明かりが注いでいるだけだ。

左右の通路を見て、また次のコンクリートブロックに移動する。

間《ま》を置いて、耳をすます。

左、そして右――

銃声が静寂を破った。すぐにまた一発。

ふたつ先のコンクリートブロックに発砲炎が光った。トムはコンクリートブロックの陰にさがった。左の上腕が焼けるように痛い。傷に触ってみた。ジャケットが破け、かすり傷が筋肉まで届いていて、腕を動かすと、鋭い痛みが走った。トムは歯がみして、耳をすました。

足音はしない。なにも聞こえない。

フロウはじっとひとところに潜んでいるか、トムに聞こえないように静かに動いているか、どちらかだ。

「出てこい。さもないとこの娘を撃ち殺すぞ」男の声がした。

声の方角から察するに、フロウはまださっき発砲炎が見えたところにいるようだ。ふたつ先のコンクリートブロックだ。月明かりを背にしている。

「聞いてるのか？　本気だぞ」男が叫んだ。

トムは靴を脱いだ。顔をだして様子を見る危険は冒せない。月明かりに照らされて、顔が丸見えになるだろう。スマートフォンを手に取って、カメラを撮影モードにすると、レンズ部分を二センチほど端からだした。暗いせいで、画質は悪かったが、なにも見えないことを確認することはできた。うまくすれば、フロウはさっきの銃弾が命中したと思うかもしれない。トムは靴の片方を持つと、フロウが勘違いすることを期待して、二、三センチほど端からだした。それから靴下のまま逆のほうにさっと移動して、並行して走る通路のふたつ先のコンクリートブロックまで移動した。

「十カウントダウンする」フロウが叫んだ。「そしたら姿を見せろ。おまえの拳銃をこっちに寄こせ。それ以上は要求しない。この娘が大事なら、出てくるんだ。十……九……」

次の角をまわれば、フロウの背後をつけるはずだ。

「八……七……」

トムはグロックに右手をあてた。できることなら拳銃を両手で構えたい。だが左腕は痛くて、役に立たない。

「六……五……」

コンクリートブロックに隠れながら、トムは音を忍ばせて進んだ。フロウはトムに背を向けて、暗い通路に立っている。トムはフロウの頭に銃を向けた。だが彼はすでにトムに気づいていた。

「やめておけ」フロウは小声で勝ち誇ったようにいった。「俺の拳銃は娘の頭を狙っている」

トムは躊躇《ちゅうちょ》した。

フロウはゆっくりと神経を集中させながら振り向いた。左腕で少女を抱き寄せて、少女のこめかみに銃口を押しあてている。ふたりはコンクリートブロックの陰に立っていたが、少女が目を大きく見ひらいて怯えているのがトムにもわかった。

「おまえ、もうひとりのほうだな」フロウがいった。

「もうひとり？」トムはたずねた。

「二人目だよ」フロウはトムにもわかるようにいい直した。

「なんのことだ」トムは拳銃でフロウの眉間《みけん》を狙った。

「写真館だよ。おまえとベネで俺の親父《おやじ》を殺した。というか、親父だと思っていた奴をな」

トムは自分の耳を疑った。

フロウが二十年前にグラッサーの写真館で殺した男の息子だというのか。あのときの光景が蘇《よみがえ》り、フラッシュバックした。がっしりした猪首《いくび》の男。トムはそいつの目にカメラのレンズをぶつけた。男は馬乗りになって、トムを痛めつけ、指を切ると脅《おど》した。そのとき、ベネが背後から忍び寄って、スイスのアーミーナイフを握って、男の首を切り、背中を刺した。

男は目を丸くした。赤いセーフライトの中、どす黒い血が頸動脈から噴きだした。あの光景が今でも忘れられない。

「おまえの父親の名は?」トムはかすれた声でたずねた。

フロウは愉快そうにトムを見た。「なんだ、いまだに突き止めていなかったのか。まあ、無理もないか。身元を隠すのがうまかったからな。そうしなければならなかったし」

「あれは俺たちのせいじゃない」トムはいった。「おまえの親父が襲ってきたんだ。俺たちに選択肢はなかった。どう思っているか知らないが、誤解だ。正当防衛だった。そうしなければ、こっちがやられていた」

「正当防衛? 俺たちが親父を運び去ったとき、グラッサーはそんなこと、ひと言もいってなかったぞ」

だから死体が見つからなかったのだ。フロウが自分の父親の死体を片づけたとは。トムは首を絞められるような気がした。「『俺たち』ってだれだ?」

「モヒカン、クリンゲ、そして俺だよ。あれはきつかった。だけど、一度決めたことはやり抜く。父親にそういわれていた」

「決めたこと?」トムはたずねた。

「19の連中と交わした取り決めさ。親父、モヒカン、クリンゲ——そして俺。東ドイツが潰れたあと、お偉方たちには汚れ仕事をやる人間が必要だった。親父は当時、笑えない状況だった。国家保安省《シュタージ》の人間だったのがバレて、どん底に落とされていた。雇ってくれるところはどこにもなかった。だから19の連中のために働けて喜んでいたよ。一九九八年から、俺たちも手伝うように……」

フロウの腕の中の少女が、銃口を避《さ》けようと頭を動かした。涙が頰を伝っている。トムを見て、助けてくれと訴えていたが、なにをやっても、少女を危険に晒《さら》しそうだった。今は時間を稼いで、応援が来るのを待つしかない。だがフロウは、警察に包囲される前に逃げるつもりに決まっている。

「19というのは、オットー・ケラー、ヴォルフ・バウアー、ヘリベルト・モルテンだな?」トムは数えあげた。

「そしてマリー＝ルイーゼ・シェフラー。そしてここにいるザビーネの父親……」そういうと、フロウは少女の頭が傾くほど強く銃口をこめかみに押しつけた。「19ってのは、東ドイツ時代にベルリンで養子縁組に関わっていた連中のことさ。表向きに動いていたのは十九号室のマリー＝ルイーゼ・シェフラー。だけどシェフラーはただの秘書だった。そしてあいつらの母親みたいな存在だった。連中は当時かなり若かったけど、良心の欠片《かけら》もなかった。すべてを密室で片づけていた。だれも連中のことを知らなかった。奴らの存在すらな。そして奴らがどういうことをしているかだれにも知られないようにしていた」

「だけど、そいつらと取り引きしていたのなら、なんでおまえはそいつらの子どもを殺したり、拉致したりしてるんだ?」

フロウは吐き捨てるようにいった。「俺も同じ境遇だったからさ。俺と仲間が加わる前にあいつらがなにをやっていたか、俺はまったく知らなかった。一九九八年に俺たちがやらされたのはただのパシリだった。クロイツベルクでボスになった気でいたんだ。実際にはただの馬鹿だったけどな。壁が崩壊したあとに奴らがやっていた仕事の後始末、ようは汚れ仕事をさせられていただけだったんだ。使用期限が過ぎた薬品のラベルの貼り替え、箱詰め、小規模の輸送会社を介してのアフリカへの発送。バウアーは金儲けに関してはとんでもない天才だった。他の奴らはそこで甘い汁を吸った。壁が崩壊したあと、人知れず大金を稼いだ。だけど、連中は牽制しあっていた。お互いのファイルを持っていたんだ。古いファイルで、それが表に出れば、破滅する可能性があった。各々《おのおの》がファイルのコピーを自宅の金庫に保管していた。一蓮托生。たいしたお仲間さ。ひとりが全員を守り、全員がひとりを守る。奴らは運命共同体と呼んでた」フロウは嘲笑《あざわら》った。「だけど俺たちは運命共同体に入っていなかった。奴らは俺たちを見捨てたんだ」

「なにがあった？」

「俺たちは無敵だと思っていた。実際そうだったからな」

トムはフロウからザビーネに視線を移して、微笑《ほほえ》んだ。ザビーネが勇気をだすことを祈って。今は時間を稼ぐほかないのだが――フロウが逃げようとしないことが不思議でならなかった。もうすぐ警察に包囲されることくらいわかっているだろうに。「無敵ってどういう意味だ？」

「俺たちには後ろ盾があったのさ。俺たちはなにをしようと、警察の世話にはならなかった。

だけど、親父が殺されてから、事情が変わった。俺は憎しみで見境がつかなくなった。クリンゲとモヒカンも俺の復讐に手を貸してくれた。ベネを見つけるのは苦労したよ。時間がかかりすぎた。ベネ……それからあの娘の件……19の連中は俺たちを制御できなくなってることに気づいたんだ。見境がつかない奴は使いものにならないからな。それで、連中は店じまいをした。すくなくとも俺たち絡《がら》みはな。薬の仕事や汚れ仕事はおろか、電話もかかってこなくなった。ある日突然、おっぽりだされたんだ。いきなり俺たちはだれでもなくなった」

「だからそいつらの娘を殺したり、拉致したりしてるのか?」トムは信じられなかった。

「それは違う」フロウは苦笑いした。「これには別の理由がある。そっちが本当の理由さ」

「どんな理由があってもするべきじゃない」

「そうかい?」フロウは憎しみのこもった目でトムをにらんだ。「過去に国家保安省で掃除《クリー》人《ナー》だった父親に育てられた自分を想像してみろ。父親はひどいことをやっていた。恐喝、脅迫、暗殺。だけどつねに理由があった。政治的な理由がな。社会のため、国のためだったんだ。そうすると、父親がやっている仕事が当然に思えてくる。それに父親はやさしくしてくれるから、愛情も覚える。父親がやさしくするのは息子だけ。実際、他の選択肢はないもんな。おまえは親父と同じになろうと思う。で、その親父が殺されてしまう。憎しみに駆られて、復讐を誓うわな。そして復讐を果たそうとする。殺ししか考えられなくなる。娘を暴行する。だけどそれまで当然だと思っていたことが、突然違って見えるようになる。気分が晴れない。自分がどういう人間になったか気づく。人間のクズだ。そういう人間として生きていくしかなくなる。三十七年間かけて、自分が何者か知る。どうしてそういう人間になったか知るんだ。すべてを憎んでいるおまえは、自分まで憎くなる。いや、なににもまして自分が憎くなる。そんなときに屋根裏を片づける。父親の古い山小屋の屋根裏さ。そこに木箱がいくつもある。おまえが一度も触れたことのない木箱だ。そのひとつに信じられないものが入っている。書類さ。それから文字がぎっしりつづられたメモの束。ホーエンシェーンハウゼン拘置所の独房でおまえの母親が書いたメモだ。おまえの本当の母親のな。そこにはおまえの本当の父親についても書いてある」

「おまえの父親はおまえを養子に取ったのか?」トムはたずねた。

「ああ。そうさ。19というのがなにか知ったのは二、三ヶ月前だ。俺の父母は反体制派だった。知識人で、労働者と農民の国家に向かなかった。だから俺を連れて逃亡しようとしたが、捕まってしまった。俺はまだ一歳だった。奴らは俺の両親を隣りあわせの独房に入れて、俺を奪った。奴らは俺を養子縁組にだすよう俺の母親に強要したけど、母親は断固拒否した。それで拷問がはじまった。母親は自分たちがどんな責め苦を受けたかメモに書き残していた。隣の独房であがる悲鳴を絶えず聞かされたんだ。十九号室の連中は役割分担がきっちりできていた。なかでもひときわひどい奴がいて、他の奴はそいつを悪魔と呼んでいた。人の心をくじくスペシャリストだった。他の奴は別の役割を担った。バウアーは仲介人だった。うまい取り引きを嗅ぎわける頭のいい戦略家だった。子どもの養子縁組をすれば、それが一生の縛りになる。これは役に立つ。ヘリベルト・モルテンは医者だった。あいつも子どもをひとりもらった。それでこのハエ取り紙に引っかかったのさ。オットー・ケラーは党の指示で法学を学んだ。そのあと弁護士になった。奴らのやることに波風が立たないようにした。当時から外面《そとづら》がよく、裏でなにをしているか隠すのがうまかった。人民警察にも連絡員がいて、そいつは女性牧師と結婚した。そいつはほとんど表に出なかった。だけどそういう連中をうまく操っていたのは悪魔さ。奴は俺の親父もいたぶった。あいつは俺の本当の父親の逸物《いちもつ》をつかんでタオルみたいにしぼったこともある。父親は何日も苦痛にうめいたけど、養子縁組の書類に署名してくれと母親に頼むことはなかったし、母親も署名しなかった。俺の母親はメモにそう書いている。俺の両親はふたりともホーエンシェーンハウゼン拘置所で死んだ。そして俺は孤児として養子にだされた——しかも、こともあろうに、俺の両親を拷問して、殺した奴の手下にな」

フロウは息を吸い、言葉を吐きだした。「これを知って俺がどんな思いだったか、おまえにわかるか？　俺はまったく違う人生を歩めたかもしれないんだ！　その代わりにどんな人間になってしまったことか……」

トムは心を揺さぶられてフロウを見た。「だから少女たちを」トムは小声でいった。「おまえとおまえの両親を地獄に落とした連中の子どもを奪って、思い知らせようとしたわけか……」

「俺の両親と同じ苦しみを味わわせたいんだ。奴らは娘に二度と会えない。生きているか、死んでいるかもわからない状態にする」

「だけど、娘たちはどうなる？　なんでそんなひどいことをするんだ？　おまえと同じでその子たちはなにも知らない」

「俺だってなにも知らなかったが、苦しんだ。この違いをどうしてくれる？」フロウは興奮して拳銃を持つ手がふるえた。ザビーネがすすり泣いた。

「おまえがその連鎖を断ち切るんだ。その悪党どもがおまえの両親にした過《あやま》ちを繰り返すな」

「くだらないお題目を並べるな。そんなものを並べても苦痛は消えない。問題は苦痛のどっち側にいるかなんだ。悪魔はずっと苦痛を与える側にいる。止められる奴がだれもいないと知ってるからだ。人間も、国家も、警察も、神にすらできない」フロウの目がらんらんと燃えた。「悪魔は自分こそ神だと思っている。欲しいものはなんでも手に入れ、だれにもそれを止められない。だから俺が手を下すことにしたんだ。ここにいるこのチビを」フロウはザビーネを抱えた。「手に入れたんだ。だれが神か、悪魔に見せつけてやる」

「その子はだれだ？」トムはたずねた。「その子の父親はだれなんだ？」

「おい、教えてやれよ。ほら」

「えっ……どういうこと？」ザビーネが困惑して口ごもった。

「おまえの名前だよ。あいつにおまえの名前を教えてやれ！　悪魔がだれなのか知りたいんだとさ」

「ザビーネ」少女は唇《くちびる》をふるわせながらささやいた。

「つづけろ」

「ザビーネ・ブル……ブルックマン」

トムは啞然《あぜん》として少女を見つめた。ブルックマン? 突然、パズルのピースがすべてはまった。

「よし、それじゃザビーネちゃん」フロウがいった。「これからおまえの父親に、神は悪魔よりも偉大なことを見せにいこう」

第七十章

ベルリン市ホロコースト記念碑
二〇一九年二月十六日(土曜日)午前〇時十一分

トムはフロウの頭を拳銃で狙いながらいった。「逃がすものか」

「ザビーネを助けたいなら、俺を逃がすしかないさ」

「ジーニエ・ケラーは助からなかったぞ」

「あれは事情が違う。全員にあれを見せつけて、最悪のことが起こるとふるえあがらせたかったんだ」フロウは小声でいった。「空想はふくらむものだ。とくに恐怖を伴ったときにはな。ジーニエはまさに適役だった。信じやすくて、自暴自棄になっていた。むちゃなことを

――というか、父親に一泡吹かせたがっていた。ザビーネが同じ運命を辿《たど》る必要はない」

同じ運命を辿るだと、とトムは思った。ジーニエ・ケラーが事故に遭ったかのような言い草だ。撃ち殺してやりたかったが、片手では小型で銃身が短いグロックの狙いをつけにくい。それに数歩の距離とはいえ、月明かりとコンクリートブロックの影のコントラストが強くて、フロウに狙いが定まらなかった。「俺が逃がしたとして、ザビーネがなにもされないという保証はあるのか？」

「おお」フロウは小声で笑った。「保証なんてないさ。そんな保証をしたら、意味がないだろう。ブルックマンの娘になにが起きるかわからないようにしたいんだからな。他の連中についてもそうさ。想像と恐怖。狙いはそれだ。それが肝心。想像と恐怖こそ神なのさ。俺を行かせろ。そうすればひとまずザビーネには生き延びるチャンスが与えられる」

「ここからは逃げられないぞ」トムはいった。「もう包囲されている頃だ」

「わかってる」フロウは冷ややかに笑った。「だから逃げられるチャンスも高まったってことさ」

トムは信じられないというようにフロウを見つめた。そのとき奴の狙いがわかった。警察が記念碑を包囲するのをわざと待っていたのだ。逃走用車両を確保するために。「うまくいくものか」トムは小声でいった。

「想像と恐怖」フロウが答えた。「歩いて逃げるのは難しいからな。こいつを連れては早く歩けない。だけど、おまえのおかげで計画を変える機会が得られたよ。ここを包囲している奴に警告して――車を一台用意してもらおうじゃないか」

「もう一度いう」トムはいった。「うまくいくものか」

「うまくいくさ。俺を信じろ。俺は娘を三人捕えている。そのうちのふたりは、だれにも見つからないところにいる。俺になにかあれば、窒息死するだろう。あるいは脱水症状を起こす」フロウはザビーネを引っ張りながらゆっくりあとずさった。

「逃げられはしない」トムはいった。「あきらめろ。ふたりの居場所はわかってる」

「へえ、そうかい？」フロウが嘲笑《あざわら》った。「どこだっていうんだ？　バンの中かな？　仲間に電話してみたらどうだ……」

「はったりをいうな……」トムはそういいながら、これはまずいかもしれないと思った。倉庫での一件から〈オデッサ〉の事件までに数時間が経過している。フロウが娘たちをどこかに移す時間はあった。トムは歯がみし、負傷している左腕でズボンのポケットからスマートフォンをだした。右手で拳銃を構え、後ろにさがるフロウのほうへゆっくりすすんだ。フローロフの電話番号をタップするのはひと苦労だった。スマートフォンを耳に当てるのはいうまでもない。

フローロフの息せき切った声が響き、背後で大勢の人の声が聞こえた。

「ルツ？　俺だ。バンを調べたか？」

「ちょうど調べたところだ。残念ながらはずれだった。荷室は空っぽだ」

トムは表情を変えず、じっとフロウを見つめた。

「車の名義はゲーロ・ボルガーで登録されている」フローロフはつづけた。「データベースによると盗難申請は出ていない……今、登録者の身元を確認しているところだ。現住所、家族など……うまくすれば、そいつが犯人」

「目の前にいる」トムは静かにいった。

「目の前……逮捕したのか？」

「いいや。人質を取ってる」

「〈オデッサ〉から拉致《らち》した少女か？」

「名前はザビーネ・ブルックマン」

「ブルックマン？　なんて偶然だ」

「偶然じゃない」

「まさか……」フローロフは一瞬、絶句した。考えていることが聞こえるようだ。「ちくしょう」フローロフはささやいた。「おまえはどうなんだ？　大丈夫なのか？」

「犯人は銃を持ってる。俺も持っている。手詰まりだ。しかも人質が三人……」

「いいか。俺を逃すんだ！」フロウが叫んだ。「さもないと、ブルックマンの娘は死ぬ。他のふたりも助からないだろう。聞いてるのか？　ふたりの居場所を知ってるのは俺だけだ。俺になにかあれば、だれにも見つけられない。俺を追えば、娘たちのところへは行かない。そうすれば、飲み食いもできなければ、息もできなくなるだろうな！　わかったか？」

「ルツ？　今の……」

「聞こえた。記念碑のどこから出てくる？」

「どこからここを出る？」トムは質問をフロウに伝えた。

「アメリカ大使館側」フロウが叫んだ。「一般車両を寄こせ。記念碑の縁《ふち》だ」

「ベーレン通りか」フローロフはいった。「頭がまわるな。見晴らしがよく、街灯がある。こっちは身を隠すところがない。そいつを引き止めてくれ。時間が欲しい」

「さあ、どうかな」

「車は二分で寄こせ」フロウが叫んだ。「一般車両だ。警察車両はだめだからな。ガソリンは半分以上給油しておくこと。そういう車を二、三台は用意しているはずだろう。俺をはめようとするなよ。さもないと、この娘を射殺する。わかったか？」

ザビーネは大声で泣いた。

「わかった」トムはいった。

「糞野郎《くそ》」フローロフがつぶやいた。

「指揮しているのはだれだ？」トムは小声でたずねた。

「ブルックマンだ」

まあ、当然か。それにしてもめまぐるしくことが進む。トムは「まずいな」とつぶやいた。

「彼は横に立って聞いている」フローロフが答えた。「車は用意する。電話は切るなよ」

トムはスマートフォンを下ろした。もう完全に手に負えない。ブルックマンの発砲。ベネの負傷、いや、死んだかもしれない。対応できるのはもう警察本部長かシラー内務省参事官くらいしかいない――だがこんな緊急事態では現実的ではない。
負傷した腕が痛くてしかたがなかった。トムは至急休む必要があった。フロウはさらに後退した。ザビーネが細い足でつまずきながらついていく。ふたりは次の角で左に曲がった。それからまた左。トムはふたりをゆっくり追った。黒々したコンクリートブロック群のはるか先に街灯が灯《とも》っていた。

第七十一章

ベルリン市ホロコースト記念碑
二〇一九年二月十六日（土曜日）午前〇時十七分

ジータは早足でヴァルター・ブルックマンのあとについて歩いた。ブルックマンはトランシーバーに向かって矢継ぎ早に命令をだしていた。イン・イヤー・モニターとピンマイクによる通話装置は特別出動コマンド《SEK》の装備だ。だが肝心の特別出動コマンドはまだ到着していない。とにかく時間がない。すべて、その場で判断するほかない。

ベーレン通りは目の前だ。頑丈な車止めがずらっと設置されている。左右の歩道は普通より幅がある。警官が散って、夜中の散歩をしている数人の歩行者を追い払っていた。

ブルックマンは猪突猛進していた。「車は小さな工事現場の向かいで記念碑に向けて止めなさい」グレーのフォルクスワーゲン・パサートがジータたちを追い越して、ブルックマンが指示した場所に停車した。ニコレ・ヴァイアータールが車から降りた。

「エンジンを止めて、キーは挿したままに。だがドアはすべて施錠しなさい」ブルックマンはトランシーバーで指示を送った。「奴が車に乗るのに手間取るようにするんです」

「すみません」ジータはいった。「そんなことより……」

「ジータ、黙っていなさい」ブルックマンは怒鳴ると、改めてトランシーバーに向かっていった。「スナイパーはどうなっていますか？」

「到着まで五分から七分」トランシーバーから返事があった。

「その前に逃げられますね。スナイパーなしで対応するほかないです」

ブルックマンはニコレとベルティを手招きして、逃走用車両からおよそ十メートル離れたところの歩道上の工事現場を指差した。歩道の石畳がはずされ、そのまわりに赤白の柵がある。その横には仮設トイレと瓦礫《がれき》用の赤錆《あかさび》のある小さなコンテナー。水道か電線の敷設《ふせつ》工事のようだ。

「ベルティとわたしはあのコンテナーの裏に隠れます。ニコレとジータは仮設トイレの裏です。ジータ、きみは手をだしてはいけません。きみの心理学的な知見が必要なときはいいます」

ブルックマンはシグザウエルを抜いて、トランシーバーを口元に持っていった。「フローロフ？　だれでもいいから、ベーレン通りを封鎖してください。追跡用の車はいつでも発進できるようにしておくように。これをもって無線を切ります」

第七十二章

ベルリン市ホロコースト記念碑
二〇一九年二月十六日（土曜日）午前〇時十九分

「おい、車の用意ができたか訊いてみろ」フロウが要求した。

トムはスマートフォンを耳に当てた。腕がうまく上がらない。

ザビーネは動こうとしなかった。銃口は彼女のこめかみに貼りついているかのようだ。フロウの背後十五メートルほどのところにベーレン通りの街灯が見える。

「車はどうなってる？」トムはたずねた。

「路上に止めた。車止めの前だ。グレーのパサート。キーは挿してある」フローロフはいった。

「車の用意ができた」トムは声にだしていった。

「おい、よく聞け」フローロフがいった。「ゲーロ・ボルガーはマルツァーンに住んでいる。

小さな三間《さんま》のアパートだ。捜査官を向かわせている。奴に家族はいない。妻も、子どももだ。犯人像に完全に合致する。誓ってもいい。そいつが犯人だ」

　フロウが振りかえって、逃走用車両を探した。だがザビーネを抱えていたので、見つけるのに手間取った。

「奴の父親は」トムはささやいた。フロウことボルガーがさっき話したことが脳裏をよぎった。「父親は山小屋を持っていた。どこか郊外だ。奴の車にナビはついていたか？」

「しまった」フローロフがつぶやいた。「待ってろ」

「車が見当たらないぞ」フロウが叫んだ。

「もう少し右か左だろう」トムは答えた。「おまえがどのあたりから出るかわからなかったからな」

　フロウは少しためらってから、ゆっくり通りのほうへ後退した。トムをひっきりなしに見ながら、左右に目を向け、逃走用車両を探した。コンクリートブロックがしだいに低くなった。フロウと少女は記念碑のはずれに達した。

「やったぞ」フローロフがまた電話に出た。「バンにナビがついてた。待ってくれ……奴はベルリンのあちこちを走りまわっている。だけど、父親の山小屋へ行くのにナビを使うかな……」

　フロウはコンクリートブロック越しにパサートを発見すると、ザビーネをしっかり抱え直して、そっちへ向かった。

「ルツ。早くしろ！」トムはささやいた。

「わかった、わかった。ナビをつけてそこへ向かいはしなかったようだ。……ただし……ちょい待った。グルーネヴァルトの住所を行き先にしている。これって……ブルックマンの住所だぞ。奴はブルックマンの娘を自宅から拉致《らち》するつもりだったようだ」

　フロウはグレーの車から十メートルと離れていない。

「そのときの出発点はわかるか？」トムはささやいた。

「ルートを逆に辿《たど》れっていうのか？　待ってくれ……きっとこれだ。……高速道路一一号線でランケ方面。それからプレンデナー・アレー通り……これだな。シュトレーレプロムナード、シュトレーレ湖の湖畔だ。そこから出発している。所要時間はおよそ一時間」

「オーケー」トムは小声でいった。「ありがとう」

　フロウとザビーネは車まであと数歩のところにいた。車に乗りこむとき、奴は少しのあいだザビーネから離れることになる。ザビーネは運転できないから、奴は移動中、ザビーネのこめかみに銃口を当てておくことはできないだろう。トムはグロックを構えて、低いコンクリートブロックのあいだから出た。

「動くな」フロウはそういうと、声を張りあげた。「運転手が必要だ。丸腰の奴。女がいい」

　トムは立ち止まった。わざと反応しなかった。

「おい、どうした？　運転手が……」

「ゲーロ・ボルガー」トムは叫んだ。「本気で逃げられると思ってるのか？」

フロウがぎょっとした。やはり本名はボルガーだ。トムにいきなり本名を呼ばれて、ほんの一瞬、あわてた。

「聞こえないのか？」ボルガーの声がさっきよりも甲高《かんだか》くなった。はじめて声に恐怖心をにじませた。「運転手だ。今すぐ寄こせ！　さもないとこのチビを殺すぞ」

無線機から漏れる雑音がトムの耳に聞こえた。それからだれかが叫んだ。「これから行かせる」ブルックマンの声だ。

「これからじゃない。今すぐ寄こせ！　俺は本気だからな」ボルガーが叫んだ。

「引き金を引いたら」トムはまた口をはさんだ。「俺たちには選択肢がなくなる。――おまえを撃つしかない」

ボルガーの背後の仮設トイレの陰から人影があらわれた。背が高く、痩《や》せていて、髪は五《ご》厘《りん》刈り。ジータだ。よりによって。トムはブルックマンを罵《ののし》った。とんでもない決断をしたものだ。

「おまえらが、俺を撃つ？」ボルガーが神経質に笑った。「いいや、それは無理だ。他のふたりが見つからない恐れがあるからな。おまえたちには俺が必要だ。俺を撃つことはできない」

「ふたりって、シュトレーレ湖畔にある父親の山小屋にいるふたりのことか？」トムはたずねた。

ボルガーが身をこわばらせた。

一瞬、時間が止まったように思われた。

ベーレン通りが静寂に包まれた。

だれひとり、身じろぎひとつしなかった。みんな、なにが起きたかわかった。犯人の人質はもう、ひとりしかいないのだ。

「ボルガー、あきらめろ」トムはいった。

ボルガーは車の運転席側に神経質にあとずさり、ザビーネを抱き寄せると、「だからなんだ！　運転手を寄こせ。今すぐ！」と叫んだ。

「来たわよ」ジータが答えた。

ボルガーが横を向いた。ジータが両手を上げて、ボルガーのところへ歩いていった。「おまえか？　よりによっておまえを寄こすとはな」

ジータは立ち止まった。脈が速くなった。ザビーネの目を見て、胸が締めつけられた。ブルックマンに行けといわれたとき、ジータは恐怖で足がすくんだ。それからまだ一分と経っていない。ジータはボルガーの、いや、フロウの顔を見た。いがらっぽい焚《た》き火と荒地の臭いを感じた。それからビール瓶を打ちあわせる音とげらげら笑う声。そしてガラスの破片で切られるような痛み。

ザビーネは絶望してジータを見つめた。必死に助けを求めている。

「後ろからあなたを狙っている銃が見える？」ジータはトムを指差した。

ボルガーが反射的に頭を後ろに向けた。

ジータはすかさずベルトに手を伸ばした。右手が自然にベネの拳銃のグリップを握った。人差し指が引き金に触れた。ボルガーに銃を向けた。左手で右手を支える。ジータがいったのがトムのことだとわかって、ボルガーは嘲笑《あざわら》った。「脅《おど》かしやがって」ボルガーはニヤニヤしながらジータのほうを向いた。――そしてジータが拳銃を持っているのを見て固まった。

「やめろ」ボルガーがいった。

「どうして？　人質はひとりだけよね……」ザビーネがボルガーの腕の中でどんどん小さくなっていくように思えた。

「前にひとり」ジータはかっとしながらささやいた。「後ろにひとり。どっちを向いても、どちらかに背を向けることになる。先に発砲するのはどちらでしょうね？」

「ジータ、やめろ！」トムが叫んだ。ジータの決心に、不安を覚えていた。肘《ひじ》を曲げ、両手で拳銃を構えている。銃を撃つことに半生をかけてきたみたいに見える。――だが彼女が射撃場にいるところを一度も見た覚えがない。「気持ちはわかる、ジータ。だがこいつが必要なんだ。撃つな」

ジータの表情から、怒りを抑えるべきか爆発させるべきか、迷っているのがわかった。トムの脳裏にマズーアが浮かんだ。――ジータは奴の頭をめった打ちにした。ふたりの少女の居場所についてはあてずっぽうでいっただけだといおうとした。ふたりがシュトレーレ湖にいるのは間違いないと思っているが、確実ではないし、そこにはたくさんの別荘があるはずだ。マーヤとユーリアがどこにいるか定かではない。

照門を照星にあわせてフロウの頭を狙う。

三点が線上に並んだ。

「これをなんど夢に見てきたことか」ジータはいった。

「それで夢の中でも引き金を引いたのか？　それとも断念したか？」ボルガーが憎しみを込めてたずねた。

荒れ地の焚き火から火の粉が舞った。煙で息が詰まる。体を突きあげられ、皮膚《ひふ》が焼けるのを感じる。「あの倉庫で、ベネがあなたの喉を締めあげたとき」ジータはいった。「もっと強く蹴《け》るべきだったわね」

「じつはその気はなかったんじゃないか。俺たちが迎えにいくのを待っていたとか」

ジータの頭のまわりで火の粉が舞った。手にした拳銃が冷たく感じる。まるで自分のものではないようだ。

ジータは引き金を絞った。思ったより固いので驚いた。――そして指を離した。

銃声が鳴り響き、アメリカ大使館の壁に反響した。ボルガーの顔が血と脳漿《のうしょう》と骨片の霧に変わった。ザビーネは骨の髄《ずい》まで響く悲鳴を上げた。ジータは射撃の姿勢を取ったまま立ちつくしていた。
トムがボルガーに駆け寄った。ボルガーの死体は車に背を当てて、ザビーネを抱いたまま
ずるりと地面に沈んだ。ザビーネは悲鳴を上げるのをやめることができなかった。
ジータははっと我に返って、ザビーネのところに駆け寄った。
トムが腕に触れようとすると、ザビーネはびくっとして、足をばたばたさせた。ジータは
そっと近づいて、ザビーネをアスファルトにすわらせ、しっかり抱きしめた。ザビーネの悲
鳴はすすり泣きに変わった。唇《くちびる》をふるわせている。ジータはザビーネをやさしくあやした。
ザビーネの背中にまわした右手にはまだ拳銃を握っていた。トムはその手をそっとひらいて、
拳銃を取りあげ、それから死んだボルガーの指から拳銃を離した。地面に倒れた拍子に、ボ
ルガーのジャケットが少しずれていた。タトゥーに気づいて、トムは袖をたくしあげた。
ボルガーの前腕に黒い羽根のタトゥーが彫られていた。そのタトゥーの中に数字の19があ
った。
ブルックマンが突然、トムたちのそばに立った。娘にかがみこみ、頬に触れて慰《なぐさ》めようと
した。ザビーネは父親の顔に唾を吐き、思いっきり蹴り飛ばして、怒鳴った。ブルックマン
はあとずさり、唇を引き結んで、ザビーネを抱こうとした。だがトムが彼をザビーネから引
き離して、「もう知ってるんだ」といった。
「なんのことだ?」ブルックマンはトムに向かって怒鳴った。「なにを知ってるというん
だ?」

「俺も知っている」トムはいった。

ブルックマンは水色の目をすがめてトムを見た。彼のサングラスに街灯の光が反射していた。「では覚悟してもらおう、トム」ブルックマンは拳銃を握りしめた。

「俺を撃ち殺しても手遅れだ」トムは静かにいった。「ザビーネは、ボルガーの話を全部聞いてしまった。それに、あんたの代わりに汚れ仕事をしていたユーリ・サルコフはもういない」

「くだらない」ブルックマンは娘を指差した。「ヒステリックになった十三歳の娘しか証人はいないじゃないか」

「ボルガーがケラーの金庫から書類を盗んだことを知っているはずだ。19絡《がら》みのファイル、そしてあんたと仲間がなにをしてきたかが、そこには記されている」

「憶測でしかない」ブルックマンは冷淡にいった。

「そうかもしれない。だがファイルが見つかれば、憶測ではなくなる。そして俺は見つけだす」

ブルックマンはトムに近づいた。彼のごつい禿頭《とくとう》が光を反射した。「おまえにはわかっていないことがある、トム。大切な人間を持つ者は傷つきやすいのだ」

トムはブルックマンの憎しみにゆがんだ顔をにらみつけた。

ブルックマンはトムをそこに残して、グレーのパサートに乗りこんだ。エンジンがかかった。ジータはザビーネといっしょに急いで車から離れた。ギアが音を立てた。ブルックマンはアクセルを踏んで、車をバックさせた。ボルガーの死体に前輪が乗りあげ、フォルクスワーゲン・パサートがガクンと揺れた。ブルックマンはギアをドライブにチェンジして、猛スピードでホテル・アドロンのそばを走っていった。まもなくテールランプがベーレン通りの向こうに消えた。

「どうなっているの？」ジータがたずねた。

「よくザビーネを救ってくれた」トムがいった。「だがボルガーを射殺しなければもっとよかった」

「わたし、撃っていないわ」ジータは両手でザビーネの耳をふさいでいった。「やったのはブルックマンよ」

日曜日

第七十三章

ベルリン市クロイツベルク地区
二〇一九年二月十七日（日曜日）午後二時六分

ベルが鳴った。フィルを抱いていたアンネがけげんそうにトムを見た。

「だれだろう……」トムは立とうとして左手をつき、顔をしかめた。

「負傷者なんだから、わたしが出るわ」アンネはトムにキスをした。やさしいが、どこか皮肉っぽくもあった。

トムといっしょに地下のキッチンテーブルにいたジータが堪《こら》えきれずにクスクス笑った。

「フィルを抱いていてくれる？」アンネはジータにたずねた。ジータは複雑な表情をした。小さな子どもを預けられると、以前はアンネも同じような表情をしたものだ。「わかったわ……」ジータを困らせたくなかったアンネはフィルをトムの膝《ひざ》に乗せてから、階段を上った。

はじめて会ったとき、アンネとジータはよそよそしかったが、ふたりにはトムにはよくわからないなにかがあったようだ。固さが取れたというか、ふたりになにか共通点ができたというべきか。とにかくジータは、アンネが嘘をついていてフィルはトムの息子ではないのだといわなくなった。とはいえ、くったくがなくなったわけでもない。

トムは膝を上下させた。フィルは小さな手で宙をつかむ仕草をした。あれだけの事件があったあとだったので、トムは家族団欒《だんらん》に違和感を覚えていた。

アンネが一階の玄関ドアを開ける音がした。

「このアパートが好きだってもういった？」ジータがたずねた。

なにげないおしゃべり。本来ならトムもジータもそういう気分ではなかった。――それでもこの数日の出来事にくらべ、気持ちがなごむ。どこか戦後ドイツでよく撮影された郷土映画みたいだ、とトムは思った。

「キッチンがちょっと暗いのが玉に瑕《きず》さ」トムはいった。

「まあ、そうね」ジータはニコッとした。

ここは古いアパートで、半地下の広々した空間がリビングキッチンになっていて、吹き抜けの鉄の階段で一階に通じている。道路とラントヴェーア運河に面した壁に昔の石炭搬入《はんにゅう》口《ぐち》があり、そこにはめられた小さなガラス窓から外光が射しこんでいる。台所の作業台の上にもうひとつ小さな窓がある。部屋の中心には少し脚が高い、大きな黒っぽいテーブルが置いてあり、中庭側の引き戸がついた幅広い通路の奥に洗濯室と浴室と来客用の寝室がある。

階段を下りてくるアンネの足音がした。背後からヨー・モルテンがしゃちほこばって階段を下りてきた。褐色のスーツを着た彼はいつもより瘦《や》せてみえた。

「お客さんよ」アンネがいった。「どうやら州刑事局の会議室は手狭になったみたいね」

モルテンが微笑《ほほえ》んだが、明らかにきまり悪そうだ。

「ごめんなさい」そういうと、アンネは彼の腕に触れた。「悪気はなかったの」

モルテンはうなずいた。「やあ、トム。やあ、ジータ」

「ヨー。元気になったようでうれしいよ」トムはいった。アンネがフィルを受けとって、いっしょに一階に上がった。

「じつは……」モルテンはそういいかけて、テーブルのそばにたたずんだ。どうしたらいいか迷っているようだ。「感謝したくてな」トムにそういうと、ジータに向かった。「きみにもだ、ジータ。ありがとう」奥歯に物がはさまったような言い方だった。

トムは微笑んだ。モルテンのぎこちなさと、わざわざ自宅を訪ねてきたということで、感謝の気持ちが大きいことはわかる。「すわってくれ」

「マーヤはどう？」ジータがたずねた。

モルテンは席につくと、ため息をついた。「木箱にずっと閉じこめられていたわりには、驚くほど元気だ。きっと事件のことは忘れられるだろう」

「忘れるのは無理ね」ジータがいった。「でも気持ちの整理はつくでしょう。夜はどこで寝たの？」

「自宅だ。自分のベッドで。ヴェレーナが添い寝した。よく眠っていた」モルテンは目になにか入ったかのようにしばたたいた。「それにしても。あの子が帰ってきてくれて本当によかった。フローロフから聞いた。山小屋はおまえのアイデアだったそうだな。本当に……ありがとう」モルテンは深呼吸した。「他の娘たちはどうだ？　ユーリア――それからブルックマンの娘は？」

「ユーリア・バウアーは自宅に帰ったわ」ジータが話した。「体は大丈夫だけど、心のほうは……わからないわ。父親が死んだし、あれだけのことがあったわけだから、心には負荷がかかっているでしょうね。インターネットとメディアでは、国家保安省《シュタージ》と強制養子縁組のことで話題が沸騰《ふっとう》してる」

「ブルックマンの娘は？」

「ザビーネとギゼラは母親のところにいる」トムはいった。「ギゼラは重度の脳震盪《のうしんとう》を起こしていた。しばらく安静にしなければならない。ザビーネがどうしているかは知らない……」

「母親を寄せつけず、姉に付き添っているわ」ジータが付け加えた。

「ところでケラーは市長を辞任したな」トムはいった。ジータがいった。「もう耳にしたか？」

「あの偽善者め」モルテンが吐き捨てるようにいった。「はじめから真実をいっていれば、もっと早く事件は解決したんだ。それで、空き巣が入ったという件はどうなった？」

「やったのはボルガーだ」トムはいった。「ケラーのところで手に入れたファイルで、十九号室の人脈について詳しく知ったんだ」

「だけど金庫の存在をどうやって知ったんだ？」

「おそらくジーニエ・ケラーから聞いたんだろう」トムがいった。「奴とジーニエがいっしょにいるところを、フライシャウアーが何度か目撃している。空き巣とファイルの盗難で、ケラーは相当焦ったのだろう。そして裏にフライシャウアーがいるとにらんだんだ。ジーニエは父親についていろいろ知っていたようだ。だから父親と不仲だったんだ。ケラーは昔使っていたクリンゲことマズーアに連絡して、フライシャウアーのボートハウスを家探しさせた」

モルテンはうなずいた。情報があまりに多く、まだうまく処理できないようだ。「ブルックマンは相変わらず行方不明か？」

「でも金庫はあらかじめ空にしていたわ」ジータは悔しそうにいった。「信じられないわよね。あれだけのことをしでかしておきながら、記念碑の事件現場から自宅に帰って、金庫の中身を全部持って、姿を消したんだから」

「彼の娘たちにとっては一番だろう」トムはいった。「ギゼラとザビーネは前から父親を嫌っていた。――だがこれだけのことが明るみに出たわけだから……」

「ユーリ・サルコフにバウアーを殺させたのも、ブルックマンだったということか？」モルテンは啞然《あぜん》としてたずねた。

トムはうなずいた。「ジーニエに起きたことを知って、ブルックマンはなにが起きているのか直感したんだろう。ボルガーの狙いどおりになったんだ。数字の19が決め手だった。そしてバウアーの娘が誘拐されたので、ブルックマンは次に狙われるのは自分だとわかったんだ」

「彼は一石二鳥を狙ったんでしょうね」ジータがいった。「娘たちを守りつつ、犯人を始末するのがひとつ。そして国家保安省時代に仲間としたことを闇に葬《ほうむ》るのがもうひとつ。だからバウアーの家への侵入と殺人を依頼したんでしょう。ブルックマンとケラーは沈黙を守ることで一致していたようね。でも、バウアーはそんなに打たれ強くなかった。秘書の話では、臆病なタイプだといっていたわ」

「臆病？　泣けてくるな」モルテンが唸《うな》るようにいった。「わけがわからないぞ。臆病でいながら、よく使用期限が切れた薬を何百万個もアフリカに輸出できたものだ。反体制派の親からむりやり子どもを引き離すのだってそうだ……」

「そういえば、お父さんは？」ジータがたずねた。

「強制養子縁組の絡《から》みでか？」モルテンの痩せこけた顔の表情が硬くなった。「あいつは養父だ。あの老いぼれはしぶとい」

「だけどお嬢さんたちのおじいさんでしょう」ジータはいった。「わたしの知るかぎり、お嬢さんたちをとても愛しているようだけど」

「だからなんだ？　許してやれっていうのか？　そうすれば、ホーエンシェーンハウゼン拘置所で拷問され、殺された人々がひとりでも生き返るというのか？」

「いいえ、そうはいわないけど」ジータはいった。「政権のいいなりになって、仕方がなかったという連中の側に立つつもりはないわ。でも、だれもが犯罪的な政権に抵抗できるものではないと思うのよね」

「だから目をつむれというのか？」

「いいえ、そんなことはないわ。だけど……トムから……あなたのお父さんとはじめて会ったときの話を聞いた。それで思うのよね……」ジータはモルテンを見て口をつぐんだ。

「なんだ？」モルテンはいらっとしてたずねた。

「もういいわ」

「いいってなんだ？　説教するのなら、さっさといえばいいだろう。なにがいいたい？　許せっていうのか？　あきらめろ！」

「許す……」ジータは肩をすくめた。「難しい言葉よね。別の目で見るといったほうがいいかも。そうすることで、たまには学べるものよ」

「おまえがマズーアにやったようにか？」

「マズーアは暴力犯罪者だった」ジータはいい返した。「死ぬ瞬間までとことん悪党だった」

モルテンはため息をついた。今はひどく不幸せそうに見える。「俺には区別ができない。ありとあらゆる罪を犯しながら、父親や祖父だったりする人間がいるんだ」

ジータは一瞬黙った。

「ごめんなさい」ジータはいった。「気持ちはわかるわ」

モルテンはうなずいた。表情は硬く、頬骨の上の皮膚《ひふ》がこわばっている。「あのマズーアという奴とはなにがあったんだ？　なんであいつはきみを狙ったんだ？　あれもブルックマンの差し金だったのか？」

ジータは首を横に振った。「そうとは思えない。どちらかというとケラーの指示だったのではないかと思う」

「ケラーの？　なぜ？」

「バウアーが射殺されたあと、わたしはケラーを訪ねて、金庫が破られたことと、盗まれたファイルがいずれ見つかるだろうといって挑発したのよ」

「それで？」

「考えてみたら、ケラーはなにか勘違いしたのだと思う。たとえばわたしがファイルを持っていて、圧力を掛けようとしているとか。わたしは追い返されたけど……そのあと庭で夫人と密会したところを見られたのかも。それで彼はカッとなったのかもしれないわね。金庫を破られたあと、彼は必死にファイルを探したはずよ。マズーアをフライシャウアーのところに行かせたのもそのためだった。グラウヴァインがハウスボートでマズーアの指紋を採取している」

「信じられない」モルテンがつぶやいた。「市長と州刑事局第一部局長が……」

「だがケラーについてはほとんど証拠がない」トムはいった。

「悔しいな」モルテンはうつむいて、ため息をついてから腰を上げた。「さて、そろそろ失礼する。もう一度いっておくが、感謝する。きみたちがいなければ……」

ジータとトムはうなずいた。これ以上、いうべき言葉はなかった。

モルテンが立ち去ると、アンネが階段を下りてきて、トムとジータの顔を見た。「なんで落ちこんでいるのよ。たくさんの人を救ったのに」

アンネはトムのほうに身をかがめて、フィルをトムの右腕に抱かせた。フィルは大きく目を見ひらいた。無邪気な青い目だ。トムの心をひらくものがあるとしたら、それは好奇心いっぱいになんにでも触るフィルの小さな指と、百年後の未来だ。トムは微笑んだ。陰のある笑み。というのも、赤いアノラックに入っていた小さくたたんだメモとそこにつづられていた住所の問題がある。

「今日はこれからなにをするんだ？」トムはジータにたずねた。

「わたし？　シャリテ大学病院に入院しているベネを見舞うつもり」

トムは眉《まゆ》を吊りあげた。「昔の恋人か？」

ジータは首を横に振った。妙に生真面目そうな笑顔を見せた。

「そんなんじゃないわ。運命を分かちあった仲間って感じ。あなたと彼の場合と同じ。ううん、ちょっと違うかな。でも……まあ、いいわ。今度、お互いに打ち明け話をしましょう」

ジータは立った。「いやなら、しなくてもいいけど」

第七十四章

ベルリン市近郊、シュターンスドルフ
二〇一九年二月十七日（日曜日）午後六時十七分

家の前を通り過ぎるのはこれで三度目だ。行ったり来たりしている。窓からは明かりが漏れている。なんだか楽しそうにしている。

居心地よさそうなのに、どういうわけか胃がきりきり痛む。

〝さあ、観念して、行きなさいよ〟ヴィーがトムの耳元でささやいた。

〝いや、目をつぶったほうがいいかも〟

〝あたしの捜索も目をつぶるの？〟

〝そんなこといってないだろう。わかってるくせに〟

〝なら、いいじゃない。それなら例の……フィーニャを探すのよ……〟

〝あの子の名前はフィーニャじゃないさ。俺は苗字も名前も知らない〟

〝なにをびびってるの？　取って食われるわけじゃあるまいし〟

〝いいや、それをいうなら、俺が嚙みつきそうだ〟

ヴィーがクスクス笑った。〝それは見物《みもの》ね〟

〝笑いごとじゃないんだけどな。俺はモルテンのようにはなりたくない〟

〝お兄ちゃんはモルテンじゃないわ〟

〝糞《くそ》ったれ。おまえ、本当にうるさいぞ〟

トムは庭木戸を押し開け、短いアプローチを歩いて、玄関ドアの前で一瞬、足を止めた。

ドアは波ガラスでできていた、室内の明かりが見える。

トムはベルを押した。

ベルの鳴る音が三回。

ガラスドアに人影が見えた。

ドアが開いた。トムの心臓がきゅっとすぼまった。

灰色の髪、灰色の眉毛《まゆげ》、北欧風の顎《あご》、鋭い鼻筋。驚いた目をしている。それから警戒心と困惑。

「やあ、トム」

「やあ、親父《おやじ》」

あいだに大地が広がっているかのように、ふたりは向かいあった。

「俺の誕生日を祝いにきてくれたのか?」父親がたずねた。「それならちょっと遅かったな。もう終わったよ」

「違うんだ」トムはいった。口の中が乾いていた。逃げだしたかった。だがいくら逃げても、あとからついてくるだろう。トムはポケットに手を入れて、メモをだし、父親に渡した。

父親はメモを手に取ってみて、眉間《みけん》にしわを寄せた。それからメモをたたんだ。顔から血の気が引いて、ドア枠に手をついた。

「なんでここの住所が書いてあるんだ?」トムはたずねた。

「いや……その……おまえのいいたいことがわからない」

「ここだよ」そういうと、トムは指でメモを指した。「ここの住所が書いてある」

「ああ」父親はいった。「それで?」

「このメモはある赤いアノラックのポケットに入っていた。アノラックはベルリン国際映画祭の開会式のとき、クロークに置き去りにされていた」

「忘れるなんて、子どもは残念がっただろうな」父親はいった。

「クリューガーってのは親父か?」トムはたずねた。

父親はトムを見た。取り調べで何度となく見てきた嘘つきの目だ。「だれだって?」

「フィーニャ・クリューガーに興味がある」

父親はなにもいわなかった。沈黙されることはトムも予想していた。だが父親がこんな奇妙な表情をするとは思っていなかった。悲しみ。やりきれなさ。そして恐れ。

「いい加減に白状しろよ」トムはいった。「これはどういうことなんだ? あの少女はだれなんだ?」

父親は涙ぐみ、首を横に振って、「俺の誕生日を祝いたくなったら、また来てくれ」と小声でいった。
それから父親はドアを閉めた。

謝辞

毎回執筆に際して大小さまざまに協力してくれているすべての人に深い感謝の気持ちを覚えている。まずは妻のマイケ。きみがいなかったら、今日わたしが本に書いていることの多くを学べなかっただろう。

ヤーノシュ、きみにも感謝する。きみとはわたしの本に関して他のだれよりも多くの秘密を共有している。きみと本の内容について話すことは本当に有益だからだ。

ノーリク、クララ、ヴェレーナ、ヴィルフリート――試し読みをしてくれるきみたちは、わたしの羅針盤だ。もちろんきみたちが指し示す方角に、わたしが進まなかった場合にもだ。本好きであるきみたちが、まだ終わりの見えない未完成の作品を読んでくれるのは本当にありがたいことだ。何度も何度もよく直してくれることはいうまでもない。

エージェント・グラーフとウルシュタイン書店の愛すべきスタッフにも、その熱意と支援に感謝する。ただし列記すると紙幅に収まらなくなる。特別にマイケ（妻とは別人）に礼をいう。それから大小のミスや新たな可能性を見つけてくれたクラウディアにも謝意を表したい。おかげでわたしの作品の見栄えは見違えた！　そしてカトリーン、とりわけきみに感謝する。きみの明晰《めいせき》さと誠実さと支えは防波堤、いや、授かりものだ。はじめから。

解説

吉野仁

あなたはベルリンの壁が破壊される映像を見たことがあるだろうか。東西冷戦期を生きていた者にとってあまりに衝撃的な出来事だった。それまで危険な壁を越えようとして何人もの命が失われたものだが、まさか市民によって壊される日がくるとは思ってもみなかった。世界の歴史がいまここで変わろうとしていると実感したものだ。

しかし当時を知らない人たちにとっては、その二年後に起きたソビエト連邦崩壊とともに、もはや教科書に書かれた史実にすぎない。ベルリンの壁が崩壊したのは一九八九年十一月九日のことだ。東ドイツ（ドイツ民主共和国）の体制を象徴する人物、ホーネッカー書記長はすでに前月解任されていた。そして翌一九九〇年十月三日に東西ドイツは統一された。ベルリンを東西に隔《へだ》てていた壁もなくなり、同市がふたたびドイツの首都となってからすでに三十五年が過ぎている。東西冷戦を題材にしたスパイ小説に親しんできた読者ならば、旧東ドイツについて秘密警察シュタージ（国家保安省）による徹底した国民の監視や西側への対外諜報《ちょうほう》活動など、多少の知識は持っているだろう。それでもたいていの日本人は、旧東ドイツの市民がかつてどのような日常をすごしていたのか、東西統一後のベルリンはどう変わったのか、よく知らないはずだ。

だが、ドイツ人作家マルク・ラーベによる、この〈刑事トム・バビロン〉シリーズを読めば、フィクションといえどもその一端《いったん》を垣間《かいま》見ることになる。主役のふたりをはじめ、多くの登場人物が旧東ドイツ出身者なのだ。

『17の鍵』につづくシリーズ第二弾『19号室』は、前作同様、臨床心理士のジータ・ヨハンスが登場するものの、単なるトムの相棒ではなく、主役といえる存在と活躍を見せていく。『17の鍵』では、二〇一七年に起きた大聖堂殺人事件をめぐる捜査模様が展開しつつ、一九九八年におけるトムの若き日々の出来事が語られる章が挿入されており、数字の「17」が文字どおり事件を解く鍵となっていた。この『19号室』は、二〇一九年に起きた猟奇的な事件を追う一方で、二〇〇一年において十六歳だったジータの壮絶な過去が語られ、彼女の闇が暴かれていく。今回、謎として扱われる数字は「19」。すなわち、『17の鍵』と『19号室』は、作品として対《つい》になっており、互いに共鳴しつつ絡《から》み合っているのだ。トムとジータを中心に、さまざまな人物がふたりの過去と現在にかかわり、隠された事実や謎とつながっていくのである。

このシリーズの第一の特徴は、なんといっても主役がもつ強烈な個性だ。身長百九十六センチの男性であるトムは、バビロンという変わった姓をもつ。バビロンとは、古代メソポタミア地方で栄えたバビロニア王国の首都の名で、もともとは「神の門」を意味した。だが新約聖書「ヨハネの黙示録」では「大淫婦《だいいんぷ》バビロン」という比喩《ひゆ》表現として、悪魔の住むところという意味で使われていた。また旧約聖書の「創世記」に書かれたバベルの塔とはバビロン（バベル）にあった塔がモデルと推定されている。そこからキリスト教圏で、富と悪徳で栄えた都市、混乱、頽廃《たいはい》、滅びの街といったイメージが定着し広まった。いうまでもなく本作では、バビロンの幻影が大都市ベルリンに重なっている。

そんな名前をもつトム・バビロンは、旧東ドイツ出身者であり、優秀な成績で警察学校を卒業したあと、最年少でベルリン州刑事局の警部補、警部、上級警部に昇進したものの、だれよりも問題を起こすため出世の道はたたれた。その原因は彼の過去にあった。前作で語られていたのは、トムの若き日々だ。一九九八年の夏、トムの家族はベルリン郊外のシュターンスドルフで暮らしていた。あるときトムと仲間たちは、廃線の鉄道橋がかかる運河で、金網でぐるぐる巻きにされた死体を発見し、その近くでカバーに17の文字が記された鍵を拾った。その夜、鍵はトムの妹ヴィオーラに渡されたものの、翌日に彼女は鍵とともにどこかへ消え去った。十歳の少女が行方不明となったのだ。のちにヴィオーラらしき遺体が運河で発見され、地元の林間墓地に埋葬《まいそう》されたが、トムは頑《がん》として妹の死を信じなかった。刑事になったいまもヴィオーラを探し続け、いつも心のなかで彼女と会話している。彼のこの激しい妄執《もうしゅう》こそが全編に異様な感覚を与えている。

一方、ジータ・ヨハンスもトムと同じ旧東ドイツ出身であり、キューバ人の父とドイツ人の母をもつハーフとして生まれた、身長百七十一センチの女性だ。褐色の肌、焦茶色の瞳、五厘刈《ごりんが》りの頭髪、そして右の顎骨《あごぼね》あたりに傷痕がある。ひと目見ると忘れられない容貌だ。

いまは臨床心理士として警察捜査に協力しているが、一度アルコール依存症の問題で現場から離れていた時期があり、そこから復帰したのち、トムとともに警察で活動するようになった。『19号室』第二章では、二〇〇一年の夏、十六歳だったジータが、缶ビールを口にしているシーンがあり印象的だ。そんな彼女の抱える忌まわしい過去が、新たな凶悪事件の発生とともに明らかになっていく。前作で登場した人物が意外な形でトムとジータを結びつけていたのにも驚かされた。

第二の特徴は、映像的な感覚にあふれているということ。『17の鍵』は、ベルリン大聖堂の丸天井の下に女性牧師の死体が吊《つ》り下げられているというショッキングな場面で幕をあけた。じつに大がかりな劇場型犯罪だ。荘厳《そうごん》で広大な空間、吊り下げられた死体、したたり落ちる赤い血といったスペクタクルなイメージが眼前に浮かぶ。今回の『19号室』は、ベルリン国際映画祭の開会式場で、予定外の残酷な映像が流れたのがすべての発端だった。そこには若い女性が襲われ、心臓を釘《くぎ》でひと突きされるさまが映し出されていた。被害者と思われる女性は、映画学校の生徒で、しかも市長の娘だと判明。さらに映像のなかの壁には「19」の文字が見えていた。それを見たジータは衝撃におののく。

『17の鍵』の訳者あとがきで紹介されているとおり、作者のマルク・ラーベは、作家になるまえ長らく映像制作の仕事についており、みずから立ちあげた映像制作会社を率いていた。『19号室』がベルリン国際映画祭の開会式場の場面からはじまり、おぞましい殺人映像が事件の発端となっていたように、自身のよく知る世界を作品に取り入れているのだ。荘厳美麗なベルリン大聖堂といった事件現場にくわえ、サナトリウムの廃墟《はいきょ》、橋のかかる運河、ベルリン市内の広場や名所、湖近くの豪邸など、場面ごとに絵になる場所が物語の舞台として選ばれているのも映像の専門家だった経験がものを言っているのだろう。

三つ目の特徴は、猟奇的な殺人事件の捜査模様が疾走感あふれる展開で書かれた警察小説でありつつ、そこに主役たちのきわめて個人的な物語が深く絡んでいるという点だ。それは、『17の鍵』に掲げられたエピグラフが、ジャン＝ポール・サルトルの言葉〈地獄とは他人のことだ。〉だったのに対し、『19号室』は、〈地獄、それはわたしだ。〉と記されていることからもうかがえる。もっとも近年の海外ミステリにおいて、こうした構造をもつ作品は珍しくない。事件や謎の探求が他人事《ひとごと》でなく身に迫ってくるからだろう。また数字へのこだわりやキリスト教のイメージとともに、トムが失踪した妹の影につきまとわれていたり、心身ともに傷を負ったジータが臨床心理士だったりするなど、メインで扱われる猟奇的犯罪とあわせてサイコスリラーの色合いが濃い。マルク・ラーベの妻は心理カウンセラーであり、創作に協力しているというのでその影響も大きいのだろう。またラーベは愛読するミステリとして、マイケル・ロボサムの『容疑者』にはじまる〈臨床心理士ジョー・オローリン〉シリーズを挙げていた。

最後にもうひとつ、映像的に見栄えのする場所が舞台になっているだけでなく、そこに作者のこだわりがうかがえる。ベルリン国際映画祭の開会式場となったマレーネ＝ディートリヒ広場のすぐ北側はポツダム広場だ。さらに北へ行くと虐殺されたヨーロッパのユダヤ人のための記念碑があり、その先はブランデンブルク門と国会議事堂だ。ベルリンの街に不案内な人は、ネットの地図をたどったり観光案内サイトで紹介されている記事や画像などを見たりするといいだろう。ある場面で、ベルリン西部を流れるハーフェル川の中州にあるシュヴァーネンヴェルダー島が登場したが、ここはかつてナチス・ドイツの宣伝相ゲッベルスの屋敷があった場所だ。こうしてみると、旧東ドイツの記憶のみならず、ベルリンが抱える歴史の残影が物語のあちこちに埋め込まれている。

いうまでもないことだが、旧東ドイツ出身者がみな本シリーズに登場する人々のような過酷きわまる体験をしていたり、いまだ闇を抱え苦しんでいたりするわけではないだろう。東ドイツ出身で誰もが知る人物といえば、アンゲラ・メルケル元首相の名があげられる。生まれはハンブルクだが、生後間もない頃に両親とともに東ドイツへ移住した。東ドイツ時代に物理学者だったメルケルは、東西ドイツ統一後、政治家に転身、三十六歳で議員初当選を果し、いくつもの要職についたのち、政党内の権力闘争に勝ち抜き、歴代最年少となる五十一歳で初の女性首相となった。十六年にわたって政権を担い、ドイツ連邦内の政治にその手腕を発揮しただけではなく、西側諸国のリーダーとして存在感をしめした。しかも彼女は牧師の娘である。

東ドイツ出身で牧師の娘といえば、『17の鍵』にも同じ出自の女性が登場していた。創作上の人物とはいえ、彼女の人生はメルケルとはまったく異なるものだ。神の教えによるのか人道主義の信念をまげないメルケルの輝かしい経歴や国民から「お母さん」と呼ばれた人柄などを含め、両者の違いを考えさせられる。手にした不利なカードを逆に糧《かて》としたかのごとく国政のトップにのぼりつめたメルケルが光だとすれば、本シリーズに描かれているのは、もっぱら影にひそむ者たちだ。妹をいつまでも探しつづける刑事トムとは、逃れられない過去を負う人々の姿を映しだした存在にも思える。ベルリンの壁崩壊から三十年以上の時がたち、メルケルが首相を退いたのちドイツでも極右政党が第一党に躍進するなど世界の政治状況が新たな局面へと変わりつつある流れを見ると、このシリーズが数年まえに発表されたのはたぶん偶然ではない。

さて、作者の詳しい経歴や著作については『17の鍵』の訳者あとがきを参照していただきたい。〈刑事トム・バビロン〉シリーズは、全四巻あり、最初の二巻が邦訳されたものの、いまだすべての謎は解明されておらず、この先もトムは極限まで追いつめられていくことになるようだ。次にどのような展開を見せるのか愉《たの》しみである。

訳者紹介　ドイツ文学翻訳家。和光大学教授。主な訳書に、コルドン〈ベルリン三部作〉、ヘッセ「デーミアン」、フォン・シーラッハ「犯罪」「神」、ノイハウス「深い疵」、カシュニッツ「その昔、N市では」、ラーベ「17の鍵」などがある。

19号室

2025年2月28日　初版

著　者　マルク・ラーベ

訳　者　酒《さか》　寄《より》　進《しん》　一《いち》

発行所　（株）東京創元社
代表者　渋谷健太郎

162-0814 東京都新宿区新小川町1-5
電　話　03・3268・8231-営業部
03・3268・8201-代　表
U R L　https://www.tsogen.co.jp
組　版　フ　ォ　レ　ス　ト
暁　印　刷・本　間　製　本

ISBN978-4-488-22905-4　C0197